Het verkeerde meisje

ANGELIQUE HAAK

Het verkeerde meisje

DE CRIME COMPAGNIE
Crème de la Crime

Tweede druk, september 2022

Omslagontwerp: Margo Togni
Boekverzorging: Michiel Niesen, ZetProducties, Haarlem
Foto omslag: © Robert Jones, Arcangel

ISBN 978 94 6109 615 9
NUR 332

Meer informatie over De Crime Compagnie op www.crimecompagnie.nl

DEEL 1

VERKEERDE TIJD, VERKEERDE PLAATS

Oh, dear Dad
Can you see me now?
I am myself
Like you somehow

'Release me'
Pearl Jam

1. AMELIE

De vrouwen die het kunnen navertellen, de zogeheten geluksvogels, hoor je achteraf altijd zeggen: 'Ik vóélde dat er die dag iets niet in orde was. Al vanaf het moment dat ik opstond, wíst ik dat het helemaal fout zou gaan.'

Bijvoorbeeld omdat het schilderijtje van hun dode oma uit het niets omviel, of simpelweg omdat ze een unheimisch gevoel hadden over wat de dag zou brengen. Een alarmbel die afging, lang voordat die man in de metro iets te vaak hun kant op keek, of op weg naar huis te dicht achter hen liep.

Maar soms blijken alarmbellen zinloos en gebeurtenissen onvermijdelijk. Als het eerste dominosteentje omvalt – of het schilderijtje van die dode oma – zet dat de rest in gang en is het verdere verloop onafwendbaar.

Voor mij was er geen alarmbel. Aan niets voelde ik dat er iets vreselijks stond te gebeuren.

Ik was, zoals ze dat zeggen, op de verkeerde tijd op de verkeerde plaats. Zo zou ik dat voorheen zelf ook gezegd kunnen hebben. Nu vind ik werkelijk álles aan dat zinnetje verkeerd. Ik was op de juiste tijd op de juiste plaats! Ik moest daar zijn om op tijd op mijn werk te komen en het was de route die ik altijd nam. Ik hóórde daar te zijn!

En nu ben ik hier, in deze stikdonkere ruimte. Op een plek waar het koud is, waar het naar een mix van rottende eieren en schimmelende bladeren ruikt, én waar ik alle gevoel van tijd en plaats kwijt ben. Nu kan ik alleen nog maar hopen dat ik zo'n geluksvogel ben. Dat ik hier wegkom en mijn vader, mijn vrienden en collega's ooit nog terugzie.

Verkeerde tijden en plekken bestaan niet.

Verkeerde mensen wel.

2.

Ik heb het schitterende notitieboek dat me zo aan haar doet denken vaak in mijn handen gehad, zelfs opengeslagen met mijn pen al in de aanslag, maar de pagina's bleven leeg. Ik voelde nooit de urgentie mijn levensverhaal op te schrijven. Waarom zou ik dat doen? Om begrip te krijgen voor wat ik ben? Om op een dag bestudeerd te worden door psychologen, die dan verheugd roepen: 'Zie hier, weer een geval van verkniptheid bevestigd door moeilijke jeugd en trauma's! Wij hebben gelijk!'

Want ja, die moeilijke jeugd was er. En god, ruimte genoeg voor trauma's. Maar kwamen die niet pas toen ik al grotendeels gevormd was?

Ruim zestig procent van de verbindingen in onze hersenen is al voor de geboorte aangelegd en vooral in de laatste drie maanden van een voldragen zwangerschap ontwikkelt het foetusbrein zich rap. Misschien lag het 'probleem' in het feit dat ik veel te vroeg geboren werd. Of in het feit dat mijn moeder rookte als een ketter en regelmatig straalbezopen was tijdens haar zwangerschap. Of misschien wel in beide, in combinátie met die moeilijke en mogelijk traumatische jeugd.

Hoe het ook zij, de uitkomst is wat het is en voor het eerst voel ik wél die urgentie om mijn verhaal op te schrijven. Ik wil duidelijk maken dat dit... dat ík niet het gevolg ben van mijn vaders gedrag, van de afwezigheid van mijn moeder en al die andere zaken die instanties zo graag aangrijpen. Ik ben de schuld van de maatschappij die zijn kop in het zand steekt. Die niet wil zien wat allang zicht-

baar is, omdat het ingaat tegen alles wat ze willen zien.

De wetenschap heeft jaren geleden al aangetoond dat het brein van moordenaars, psychopaten en pathologische leugenaars anders in elkaar steekt dan dat van 'normale' mensen. Er zijn complete naslagwerken te vinden over afwijkende limbische systemen, overactieve amygdala's en haperende prefrontale cortexen. Allerlei aantoonbare signalen dat er 'iets' met iemand aan de hand is.

Je kunt stellen dat een hoop leed in de wereld voorkomen kan worden met een hersenscan in een vroeg stadium in een mensenleven. Tenminste, als mensen daarvoor open zouden staan.

De mensheid wil in al haar naïviteit blijven geloven dat ieder kind dat geboren wordt puur en onbezoedeld is. Een onbeschreven bladzijde, met alle mogelijkheden en kansen om tot een vredelievend mens op te groeien.

Geen enkele ouder wil aan de wieg te horen krijgen dat zijn of haar kroost geboren is met een 'killerbrein' en gedoemd is anderen zonder enige vorm van empathie de vreselijkste dingen aan te doen, ondanks alle inspanningen hun hartenliefje het beste van het beste te geven.

Nee, dat is niet wat die naïevelingen willen horen. Die willen geloven dat er voor elk probleem in hun wereld een oplossing is. Dat met de juiste dosis liefde, aandacht en zorg ieder kind een kans heeft net zo 'normaal' als zij te worden.

Ik denk dat dat bullshit is en hun normaal-zijn gelijkstaat aan middelmatigheid.

Kijkend naar de enige foto die ik van mij en mijn vader samen heb, besef ik dat het milieu waarin ik opgroeide voor mij alles was wat ik me wenste. Ik hield grenzeloos veel van mijn vader, keek tegen hem op, wilde worden zoals hij.

En daarom zal ik je mijn verhaal vertellen. Ik wil dat het bewaard blijft. Ik wil je laten zien wat ik al vroeg van de beste leerde te zijn: een onvervalste pathologische leugenaar met een waar killerbrein. Allesbehalve middelmatig.

3. AMELIE

Voor de zoveelste keer ga ik in mijn versufte toestand mijn gangen na. Was er iets wat ik over het hoofd gezien had?

Net als elke maandag had ik om vijf over zeven de voordeur achter me dichtgetrokken en mijn fiets onder het afdak vandaan gehaald. Bij het opstappen constateerde ik – voor de zoveelste keer – dat mijn achterband nodig opgepompt moest worden. Was dat mijn signaal, mijn alarmbel? Was het anders gelopen als ik die paar minuten de tijd had genomen om mijn routine te doorbreken, en ik net iets later bij het station was gearriveerd? Had ik, als ik niet zo vreselijk moe was geweest van al het gedoe met Vince de afgelopen tijd, en als ik niet zo suf was van de oxazepam die ik daardoor de laatste weken slikte, dan misschien wél gemerkt dat er iemand achter me opdook?

In het stikdonker krabbel ik overeind. Alles lijkt nog donkerder te worden door de zwarte vlekken die voor mijn ogen dansen. Dan neem ik mijn muts af en bevoel mijn hoofd met twee handen. Er lijkt geen bloed te zijn, wel een enorm ei dat pijnlijk aanvoelt als ik erop druk. Was ik met iets op mijn hoofd geslagen? Ik zet de muts voorzichtig weer op en trek de deken die ik voel wat over me heen. Ik heb het vreselijk koud. En ook prikken mijn polsen pijnlijk. Als ik mijn vingers voorzichtig over de huid laat glijden, voel ik striemen en schaafwonden. Van touw of zoiets?

Mijn god! Het voelen van de striemen, het fysieke bewijs van wat er aan de hand is, zorgt ervoor dat ik naar adem hap. Plotseling trekt de mist in mijn hoofd op en dringt ten volste tot me door wat er aan de hand is. Het station. Er waren armen om me heen geweest toen ik mijn fiets op slot zette. Een hand over mijn mond, een klap op mijn hoofd en daarna gehobbel in een donkere ruimte. Was ik buiten bewustzijn geweest? Vervoerd in een auto? Een busje? Ontvoerd?

Een flard van een wit busje schiet aan me voorbij, maar feit is dat ik geen idee heb wie mij overviel en hoe ik hier – waar? – terecht ben gekomen. Mijn god! Mijn god! Mijn god!

Vergelding! Dat woord schiet als een stroomstoot door mijn lijf en zorgt ervoor dat de gedachtestroom opnieuw op gang komt. Is dit de vergelding voor al die jaren geleden? Mijn verdiende loon?

Ik zie het harde bestraffende gezicht van mijn moeder voor me en een pijnlijke steek trekt door mijn maag- en hartstreek. *Nee, Amelie! Zo moet je niet denken. Anouk kwam zelf achter je aan, je was nog een kind en...*

Ik sluit mijn ogen en adem diep door tot het schuldgevoel wegdrijft.

Mijn collega's. Zouden ze me gemist hebben toen mijn bureau leeg bleef? Ik denk het niet. Er zijn regelmatig weken waarin ik thuiswerk en niet naar kantoor ga. Niemand zou meteen alarm slaan.

Mijn fiets dan, is die bij het station achtergebleven? Ik weet niet meer of ik hem al op slot had gezet, en eigenlijk ook niet of dat iets uitmaakt. Het was gewoon een fiets, niets meer, niets minder.

Ik druk mijn rug tegen de muur en sla mijn armen om mijn benen. Het maakt niet uit waar mijn fiets is en of mijn collega's hun wenkbrauwen wel of niet optrekken over mijn lege bureau. Lianne mist me sowieso als ik niet op de hockeytraining verschijn, die heb ik werkelijk nog nooit overgeslagen zonder haar op de hoogte te stellen. Mijn beste vriendin kent me na al die jaren goed genoeg om te weten dat...

'Nee!' roep ik hardop als ik opeens iets besef.

Zaterdagavond. Lianne kwam gelijk naar me toe nadat ik haar

vertelde over de heftige confrontatie die ik de dag ervoor met Vince had. Er was wijn geweest. Veel wijn. Ik weet nog dat ik haar mijn haar showde. Mijn goudblonde lokken waar Vince zo verzot op was, die de kapper eerder die dag op mijn verzoek in de tint walnootbruin verfde. Ik zei vol trots tegen haar dat dat pas het begin was, en dat ik er ernstig over dacht om er na alle ellende met Vince een weekje tussenuit te gaan, of misschien wel twee. Alleen! Ik had nog voldoende vakantiedagen en vrij nemen van mijn werk was geen enkel probleem. Zou ze nu denken dat ik...

Mijn god! Het besef raakt me als een mokerslag. Als Lianne inderdaad aannam dat ik mijn voornemen om ertussenuit te gaan had doorgezet, en op het werk ondernamen ze ook geen actie, dan zou pas vrijdag mijn vader zich afvragen waar ik was als ik niet in de galerie verscheen. NIEMAND zou me missen!

4.

Alles, ieder verhaal, begint bij een moeder, toch? Zonder moeders geen nieuw leven. Ze zijn de bron van ons bestaan. De basis. De sleutel tot alles. Vandaar dat ze ook zo vaak de bron van alle ellende zijn in een mensenleven. Die macht hebben ze; in mijn geval lag het anders.

Ik kan je niet veel vertellen over de bron van mijn bestaan. Om eerlijk te zijn heb ik geen enkele herinnering aan haar. Volgens mijn oma – een enorme heks – was mijn moeder een dronken slet en was het maar beter dat ze op een dag vertrok met een andere vent. Er bleven geen spullen van haar achter, geen kleding, geen prullaria. Slechts één foto, die ik op een dag tussen de vieze boekjes van mijn vader vond.

Dus laten we starten bij dat vertrek, dat ik altijd al een vreemd verhaal vond. Later werd dat voor mij de bevestiging dat je altijd op je intuïtie moet vertrouwen.

Ik was drie toen ze wegging, zo heb ik me laten vertellen. Ik weet – van die ene foto – dat ze een jonge vrouw met prachtig blond haar was, die met een intens trieste blik de camera in keek. Tot zover mijn moeder; ik zei al dat het niet veel was.

Ik heb me er een poosje rot over gevoeld dat ik geen herinneringen aan haar heb – iets wat me niet snel overkomt – maar ik weet nu dat het, gezien mijn leeftijd toen ze vertrok, niet zo gek is. Er is bewezen dat er bij peuters nog volop aan de hippocampus (het gedeelte van het brein dat verantwoordelijk is voor het opslaan van herinneringen) gesleuteld wordt. Niet alles is af als je ter wereld komt en veel mensen dénken wel herinneringen te hebben aan die tijd, maar die zijn slechts gecreëerd en ingegeven door foto's en verhalen van familieleden.

Mijn eerste herinneringen zijn van de periode na mijn moeders vertrek. Wat logisch is, want naar het schijnt sla je nare herinneringen beter op. En die begonnen pas goed toen mijn moeder weg was en mijn oma voor mij ging 'zorgen'.

We woonden met zijn drieën op de woonboerderij die mijn opa begin jaren zestig zelf bouwde. Het huis waar mijn vader en zijn tweelingzusje kort na hun intrek geboren werden. Het huis waar mijn vaders zusje op vijftienjarige leeftijd zelfmoord pleegde door zichzelf te verhangen. Ik had mijn vader er één keer in een dronken bui met oma over horen ruziën, verder was het onderwerp een no-go.

Nadat ook mijn opa overleed, nog voordat ik überhaupt bestond, liet mijn oma mijn vader bij de notaris een contract tekenen. Zij schonk hem het blote eigendom van de boerderij, op voorwaarde dat mijn vader tot haar dood de vaste lasten droeg en het onderhoud aan de boerderij op zich nam. Addertje onder het gras: zij verbleef kosteloos in het bijgebouw aan de rand van het erf, tot ze te oud en te seniel was om nog zelfstandig te wonen. Ze kon toen nog niet vermoeden dat ze het stadium van bingoavonden en luiers volpiesen in het verzorgingstehuis nooit zou halen.

Nare herinneringen. Daarvoor moet ik je eerst iets meer over mijn vader vertellen, en dan vooral over het feit dat hij veel werkte. Dat werd een probleem voor mij.

Nog altijd, ook nu ik allang volwassen ben, gaat er een golf van gelukzaligheid door me heen als ik het geluid van een brullende motor hoor. Het doet me aan hem denken. Aan hoe zijn Harley klonk als hij na zijn werkdag het erf op reed, gevolgd door het knerpende grind onder zijn motorlaarzen. Dat was voor mij het signaal om te laten vallen waar ik mee bezig was, het erf op te rennen en hem in zijn armen te vliegen.

Hij droeg me naar binnen, hing zijn reflecterende politiejas aan de kapstok, trok zijn laarzen uit en nam mij op zijn schoot. Mijn oma maakte met een zuur gezicht zijn eten voor hem klaar en zodra dat gedaan was, was het geluksmomentje weer voorbij. De heks joeg mij de keuken uit, zodat ze mijn vader uitgebreid uit de doeken kon doen welke klusjes er nog allemaal gedaan moesten worden in en rond het huis, hoe moe ze was van wat dat 'rotkind' – ik dus – weer allemaal had uitgevreten, en vooral hoe dankbaar hij mocht zijn dat zij op me paste terwijl hij aan het werk was.

Het punt was dat ze helemaal niet op me paste wanneer mijn vader er niet was, want het mens was liever lui dan moe. Als ik uit school kwam – ik werd met een busje gehaald en gebracht, zelfs dat hoefde ze niet te doen – lag ze steevast op de bank naar een of andere talkshow te kijken. 'Maak zelf even een boterham klaar, oma moet rusten vandaag.'

Nee, ik had geen oma die spelletjes met me deed, tussen de middag pannenkoeken voor me bakte en me voor het slapengaan verhaaltjes voorlas. Ik had een oma die mijn oor venijnig omdraaide als ik niet snel genoeg stopte met huilen wanneer ik gevallen was, die me een pak rammel verkocht als ik een keer een van haar vele huisregels vergat, en die me als ze me lastig vond gerust een paar uur in de kelder opsloot, met het licht uit.

En waarom vertelde je dat dan niet aan je pa, als die zo geweldig was? hoor ik je denken. Nou, dat zal ik je zeggen. Mijn oma maakte me zeer duidelijk wat voor een last ik was voor mijn vader, nu mijn moeder weg was. En ook dat als zíj niet op me paste, jeugdzorg me weg zou halen van de boerderij en ik naar een pleeggezin moest. Ik had op dat moment nog geen idee wat jeugdzorg of een pleeggezin was, maar de manier waaróp ze het zei maakte me wel duidelijk dat het niet iets plezierigs was. En hoewel ik pa niet veel zag en hij zelfs als hij thuis was weinig tijd voor me had, wilde ik allesbehalve weg van de boerderij om naar een onplezierig pleeggezin te gaan.

De simpele realiteit was dat pa en mijn oma elkaar nodig hadden.

Mijn vader was verzot op de boerderij die zijn vader vanaf de grond had opgebouwd en wilde deze koste wat het kost behouden. Mijn oma kon op haar beurt niet zonder het geld, de spierkracht en handigheid van mijn vader om de boel op orde te houden. Ze hadden elkaar nodig, en waren tegelijkertijd als twee vechtende kemphanen.

Het was niet dat ik mijn vader nooit probeerde te vertellen dat oma gemeen tegen me was, maar ik kon niet tegen de verdrietige blik in zijn ogen als ik erover begon. 'Ik weet hoe ze is,' zei hij dan, waarbij ik besefte dat ze hem vroeger misschien ook zo behandeld had. Vervolgens zuchtte hij diep en zei dat hij er alles aan deed om het op te lossen, al had ik geen idee wat hij daarmee bedoelde. Een nieuwe moeder uit de hoge hoed toveren? Ik wist best dat hij regelmatig vrouwen mee naar huis nam, maar de vele gezichten die ik voorbij zag komen bleven nooit lang genoeg om een nieuwe moeder te worden.

Ik was dol op fantasieverhalen, en op een van de zeldzame avonden dat pa thuis was en me naar bed bracht, vroeg ik hem om me voor te lezen uit het dikke sprookjesboek dat oma me een paar jaar eerder voor mijn verjaardag had gegeven. (Dit is best ironisch, dat begrijp je later wel.) Ik koos voor Hans en Grietje, en toen pap aankwam bij het gedeelte waar de heks Hans in een hok in de tuin opsloot, begon ik te huilen. Het deed me denken aan mijn uren in de muffe kelder en tranen liepen over mijn wangen.

'Wat?' vroeg pa geïrriteerd en ik antwoordde met een bibberlip dat mijn oma ook een heks was. Mijn achterste brandde nog van het pak rammel dat ze me eerder die dag had gegeven.

Met een klap sloeg mijn vader het boek dicht. 'Ga je nu weer beginnen, Robin?' Zijn ogen schoten vuur en het boek vloog op de grond om ergens in een uiterste hoek van mijn kamer te eindigen. 'Ik wéét hoe je oma is, maar ik heb je ook al honderd keer gezegd dat ik geen keus heb. We hebben oma nodig om op jou te passen zodat ik kan werken. Of wil je dat ik stop met werken en dat we helemaal geen geld meer hebben?'

Ik beet op mijn trillende lip.

'Of wil je dat ik je alleen laat en dat de kinderbescherming je bij me weg komt halen?'

Met grote ogen keek ik naar hem op en dacht weer aan het woord 'pleeggezin'. Moest ik hem wel vertellen van de kelder? Of kon ik beter...

'Of wil je misschien dat ik de boerderij verkoop? Het enige wat ik nog heb van mijn vader?'

Ik lag roerloos in bed, voelde me slecht en hield mijn mond.

'In de huidige staat krijg ik dit klotepand sowieso nooit verkocht. We zullen het ermee moeten doen als we een dak boven ons hoofd willen hebben, snap je dat?'

Het lukte me niet om te knikken.

'Je moet harder worden. Voor nu moet je door de zure appel heen bijten en je eigen boontjes doppen als ik weg ben. Als je wat ouder bent, dan wordt het vanzelf makkelijker.'

Met die woorden knipte hij mijn lampje uit en verliet de kamer. Ik voelde me stom. Ik had al geroken dat hij aardig wat van die groene blikjes leeg had gedronken voordat hij me naar bed bracht. Dat gebeurde steeds vaker de laatste tijd, en ik had moeten weten dat mijn tranen me niet verder zouden helpen. Pa had een hekel aan tranen. 'In dit huis wordt niet gejankt, tranen brengen geen brood op de plank,' zei hij altijd; een uitspraak die hem door zijn moeder was ingepeperd. Boos op mezelf veegde ik mijn wangen droog en knipte mijn lampje weer aan. Ik sloop uit bed, pakte het sprookjesboek van de grond en nam het mee terug naar de veilige warmte van mijn bed. Ik bladerde terug naar waar pa gebleven was en las zelf verder tot mijn ogen zwaar werden.

Die nacht droomde ik van Hans en Grietje. Hans die dapper door de zure appel heen beet ondanks het feit dat de heks hem opsloot, en Grietje die slim haar eigen boontjes dopte en wachtte tot haar kans zich voordeed.

Ja, je kunt wel zeggen dat mijn killerbrein al vanaf jonge leeftijd aanwezig was. Want toen ik die volgende ochtend wakker werd, wist ik dat de heks in mijn 'sprookje' er op een dag ook aan zou gaan.

5. AMELIE

De gedachte dat niemand mij voorlopig mist, zorgt ervoor dat ik licht in mijn hoofd word.

Mijn ademhaling versnelt en ik hoor angstvallig de gierende geluiden die ik produceer. De druk op mijn borst neemt toe en ik besef dat ik bijna out ga. Ik knijp mijn ogen dicht en verlang hevig naar een van mijn kalmerende tabletjes.

Cogito ergo sum, klinkt de stem van Vince in mijn achterhoofd. Het zinnetje dat ik zo haat. Het zinnetje dat aankondigde dat Vince in een van zijn filosofische buien verkeerde. Zo'n bui die begon met een glas wijn in zijn hand, en die eindigde met de volgende dag minimaal één lege fles op het aanrecht en een kater van heb ik jou daar. Zo'n bui waarin hij het nodig vond ellenlang uit te weiden over al zijn verwachtingen van het leven en die, naarmate de alcoholinname toenam, steeds meer omsloeg in hoe omstandigheden en vooral anderen er de schuld van waren dat hij zijn levensdoelen nog altijd niet verwezenlijkt had. Mensen met geld hadden het makkelijk en hem zat het in het leven altijd tegen. Vervolgens trok hij zich dan minimaal een week lang terug om het liefst niets of niemand te zien, tot hij plotseling weer besloot dat het roer om moest en hij absurde plannen en energie had voor tien.

Gek genoeg brengt het gehate zinnetje me nu een beetje tot rust. Ik fluister het nog een paar keer tegen de muur van stilte om me heen. 'Cogito ergo sum.' *Ik denk, dus ik besta. Ik besta, dus ik kan hieruit komen!* Het heeft geen reet te maken met wat de filosoof achter deze zin er ooit mee bedoeld heeft, maar dat interesseert me niet. Ik concentreer me net zo lang op mijn ademhaling tot het drukkende gevoel op mijn borst afneemt.

Dan kom ik overeind en knijp mijn ogen wat samen in een poging iets te zien. Het lukt niet, het is echt stikdonker om me heen. Een kelder, had ik eerder gedacht door de muffe, rotte geur die hier hangt, maar is dat wel zo? Ik steek mijn hand uit en zoek naar de muur waarvan ik weet dat hij er is direct naast het bed waar ik op lig. Geen behang, houten panelen of ruw pleisterwerk, maar een compleet gladde wand. Ik klop erop en het levert een wat hol, plasticachtig geluid op. Geïsoleerd, denk ik onmiddellijk.

Al schuifelend laat ik mijn hand langs de wand glijden en volg de route die de muren me geven. Een onverwacht geluid klinkt in de stilte als ik ergens tegenaan schop. Ik verstijf en wacht af wat er gebeurt. Alles blijft stil. Ik buk voorover en bevoel het voorwerp waar ik tegenaan schopte. Een emmer?

Nee, dit meent hij niet. Ik voel al een poosje aandrang, maar echt niet dat ik op een emmer ga zitten om te plassen!

Plotseling schraapt er metaal over metaal, een sleutel draait om in een slot en een harde klik volgt. Alles baadt in het licht en een deur bovenaan een trap gaat nu open.

Mijn ademhaling versnelt weer. Het zinnetje van Vince kan me nu niet meer helpen.

6.

Ik had geen concreet plan om mijn oma te vermoorden. Na die nacht waarin ik over Hans en Grietje droomde, wist ik dát ik het ging doen. Ik had alleen geen flauw idee wanneer of vooral hoe. Ze slikte geen medicijnen waarmee ik kon rommelen en ik wilde ook niet dat het een zooitje werd met veel bloed en zo, ik moest mijn verstand gebruiken. Ik was een mager kind – klein voor mijn leeftijd bovendien – en zij een forse vrouw van achter in de vijftig. En hoewel ze altijd moe was, fysiek was ze nog altijd een stuk sterker dan ik.

Vanaf het moment dat ik mijn besluit had genomen, zat ik niet meer machteloos te grienen in die kelder als ze me weer eens opsloot. Vanaf dat moment gebruikte ik mijn tijd daar nuttig. Die kelder was ineens geen stinkende, nare ruimte meer, het was een ruimte die me de kans gaf om na te denken en me te focussen op mijn doel. Ik besefte wat voor een geschenk mijn tijd daar eigenlijk was.

Ik bedacht dat ik, voor ik mijn plan überhaupt kón uitvoeren, eerst moest weten of ik het in me had: een mens doden. Moest ik niet eerst oefenen? Beginnen met iets kleins? Insecten vermorzelen onder een steen was niets nieuws voor me en ook het fenomeen kikkers opblazen met een rietje was me niet vreemd. Het moest groter. Een rat? De kat van de buren?

Dit is trouwens weer zo'n typisch en alom bekend symptoom van een psychopaat in wording. Wie op jonge leeftijd geniet van het pijn doen van dieren, verlegt – indien niet gestopt – steeds zijn gren-

zen en gaat later onvermijdelijk over op het pijn doen van mensen. En hoewel een causaal verband tussen dierenmishandeling op vroege leeftijd en een mens vermoorden op latere leeftijd nog altijd ontbreekt, zijn de statistische signalen te groot om te negeren. Ted Bundy, Jeffrey Dahmer, Luka Magnotta: de voorbeelden zijn legio. Ook hier steken de ouders en de omgeving van de bloedjes in kwestie blijkbaar liever hun kop in het zand. Mijn oma wist donders goed dat de jonge eendjes met geknakte nekjes die ze aan de slootkant van ons erf vond niet door een vos te grazen waren genomen. Toch deed ze er niets mee – een beslissing die haar duur kwam te staan, al wist ze dat toen nog niet. Ik bespaar je de details van de verdere oefensessies die ik deed, want ik weet dat de meeste mensen moeite hebben met lezen over dierenleed. (Kijk mij eens, een blijk van empathie.) Laten we het erop houden dat ik steeds beter werd in welk gevoel dan ook uitschakelen, en dat hielp me om me beter te leren beheersen.

Ik liet me niet langer meevoeren door de woede die ik voelde als mijn oma me een pak rammel gaf. Beheersing was alles om mijn plan te kunnen uitvoeren en maakte het verschil tussen slagen en mislukken. Als Grietje niet eerst lijdzaam alle klusjes voor de heks had uitgevoerd en haar naar de mond had gepraat, had ze haar nooit zover gekregen om haar hoofd in de oven te steken. Daar focuste ik me op tijdens de tirades en de afranselingen van mijn oma.

Eén keer verloor ik bijna mijn zelfbeheersing. Dat was die keer dat ze me in de keuken uien liet snijden voor de hachee die ze maakte. Zij braadde het vlees aan in de pan op het fornuis, ik sneed verplicht ui na ui. Ze waren zo sterk dat de tranen over mijn wangen liepen en oma mopperde dat ik moest ophouden met dat gejank – tranen brengen geen brood op de plank, weet je nog? – en een beetje door moest werken.

Toen maakte ik de fout om in mijn ogen te wrijven, waardoor de boel pas echt goed in de fik vloog. In mijn – letterlijk – blinde paniek maaide ik het snijplankje vol gesneden uienringen van het aanrecht en haastte me op de tast naar de kraan. Kermend reikte ik naar de knop, maar voordat ik die bereikte, klemde oma's hand al om mijn pols.

'Kijk eens wat voor een troep je nu weer gemaakt hebt, rotkind!' Ze trok me weg bij de kraan, het lukte me door de tranen heen niet om te kijken.

'Opruimen!'

'Het doet pijn. Ik moet mijn ogen spoelen!'

Een nieuwe ruk aan mijn arm. 'Jij gaat die zooi opruimen, en snel!'

'Oma, alsjeblieft,' kermde ik jankend. Het uiensap leek een gat in mijn netvlies te branden en ik dacht werkelijk dat ik nooit meer zou kunnen zien.

'Weet je wat pas pijn doet?'

De seconden die volgden, vergeet ik nooit meer. Een metalig geluid van een pan die verschoven werd, een ruk aan mijn hand, een gevoel alsof er duizend spelden tegelijk in me prikten en de geur van verschroeid vlees. Het mijne!

Ik schreeuwde het uit en rukte me los van de kookplaat waar mijn hand aan vastgeplakt leek te zitten, en de pijn werd nog erger.

'Dat zal je leren, aansteller! En nu opruimen!' Een harde duw in mijn rug en ik liet me zakken boven de uienringen die over de keukenvloer verspreid lagen. Met tranende ogen en pogend mijn opgezwollen hand zo veel mogelijk te ontzien, veegde ik de uienringen bij elkaar en gooide ze in de prullenbak. Ik draaide me om en zag mijn oma aan het fornuis weer vlees braden alsof er niets gebeurd was. Iets in mij nam het over. Met mijn ongeschonden hand pakte ik het mes op en keek tussen mijn tranen door naar mijn oma. Ik stelde me voor hoe het zou voelen om dat mes in haar rug te steken. Niet één keer, niet twee keer, maar net zo vaak tot ik niet meer kon. Zou het op weerstand stuiten of zou het net als door zachte boter zo door haar huid glijden? Zou het bloed er in een straaltje uit lopen of zou het alle kanten op spuiten? Ik kneep mijn ogen dicht en

bedwong mezelf deze gedachten uit te schakelen en aan Hans en Grietje te denken. Slim en dapper zijn, door de zure appel heen bijten. Mijn eigen boontjes doppen.

Met alle wilskracht die ik in me had, bracht ik het mes omlaag naar het snijplankje en begon opnieuw uien te snijden, waarbij ik de brandende pijn aan mijn hand en ogen probeerde te negeren. Ik moest geduld hebben, dan diende ook míjn kans zich vanzelf aan.

Toen ik een aantal weken later in de schuur kwam, waar mijn vader zijn visspullen aan het uitzoeken was, wist ik plotseling hoe ik mijn heks de oven in zou lokken.

7. AMELIE

Nu het plotseling licht is wil ik alles tegelijk in me opnemen, maar zodra ik mijn hoofd beweeg, lijkt de ruimte om me heen te draaien. In mijn borstkas dreunt mijn hartslag als een op hol geslagen housebeat. Ik schuifel de paar passen terug naar het bed en ga zitten. Probeer de misselijkheid weg te slikken. *Rustig, Amelie!*

Langzaam wordt mijn blik scherper en ik zie dat er een man in het zwart de trap af loopt. Dertien treden. Ongeluksgetal.

Hij staat nu slechts een paar stappen bij me vandaan en kijkt me aan van achter een gruwelijk masker: een soort bivakmuts zoals motorrijders die onder hun helm dragen. De stof is zwart, met daarop een felgroene print van een grijnzende schedel die in vlammen opgaat. Alleen zijn ogen – bruin – zijn zichtbaar door de twee ronde openingen. In zijn hand heeft hij een papieren zak en een fles met water. Mijn keel lijkt plots nog droger aan te voelen.

'Opstaan.'

Door angst verlamd doen mijn benen niet wat hij ze opdraagt te doen. In plaats daarvan schuif ik naar achteren en duw mezelf zo ver mogelijk tegen de muur. Niet langer in staat zijn blik op me gericht te zien, draai ik mijn hoofd en sluit ik mijn ogen.

Voetstappen. Een krakende zak. Dan is zijn warme adem op mijn wang. De stank in de ruimte vermengt zich met de geur van vers brood, en een houtachtig en kruidig mannenparfum. Boss Bottled, van Hugo Boss?

'Kijk me eens even aan, liefje,' zegt hij zacht, en mijn borst gaat op en neer. Ik weet dat ik mijn hoofd moet draaien, maar ik kán het niet!

'Ik vraag het je nog één keer vriendelijk.'

Er glijdt iets langs mijn wang.

'Kijk me aan!'

Het venijnige stukje van mij dat soms de overhand neemt, zorgt ervoor dat ik nu wel mijn hoofd draai. Ik kijk hem strak aan en de woorden glijden over mijn lippen. 'Dat is niet vriendelijk en het is ook geen vraag.'

Voor ik besef wat er gebeurt, landt zijn gehandschoende vuist op mijn neus. Ik geef een gil en krimp van pijn in elkaar. Warm vocht loopt mijn neus uit.

'Denk je dat je tof bent? Een stoere meid?'

Direct voel ik een snerpende pijn in mijn zij als zijn vuisten me ook daar vol raken en ik graai naar de deken op het bed, probeer deze als een barrière tussen ons in te houden.

'S-s-stop, stop, ik zal doen wat je zegt!' roep ik. Ik krabbel overeind en kijk hem aan. Zowel mijn zij als mijn neus staat in brand en ik proef mijn eigen bloed. Waarom luisterde ik niet meteen?

'Goed,' zegt hij, en hij gaat naast me zitten. Het grijnzende masker is vlak bij mijn gezicht en ook de geur van brood is dichtbij. 'Ik dacht dat je inmiddels wel wat zou lusten.' Hij houdt de open zak met verse croissants onder mijn neus. Helderrood bloed druppelt erin.

Dan knijpt hij de zak voor mijn ogen fijn, met de broodjes erin, en draait vervolgens de dop van de fles met water. Ik lik aan mijn bloederige lippen. De metalige smaak maakt me opnieuw misselijk.

Terwijl hij me onafgebroken aankijkt, kantelt hij de fles en giet die leeg.

'Jammer dat je zo slecht luistert, misschien gaat het de volgende keer beter.' Met de lege fles en de zak bloederige croissants in zijn hand draait hij zich om en loopt naar de trap. Trillend blijf ik zitten waar ik zit.

Voor ik het weet is hij boven, klapt de deur dicht en wordt alles opnieuw donker.

Alleen. Ik ben weer alleen.

Ik rol mezelf op tot een balletje. De scherpe pijn in mijn neus laat me ondanks het donker lichtflitsen zien. Niet lang daarna zie ik helemaal niets meer.

8.

Iedereen kent de wet van Murphy wel. Anything that can go wrong, wíll go wrong. *Een wet die zogezegd de vervloektheid van alles benadrukt en waar ook wel iets arrogants in schuilt: als iets goed gaat, hebben we dat vooral aan onszelf te danken en wanneer iets fout gaat, geven we daar Murphy – van wie de meeste mensen niet eens weten wie het is – de schuld van.*

Of het in mijn geval vervloektheid of arrogantie betrof mag je zelf invullen, maar die wet – waarover overigens onduidelijkheid bestaat hoe Murphy die ooit bedoelde – werd bewezen.

Mijn oma sloot me elke week wel minstens één keer op in de kelder, maar vanaf het moment dat ik besloten had dat die kelder nodig was voor mijn plan, gebeurde het niet meer. Alsof die feeks doorhad dat ik iets van plan was. Zelfs mijn pogingen haar expres zo kwaad mogelijk te maken door herhaaldelijk met mijn voetbal tegen de zijkant van het huis te schieten tijdens haar favoriete tv-shows, met vieze schoenen over de net gedweilde vloer te banjeren, mijn glas melk 'per ongeluk' uit mijn handen te laten vallen, konden geen van alle het vuurtje doen ontvlammen dat anders zo makkelijk oplaaide. Na drie vruchteloze weken besloot ik zwaarder geschut in te zetten.

Mijn vader had die avond nachtdienst en was in de namiddag naar het bureau vertrokken. Hij zou zeker niet voor vier uur vannacht weer thuis zijn: perfect! Voordat hij wegging had hij een fikse ruzie met mijn oma gehad: iets waar ik me misschien rot over zou moeten voelen, want het was per slot van rekening – als alles goed ging – de laatste keer dat hij haar in levenden lijve zag. Ik had niet veel tijd om daarbij stil te staan, ik moest me op mijn doel focussen.

Tijdens het eten zat ik zo kalm als mogelijk tegenover mijn oma. Het kostte me vreselijk veel energie om mijn opwinding over wat er deze avond te gebeuren stond te verbergen, maar ik hield me rustig.

Na het eten commandeerde mijn oma me om af te ruimen, en toen ik alle vieze vaat in de keuken verzameld had, bleef ik bij het aanrecht staan. Ik staarde naar de stapels vaat waarvan zij altijd met droge ogen tegen mijn pa beweerde dat zij die deed.

Ik nam de pan met nog behoorlijk wat rode spaghettisaus van het fornuis en liet deze op de grond kletteren. Rode spetters vlogen in het rond en ik stelde me voor dat het iets anders was dan saus. Mijn oma reageerde meteen op de herrie en stierde de keuken binnen.

'Wel vervloekt nog an toe!' riep ze uit bij het zien van de rode ravage. 'Rotkind, kijk nou ook eens uit je doppen! Je bent al net zo onhandig als die pa van je. Is er dan helemaal niets wat je kunt zonder iets kapot of vies te maken?'

Normaal gesproken was dit het moment dat ik mijn ogen neersloeg, de tirade over me heen liet komen en gedwee deed wat ze zei. Niet vandaag! Niet nu ik wist dat mijn vader nachtdienst had en pas vroeg in de ochtend thuis zou komen. Niet nu ik wist dat deze avond de tijd en de gelegenheid er waren om mijn plan uit te voeren en ik de kans kreeg voor eens en voor altijd van die feeks af te komen.

'Wat sta je me nou bedonderd aan te kijken? Ruim die troep op!'

Nog steeds keek ik haar strak aan. 'Nee,' zei ik.

'Nee, zeg je?'

'Dat klopt, ik ruim het niet op. En ik ga die afwas ook niet doen!'

Mijn oma was even een paar seconden met stomheid geslagen voor ze haar ogen wat toekneep en naar me toe boog. 'Ik mag hopen dat ik je verkeerd verstaan heb, kind. Of is je gezonde verstand verdwenen?'

'U zegt altijd tegen papa dat u de afwas doet. Dóé het dan ook.'

Ik sloeg mijn armen over elkaar en er gloeide iets in mijn binnenste. Ik merkte dat ik totaal geen vrees had voor het lelijke mens dat voor me stond. Ze zou het niet eens slecht doen als heks in een van de sprookjes uit mijn boek.

'Wel gloeiende nog an toe!' vloekte ze weer. 'Ik heb me de afgelopen weken ingehouden met jou, omdat je weer als een baby bij je pa hebt lopen janken over die hand van je, maar nu is de maat echt vol!' Ze greep me bij mijn arm en sleurde me de gang op.

Er raasde een mix van emoties door me heen. Pa had oma wél aangesproken op haar gedrag, zie je nou wel! Hij gaf om mij en vond het net zo erg als ik wat ze me aandeed, alleen kón hij er niets aan doen. Ik ging hem met mijn plan van vanavond een grote dienst bewijzen!

Mijn oma sleurde me naar het eind van de smalle hal, waar naast de deur een sleutel aan een haakje hing. Voor de vorm stribbelde ik net als anders tegen, maaide flink met mijn armen en smeekte haar om me niet in de kelder op te sluiten. 'Alstublieft oma, ik ruim de keuken op, ik doe de afwas. Echt, het spijt me van die grote mond. Alstublieft, niet doen!'

Ze draaide de deur van het slot en duwde me net ver genoeg naar binnen om hem weer achter me dicht te kunnen doen. Met een klap sloeg hij in de sponning en vervolgens klonk het bekende geluid van een deur die op slot gedraaid werd. Ik zei een schietgebedje en telde tot tien. Het licht bleef branden, mijn oma had niet gemerkt dat ik tijdens onze worsteling de lichtschakelaar had omgehaald. Het peertje dat aan het plafond hing, verspreidde slechts een flauw licht, maar het was genoeg om bij te doen wat ik moest doen. Ik haalde opgelucht adem. Deel één van mijn plan was gelukt.

9. AMELIE

Anouk!

Als ik weer bijkom vraag ik me af of ik de naam die ik al zo vaak heb gegild in mijn nachtmerries hardop heb geroepen of dat deze slechts in mijn gedachten klonk. De ruimte om me heen is nog steeds in donker gehuld en alles doet zeer. Mijn bonkende hoofd, mijn brandende zij, mijn neus... Voorzichtig breng ik mijn hand ernaartoe. Mijn reukorgaan voelt niet langer aan als een deel van mezelf, maar als een aardappel die op mijn gezicht geplakt is. Een grote, knobbelige aardappel die gelukkig is gestopt met bloeden.

Ik kom overeind en besef dat ik de natuur niet langer kan tarten. Mijn blaas staat serieus op knappen. Net als eerder volg ik op de tast de muur naar die verdomde emmer. Als ik hem gevonden heb, laat ik mijn broek zakken, ga er zo goed als ik kan op zitten en laat eindelijk mijn plas lopen. Het is een vreemde, bijna orgastische sensatie bestaande uit een mengeling van pijn, schaamte en opluchting. Voorzichtig sta ik op, bang om het ding omver te stoten, hijs mijn broek op en schuifel terug. Als ik weer op het bed met mijn rug tegen de muur geleund zit, voel ik me iets opgeluchter. Net alsof er met het legen van mijn blaas ook iets meer ruimte in mijn hoofd gekomen is.

Ik moet helder blijven. Niet aan Anouk denken, want gedane zaken nemen geen keer. Is dat niet wat mijn moeder tegen me zei toen ze na het verlies van haar favoriete dochter mij uit haar hart bande?

Het is nu vooral belangrijk om duidelijkheid te krijgen waarom ik hier ben. Heeft het met mijn vader te maken, met zijn kunstgalerie? Sinds hij debuteerde in de *Quote 500* zijn er genoeg mensen die weten hoe vermogend hij is. Ik had zelf ook op de foto gestaan die bij het uitgebreide interview met hem geplaatst was. Is mijn ontvoerder uit op losgeld? Als dat zo is, betekent het in elk geval dat er hoop is. Mijn vader zou geen seconde aarzelen en het losgeld betalen, en dat betekent dat er een reële kans is dat ik hier wegkom en dat...

Dan stokt mijn adem in mijn keel. De gedachte aan geld haalt iets anders bij me naar boven. Iemand die donders goed weet hoe vermogend mijn vader is en die ook donders goed weet dat mijn vader dat met liefde zou opgeven om me hier weg te krijgen. Wat waren Vince' exacte woorden geweest op die avond dat hij briesend en bezopen voor me had gestaan? *Ik zal er alles aan doen om te voorkomen dat je van me scheidt. Alles!*

Kon het zijn dat dit, het feit dat ik hier nu ben, zijn 'alles' was? Had Vince er op deze manier voor gezorgd dat ik de scheiding, waar ik al maanden over nadacht en waarover ik eindelijk een knoop had doorgehakt, niet kón doorzetten? Er loopt een rilling over mijn rug als ik besef wat ik me eigenlijk afvraag: kan het zo zijn dat mijn echtgenoot hierachter zit?

10.

Ik veegde de spaghettisaus die nog aan mijn handen zat aan mijn trui af en haalde de kluwen van nylon vislijn die ik in mijn broekzak had gemoffeld tevoorschijn. Ik hoopte dat het genoeg was voor mijn doel, meer had er niet op de rol gezeten. Ik moest het ermee doen.

De eerste minuten spendeerde ik aan het stuk draad uit de knoop halen, waarna ik op het bovenste plateau van de steile betonnen trap neerhurkte. Ik knoopte het einde van de draad vast aan de onderkant van de spijl van het metalen hekje dat ervoor zorgde dat je niet zijwaarts van de keldertrap kon vallen. Daarna trok ik de draad strak naar de andere kant, waar ik hem drie keer om de tegenoverliggende spijl draaide en weer terugtrok naar de andere kant. Het lukte me om de draad zes keer van spijl naar spijl heen en weer te trekken.

Nadat ik de draad stevig voor de laatste keer had vastgeknoopt, kwam ik overeind en schopte tegen de lijn die ik gespannen had. Het gaf een beetje mee en maakte een 'toing'-geluid, als een slecht gespannen gitaarsnaar, maar bleef heel. Ik schopte nogmaals, harder deze keer. Ik moest er zeker van zijn dat de draad niet zomaar knapte. Dan wist mijn oma wat mijn bedoeling was en zat ik pas echt in de problemen. De draad bleef wederom heel.

Ik draaide me om en liep voorzichtig de trap af, denkend aan hoe mijn vader dit altijd een dodemanstrap noemde. Hij wilde niet dat ik hier kwam; mijn oma had er geen enkel probleem mee me hier naar beneden te sturen. Dertien belachelijk hoge treden, een onge-

luksgetal. Hoe vaak had ik ze niet geteld als ik daar beneden zat te wachten tot mijn oma besloot dat ik weer uit de stinkende ruimte mocht komen?

De twijfel sloeg toe. Was het genoeg? Een steile trap, een betonnen vloer en een krakkemikkige vrouw van eind vijftig met steeds brozer wordende botten. Was het genoeg om verlost te worden van de heks, of overleefde de heks haar val, waarna ze mijn leven nog zuurder zou maken dan eerst? Of nog erger – en hoe kon het dat ik hier überhaupt nog niet over had nagedacht – stel dat ze zo kwaad werd dat ze míj wat aandeed? Ik wist dat ze ertoe in staat was.

Ik haalde diep adem en besefte dat als ik nu niet doorzette ik het waarschijnlijk nooit meer durfde te doen. Het was een gok, maar wie niet waagde maakte sowieso geen schijn van kans om te winnen. Ergens achter in de kelder vond ik de werktrap die mijn vader altijd gebruikte als hij een lamp moest vervangen of iets moest ophangen, en ik sleepte hem naar het midden van de kelder. Het kostte me behoorlijk wat moeite om dit voor elkaar te krijgen, mijn wilskracht zorgde ervoor dat ik ongekende krachten tevoorschijn toverde. Recht onder het peertje klapte ik de ladder uit en ik klom naar boven. Ik pakte het gloeilampje beet en donderde haast naar beneden van schrik, want het glas was natuurlijk gloeiend heet. Shit.

Ik besefte dat ik de lamp eerst een poosje uit moest doen wilde ik het voor elkaar krijgen om het peertje eruit te draaien zonder mijn handen te branden, maar ik wist ook hoe stikdonker het hier was als het licht uit was. Slim zijn, *fluisterde ik mezelf toe.* Slim zijn.

Ik trok mijn schoenen uit en daarna mijn sokken, die ik om mijn handen deed alsof het handschoenen waren. Ik klom de ladder weer op en probeerde het nog eens. Warm, maar te doen. Ik draaide tot alles in volledig donker gehuld was en liet het peertje zo hangen, losjes in de fitting.

Voorzichtig klom ik naar beneden en trok mijn sokken en schoenen weer aan in het donker, alvorens ik de trap weer inklapte en deze schuifelend naar zijn plek terugbracht. Daarna liep ik op de tast naar de uiterste hoek van de kelder en liet me met mijn rug tegen de muur op de vloer zakken. Turend in het donker besefte ik dat het nu slechts nog een kwestie van wachten was.

11. AMELIE

De gedachte aan mijn man, die dat voor mij al lang niet meer is, zorgt ervoor dat ik een flinke adrenalinestoot krijg. Adrenaline die de wolligheid in mijn hoofd op slag verdrijft en plotseling rolt de ene vraag weer over de andere. Hoe diep zit Vince in de shit? Heb ik zijn situatie onderschat? Zou hij zó ver gaan? Voor geld? En was het niet vreselijk naïef van me geweest om te denken dat het 'probleem' Vince zich met een scheidingsakte zou laten wegwerken?

Ik probeer de bittere gal die zich de verkeerde kant op werkt weg te slikken en het bonzende gevoel in mijn gezwollen aardappelneus te negeren.

Alles, had Vince gezegd. *Alles!*

Ik trek de deken wat steviger om me heen in een poging iets op te warmen en wens vurig dat ik terug zou kunnen gaan in de tijd. Het was allemaal begonnen met het faillissement van Vince' bedrijf: een uitzendbureau voor vrachtwagenchauffeurs, dat ik pertinent niet zo mocht noemen van hem, want hij was een 'personele dienstverlener in de logistieke sector'. Hoe het beestje ook genoemd werd, het ging van het begin af aan al niet best. Mijn vader waarschuwde me bij aanvang van ons huwelijk. 'Die uitzendbranche is geen stabiele business, kind, het gaat op en neer. Het ene moment is er een overschot chauffeurs, het volgende is er geen fatsoenlijk personeel te vinden. Zorg ervoor dat je jullie financiën strikt gescheiden houden.' In eerste instantie had ik het voorstel – of eigenlijk de eis – van mijn vader om op huwelijkse voorwaarden met Vince te trouwen nogal overdreven gevonden. Toen wist ik nog niet dat ik hem er niet veel later dankbaar voor zou zijn.

Ik had op mijn eenentwintigste verjaardag het peperdure huis van mijn vader praktisch cadeau gekregen van hem, omdat hij definitief naar zijn appartement in de stad verhuisde. Het huis was voor mij een ideale plek om mijn atelier in te richten en op die manier bezat ik op jonge leeftijd plotseling een behoorlijk vermogen, al was het in stenen. Het was volgens mijn vader belachelijk om in gemeenschap van goederen te trouwen met een man die ik nota bene net een jaar kende en daarmee dat vermogen en mijn toekomst op het spel te zette. Daarbij liep ik enorme risico's als het misging met Vince' bedrijf, en zo waren die huwelijkse voorwaarden er gekomen. Het had Vince aanvankelijk danig tegen de borst gestuit – hij en mijn vader konden het sowieso slecht met elkaar vinden – maar uiteindelijk had hij toegestemd omdat ik hem ervan overtuigde dat het verder geen enkele invloed had op ons huwelijk.

Koude uitsluiting, dát was de oplossing. Ik had niet van het bestaan ervan geweten, maar het was ons allemaal haarfijn uitgelegd door de notaris van mijn vader. In onze situatie – ik met mijn huis en Vince met zijn bedrijf – was dat de verstandigste optie, zei hij, ook al klonk het misschien niet zo liefdevol. Het was een manier om mijn huis te beschermen mocht het misgaan met Vince' bedrijf, en dat was uiteindelijk ook voor Vince het beste. Ook hij wilde uiteraard verzekerd blijven van een dak boven zijn hoofd. De enige risicofactor was dat het tussen ons mis zou kunnen gaan, maar daar gingen we 'heel liefdevol' niet van uit.

Pas later leerde ik dat ook mijn vader en moeder op dezelfde wijze getrouwd waren geweest en dat het huis waar we vroeger met zijn allen woonden alleen van hem was. Misschien een van de redenen dat mijn moeder na hun scheiding al snel met een andere – rijke – man naar Engeland vertrok, waar ze oorspronkelijk vandaan kwam. Ons contact bestond sindsdien uit zeldzame overzeese telefoongesprekken met standaard verjaardagsfelicitaties en gemaakte interesse in elkaars levens.

Ik vond het vreselijk om toe te geven, maar mijn vader kreeg wat Vince betreft gelijk. Al binnen een jaar stond hij met zijn bedrijf behoorlijk in het rood. Mijn aanbod om hem te helpen door samen naar de cijfers te kijken of ze aan mijn vaders accountant voor te leggen, werd keihard afgewezen.

'Als je me wat geld leent, kom ik er wel weer bovenop, Amelie. De markt is nu wat slap, maar geloof me, het trekt echt wel weer aan.' Het was begonnen met dertigduizend euro van mijn spaarrekening, en nog eens dertigduizend een paar maanden later, praktisch mijn gehele spaarsaldo. Nadat hij vroeg om nóg een lening eiste ik zijn boekhouding in te zien. Vince bleef uitstellen en excuses verzinnen. Toen hij een weekendje ging duiken met vrienden, greep ik mijn kans en dook ik op zijn kantoor in de spelonken van zijn administratie. Nergens in de boekhouding van zijn bedrijf waren de twee leningen die ik hem verstrekt had terug te vinden. Wel stuitte ik op een doorlopend krediet van vijftigduizend euro dat hij onlangs had afgesloten en allerlei overboekingen zonder omschrijving naar een rekening die ik niet kende. Waar gebruikte Vince zijn bedrijfsgeld voor? Zijn internethistorie vertelde me alles wat ik moest weten. Holland casino, Betcity, Bingoal: sites die elke dag bezocht werden. Meerdere keren!

Ik had met trillende handen alles weer afgesloten en was naar huis gegaan. Daar had ik twee dagen als een kluizenaar doorgebracht, steeds weer twijfelend of ik me niet vergiste. Gokken? Vince? Ik zocht op internet naar alles wat ik erover kon vinden en vroeg me af hoe ik zo blind had kunnen zijn. Redenen als snel rijk willen worden, behoefte aan spanning, vluchtgedrag, een laag zelfbeeld en problemen in de jeugd kwam ik veelvuldig tegen als oorzaken voor een gokverslaving. Was ik dan echt zo blind geweest? Want hoe goed kende ik mijn echtgenoot nu eigenlijk? Ik wist dat hij al jaren geen contact meer had met zijn ouders, maar het hoe en waarom daar praatte hij niet over. In een loslippige bui – *Cogito ergo sum* – had hij me eens verteld dat zijn ouders hem al op vrij jonge leeftijd het huis uit getrapt hadden, dat hij ze nooit meer hoefde te zien en dat hij nog ergens een zus had met wie hij ook al jaren geen contact meer had. Mijn vragen over wat er tussen hen was voorgevallen, werden afgedaan met 'daar wil ik nooit meer over praten', vergezeld van een donkere blik die me angst aanjoeg en die ervoor zorgde dat ik het erbij liet.

Bij ons huwelijk was slechts een handjevol vrienden van hem aanwezig en geen familie. Tijdens onze huwelijksnacht vroeg ik hem of hij dat niet pijnlijk had gevonden. Hij had mijn haar om zijn vinger gedraaid zoals hij dat altijd deed en gefluisterd 'jij bent vanaf nu alle familie die ik nodig heb, Blondie' (zijn vaste koosnaampje voor mij), waarna we de liefde bedreven. Ik bestempelde het als het lot dat juist wij, eenzame zielen, elkaar gevonden hadden om ons eigen gezin te gaan stichten en het anders te doen. Mijn eigen familiebanden waren na de tragedie die ons gezin gekend had met Anouk nou ook niet bepaald warm te noemen. Mijn moeder was na die dag nooit meer een moeder voor me geweest en uiteindelijk was haar vertrek naar Engeland voor mij meer een bevrijding dan een verlies. Zelfs haar besluit om niet over te komen voor mijn bruiloft voelde als een opluchting, wetende dat áls ze kwam, ze de hele dag zou lopen grienen omdat ze haar andere dochter nooit bij het altaar zou zien, en ik me de hele dag schuldig zou voelen om wat ik haar ontnomen had.

Mijn vader had zich verzoend met onze situatie, onze verstandhouding, al voelde ik altijd nog dat ik er hard voor moest werken om hem trots te maken. Trots op zijn kleine meisje, op alles wat hij nog had.

Dat was de reden dat ik twee dagen per week, naast mijn baan als grafisch designer, keihard meewerkte in paps galerie in de hoop ooit in zijn voetsporen te treden als galeriehouder. Ik wilde zo graag dat hij me op een dag weer écht in zijn armen zou sluiten en dat ik dan voelde dat hij trots op me was.

Vince kende mijn kwetsbaarheden en mijn worstelingen met het verleden. Hij wist van de tragedie die ons gezin had meegemaakt, van mijn donkere periode daarna, van de moeizame relatie met mijn moeder, hoe rijk mijn vader was... Hij wist álles van mij, maar wat wist ik eigenlijk van hem?

12.

Ik wist dat het ongeveer een uur of zeven was toen mijn oma me de kelder in bonjourde, maar inmiddels was ik alle besef van tijd kwijtgeraakt. Het feit dat mijn oogleden steeds zwaarder werden en af en toe dichtvielen, maakte me duidelijk dat het waarschijnlijk al lang na mijn gebruikelijke bedtijd was. Eén ding wist ik zeker: mijn oma moest me voordat ze naar bed ging uit de kelder halen, om te voorkomen dat mijn vader er bij thuiskomst achter zou komen dat ze me opgesloten had. Ik verwachtte ieder moment het gemorrel aan de deur te horen.

Op een gegeven moment moest ik wat dieper zijn weggezakt, want het moment dat mijn oma de deur opende, miste ik. Ik werd pas wakker van haar gevloek en het geluid van de nu nutteloze lichtschakelaar. Alles beneden bleef in duisternis gehuld. Ik keek op en zag haar silhouet in de deuropening, waarachter in de hal wel licht brandde.

'Waar zit je?' schalde haar stem. 'Laat me niet naar beneden hoeven komen. Opschieten nu, dan kun je je nest in!'

Ik ging rechtop zitten en hield me stil. Als ik niet reageerde, had ze geen andere keus dan naar beneden te komen. Plotseling maakte ik me vreselijk druk over het licht dat vanaf de gang naar binnen scheen: kon ze de lijn zien die ik gespannen had?

Die vraag werd in de seconden die volgden beantwoord. 'Lastpak!' beet ze me toe in het luchtledige en een oogwenk later klonk haar ijselijke gil. Een harde doffe klap. Geritsel ergens in de hoek van de ruimte; een muis?

Ik wachtte nog even af, maar alles bleef stil. Mijn hart ging als een fladderend vogeltje tekeer in mijn borstkas. Ik stond op en liep op de schaduw af die op de grond uitgespreid lag. De heks was geveld. Met haar gezicht van me af lag ze op de betonnen vloer, haar ene been languit gestrekt, het andere in een onnatuurlijke knik gekromd. Ik besefte dat ik onder haar hoofd een donkere vlek zag die steeds groter werd. Het fladderende vogeltje in mijn binnenste ging tekeer als een kolibrie high van een teveel aan nectar en maakte loopings van vreugde. Het was gelukt! De heks was dood, het was me gelukt!

Van schrik kukelde ik achterover toen ik gerochel hoorde, en een ijzige hand sloot zich als een berenklem om mijn enkel. Ik landde op mijn kont en trok me los.

'H-h-help,' kwam er moeizaam over de lippen van mijn oma. 'Bel je vader.'

Ik zat daar versteend en keek toe terwijl ze haar hoofd probeerde op te tillen, wat haar niet lukte. Ik dwong mezelf in beweging te komen en liep met een boogje om haar heen, tot ik haar gezicht zag in het flauwe beetje licht dat naar binnen viel. Erop lettend dat ik me ver van de plas met bloed hield, zakte ik door mijn hurken. Haar hoofd lag weer op de grond en haar mond stond een beetje open. Ik zag dat haar lippen nog woorden probeerden te vormen, maar dat haar hersenen niet meer de juiste signalen uitzonden. Veel meer dan een armzalig gemurmel kwam er niet uit.

'Ik ga papa bellen,' zei ik, en ik rende de trap op, waarbij ik zorgvuldig over mijn boobytrap heen sprong. Ik haastte me naar de keuken, waar de telefoon hing, maar dat was niet wat ik nodig had. Ik opende de keukenla, griste het nagelschaartje eruit en holde terug naar de kelder. Op het plateautje boven aan de trap hurkte ik neer en knipte de visdraad los, waarna ik het loshaalde en samen met het schaartje in mijn broekzak opborg. Nog éénmaal keek ik naar beneden, waar mijn oma roerloos lag, en toen

draaide ik me om en ging naar mijn bed. Dat was tenslotte de plek waar ik de hele avond al had moeten zijn en waar iedereen verwachtte dat ik was.

13. AMELIE

Ik graaf in mijn gedachten. Wat was het nu – drie weken geleden dat ik Vince aankondigde dat ik van hem wilde scheiden?

Mijn god, wat was hij kwaad geweest en wat had hij een lelijke kant van zichzelf laten zien. In alle redelijkheid had ik geprobeerd hem uit te leggen dat de koek voor mij echt op was na drie jaar van vrijwel alleen maar ellende en zijn permanente weigering om hulp te zoeken. Dat ik het, na alles wat er gebeurd was, niet langer kon opbrengen om mooi weer te spelen tegenover de buitenwereld en dat ik mijn eigen leven terug wilde. Ik wilde een leven zonder hem en alles wat aan hem kleefde. En ja, ook mijn geld wilde ik terug.

De ongemakkelijk stilte die toen viel, vulde ik op door te zeggen dat ik hem ruimschoots de tijd gaf andere woonruimte te zoeken en dat ik uiteraard als hij me terugbetaald had de verplichte partneralimentatie zou betalen, gezien het feit ik de meestverdienende partner was.

Die laatste zin deed de woede in zijn ogen opvlammen tot een oncontroleerbare vuurzee. Zijn whiskyglas vloog rakelings langs mijn hoofd en barstte tegen de muur achter me uiteen, net zoals ons huwelijk dat al veel eerder gedaan had. Van schrik sprong ik op van de barkruk en voor ik het wist stond Vince met trillende neusvleugels tegenover me.

‘Niet alles in het leven draait om geld, Amelie!’ had hij geroepen. ‘Na al die tijd waarin ik jou heb gesteund, flik je me dit op het moment dat het met mij wat minder gaat?’

Ik verbeet me om niet fel tegen zijn belachelijke versie van de werkelijkheid in te gaan. Hij mij steunen? Mijn leven stond al drie jaar in het teken van alle problemen die Vince veroorzaakte. Ik had verwacht dat hij zou huilen, lamgeslagen zou zijn, misschien zou dreigen zichzelf iets aan te doen, zoals hij al zo vaak had gedaan als hij het weer eens niet meer zag zitten. Maar deze boosheid, dit vuur, dat had ik nooit eerder bij hem gezien. Het beangstigde me en zorgde ervoor dat ik lang wachtte voor ik mijn volgende zin uitsprak.

'Vince, het is klaar. Het is tijd om voor mezelf te kiezen en om...'

Pats!

De klap in mijn gezicht was in dit geval niet alleen figuurlijk. Vince had veel foute dingen gedaan in de tijd dat ik hem kende, maar hij had me nog nóóit geslagen! Ik kon niets anders doen dan hem verdwaasd aankijken, de man die witheet en trillend van woede voor me stond.

'Verdomde ijskoningin!' beet hij me toe.

Zijn gezicht was dicht bij het mijne en zijn warme van whisky doordrongen adem maakte mijn gloeiende wang nog vuriger.

'Ik wil dat je weggaat,' zei ik met veel meer beheersing in mijn stem dan dat ik voelde. Ik rechtte mijn rug, waardoor we nu echt neus aan neus stonden. Ik weigerde een stap achteruit te doen. Genoeg was genoeg!

Even leek het alsof hij opnieuw zou ontploffen, maar toen keerde de dofheid die ik kende terug in zijn ogen en draaide hij zich om. Binnen een kwartier had hij wat kleding in een koffer gemikt, zijn sleutelbos van de haltafel gegrist en was zonder verder iets te zeggen met gierende banden van de oprit gestoven. Pas na dat geluid durfde ik me weer te verroeren en ging ik de gebroken scherven van ons huwelijk opruimen.

De volgende ochtend al kwamen de eerste appjes. *Sorry meisje, ik heb er zo'n spijt van. Ik weet niet wat me bezielde. Wil je me alsjeblieft vergeven?*

Ik was er nog niet aan toe hem weer te spreken en reageerde niet. Ik overwoog zelfs om zijn nummer te blokkeren, maar ik wist dat we nog een lang traject met elkaar te gaan hadden om de scheiding in te zetten en af te ronden.

Daarna werden zijn appjes wanhopiger van aard. *Ik kan niet zonder je, Blondie, wij horen bij elkaar. Kunnen we praten?* Uiteindelijk weer gevolgd door de emotionele chantage die hij altijd als laatste wanhoopsdaad pleegde. *Zonder jou weet ik niet of ik het leven nog wel zie zitten. Ik ben bang dat ik mezelf iets aandoe. Ik heb je nodig, Amelie.*

Het waren kreten waar ik inmiddels niet warm of koud meer van werd en die nu net de reden waren dat ik dit niet meer trok. Het was klaar. Ik stuurde hem een bericht dat ik wilde dat hij me met rust liet tot ík er weer aan toe was hem te spreken en negeerde de stroom aan reacties die daarop volgde.

Toen kwam de lelijke Vince die ik gezien had weer om de hoek kijken. *Is het die kunstenaar uit de galerie van je vader? Manuel, Joël, of hoe hij ook heet? Neuk je met hem? Krijgt die Spaanse hunk van je hem wél omhoog?*

De behoefte was groot om terug te appen dat Miguel hem inderdaad wel omhoog kreeg, maar ik besloot me niet tot het niveau van Vince te verlagen. Ik blokkeerde alsnog zijn nummer; Vince moest eerst maar eens een poosje gaan afkoelen. Die strategie leek te werken, want hoewel ik verwacht had dat hij over zou gaan op bellen op de huistelefoon, bleef het stil. Het voelde de eerste dagen nog vreemd om zonder hem in de vrijstaande villa waarin ik was opgegroeid te zijn, maar al snel werd het euforische gevoel dat ik mezelf eindelijk bevrijd had steeds groter. Zo kon ik op mijn gemak ontbijten met de radio op het station van mijn keuze, kon ik douchen zo lang als ik wilde, kon ik ongestoord uren achtereen in mijn atelier schilderen en het belangrijkste van alles: ik kon mezelf weer zijn. Ik kon vrij zijn zonder de drukkende aanwezigheid van Vince en al zijn problemen. Tot ik erachter kwam dat Vince in zijn haast míjn sleutelbos met huissleutels had meegenomen in plaats van de zijne. Geen drama, maar ik besefte dat Vince nu ook een sleutel van de galerie had. Dát zat me niet lekker. Ik deblokkeerde zijn nummer en stuurde hem een bericht dat ik nú mijn sleutelbos terug wilde. Mijn berichtjes bleven slechts voorzien van één grijs vinkje en er kwam geen antwoord.

Tot vorige week. Op vrijdagavond had ik de gordijnen al vroeg dichtgetrokken en mezelf opgesloten met een kaasplankje, een fles rode wijn en *The Greatest Showman* startklaar op Netflix. Ik hoorde de sleutel in het slot en verslikte me in mijn wijn. Vince kreeg de deur niet open, want die zat al op het nachtslot. Meteen schalde de bel door het huis, gevolgd door zijn stem door de brievenbus: 'Doe open, Amelie. Dit is ook mijn huis!'

Hoewel dat technisch gezien niet waar was, kon ik me voorstellen dat hij het nog wel zo voelde, aangezien het overgrote gedeelte van zijn spullen hier nog stond. Ik liep naar de voordeur en deed open. Met de verwilderde blik van Vince op me gericht, had ik daar meteen spijt van. Voordat ik de kans kreeg iets te zeggen, stapte hij naar binnen en vloog me om de hals. Een geur die een mix was van te veel alcohol, te veel transpiratie en te weinig persoonlijke verzorging bereikte mijn neusgaten en ik probeerde mijn hoofd weg te draaien.

'Ik mis je, Amelie. Geef me nog een kans. Ik wil je terug!' Hij begon me in mijn nek te zoenen en zijn handen waren overal tegelijk, leek het wel. Ik duwde hem van me af.

'Alsjeblieft, ik weet dat ik het niet goed gedaan heb, Amelie. Ik weet dat ik niet goed voor jou ben geweest en dat je beter verdient. Geef me een kans om het goed te maken.'

Ik keek in de waterige ogen die moeite leken te hebben met focussen en schudde mijn hoofd. 'Nee, Vince. Ik wil dat je weggaat. We kunnen best afspraken maken over wanneer je je spullen komt halen, nu wil ik alleen mijn sleutels...'

Plotseling liet Vince zich tegen de muur in elkaar zakken. Met zijn handen voor zijn gezicht geslagen schokten zijn schouders hevig. *Geen tijd voor medelijden*, prentte ik mezelf in. Dit was nu net waar het al zo vaak mis was gegaan.

'Vince, hou op met deze vertoning.'

Vince richtte zijn betraande gezicht naar me op. Het was geen fraai plaatje.

'Ik beloof je dat ik hulp ga zoeken. Ik ga met iemand praten, deze keer écht!' Hij krabbelde overeind, en klampte zich letterlijk aan me vast door zijn armen om mijn middel te slaan.

'Dat lijkt me sowieso een goed plan,' hoorde ik mezelf zeggen, waarbij ik mijn kleine beetje medelijden voor hem opzijzette. Als ik deze keer niet doorpakte, wist ik, ontsnapte ik nooit uit deze vicieuze cirkel. 'Maar ons huwelijk is voorbij.' Ik maakte zijn handen los van mijn middel en liet me zakken tot ik hem in de ogen kon kijken. 'Ik hoop echt dat je hulp zoekt en jezelf het geluk gunt dat je verdient.'

Vince hief zijn hand en draaide een streng van mijn haar rond zijn vinger. 'Blondie, ik kan toch niet zonder jou? Wij horen bij elkaar.'

Ik pakte zijn hand en schudde mijn hoofd. 'Nee, Vince. Het is echt klaar deze keer.' Ik was zijn 'Blondie' niet meer en wilde dat ook niet meer zijn.

Hij draaide zijn hoofd van me af en bleef even voor zich uit zitten staren. Toen hij weer terugkeek, was de blik in zijn ogen weer veranderd. Hij stond op en torende nu boven me uit.

'Als je denkt dat je zo makkelijk van me af komt, dan heb je het mis. Ik ga niet akkoord met die scheiding van je. Nooit!'

'Doe normaal,' riep ik, en ik stond ook op, waardoor we elkaar weer in de ogen keken. 'Het heeft geen zin om je ertegen te verzetten. Geen enkele rechter stemt daarmee in, ons huwelijk is duurzaam ontwricht door jouw gokproblemen en je weet dat ik dat kan aantonen. Evenals het feit dat je me nog behoorlijk wat geld schuldig bent!'

Vince boog zich naar me toe en zonder dat hij me sloeg voelde ik mijn wang weer gloeien van de dreiging die van hem uitging.

'Rechter? Duurzaam ontwricht? Je hebt zeker alles al uitgeplozen met pappie en zijn advocaat, hè? Hoe komen we zo snel mogelijk van Vince, de rotte appel af? Hoe zorgen we ervoor dat ons familiekapitaal beschermd blijft? Hoe kunnen we dit gezwel zo efficiënt mogelijk uit het leven van dochterlief verwijderen?' Hij schudde zijn hoofd. 'Je bent een vuile egoïst, Amelie. Dat ben je al vanaf de dag dat je je zus liet verdrinken. Geen wonder dat je moeder je niet meer kon luchten of zien!'

Ik snakte naar adem en tranen sprongen in mijn ogen. Deze woorden van Vince kwamen vele malen harder aan dan welke klap dan ook.

'Ga weg!' brulde ik. Ik duwde hem tegen zijn borstkas, waarop hij even wankelde en honend begon te grijnzen. 'Wegwezen. Nú!' Woedend duwde ik hem nog een keer, en nog eens, tot hij naar buiten viel en dom grijnzend op de oprit zat. Ik gooide de deur met een klap voor zijn neus dicht en leunde er trillend tegenaan met mijn rug. Hoe durfde hij Anouk erbij te halen? Hoe dúrfde hij! Hij was er niet bij geweest die dag. Hij wist er helemaal niets van!

Buiten klonk een luid glasgerinkel, gevolgd door het geloei van mijn autoalarm. Gierende banden en opspattend grind tegen de gevel volgden en ik rukte de voordeur weer open. In de zijruit van mijn rode Volkswagen Beetle zat een groot gapend gat en glassplinters sierden misplaatst glinsterend de oprit naast het huis.

De hufter! Wie dacht hij wel niet dat hij was? En nog steeds had hij mijn sleutels niet teruggegeven. Het eerste wat ik volgende week zou doen, was een slotenmaker alle sloten laten vervangen!

Een uur later had ik aangifte gedaan bij de politie en nu ik hier in die kelder zit, voel ik ineens diezelfde woede oplaaien als ik opnieuw gemorrel aan de deur hoor. Als Vince denkt dat hij onze scheiding kan voorkomen door me te laten opsluiten door een of andere idioot die hij kent uit het gokcircuit, dan heeft hij het mooi mis!

14.

Natuurlijk deed ik geen oog dicht. Op het klokje naast mijn bed tikten de minuten langzaam weg en ik verwachtte ieder moment dat mijn oma als een soort zombie met een bloederig hoofd in de deuropening zou verschijnen, de mattenklopper in haar hand geklemd, klaar om mij ervanlangs te geven als nooit tevoren. Alles in huis bleef echter stil. Angstvallig stil.

Ik dacht aan Hans en Grietje, die samen een uitbundige vreugdedans hadden gedaan nadat Grietje de heks de oven in geschoven had en Hans uit zijn hok had bevrijd. Ik had niemand om uitbundig mee te dansen, maar vanbinnen fladderde nog steeds dat vogeltje bij het idee dat mijn missie geslaagd was. Overigens, dit is ook weer een belangrijk detail, mocht het je ontgaan: ik voelde me als kind al niet schuldig als ik iemand pijn deed, ik was alleen bang om gepakt te worden – een duidelijk kenmerk van een antisociale persoonlijkheidsstoornis.

Om kwart over vier hoorde ik eindelijk mijn vaders motor brullen. De neiging om op te springen en naar beneden te rennen was groot, maar ik bedwong me. Al snel hoorde ik pa in de hal beneden, waar hij zijn jas aan de kapstok zou hangen. Ik stelde me voor dat hij de open kelderdeur zag en zich afvroeg waarom die midden in de nacht openstond. Drie, twee, een...

'Ma? Wat doe je in godsnaam op dit tijdstip in de... Verdomme! Ma!'

Voetstappen die de keldertrap af denderden, nieuw gevloek, voetstappen weer naar boven. Zijn stem in de keuken (aan de telefoon?)

en weer stilte. Even later opnieuw zijn voetstappen, nu de trap op naar mijn kamer. Ik hoorde hem binnenkomen en merkte dat hij zich over me heen boog. Ik hield me slapend en bewoog niet, hoopte dat hij het trillende spiertje rond mijn mond niet zag. Niet veel later hoorde ik hem van mijn bed weglopen en klonk er wat gerommel in mijn kamer. Ik durfde me niet om te draaien en hield me slapend, tot ik hem de deur van mijn slaapkamer achter zich dicht hoorde trekken.

Nog weer later dacht ik dat ik een auto het terrein op hoorde rijden. Mijn kamer was aan de achterkant van het huis, dus liet ik me uit bed glijden en sloop naar de slaapkamer van mijn vader. Daar tuurde ik voorzichtig door het spleetje van de gordijnen. Ik verwachtte een ambulance op het erf te zien. In plaats daarvan zag ik een donkere personenauto waar juist een man uit stapte. Ik kneep mijn ogen samen en zag dat het dokter Vriens was, onze huisarts die pas nog een wrat onder mijn voet had weggehaald. Hij had gezegd dat het geen pijn deed, mijn zoveelste les dat volwassenen niet te vertrouwen waren: het had gebrand als de mieren onder mijn vergrootglas op een zomerdag! Waarom kwam hij nu? Betekende dat dat oma niet dood was en dat ze misschien alleen een wond aan haar hoofd had? Nee hoor, mevrouw, het doet geen pijn. Ik zal het even voor u hechten. *Ik was in de war. Als dat zo was, dan had ik een groot probleem!*

Ik probeerde vanaf de overloop te luisteren. Het enige wat ik hoorde, waren gedempte stemmen vanuit de kelder. Moest ik naar beneden gaan, doen alsof ik er wakker van was geworden?

Ik besloot terug naar bed te gaan. Als mijn oma nog leefde, was er nu niks wat ik daaraan kon veranderen. Dan zat er niets anders op dan de consequenties te aanvaarden en een ander en vooral beter plan te bedenken.

Het was geen droomloze slaap die ik sliep toen ik eindelijk wegzakte. Ik doolde rond in een ruimte waar ik geen hand voor ogen zag. Ik stak mijn handen uit en stuitte op iets zachts en sponzigs.

De zoetige geur die om me heen hing zorgde ervoor ik het naar mijn mond bracht. Marshmallows! Een stukje verderop iets wat hard en vettig was. Chocola! Ik bracht het met twee handen naar mijn mond, propte het erbij en ineens besefte ik waar ik was. Het koekhuisje!

Plotseling werd de ruimte verlicht en zag ik haar: de heks. Ze stond lachend voor de oven waarvan ze de deur zojuist had opengeschoven.

Toen ze zich naar de oven toe draaide om er iets in te zetten, werd er een groot gapend gat in haar achterhoofd zichtbaar, waarachter ik haar in elkaar gedraaide hersenbrij zag. Er krioelden maden in rond, alsof ze hun eigen feestmaal van marshmallows en chocola hadden. Ik aarzelde geen seconde, nam een aanloop en duwde haar de oven in.

15. AMELIE

Het licht gaat weer aan. Deze keer zal ik mijn ontvoerder in de ogen kijken als hij weer voor me staat.

Tergend langzaam loopt hij die hoge betonnen trap af en ik houd mijn blik strak op hem gericht. Vanaf nu neem ik ieder detail in me op, zodat ik er later voor kan zorgen dat deze vent gepakt wordt. Ik weet dat het opportunistisch is om te denken dat er een 'later' is, maar ik moet blijven geloven dat ik hier wegkom!

Mijn ontvoerder heeft ongeveer Vince' lengte, schat ik, zo'n één meter vijfentachtig, een gemiddeld postuur en er is iets nonchalants in zijn tred, zijn benen lichtjes gebogen in een O-vorm als hij loopt.

'Sta op,' dreunt zijn stem niet lang daarna als hij vlak voor me staat. Lage stem, denk ik en deze keer doe ik meteen wat hij zegt. 'Je ziet er niet uit,' zegt hij met zijn blik op mijn gezicht, dat ongetwijfeld een puinhoop van bloed en tranen is. Mijn huid prikt en trekt ervan. Het vuur in mij laait weer op en wéér kan ik me niet bedwingen.

'Ik heb tenminste geen masker nodig om mijn gezicht te verbergen.'

Een stomp tegen mijn reeds pijnlijke ribbenkast volgt en brengt me uit balans. Ik tuimel achterover op het bed, waarbij mijn hoofd de muur raakt. Even zie ik dubbel, maar ik ga rechtop zitten. Ik laat me niet kennen. Hij gooit een tasje naast me neer op het bed en ik ruik de geur van brood weer. *O, laat het alsjeblieft iets te eten en vooral iets te drinken zijn.* Ik verga inmiddels van de dorst.

'Ik zie je brutaliteit nog één keer door de vingers,' zegt hij rustig, waarna hij voor me gaat staan. 'Maar het is beter voor je als je je snel aan je nieuwe situatie aanpast.'

Mijn nieuwe situatie? What the fuck?

'Vanaf nu volg je de opdrachten die ik je geef op, anders neem ik maatregelen. Ik blijf niet zo geduldig, snap je?'

Diep vanbinnen borrelt de woede die ik nu echt moet beteugelen weer op. Geduldig? Mijn pijnlijke hoofd, neus en ribben vertellen een ander verhaal. Toch slik ik mijn woorden in en knik.

'Mooi,' zegt hij, en ik weet gewoon dat hij grijnst achter het van zichzelf al grijnzende masker.

'Er zit eten en drinken in die tas, en toiletpapier. De wc had je al gevonden, denk ik?'

Mijn wangen vlammen op als ik aan mijn bezoek aan de emmer denk en automatisch schiet mijn blik naar het ding dat links van het bed staat. Dan begint hij onbedaarlijk te lachen als hij ziet waar ik naar kijk.

'Dat meen je toch niet? Heb je...' hikt hij. 'Je dacht toch niet echt dat...' Hij loopt naar de emmer en lacht nu nog harder. Het geluid klinkt vreselijk in deze geïsoleerde kamer, het heeft geen enkele weg om te ontsnappen en lijkt overal te zijn.

'Je kunt gewoon op de wc gaan, domme koe. Ik ben geen barbaar. Legen, dat ding!'

Met mijn nagels in mijn handpalmen gedrukt volg ik zijn blik en zie de roestvrijstalen pot die in een hoek van de ruimte aan de wand bevestigd is. Het laat me beseffen hoe weinig onderzoek ik tot nu toe gedaan heb, hoe ik als een mak lammetje had zitten wachten op zijn komst. Gedesoriënteerd door alle gebeurtenissen en het donker, overgeleverd aan zijn grillen. Nu dit besef bij me binnendringt, flitsen mijn ogen van links naar rechts. Ik wil alles zien wat er te zien is voordat hij zijn macht weer misbruikt en me opnieuw opsluit in de duisternis.

Ik sta op, pak de emmer en loop naar het toilet, in de hoek rechts van het bed. Het is een roestvrijstalen pot, met een eveneens roestvrijstalen paneel met een doorspoelknop. Ik heb ooit bij een open dag van de politie een rondleiding gehad op een politiebureau. De toiletpot die ik zie lijkt op het toilet in de arrestantencel.

Ik draai me weer om en loop zo langzaam mogelijk terug. Ik scan de rechthoekige ruimte, die groter is dan ik had gedacht. Ik schat de oppervlakte zo'n veertig vierkante meter.

Dan is er nog het bed waarop ik zit: een simpel stalen frame met een dun matrasje en een deken erop. Verder is er niets! Geen ramen, geen luchtroosters, alleen de enorm steile betonnen trap. Toch een kelder? Nu besef ik pas dat de smerige lucht waarschijnlijk van het toilet afkomstig was. En dan blijft mijn blik rusten op de deur boven aan de trap: zo te zien de enige manier om uit deze ruimte te komen.

'Ik zou het niet eens overwegen.' Zijn gehandschoende hand schiet uit en hij pakt me bij mijn kin. Ik laat van angst de emmer vallen. Zijn vingers drukken stevig op mijn kaakbot en hij brengt zijn gezicht weer dichter bij het mijne. Ik houd mijn adem in.

'Als je doet wat ik je zeg, dan mag je binnenkort deze kamer uit.'

Meent hij dit? En wat bedoelt hij met 'binnenkort': als het losgeld betaald is?

'Wat bedoel je? Heb je mijn vader...'

'Meer hoef je nu niet te weten. Knap jezelf een beetje op en eet wat. Voor de gelegenheid laat ik het licht aan, als je er misbruik van maakt gaat het weer uit.'

Ik vraag me af hoe ik in godsnaam misbruik kan maken van het feit dat het licht aan is in deze afgesloten ruimte waar helemaal niets is, maar zijn woorden 'dan mag je binnenkort deze kamer uit' dreunen nog na. Ik moet doen wat hij zegt om op die manier mijn kansen om hier weg te komen te vergroten. Ik knik voor zover dat mogelijk is in de greep van zijn hand.

'Mooi,' zegt hij, en dan glijdt zijn gehandschoende hand langs mijn wang en vervolgens over mijn muts. Voor ik het weet pakt hij de rand beet en schuift het ding, waar ik mijn staart onder gepropt heb, van mijn hoofd. Mijn haar valt naar beneden en in zijn ogen zie ik iets veranderen. Hij wankelt.

'Klotezooi!' vloekt hij, en hij draait zich om, waarna hij naar de trap loopt.

'Wacht!' Zo snel ik kan schiet ik achter hem aan. Voor ik op de derde trede ben, draait hij zich om en duwt me van zich af. Ik land op mijn kont op de harde vloer en kan alleen maar lijdzaam toekijken terwijl de deur weer dichtgesmeten en op slot gedraaid wordt.

What the fuck was er zojuist gebeurd?

16.

Die ochtend werd ik wakker met een vreemd, weeïg gevoel in mijn maag. Zoals ik al zei: geen gevoel van spijt, eerder een gevoel van niet weten wat me te wachten stond. Een gevoel dat ik absoluut niet prettig vond. Niet weten was niet goed.

Ik kleedde me aan en haastte me de trap af, om in de deuropening van de keuken te blijven staan. Ik zag mijn vader met zijn handen in zijn haar aan de gedekte keukentafel zitten. Oma was nergens te bespeuren: een goed teken?

Plotseling keek mijn vader op en richtte zijn blik strak op mij. Ongemakkelijk stond ik daar aan de vloer genageld, niet wetend hoe ik moest reageren. Hoe het ook met mijn oma was afgelopen, ik wist natuurlijk van niks. Ik herpakte mezelf. 'Hoi, papa.'

Een stilte en nog steeds die strakke blik op me gericht.

'We moeten praten.' Papa schoof een van de keukenstoelen – mijn stoel – naar achteren en gebaarde met zijn hoofd dat ik plaats moest nemen. Ik liep ernaartoe en ging zitten. In mijn hart was geen vogeltje meer te bekennen, alleen het ruisen van mijn bloed, dat sneller dan anders rondgepompt werd.

'Lekker geslapen?' vroeg papa.

Ik keek naar hem op en zag dat hij me peilend opnam. Ik zag er vast moe uit na de nacht die ik had gehad. Snel knikte ik, en ik pakte een boterham uit de zak op tafel. Papa schoof de pot met pindakaas mijn kant op en ik draaide hem open.

'Er... eh... er is iets wat ik je moet vertellen. Iets vervelends.'

Ik legde de deksel naast mijn bord en keek weer naar mijn va-

der, mijn wenkbrauwen opgetrokken, zoals het waarschijnlijk hoorde.

'Er is een ongeluk gebeurd vannacht. Je oma is...' Papa slikte even en stopte met praten. Ik vroeg me af wat er nu van me verwacht werd.

'Is er iets met oma? Is ze ziek?'

Papa keek me weer aan met die onderzoekende blik. 'Oma is dood, ze is van de keldertrap gevallen.'

'Dood?' vroeg ik. Het vogeltje sloeg zijn vleugels weer uit.

Papa liet opnieuw een stilte vallen. Een lange deze keer, waarbij hij naar me bleef kijken. Ik keek terug en bedwong de neiging om mijn ogen neer te slaan. Ik móést hem wel blijven aankijken, want anders... Plotseling besefte ik wat ik fout deed en hoe stom dat was. Ik kneep onder de tafel zo hard als ik kon in het vlees van mijn dijbeen en onmiddellijk schoten de tranen in mijn ogen. Ik kneep nog een keer, draaide het vel tussen mijn vingers om en er welden nog meer tranen op. 'Is ze echt dood?' Mijn stem klonk nu zelfs een beetje schor.

Papa knikte. 'Heb jij enig idee wat ze 's avonds in die kelder te zoeken had?'

Ik schudde mijn hoofd en voelde tot mijn genoegen dat de tranen over mijn wangen liepen. Ik verdiende een Oscar voor dit staaltje acteerwerk!

Papa pakte de pot met pindakaas naast mijn bord vandaan en besmeerde zijn boterham. Hij nam een flinke hap, ik staarde nog naar mijn bord.

'Je hoeft deze week niet naar school en ik hoef ook even niet te werken. Ik heb een hoop te regelen, je zult jezelf moeten vermaken, snap je dat?'

Ik knikte.

'Vrijdag is de begrafenis en vanaf volgende week zullen we het met zijn tweetjes moeten rooien.'

Met zijn tweetjes! Eindelijk! Dat klonk me als muziek in de oren. De heks was verdwenen en we leefden nog lang en gelukkig. Ik onderdrukte de neiging om te glimlachen en bracht mijn handen naar mijn wangen om mijn tranen weg te vegen. 'Ik heb niet zo'n honger, papa,' zei ik met een piepstemmetje. 'Mag ik alsjeblieft naar mijn kamer?'

Papa keek me weer strak aan, toen knikte hij. Ik schoof mijn stoel naar achteren en plotseling voelde ik een ruk aan mijn arm. Ik keek naar beneden en zag papa's vingers om mijn pols klemmen. In gedachten zag ik weer even mijn oma voor me, die haar hand om mijn enkel geklemd had de vorige avond. Met ingehouden adem keek ik naar mijn vader en zag een blik in zijn ogen die ik niet kon plaatsen.

Hij stak zijn vrije hand in zijn broekzak en haalde er iets uit, wat hij vervolgens in mijn hand legde. Met gloeiende wangen keek ik naar de kluwen nylon visdraad en het schaartje die nu in mijn handpalm rustten. Papa die vannacht in mijn kamer was, het gerommel.

'Ik weet niet wat...' stamelde ik, en ik voelde mijn wangen nog verder opgloeien. Papa's grip om mijn pols verstevigde zodanig dat ik bang was dat hij die als een twijgje zou breken.

'Kijk me aan!'

Ik keek op en zag weer die vreemde gloed in zijn bruine ogen, die ik niet eerder gezien had. Was het afschuw dat ik zag of was het iets anders?

'Zorg ervoor dat je altijd je sporen wist, anders word je gepakt.' Hij kneep nu zo hard dat ik in elkaar kromp.

'Een succesvolle leugenaar is de leugenaar die nooit gepakt wordt. En dat lukt alleen de allersluwsten. Onthoud dat goed!' Hij liet abrupt mijn pols los en stortte zich op een nieuwe boterham zonder mij verder nog aan te kijken.

Alsof de duivel me op de hielen zat haastte ik me naar boven, naar mijn kamer, waar ik me op mijn bed liet vallen, de kluwen visdraad en de schaar nog altijd brandend in mijn hand. Binnen in mij gloeide een euforisch gevoel, want ik wist nu wat ik gezien had op het gezicht van mijn vader. Het was trots geweest. Voor het eerst in mijn leven had ik mijn pa trots gemaakt!

17. AMELIE

Een toilet! Er is een toilet!

Ik weet niet of het een psychisch effect is, maar meteen voel ik nieuwe aandrang om te plassen, en ik haast me naar het roestvrijstalen geval dat hier al die tijd al zonder dat ik het wist binnen handbereik was. Vlug laat ik mijn broek zakken en ga zitten. Het voelt vreemd om dat te doen in deze grote ruimte waarin het nu licht is, en waar ik het gevoel heb in de gaten te worden gehouden, maar de aandrang is hoger dan het ongemak. Een zucht van verlichting ontsnapt aan mijn lippen als de druk op mijn blaas nu eindelijk echt verdwijnt.

Vanaf mijn positie in de hoek van de ruimte scan ik die nog eens. Aan het plafond hangt enkel het peertje dat de ruimte nu verlicht. Geen zichtbare camera's of andere zaken, zoals ventilatieroosters. De wanden zijn allemaal voorzien van gladde, witte panelen die gelijmd lijken te zijn, want nergens zie ik schroeven. De vieze rottende geur die ik al die tijd al ruik, lijkt sterker te zijn in de buurt van het toilet. Waarschijnlijk het riool, denk ik bij mezelf en ik veeg af. Nadat ik mijn broek heb opgehesen en heb doorgespoeld, onderwerp ik het toilet aan een grondige inspectie. Want een riool betekent buizen. Buizen die naar buiten gaan!

Het is een zwevend roestvrijstalen model wc-pot aan een eveneens roestvrijstalen hoekpaneel. De afvoer moet daarachter zitten.

Ik herinner me van die open dag op het politiebureau dat ze

dit een 'hufterproof' toilet noemden. En hoewel ik geen hufter ben, is het me volkomen duidelijk waarom ze het zo noemen. Het geheel is stevig, robuust en nergens zie ik schroeven of ander bevestigingsmateriaal dat ik eventueel los kan krijgen. Ik strijk met mijn hand langs de bovenkant van het paneel, maar er zit geen millimeter speling tussen het paneel en de wand. Ik trek een paar keer aan de pot. Ook daar komt niks in beweging. Verspilde moeite en smerig bovendien. Met een wat weeïg gevoel in mijn maag van de stank, keer ik terug naar het bed en bekijk ook dit aandachtig nu er eindelijk licht is. Een simpel stalen frame en als ik eraan trek blijkt ook dit aan de muur verankerd te zijn.

Ik laat me op mijn knieën zakken en bekijk de constructie. De metalen delen zijn aan elkaar gelast, nergens zijn schroeven of bouten te bekennen. Zíjn werk? Want welke winkel verkoopt een bed zonder bouten en schroeven? Als ik het matras van het bed trek, komt de bedbodem tevoorschijn. Een eenvoudige houten plank waar ik ook niets aan heb. Mijn god, hij heeft dit tot in de puntjes voorbereid!

Ik gooi het matras terug op het bed en keer de plastic tas erop om. Er rollen drie flesjes water uit, een zak – bloederige en fijngeknepen – croissants, een zak krentenbollen, een netje mandarijnen, een handspiegel en een pak babydoekjes. O mijn god, de inhoud van de tas geeft me het idee dat hij me hier voorlopig nog wel wil houden. Aan de ene kant een angstaanjagende gedachte, aan de andere kant is het op vreemde wijze ook geruststellend. Hij gaf me dit niet allemaal als hij van plan was me te vermoorden. Is dat een conclusie die ik kan trekken? Snel draai ik een van de flesjes open en klok het vocht naar binnen. Nog nooit eerder smaakte simpel water zo verfrissend. Nu ik weet dat ik een toilet tot mijn beschikking heb, houd ik me niet in en drink het flesje helemaal leeg. Daarna eet ik een van de krentenbollen op, gevolgd door twee mandarijnen. De bloederige croissants vermijd ik liever nog even tot ik echt niet anders meer kan.

Dan pak ik de spiegel en doe waar ik zo tegen opzie. Ik slaak een kreet van ongeloof als ik mijn spiegelbeeld zie. Een gezwollen gezicht vol met roodbruine vegen en een neus die inderdaad wat van een aardappel wegheeft; een paarse aardappel in dit geval. Ik sluit even mijn ogen en herpak mezelf. Ik mag dan opgesloten zitten, mijn lijf mag zeer doen en mijn neus drie keer zo groot zijn als normaal, ik ben er in elk geval nog. En ik moet en zal hier wegkomen!

Als je doet wat ik je zeg, dan mag je binnenkort deze kamer uit. Dat waren zijn woorden geweest. Meende hij het ook?

Ik ruk een paar babydoekjes uit de verpakking en begin mijn gezicht zachtjes schoon te vegen, net zo lang tot alle rode vegen weg zijn. Als laatste bewerk ik voorzichtig mijn pijnlijke neus, wat voelt alsof er glasscherven in zitten en iemand er hard in knijpt. Even later zie ik er nog steeds niet uit, maar mijn huid voelt in elk geval weer wat frisser. Ik mik de vieze babydoekjes in de emmer, evenals mijn lege waterflesje, en ga met mijn rug recht tegen de muur zitten.

Ik moet nadenken. Nadenken over wat hij gezegd had, en over wat er daarna gebeurde, toen hij de muts van mijn hoofd trok.

Als ik mijn ogen sluit, zie ik het moment dat hij dat deed weer duidelijk voor me. Ondanks zijn masker had ik een verandering in zijn blik gezien. Hij schrok van wat hij zag en begon te vloeken. Wat betekende dat? Kende hij me? Of was ik juist níét degene die hij had gedacht dat ik was? Dat ik deze ochtend misschien niet alleen op de verkeerde tijd op de verkeerde plek was, maar dat ik ook nog eens het verkeerde meisje bleek te zijn. Mijn god!

Ik denk terug aan de ruzie met Vince, die me ertoe had aangezet meteen naar de kapper te gaan het afgelopen weekend en mijn blonde haar een paar tinten donkerder te laten verven. Blondie was verleden tijd. Was dat de reden? Denkt hij nu, vanwege mijn haar, dat hij de verkeerde voor zich heeft, of bén ik daadwerkelijk het verkeerde meisje?

Die laatste gedachte jaagt een vlaag van pure angst door me heen. Want als dat zo is, dan ben ik compleet nutteloos voor hem.

18.

Mijn gevoel van euforie bleef niet lang. De heks was weg, maar het verdere sprookje bleef uit. Ik had voor mezelf een droombeeld gecreëerd van pa en mij samen als mijn oma er niet meer zou zijn; de realiteit pakte anders uit.

Pa moest de week na de begrafenis al meteen weer aan het werk, wat erin resulteerde dat ik vanaf die tijd veel alleen thuis was. Er kwam geen kinderbescherming op de deur kloppen, geen pleeggezin dat me kwam halen, so far so good. *Ik was graag alleen, ook daar lag voor mij geen enkel probleem. Het échte probleem zat voor mij gek genoeg vooral in de momenten dat pa wél thuis was.*

Steeds vaker waren er vrouwen bij ons in huis. Veel verschillende vrouwen, van wie ik me sommige tot op de dag van vandaag nog steeds herinner: hoe ze eruitzagen, hoe ze roken, hoe ze voelden... Dat is best gek, om aan al die nietszeggende vrouwen in mijn vaders leven flarden van herinneringen te hebben, en geen enkele herinnering aan de vrouw die mij op de wereld heeft gezet.

Wat me achteraf nog het meest is bijgebleven van al die vrouwen die mijn vader meenam, is dat de meeste goudblond haar hadden, net als mijn moeder. Zelf had ik net als mijn vader een bos saai donkerblond haar, en ook ik was betoverd door die blonde lokken die mijn vader zo graag om zijn vingers wond als de vrouwen bij hem op de bank tegen hem aan lagen. En bij allemaal droegen die lokken zo hun eigen geur. Zo weet ik nog dat Mimi (zij kwam ons helpen met het huishouden, zei mijn vader) naar groene appeltjes rook als ze over me heen boog om iets te pakken. En Saskia, die na Mimi kwam om te helpen in huis, had een soort frisse kauwgomgeur om zich heen hangen. Van alle vrouwen die ooit kwamen, rook Lou het lekkerst. Zij rook naar de grote magnoliaboom die op ons erf stond. Maar over Lou ga je straks nog veel meer lezen.

De vrouwen die mijn vader 'hielpen' in huis moesten opvallend vaak in zijn slaapkamer zijn – mét hem. Ik had op die leeftijd nog geen enkel idee wat daar allemaal te doen viel, behalve de eeuwige mand met was die daar stond om op te vouwen. Meestal hield ik me koest voor de tv, zoals me gezegd was te doen. Steevast schalde er op die momenten muziek met een hoop violen en slagwerk door mijn vaders slaapkamer: voor mij het signaal dat ik uit de buurt moest blijven. Een keer – ik denk dat ik inmiddels tien was, misschien elf – duurde het echt héél lang om die was op te vouwen. Ik wilde graag weten wanneer we gingen eten en soms kunnen dat soort vragen echt niet wachten – ik wilde nog wat kikkers opblazen die avond – dus begaf ik me naar mijn vaders slaapkamer. Ik hief mijn hand naar de deurkruk, en Saskia riep met een rare schorre stem over de muziek heen: 'Nee! Stop!' Ik begreep er niks van dat ze wist wat ik wilde doen, maar liet voor de zekerheid mijn hand weer zakken.

'Nee, Jack. Je gaat te ver, dat is niet wat we afgesproken hebben!'

Toen begreep ik dat ze het tegen mijn vader had en deed ik alsnog de deur open. Ik zag Saskia en mijn vader op het bed, en ze waren beslist geen was aan het opvouwen, hoewel mijn vader wel iets van een sjaal in zijn handen had. De wasmand stond onaangeroerd op de stoel in de hoek, maar iets anders trok mijn aandacht. Saskia lag met handboeien om (van mijn vader?) aan het bed vastgeketend, had een verhit gezicht en was poedelnaakt. Haar borsten staken rechtovereind en mijn pa – ook naakt – zat boven op haar tussen haar benen.

Beiden keken ze geschrokken op en mijn vader schoot van het bed af. 'Goddomme, Robin!' vloekte hij over de bombastische muziek heen. Hij liep op me af met de sjaal voor zijn zaakje gedrapeerd en duwde me de kamer uit. Ik plofte op mijn kont neer in de gang en bleef beduusd zitten. De deur sloeg voor mijn neus weer dicht.

'Ik had je gezegd die deur op slot te doen!' foeterde mijn vader tegen Saskia, en ik maakte me uit de voeten. Blijkbaar deden ze daar dingen waar ze mij niet bij konden gebruiken, en eten kwam later wel.

Niet lang na die avond begon ik te begrijpen wie de vrouwen waren die bij ons thuis kwamen. Of beter gezegd, wát ze waren.

Mijn vader bracht zijn tijd liever door met die vieze hoeren dan met mij, zijn eigen kind! Ik moet eerlijk bekennen dat ik soms met het idee speelde om de arme houthakker uit Hans en Grietje ook om het leven te brengen. Pas vanaf de dag dat Lou en Jill in mijn vaders leven kwamen, veranderde alles. Toen werd het eindelijk een écht sprookje.

En ze leefden nog lang en gelukkig?

19. AMELIE

Sinds het kwartje gevallen is, kan ik niet meer blijven zitten. Ik negeer de pijn in mijn zij, polsen en mijn kloppende neus en ijsbeer langs het bed in een poging mijn gedachten te ordenen.

Als ik het verkeerde meisje ben, en mijn ontvoerder mij niet nodig heeft, zal hij me nooit laten gaan. Het risico om mij te laten lopen is voor hem te groot. Aan de andere kant, ik heb zijn gezicht niet gezien en heb ook geen flauw idee waar ik opgesloten ben. Dat kan een pluspunt zijn, waardoor hij me misschien alsnog...

Ik geef een schop tegen het bed. Waar ben ik mee bezig? Hopen dat hij me laat gaan? *Natuurlijk, Amelie! Dat is wat compleet empathieloze ontvoerders doen. O, sorry ik heb me vergist, ga jij maar weer fijn naar huis en eindelijk je fietsbandje oppompen!*

Nee! Als hij mij niet nuttig acht, voor wat hij dan ook van plan is, dan moet ik hem van mijn nut overtuigen! Dat, óf ik moet hem te slim af zijn. Het moment dat ik het spiegeltje zag, had ik al meteen bedacht dat je iemand flink kunt verwonden met een glasscherf, maar krijg ik daar de kans voor? Ik pak het spiegeltje op en kijk naar mijn verwilderde spiegelbeeld, alsof ik verwacht daar het antwoord te vinden.

'Nee,' zeg ik nu hardop, en ik kijk naar mijn vreselijk gezwollen neus. Ik heb al gemerkt dat mijn ontvoerder er niet voor terugdeinst om me pijn te doen. Hij is een flink stuk groter dan ik en ongetwijfeld ook behoorlijk wat sterker. Ik moet dit spel anders spelen om hier levend uit te komen. En dát wil ik! Hoewel ik het laatste jaar weinig levenslust heb gehad, voel ik aan alles dat ik hier weg wil komen. Juist nu ik die belangrijke stap eindelijk heb genomen om Vince duidelijk te maken dat het over is tussen ons, liggen er weer nieuwe kansen voor me in het verschiet.

Ik kan het niet helpen, maar ik zie Miguel voor me: de talentvolle opkomende kunstenaar die sinds een paar maanden exposeerde en vaak meehielp in de galerie van mijn vader, en wiens bloed Vince wel kon drinken. De eigenzinnige Spanjaard en ik zagen elkaar wekelijks. Hoewel Miguel in het begin wat stug was, bleek al snel dat we dezelfde humor bezaten en dat we het goed met elkaar konden vinden. Iets te goed, volgens Vince. Meer dan eens had hij toespelingen gemaakt als ik wat langer in de galerie was gebleven, en de keer dat ik Miguel had uitgenodigd mijn atelier aan huis te komen bekijken was hij ook niet bepaald *amused.* Ik moet eerlijk bekennen dat ik niet eerder iemand – behalve Vince en mijn vader dan – in mijn schilderdomein had toegelaten, maar dat ik er geen enkele bijbedoeling mee had. Ik bewonderde Miguels werk gewoon, en hij het mijne, en ik vond het heerlijk om mijn passie voor schilderkunst met iemand behalve mijn vader te kunnen delen. Vince toonde zelden interesse in mijn schilderijen en was alleen geïnteresseerd in wat een werk had opgebracht als ik iets verkocht had. Met Miguel kon ik uren praten over kunst en verschillende schildertechnieken.

Vince bleef er maar over doorgaan dat Miguel en ik het wel erg goed met elkaar konden vinden, en daardoor was ik hem met andere ogen gaan bekijken – een zogezegde selffulfilling prophecy.

Miguel was qua uiterlijk compleet het tegenovergestelde van Vince. Terwijl bij Vince altijd alles strak en netjes was (gekleed volgens de laatste mode, blond haar dat goed gestyled was met de juiste producten, zijn gezicht gladgeschoren), was Miguel meer het quasi-onverzorgde type. Hij ging standaard gekleed in jeans gecombineerd met een T-shirt dat nooit gestreken was en dat na een dag werken altijd onder de verfvlekken zat, droeg zijn lange donkere haar in een nonchalant samengebonden staartje, en had permanent een meerdaags stoppelbaardje. Maar het grootste verschil tussen die twee lag in heel iets anders dan uiterlijkheden. Daar waar ik van Vince niet eens meer wist hoe zijn gezicht eruitzag als hij naar me glimlachte, had Miguel een warme lach die me steeds vaker aangename kriebels in mijn onderbuik bezorgde. Steeds vaker viel me op dat er goud door het bruin in zijn ogen sprankelde en dat er kuiltjes in zijn wangen kwamen als hij lachte, dat de spieren in zijn armen aanspanden als hij papa hielp met nieuwe schilderijen ophangen en dat hij zijn haar nonchalant achter zijn oor veegde als hij aan het werk was in de galerie.

Ja, als ik eerlijk was, moest ik toegeven dat ik de laatste maanden druk bezig was geweest verliefd te worden op Miguel, maar ik had er niks mee gedaan. Ik was getrouwd en dat was dat. Maar meer dan eens waren mijn gedachten, terwijl ik in het donker naast Vince lag, afgedwaald naar Miguel en wat hij met me kon doen als we op een avond samen in mijn galerie waren. En soms, als ik het zachte snurkende geluid van Vince naast me hoorde, pleegde ik het ultieme overspel door mijn hand naar beneden te laten glijden en in mijn gedachten met Miguel te zijn. Het gaf me het gevoel een slecht mens te zijn, dat gevoel dat ik niet meer van me af kon schudden sinds die noodlottige dag.

Nog steeds kijk ik naar mezelf in de spiegel. Als ik de zwelling in mijn gezicht wegdenk en vriendelijk glimlach in plaats van mijn normale norse gezicht te tonen, dan zie ik haar. Mijn zus, die door mij om het leven kwam, lacht me via de spiegel toe. Geen wonder dat mijn moeder me niet meer om zich heen kon hebben.

Niet langer in staat via mezelf naar mijn dode zus te kijken, gooi ik de spiegel op het bed en ga weer zitten. Ik heb geen andere keus dan te wachten tot hij terugkomt – áls hij nog terugkomt.

20.

Ik kan me de dag dat pa Lou en Jill mee naar huis nam nog altijd goed herinneren. Pa was die ochtend al vroeg uit de veren, want het was een belangrijke dag, zei hij. Hij moest een paar uurtjes weg en als hij thuiskwam, verzekerde hij me, dan had hij een grote verrassing voor me. De eerste verrassing voor mij was dat hij in zijn gammele Ford vertrok, in plaats van op zijn motor. Hij gebruikte het oude barrel zelden.

Ik vermaakte me zoals ieder weekend door een beetje op het erf rond te struinen, stenen naar de jonge eendjes in de sloot te gooien, mieren in brand te steken met mijn vaders zippo, en ongegeneerd met mijn voetbal tegen de gevel van mijn oma's oude huis te schoppen.

Na het 'Saskia-incident' had mijn vader het huis van mijn oma driftig verbouwd en was het voor mij als hij binnen was tot verboden gebied bestempeld, aangezien hij zijn 'vriendinnen' tegenwoordig daar ontving. Regelmatig klonk de bombastische muziek als hij daar was, en ik – inmiddels ook ouder en wijzer – kon wel raden wat ze binnen uitspookten.

Toen ik de Ford van mijn vader aan het eind van de middag het erf op zag draaien, was mijn eerste impuls eropaf te rennen, maar om de een of andere reden verstopte ik me achter het bijgebouw. Alsof ik al vermoedde dat dit niet zomaar een verrassing was.

Ik zag dat mijn pa uitstapte, zich uitrekte en vervolgens de deur aan de passagierskant opende. Daar stapte een vrouw uit – Lou, kreeg ik later te horen – die wat aarzelend om zich heen keek. Met-

een zag ik dat deze vrouw anders was dan de vrouwen die mijn vader tot nu toe mee naar huis had genomen.

Net als al die andere vrouwen had ze ook lang blond haar, maar blond alsof er hier en daar nonchalant draden van goud doorheen geweven waren. Ze draaide zich om, stak haar ranke arm uit om het achterportier van de auto te openen en deed me aan een balletdanseres denken. Er was iets gracieus in haar manier van bewegen, alsof ze elk moment weg kon zweven.

Ze droeg een fleurig geel zomerjurkje met daaronder espadrilles, en niet zoals alle andere vrouwen die mijn vader gebruikelijk mee naar huis nam hakken zo hoog dat je er een auto onder kon parkeren. Ook werd haar gezicht niet bedekt door een laag make-up waar je een plamuurmes voor nodig had om het aan te brengen en een beitel om het te weer verwijderen. Lou was, zoals dat heet, een natuurlijke schoonheid.

Toen ze het achterportier opende en het meisje haar gebruinde been naar buiten stak, hield ik mijn adem in. Had ik even eerder gedacht dat Lou de belichaming van perfectie was, dan kwam ik daar nu op terug. Het meisje dat van de achterbank gleed, was iets ouder dan ik. Vijftien, schatte ik zo in. Ze had bronskleurige stelten van benen die onder een afgeknipt spijkerbroekje uitstaken en droeg een shirtje waar net haar navel onderuit piepte. De strakke stof spande rond haar ontluikende vrouwelijkheid en mijn hart ging sneller slaan. Bij het zien van het blonde haar dat haar gezicht omlijstte, liet ik mijn adem in een langgerekte zucht ontsnappen.

Lou's haar was mooi, maar het haar van dit meisje was betoverend! In het zonlicht dat erop viel schitterden tinten goud, bruin en geel. Het deed me denken aan het schilderij van Van Gogh, met de zonnebloemen. Ze was prachtig!

Afwachtend stond ze naast de auto en tuurde met een nors gezicht naar de boerderij. Ik keek vanuit mijn schuilplaats toe terwijl mijn vader zoekend rondkeek waar ik uithing, en ik aarzelde of ik al tevoorschijn moest komen. Ik besloot te blijven zitten waar ik zat. Pa liep naar de kofferbak van zijn auto en opende die.

Vol verbazing zag ik dat hij er twee koffers en wat losse tassen uit tilde, alvorens hij met de koffers en de vrouwen met de losse tassen naar de boerderij liep en het hele gezelschap naar binnen ging.

Er was een vreemde mengeling van gevoelens in mijn onderbuik. Tintelend van opwinding, weeïg van vertwijfeling. Had pa dan eindelijk een nieuwe moeder voor mij gevonden? En misschien nog belangrijker: kreeg ik er als kers op de taart een bloedmooi stiefzusje bij?

21. AMELIE

Versuft kom ik overeind als er weer gerommel aan de deur klinkt. Ik kan het bijna niet geloven, maar het heeft er alle schijn van dat ik weggedommeld ben. Hoelang heb ik geslapen? Is er een hele nacht aan me voorbijgegleden zonder dat ik het heb gemerkt? Het is voor mijn gevoel eeuwen geleden dat ik zonder een slaapmiddel in slaap ben gevallen.

'Waar is de spiegel?' zegt hij vanaf zijn positie boven aan de trap, en meteen voel ik een opluchting dat ik die niet in stukken gebroken heb. Mijn ontvoerder is niet dom. Ik tast om me heen en nadat ik het ding gevonden heb, houd ik het naar hem op. Hij komt nu de trap af en loopt naar me toe. In zijn hand zie ik metaal glinsteren.

'Opstaan en omdraaien. Armen achter je rug.'

Deze keer haal ik het niet in mijn hoofd tegen hem in te gaan en doe ik als een mak lammetje wat hij van me vraagt. Voor ik het weet voel ik koud staal rondom mijn polsen en klikken de handboeien dicht. Daarna pakt hij de spiegel van het bed en steekt deze tussen zijn broekband en rug.

'Wat ga je met me doen?' vraag ik zachtjes. Mijn hartslag neemt weer toe. Heeft hij besloten dat ik inderdaad nutteloos voor hem ben? Gaat hij me vermoorden? Mijn benen worden week.

Dan schuift hij iets over mijn ogen. Zachte stof. Een slaapmasker? Hij draait me om en rommelt wat aan het masker, tot hij blijkbaar vindt dat het goed zit.

'Wat ga je met me doen?' piep ik nu. Paniek heeft weer de overhand, hoewel ik me nog zo had voorgenomen rustig te blijven. 'Mijn vader is rijk, hij kan je veel geld betalen om me ongeschonden vrij te laten. Hij staat in de *Quote 500* en hij heeft...'

'Rijkeluismeisjes als jij denken altijd dat alles met geld op te lossen is.'

Ik slik en hoor Vince in mijn gedachten roepen: *Niet alles in het leven draait om geld, Amelie!*

'Als het je niet om geld gaat, zeg dan alsjeblieft wat je wilt. Ik beloof je dat...'

'Je luistert slecht. Ik heb je al een paar keer gezegd wat je moet doen, maar je doet het niet. Gewoon je kop houden en meewerken!'

Hij grijpt me bij mijn arm en trekt me met hem mee. 'Trap op,' bromt hij nors als we bij de trap zijn en voetje voor voetje schuifel ik voorzichtig via de smalle treden mee naar boven. Mijn hart slaat nu zo gejaagd dat ik bang ben dat mijn bloed te snel rondgepompt wordt en ik straks zomaar neerval, de trap af. Dat zou weleens fatale gevolgen kunnen hebben gezien de steilheid ervan en de meedogenloze betonnen vloer onderaan. Ik dwing mezelf om rustig door te ademen.

Doordat het masker dat hij me heeft opgezet niet helemaal goed aansluit, kan ik mijn eigen voeten zien als ik mijn blik wat naar beneden richt. Ik doe dit zo ver als mogelijk in de hoop dat het hem niet opvalt en zie ook zijn zwarte schoenen. Het zijn zwarte, robuuste laarzen. Motorlaarzen? Ik gis naar de maat, want alle details kunnen tellen mocht ik een geluksvogel blijken. Ongeveer even groot als de voeten van Vince, dus ik houd het op maat tweeënveertig.

Op de vloer waarover we lopen na de trap – een hal? – ligt zwart-wit geblokt vinyl dat er oud en versleten uitziet.

'Doorlopen!' Een ruk aan mijn arm dwingt me grotere stappen te zetten, waarbij ik wankel en mijn blik van de grond afwend.

Dan stopt hij ineens. 'Trap op,' zegt hij weer en vanbinnen voel ik een soort opluchting. Hij brengt me naar een andere plek in dit huis. Als hij me had willen vermoorden, dan zou hij dit toch niet doen? Dan kon hij me net zo goed in de kelder vermoorden of... Ik begrijp zelf ook niet hoe ik logica probeer aan te brengen in deze gekte en hoe ik in het hoofd van deze psychopaat probeer te kruipen. Feit blijft dat ik geen flauw idee heb hoe hij denkt en wat hij van plan is, en ook dat ik niets anders kan doen dan zijn orders opvolgen.

Hij trekt me mee de trap op. Ook deze treden zijn smaller dan ik verwacht en omdat mijn hersenen hetgeen ik niet kan zien niet snel genoeg koppelen aan wat ik lijfelijk constateer, struikel ik. Onhandig kukel ik voorover, waarbij mijn heup pijnlijk in aanraking komt met het hout van de trap. *Houten trap*, prent ik mezelf in. Hij trekt me overeind en als ik weer op mijn voeten sta, voel ik zijn aansporing om door te lopen in mijn bovenarm, waar zijn vingers druk uitoefenen.

Als een zwalkende dronkenman strompel ik op zijn sturende aanwijzingen naar boven, tot de trap plotseling ophoudt, ik nog een laatste niet-bestaande tree in de lucht beklim en bijna opnieuw val. Het geeft me net even iets langer de tijd om opnieuw naar beneden te kijken en ik zie dat het hout van de trap is veranderd in donkerbruine vloerbedekking. Al net zo versleten als het vinyl dat beneden lag. *Oud huis. Oud en muf huis.*

Hij loodst me verder, tot we weer stilhouden en over een hoge drempel stappen. In deze ruimte geen bruine vloerbedekking, er liggen tegels op de vloer. Kleine vierkantjes in zwart en groezelig wit – is dit een badkamer? Shit! Hoe kon ik zo dom zijn om te concluderen dat hij me niet ging vermoorden omdat hij me uit de kelder haalde? Beelden van kettingzagen en badkuipen verschijnen op mijn netvlies. Bloedspetters die opspatten tegen een groezelig douchegordijn, stukjes bot die door een afvoerputje wegspoelen...

Ik begin te worstelen. 'Nee, alsjeblieft, doe me niks. Ik werk mee! Ik doe alles wat je...'

Dan rukt hij aan mijn armen en hoor ik het geluid van de boeien die losklikken. Meteen daarna trekt hij het masker voor mijn ogen vandaan en kijk ik om me heen. Inderdaad, dit is een badkamer met zwart-witte tegels, een smerig bad op pootjes, een zo mogelijk nog smeriger toilet en een wastafel. Als ik zie wat er op de wastafel klaarstaat, stokt mijn adem in mijn keel.

'Nee...' breng ik met moeite uit.

Dan buigt hij naar me toe en fluistert in mijn oor: 'Ik hou van blonde meisjes.'

22.

Ik weet nog altijd niet goed hoe ik de blik in de blauwe ogen van Lou het beste kan omschrijven. Meewarig, melancholiek, triest? Wat ik wel weet, is aan wie het me onmiddellijk deed denken, maar dat kun je zelf vast ook wel invullen.

'Hoi, jij moet Robin zijn,' zei ze met een stem die al net zo leek te zweven als zij wanneer ze liep. Ik knikte alleen, gevangen door haar schoonheid en de aanwezigheid van Jill, die met een koptelefoon op haar hoofd op de bank zat. Ik had geen flauw idee waar mijn pa uithing.

'Jill, zet die muziek uit en stel jezelf even voor.'

Het meisje, dat met opgetrokken benen op de bank in een blad zat te bladeren, leek haar moeder niet te horen.

'Jill!' klonk het nu wat harder, waarop Jill verveeld opkeek van haar magazine. Haar blik leek nog verveelder te worden toen ze mij zag. Lou trok haar speels overeind en sloeg een arm om Jills schouder. 'Deze norse puber hier is mijn dochter Jill. Er zit een aardig meisje verstopt onder deze nukken, met een beetje geluk krijg je daar soms een glimp van te zien.' Lou lachte en drukte een kus op het goudblonde haar van Jill, die haar moeder semi-boos van zich af duwde. Ik voelde een steek van jaloezie. Hoe zou het zijn om een moeder zoals Lou te hebben? Eentje die grapjes maakte en je onvolkomenheden voor lief nam?

'Jill,' zei het meisje, en ze stak haar hand naar me uit. Ik schudde hem en voelde een siddering door mijn lijf gaan bij het gevoel van haar zijdezachte huid op de mijne. Ik bleef haar wat verdwaasd

aankijken, zoekend naar woorden, en ze glimlachte – spottend? Meteen voelde ik een blos vanuit mijn hals naar mijn gezicht trekken.

'Wat eh, luister je?' Ik wees naar de koptelefoon die om haar nek hing.

'Britney,' zei ze. 'Je kent haar waarschijnlijk niet en het is ook niet echt iets voor jou.' Nuffig wierp ze een blik op mijn vieze spijkerbroek en eenvoudige wijde shirt, waarna ze zich omdraaide, op de bank plofte en onverstoorbaar haar koptelefoon weer opzette en verder bladerde in haar magazine. Wat lullig stond ik daar, niet wetend wat ik met mezelf en mijn verschijning aan moest naast dit prachtige meisje.

'Ik zei het al: nukken.' Lou knipoogde naar me. Ik lachte schaapachtig terug en maakte me uit de voeten. De rest van de middag bracht ik zwervend op het erf door, me afvragend of Lou en Jill bij ons kwamen wonen en wanneer mijn vader van plan was me dit te vertellen. In gedachten zag ik al voor me dat Jill dag in dag uit tegenover me zat aan het ontbijt, dat we samen onder hetzelfde dak sliepen, dat ik haar bestudeerde als ze naar haar muziek luisterde. Ik had nog geen benul hoeveel beter de werkelijkheid was, dat kwam pas later die avond.

Pa vertelde tijdens het avondeten tussen neus en lippen door dat Lou en Jill bij ons introkken en dat Jill ook nog eens mijn kamer kreeg. Ik moet eerlijk bekennen dat ik behoorlijk pissig werd. Blijkbaar was pa de hele middag bezig geweest haar kamer in orde te maken en mijn spullen naar zolder te verhuizen. De zolderkamer die weliswaar veel groter was, maar waar het in de winter snijdend koud was, in de zomer bloedverziekend heet, en waar op de meest onmogelijke tijdstippen vogels door de dakgoten renden. Het was de ruimte geweest waar ook mijn vader het grootste deel van zijn jeugd had doorgebracht. Ik protesteerde dat Jill ouder was dan ik en dat het veel logischer was als zíj op zolder ging slapen, maar mijn vader zei dat het fijner voor Jill was om op dezelfde verdieping te slapen als haar moeder. Jill trok haar wenkbrauwen op en keek mijn kant op. Dat vond ik best lief, gezien de nukkige puber die ze leek te zijn. 'Ik vind het ook prima om...' begon ze, maar mijn vader wuifde het weg. 'Robin is oud genoeg, en bovendien heb ik alles al in orde gemaakt.'

Toen ik nogmaals wilde protesteren, keek pa me dreigend aan met die donkere blik waardoor ik wist dat ik het niet in mijn hoofd moest halen om tegen hem in te gaan. In stilte at ik mijn bord leeg.

Toen we klaar waren, en Jill en Lou de afwas deden, nam pa me mee naar zolder. Ontsteld keek ik rond en zag dat inderdaad al mijn spullen al verplaatst waren, alsof ik hier altijd al geslapen had.

Opnieuw voelde ik boosheid opborrelen, terwijl pa op mijn bed zat en me met ogen glimmend van enthousiasme aankeek. Ik kon het niet plaatsen. Werd hij ineens sentimenteel, was hij trots dat ik na al die jaren nu in zijn oude kamer sliep? Wat een slap gedoe!

Hij trok het donkerbruine vloerkleed dat voor het bed lag van zijn plek. Het werd me ineens duidelijk waar de glans in zijn ogen vandaan kwam.

23. AMELIE

Vanaf de wastafel staart het me aan. BLOND INTENSE, staat er op het pakje waar een vrouw met, tja, ik kan niet anders zeggen dan inderdaad inténs blond haar op staat.

'Dat meen je toch niet?' zeg ik zachtjes, en ik kijk mijn kwelgeest vertwijfeld aan. 'Je wilt dat ik mijn haar verf?'

Hij knikt en ik slik mijn walging weg.

'En dan, wat ga je dan met me doen? Je moet contact opnemen met mijn vader om...'

'Dat geld van je vader krijg ik sowieso wel. Linksom of rechtsom.'

Ik snap niet wat hij bedoelt. Mijn vader zou betalen als er om losgeld gevraagd werd. Hij zou me toch niet... 'Maar waarom moet ik dan...' stamel ik. Ik voel tranen opwellen. Ik wil mijn haar niet verven en afwachten wat deze perverseling met me gaat doen. Ik wil naar huis. Mijn vader terugzien, mijn collega's, Lianne, Miguel, mijn god, zelfs Vince wil ik graag terugzien op dit moment!

Onbeweeglijk kijkt mijn ontvoerder me aan met zijn bruine ogen. Miguel heeft bruine ogen, schiet er door me heen, alleen zijn die niet zo kil als het paar dat nu op me gericht is.

'Luister, het is simpel,' zegt hij. 'Je kapt nu met al die vragen van je en je gaat doen wat ik je zeg. Doe je het niet,' – hij stapt op me af en pakt mijn kin beet tussen zijn gehandschoende vingers – 'dan zijn er voor jou tien anderen die een stuk minder lastig zijn.'

Ik houd mijn adem in. Tien blónde meisjes denk ik, ik was dus toch het 'verkeerde' meisje. Wat ik dacht gezien te hebben in zijn ogen, klopte. Hij dacht een blond meisje ontvoerd te hebben en schrok van mijn geverfde haar. Betekende dit dat hij me al langer in de gaten had gehouden?

Plotseling begint hij te lachen. 'Zoveel vragen en zo weinig antwoorden, hè? Ik hoor de radertjes gewoon knarsen. Doe nou maar wat je gevraagd is!' Hij laat mijn kin los en ik wend mijn blik af. 'Geen rare geintjes. Over exact vijfenveertig minuten ben ik terug en dan hoop ik voor je dat je klaar bent, anders vind ik wel een ander. Begrepen?' Hij brengt zijn gezicht weer dicht bij het mijne en wederom prikkelt zijn Hugo Boss-geurtje mijn neus. Snel knik ik.

Hij haalt een digitaal wekkertje uit zijn zak, drukt op de toetsen en zet het op de rand van de wasbak. 'Vijfenveertig minuten krijg je, geen seconde langer.' Dan verdwijnt hij uit de ruimte, die zorgvuldig door hem op slot gedraaid wordt.

Slap van de spanning pak ik de kookwekker en laat me op de koude tegelvloer zakken. Wat moet ik in godsnaam doen?

24.

Vertwijfeld staarde ik naar het perfect ronde gaatje precies in het midden van waar het vloerkleed had gelegen. Ik keek weer naar mijn vader, die met een glimlachje rond zijn mond nog steeds op mijn bed zat. Met zijn hoofd knikte hij om me aan te sporen en ik liet me op mijn knieën zakken bij het gat dat net iets groter was dan een rijksdaalder. Ik boog voorover, ging op mijn buik liggen en bracht mijn gezicht ernaartoe tot mijn wimpers de rand van het gat raakten. Met ingehouden adem zag ik recht onder me de plek waar tot voor kort altijd míjn bed had gestaan, maar waar nu een ander bed stond. Een bed met daarop een dekbed vanwaar Britney Spears – al wist ik toen nog niet dat dát Britney was – voorzien van een uitdagende knipoog, me toelachte. Mijn hartslag versnelde bij het zien van haar navel onder het korte truitje, en nog meer bij het zien van de lange blonde haren die tot aan haar borsten reikten. Lange blonde haren, net als die van...

Ik schoot overeind en keek naar mijn pa, die het kleed weer op zijn plek schoof. Daarna stond hij op en liep naar de deur, waar hij zich nog even naar me omdraaide: 'Alleen de allersluwsten worden nooit gepakt, weet je nog?' Hij sloot de deur en liet me alleen met mijn gedachten. Zo ontzettend véél gedachten.

25. AMELIE

Nadat er vijf kostbare minuten zijn weggetikt op het klokje, besluit ik dat ik geen andere keus heb. Werktuiglijk leeg ik het zakje blondeerpoeder in het mengbakje en pak het flesje waterstofperoxide. Als ik het opendraai, stijgt er een lucht op die in mijn ogen prikt en ik begin te hoesten. Ik houd het flesje wat van me af en kijk naar het etiket. WATERSTOFPEROXIDE 12%. NIET VOOR INWENDIG GEBRUIK. KAN IRRITATIE VAN DE LUCHTWEGEN VEROORZAKEN. VEROORZAAKT HUIDIRRITATIE. VEROORZAAKT ERNSTIG OOGLETSEL.

Mijn blik blijft bij de laatste zin hangen en ik lees de kleine lettertjes: dat het nodig is gedurende een aantal minuten te spoelen met water mocht het spul in de ogen terechtkomen. Mijn hand begint te trillen en meteen draai ik de dop op het flesje uit angst het te laten vallen. Durf ik het aan? En zou het me lukken om zo te mikken dat ik dit in zijn ogen kan gooien?

Ik kijk naar mezelf in de spiegel boven de wasbak en iemand die ik niet ken staart terug. Mijn haar – walnootbruin – hangt lusteloos en slap langs mijn hoofd, mijn gezicht is krijtwit – op de paarse aardappel na – en onder mijn ogen zijn donkere kringen zichtbaar. Maar ergens in mijn ogen brandt nog een vuurtje, en ik zie het oplaaien bij de gedachte dat ik dit ga doen. Ik hoor hem in mijn gedachten gillen van de pijn en zie mezelf naar de uitgang van deze plek, dit huis rennen, op weg naar mijn vrijheid!

Maar stel dat hij de deur van de badkamer opent, ziet dat ik mijn haar niet geverfd heb en in de aanval gaat? Krijg ik dan die kans wel? *Doe je het niet, dan zijn er voor jou tien anderen die een stuk minder lastig zijn*, hoor ik zijn stem weer in gedachten. Als het mislukt, betekent dit absoluut het einde voor me, ik moet verstandig zijn.

Kan ik de verhoudingen van de verf wat aanpassen? Mijn haar is niet zo heel donker geverfd en licht van zichzelf, dus als ik de helft van het flesje gebruik, wordt het zeker al een stuk blonder.

Meteen ga ik aan de slag. Ik trek de handschoenen uit de verpakking, giet de helft van het waterstofperoxide bij het poeder en meng het geheel met het kwastje dat erbij zit door elkaar. Met tranende ogen verdeel ik het goedje over mijn haar en als ik daarmee klaar ben staan er nog vijfendertig minuten op de klok. Dan wacht ik twintig vreselijk lange minuten voor ik mijn haar weer uitspoel. Als ik mijn haar afdroog en opnieuw in de spiegel kijk, ben ik nog meer een vreemde voor mezelf geworden. Hoewel mijn haar nat is, is het onmiskenbaar veel lichter dan voorheen en ik weet zeker dat het eenmaal droog behoorlijk blond zal zijn. Nog blonder dan ik oorspronkelijk was. Het blond dat ik al haatte, en dat ik nu ronduit verfoei. Ik droog het nog wat verder af en probeer het met mijn vingers enigszins uit de klit te halen. Het voelt stug aan. Dan kijk ik weer op het wekkertje. Nog vijf minuten. Ik draai de dop van het flesje dat nog voor de helft gevuld is met het chemische goedje en stop het tussen mijn buik en de broekband van mijn jeans. Voorzichtig, niet te veel bewegen. Als ik al een kans krijg, moet ik het in één keer goed doen. Met een wild bonzend hart kijk ik naar de minuten die langzaam wegtikken.

26.

Diep onder de indruk en beduusd van het onverwachte geschenk dat mijn vader mij had gegeven, lag ik op mijn bed. Gedachten tolden door mijn hoofd. Sinds de dood van mijn oma had mijn vader met geen woord meer gerept over het incident in de kelder en wat er de volgende ochtend in de keuken op volgde. Maar zijn laatste woorden voordat hij mijn kamer verliet hadden me alles gezegd. Hij wist wat voor vlees hij in de kuip had. Hij wist wie ik was en vooral wát ik was. En dat wist hij, omdat hij in mij zichzelf herkende.

Ik besefte dat dit gat in de vloer in zíjn oude kamer zat. En de kamer eronder die eerst de mijne was en nu die van Jill, was vast en zeker de kamer van zijn tweelingzus geweest in hun jeugd. Die mysterieuze tweelingzus die zichzelf op vijftienjarige leeftijd van het leven had beroofd en over wie nooit gesproken werd. Betekende dit gat in de vloer dat hij háár vroeger begluurd had? Net zoals hij mij nu de gelegenheid gaf dat bij Jill te doen?

Ik staarde naar het kleed. Het kleed dat mijn magische portaal naar een andere wereld verhulde. De wereld van een meisje dat ik net had leren kennen, maar dat ik zoveel beter ging leren kennen dan zij ooit zou weten. Mits ik sluw genoeg was!

Ik liet me weer op de grond zakken en twijfelde even of ik me niet alles had ingebeeld; ik had altijd al een levendige fantasie gehad. Ik trok het kleed voorzichtig opzij en zag dat het gat er écht was. Plat op mijn buik liggend tuurde ik er weer doorheen en zag opnieuw het dekbed met het wulps uitziende meisje erop afgebeeld. Als ik een beetje draaide zag ik ook de kledingkast met de grote spiegel op de middelste deur geplakt, links van het bed, en het bureautje dat aan de rechterkant stond. Alleen het gedeelte naast de deur bleef buiten mijn gezichtsveld.

Alleen de allersluwsten, *galmde er weer door mijn hoofd.*

Snel kwam ik overeind en nam de trap naar beneden. In de keuken hoorde ik een geanimeerd gesprek tussen mijn vader, Lou en Jill. Blijkbaar hadden ze mij er niet bij nodig. Ik hield stil voor de kamer van Jill en duwde voorzichtig de deurklink naar beneden. Ademloos keek ik rond in het domein dat ik zojuist nog vanuit een heel ander perspectief had gezien en constateerde dat op de plek die ik niet kon zien alleen maar een roze poef stond, net naast de deur.

Ik liep op mijn tenen naar het bed toe en vlijde mezelf op het dekbed, vanwaar ik naar het plafond staarde. Verheugd zag ik dat in de kurken delen en houten steunbalken waaruit het plafond bestond zoveel oneffenheden, houtnerven en structuur zaten dat het gat totaal niet opviel. Ik wist waar ik naar zocht, maar anders had ik het vast en zeker nooit gezien. Met een verrukt gevoel stond ik op en trok het dekbed weer recht. Ik verliet de kamer, sloot de deur net zo zacht als ik hem geopend had en liep naar beneden, waar mijn vader, Lou en Jill inmiddels in de woonkamer tv zaten te kijken, als een echt gezinnetje.

Ik ging naast Jill op de bank zitten, die daarop onmiddellijk opzijschoof, en hoopte dat het niet te lang zou duren voor ze besloot om voor de eerste keer te gaan slapen in haar nieuwe huis.

Alleen de allersluwsten.

27. AMELIE

Het klokje geeft exact vijfenveertig minuten aan als ik zijn laarzen op de houten trap hoor. Punctuele klootzak, denk ik bij mezelf, en ik ga rechtop staan. Het moment van de waarheid.

Mijn ademhaling versnelt, mijn hart klopt in mijn borstkas alsof het naar buiten probeert te springen en mijn benen voelen aan als al dente gekookte pastaslierten, alsof ik er ieder moment doorheen kan zakken. *Rustig Amelie, rustig.* Dit is mijn enige kans en als ik hem nu niet grijp, dan...

De sloten klikken een voor een open en dan gaat ook de deur open. Ik zie zijn lange gestalte in het zwart met het masker weer verschijnen en zijn bruine ogen kijken goedkeurend naar mij.

'Fijn om te zien dat je eindelijk verstandig bent geworden,' zegt hij, en hij stapt op me af. Tegen mijn buik lijkt het flesje te branden, wachtend op het juiste moment.

'Zo ben je precies goed,' zegt hij. Zijn gehandschoende hand glijdt vanaf mijn kruin naar mijn haarpunten. 'Heel mooi.' Zijn warme adem strijkt langs mijn rechterwang en oor, en ik ril van walging. Ik knijp mijn ogen dicht als zijn hand langs mijn arm naar beneden glijdt en zich daarna om mijn middel vouwt. *God, het flesje. Laat hem uit de buurt blijven bij het flesje!*

Dan zakt zijn hand verder af naar mijn kont en trekt hij me iets dichter tegen hem aan, met mijn enige hoop tussen ons in. *Laat hem niets doorhebben, God, alstublieft!*

Nooit eerder in mijn leven heb ik tot God gebeden, nu reken ik ineens op Hem. *Laat me niet stikken, geef me de kans om het goed te maken! Ik weet dat ik een enorme fout begaan heb in het verleden, maar ik ben nog niet klaar met leven, geef me de kans om...*

Ik zie dat hij de boeien weer achter zijn rug vandaan haalt en even lijkt het alsof mijn hart stopt met slaan. Waarom had ik daar niet aan gedacht? Met die dingen om kan ik niks!

'Alsjeblieft,' smeek ik. 'Mijn polsen doen zeer, laat ze alsjeblieft af, ik werk mee.' Ik steek mijn polsen vooruit en toon hem de schaafwonden.

Hij kijkt me peilend aan en steekt de boeien dan weer weg achter zijn rug. 'Deze gaat wel op.' Uit zijn zak komt het slaapmasker en hij zet het, bijna met een devoot gebaar, weer bij me op. Hij schikt mijn haar en pakt mijn arm. 'Meekomen.'

Diep vanbinnen jubel ik. *Geen boeien: het kan, het kan, het kan!* Als ik het goed weet te timen, dan krijg ik mijn kans. Ik richt mijn blik weer wat naar beneden en kijk hoe mijn voeten stapjes zetten over de zwart-wit geblokte tegelvloer. Over de hoge drempel heen stappen en weer op de bruine versleten vloerbedekking. Ik besef dat het nu of nooit is. Niet wachten tot we vlak bij de kelder zijn en hij de mogelijkheid heeft me naar binnen te duwen en de deur dicht te smijten. Ik onderdruk de kuch die ik voel opkomen van de zenuwen, breng mijn hand naar mijn buik – zo dicht mogelijk bij het flesje – en trek dan met de andere hand het masker van mijn ogen. Tegelijkertijd vinden mijn vingers in één beweging het flesje en doe ik wat ik moet doen. Hij weert me af, slaat tegen mijn hand, maar kan daarmee niet voorkomen dat een flinke hoeveelheid van de vloeistof zijn doel treft. Meteen schreeuwt hij het uit en slaat zijn handen voor zijn ogen.

'Aaaaaah! Vuil klerewijf!'

Ik strompel twee passen achteruit, draai me om en dan sta ik compleet verstijfd. Aan de grond genageld, juist nu ik moet vliegen. Vanaf de overloop waar ik sta, staar ik verdwaasd naar een groot raam dat recht voor me is en snap ik niet wat ik zie. Stukjes helderblauwe lucht – het is midden op de dag? – vermengd met witte vlokken. Het lijkt wel sneeuw. Dan besef ik dat ik naar de bloemen van een reusachtige magnoliaboom kijk. *Boom. Bloemen. Buiten. Beweeg!* Ik ren bij mijn ontvoerder vandaan en neem de trap met twee treden tegelijk naar beneden, waar ik in een hal terechtkom. De hal met het versleten vinyl. De hal die naar een deur leidt, naar buiten. Vrijheid! Zo snel als mijn benen kunnen, sprint ik erheen. Boven hoor ik hem nog steeds krijsen en ik hoor water lopen. Mijn handen strekken zich uit, pakken de deurklink en er gebeurt niks! Met trillende handen verander ik de positie van de aanwezige grendels, dievenklauwen, of hoe die dingen ook mogen heten. Snel! Een nieuwe ruk aan de klink levert wederom niks op. Ik draai me om en schiet de hal door, op zoek naar een andere uitweg uit deze hel. Hoor ik de kraan nog steeds?

Aan het andere eind van de hal is nog een deur, naar de tuin? Een grote houten plaat zit gespijkerd voor wat vast een raam is. Ik ren erop af als ik mijn ontvoerder de trap af hoor strompelen. Strompelen is goed, maar het zal niet lang meer duren. Ik steek wederom mijn hand uit naar de deurklink, trek eraan als een bezetene en schreeuw tegelijkertijd zo hard ik kan om hulp. Ook deze deur gaat niet open en ik hoor een harde *tak*, alsof er een droge twijg in tweeën knakt. Er gebeurt iets wat ik slechts één keer eerder in mijn leven heb meegemaakt. Ik proef een metaalachtige smaak, net als wanneer je als kind aan een batterij likte, en meteen is er een allesoverheersende pijn in mijn schouderbladen, alsof een of ander elektrisch wezen me met zijn klauwen vastgrijpt en met zijn geladen nagels onder stroom zet. Bliksemschichten schieten door mijn lijf en al mijn spieren verkrampen. Ik zak in elkaar, half tegen de deur en half op de vloer, en zie gek genoeg mijn eigen lichaam daar op de grond liggen. Mijn ledematen bewegen spastisch alle kanten op, alsof ik een trekpop ben.

Hij stormt op me af met een geel apparaat in zijn handen, en schopt meerdere keren tegen mijn schokkende lijf.

'Dat had je nou niet moeten doen, kutwijf!'

28.

Pas uren later werd ik door mijn pa naar boven gestuurd, het moment waar ik al de hele avond naar uitgekeken had. Aan de film die we met zijn allen gekeken hadden – met Bruce Willis die niet dood wilde gaan – leek geen eind te komen. Ik kon mijn aandacht er sowieso niet bij houden, de aanwezigheid van Lou en Jill in huis zorgde voor een zinderende spanning in mijn lijf die ik niet eerder gevoeld had. Lou, die wat te drinken voor me inschonk en tegen mijn vader aanhing op de bank. Jill, die naast me zat en wier been het mijne raakte als ze ging verzitten. Het zorgde ervoor dat de film als een waas aan me voorbijtrok, en ik probeerde in stilte de klok vooruit te kijken.

Uiteraard mocht Jill langer opblijven dan ik, want zij was tenslotte ouder. Tot mijn vreugde zei ze toen ik naar bed gestuurd werd dat ze ook naar haar kamer ging om nog wat muziek te luisteren voor ze ging slapen.

Ik keek toe toen ze haar moeder met een kus welterusten wenste en met een innemende glimlach tegen mijn vader zei dat ze het gezellig had gevonden. Omdat ik niet achter wilde blijven, liet ik me op de schoot van mijn vader vallen en sloeg mijn armen om hem heen, iets wat ik anders nooit deed. Hij trok me naar zich toe en fluisterde in mijn oor: 'Slaap lekker.' Ik keek naar hem op en zag een veelbetekenend lachje om zijn lippen.

Ik bedankte Lou voor de gezelligheid en haastte me met twee treden tegelijk de trap op om als eerste in de badkamer te zijn. Ik poetste mijn tanden en juist toen ik naar buiten stapte, stond Jill voor haar kamerdeur. Er was niets meer te bespeuren van de innemende glimlach of vriendelijkheid die ze beneden had laten zien. Ze vouwde demonstratief haar armen over elkaar.

'Ik hoop dat je lekker slaapt in je nieuwe kamer,' zei ik om de wat ongemakkelijke stilte te doorbreken. Ze leek even te aarzelen, zette twee stappen naar me toe en bracht haar gezicht vlak voor het mijne. In het blauw van haar ogen zag ik gouden spikkels, dezelfde kleur als in dat prachtige haar, en op en om haar neus zaten wat lichte sproetjes. Er hing een heerlijk zoet aroma om haar heen en ik moest me beheersen het niet op te snuiven.

'Denk maar niet dat we hier lang blijven, dwerg. Voor je het weet is mijn moeder op jouw vader uitgekeken en zijn we hier weer weg. Dan kun je fijn terug naar die armetierige kamer van je.'

Met een ruk draaide ze zich om, ging haar kamer binnen en smeet de deur dicht. Met open mond staarde ik naar de deur die zoveel jaren de mijne was geweest om mee te smijten. Die glimlachjes van haar, de vriendelijke woorden beneden naar mijn vader: allemaal toneelspel? Ik voelde woede opborrelen. Dwerg? Wie dacht ze wel niet dat ze was?

Wederom met twee treden tegelijk rende ik de trap op naar zolder, deed het licht aan in mijn kamer en trok in razend tempo mijn pyjama aan.

Daarna ging ik op mijn knieën zitten en rolde het kleed op. Ik was al bijna bij het gaatje aangekomen toen ik ineens besefte dat ik een grote fout maakte. Snel stond ik weer op, draaide voor de zekerheid mijn deur op slot en knipte het licht uit. Voorzichtig schuifelde ik in het donker terug naar het kleed. Hoe kon ik zo dom zijn om mezelf bijna te verraden door zoiets simpels als een straaltje licht? Hoe kon ik bijna het enorme cadeau dat me door mijn vader in de schoot was geworpen zo klakkeloos verspelen? Alleen de allersluwsten...

Ik boog me weer voorover, rolde het laatste stukje van het kleed weg, tot het licht vanuit Jills kamer in een perfect rondje de mijne binnen scheen. Vol verwachting ging ik liggen en bracht mijn ge-

zicht boven het gat, waarmee ik het licht weer wegnam, alsof ik er één mee werd.

Recht onder me lag ze op haar buik op bed, met een open tijdschrift voor zich op haar kussen en haar koptelefoon op haar hoofd. Onder haar benen, die ze in een hoek van negentig graden gebogen had, zag ik nog net de navel van Britney boven een zwarte leren broek uitpiepen. Gefascineerd keek ik naar Jills lange blonde haren, die deels over haar schouders vielen en deels over haar rug uitgewaaierd lagen. Af en toe wiebelde ze even met haar tenen heen en weer op de maat van de muziek, en ze sloeg de bladzijden van haar tijdschrift een voor een om. Soms bleef ze wat langer op een bladzijde hangen, soms streek ze even met haar hand over de tekst.

Na een minuut of tien sloeg ze het tijdschrift dicht, draaide zich om en ging plat op haar rug liggen. Ze staarde nu recht omhoog en leek me aan te kijken, terwijl ze haar armen boven haar hoofd op haar kussen legde. Haar shirt kroop wat op en toonde haar slanke taille en zacht ogende huid; ze deed in niets onder voor die Britney van haar. Ik hield mijn adem in, bang dat zelfs het lichtste geluidje mijn geheim zou prijsgeven.

Op het moment dat Jill eindelijk haar koptelefoon afzette en opstond van het bed, knipperde ik even flink met mijn ogen om me voor te bereiden op wat ik te zien zou krijgen. Dit was waar ik de hele avond naar uitgekeken had!

Jill liep naar de kledingkast en opende de deur, waarna ze schoon ondergoed uit haar la haalde. Voor de spiegel knoopte ze haar korte broek los en stroopte hem langzaam naar beneden over die bruine benen. Alleen het shirt dat ze droeg verhulde nu nog alles wat daaronder verborgen was.

Ze kruiste haar armen en pakte het shirtje aan twee kanten beet, waarna ze het in één soepele beweging over haar hoofd trok. Ik voelde mijn hele lijf tintelen bij de aanblik van dit prachtige meisje dat zichzelf in haar maagdelijk witte ondergoed bekeek voor de spiegel. Ik kreunde op het moment dat haar handen achter haar rug verdwenen en eenvoudig de haakjes van de beha losmaakten, waarna ze die achteloos op de grond voor haar voeten liet vallen. Ze keurde zichzelf, draaide zich zijwaarts, en via de spiegel had ik het perfecte zicht op de twee rondingen die ongeveer zo groot waren als de appels aan de appelboom op het erf nu waren. Nog niet volgroeid, maar perfect in verhouding met haar slanke lichaam.

Ze hield haar buik in, bekeek zichzelf kritisch en liet na een paar seconden haar adem weer ontsnappen. Veel te snel naar mijn zin trok ze haar witte pyjama met roze hartjes aan. Na een grondige borstelsessie van haar haar, knipte ze het licht in haar kamer uit en bleef slechts haar zoete ademhaling in de bittere duisternis over. Het duurde die avond nog lang voordat de slaap het van mijn opwinding won.

29. AMELIE

Een jammerend geluid klinkt in het donker. Gekerm. Een gewond dier, schiet er door mijn gedachten, en ik kom overeind om het te helpen. Als er pijnscheuten door mijn hoofd flitsen, wordt het geluid harder en besef ik dat ik het zelf ben die het gejank produceert.

Voorzichtig laat ik me weer zakken op de ondergrond waarop ik me bevind. Zacht, licht krakend, alsof ik op wolkjes lig. Het voelt fijn.

In mijn geheugen graaf ik naar wat er gebeurd is en waar ik ben. Waarom ik hier ben. Alles is donker en slechts vage flitsen komen bij me terug.

Ik hou van blonde meisjes. Haarverf. Het flesje waterstofperoxide. Ik rende en toen...

Ik hap naar adem als ik het beeld weer voor me zie van mezelf, half onderuitgezakt tegen die deur, met benen en armen die ongecontroleerd schokten. En nu, die vreselijke pijn in mijn hoofd. Ik slik, maar mijn mond is kurkdroog als ik besef wat er gebeurd is.

Ik had een epileptische aanval gehad, dat kon niet anders. Dat was slechts één keer eerder in mijn leven voorgekomen en hoewel ik nog jaren onder controle van een arts had gestaan, daarna nóóit meer. Destijds was het getriggerd door drugsgebruik en felle stroboscopische lampen; nu was het iets anders geweest. Het brekende twijgje, het *tak* dat ik hoorde. Had hij een stroomstootwapen gebruikt? Vaag herinner ik me dat ik hem met iets geels in zijn handen had gezien.

Voorzichtig draai ik mijn hoofd, in een poging in het donker iets te onderscheiden. De snerpende pijn die mijn twee hersenhelften lijkt te doorklieven zorgt ervoor dat ik mijn poging onmiddellijk staak. Ook dit gevoel herinner ik me van al die jaren geleden, toen ik in het ziekenhuis ontwaakte. Een allesoverheersende hoofdpijn die geen seconde weg te denken was.

Ik breng mijn handen naar mijn slapen en druk erop in de hoop de pijn daarmee wat te verminderen, maar het maakt het nog erger. Tranen vechten zich naar de oppervlakte en ik sla mijn armen om me heen in een poging mezelf troost te bieden. Starend naar de duisternis recht boven me besef ik dat ik mezelf nog verder in de nesten heb gewerkt met de aanval op mijn ontvoerder. Die gedachte zorgt ervoor dat de tranen winnen en over mijn wangen lopen.

Wat had ik dan moeten doen? Lijdzaam volgen en afwachten wat hij met me van plan was? Niemand geeft natuurlijk antwoord op de vraag die ik mezelf stel, maar dat hoeft ook niet.

Ik weet best wat het antwoord is.

Dat is inderdaad wat ik had móéten doen, zoals ik eerder ook al had besloten. Ik had besloten dat ik wilde blijven leven, en als ik daarvoor mijn haar moest verven en hem moest gehoorzamen, dan was dát inderdaad wat ik moest doen. Welk stukje van mij had plotseling de beslissing genomen hem aan te vallen? Was het dat stukje Amelie dat me in de jaren na Anouks dood alles liet doen om me tegen het leven en de maatschappij af te zetten, danig in de knoop met mezelf? Het stukje dat me op vijftienjarige leeftijd langs de regenpijp omlaag had laten zakken om met mijn toenmalige vriendengroep naar een raveparty te gaan? Ook toen had ik donders goed geweten dat het niet verstandig was en dat mijn vader er fel op tegen was, zowel op de raveparty als op de vriendengroep waar ik op dat moment deel van uitmaakte. De vriendengroep die me die avond overhaalde een xtc-pilletje te nemen om wat 'losser' te worden, zodat ik eens een avondje alle ellende kon vergeten, én waardoor ik uiteindelijk na een epileptische aanval in het ziekenhuis belandde. Epilepsie waarvan ik tot op dat moment niet eens had geweten het te hebben. Mijn god, wat was ik geschrokken bij het besef hoe fout het had kunnen aflopen. En wat was mijn vader bezorgd om me geweest. En kwaad, dat ook. Toen we uit het ziekenhuis weggingen, heerste er een ijzige stilte in de auto die ik niet durfde te verbreken.

Eenmaal thuis hield de stilte aan en ik brak. Het speet me zo ontzettend, huilde ik, waarna mijn vader opstond en de kamer uit liep. Hij nam me niet in zijn armen zoals ik had gehoopt, maar liet me met al mijn verstikkende schuldgevoelens achter. Voor mij was dat de bevestiging dat zijn boosheid niet alleen in deze gebeurtenis lag. En hij volhardde in zijn stilzwijgen. Ja, hij gaf de schaal met aardappels aan als ik er aan tafel om vroeg, en hij bracht me net als elke week op dinsdagavond naar hockeytraining, maar in huis heerste een gespannen sfeer en hij wisselde geen woord met me. Het was vreselijk. Mijn vader aan wie ik me altijd spiegelde en van wie ik wilde dat hij net zo van me hield als van de dochter die er niet meer was.

Het was zondagavond, acht dagen na het hele gebeuren, toen ik het niet meer trok. Ik ging schoorvoetend naar zijn studeerkamer en betuigde hem nóg een keer mijn spijt, voorzien van tranen die vanzelf vloeiden toen ik zijn afkeurende blik zag.

'Sorry, papa, sorry dat ik je zo teleurgesteld heb,' kwam er piepend uit mijn keel. 'Sorry dat ik niet geluisterd heb. Het is mijn schuld dat het gebeurd is, net als toen. Het is mijn schuld dat...' Ik kreeg de woorden niet uit mijn door tranen dichtgeknepen keel. Mijn schouders schokten hevig. 'Het spijt me zo!'

Mijn vader stond op en eindelijk nam hij me in zijn armen, net als die ene ochtend bij Anouks kist, nadat ik hem verteld had over wat er die dag gebeurd was. Ik snoof de geur op die ik zo gemist had en inhaleerde zijn warmte. 'Het spijt me, papa. Het spijt me,' bleef ik herhalen in het ritme waarin mijn vader mij in zijn armen wiegde.

'Het spijt mij ook, lieverd.' Ik hoorde iets breken in zijn stem en wist dat ook hij huilde. Mijn vader, die ik sinds de begrafenis van Anouk niet meer had zien huilen, huilde!

De woorden die hij daarna sprak hebben me nog lang achtervolgd.

'Het is niet jouw schuld dat ik teleurgesteld in je ben. Het is mijn schuld dat ik te veel van je heb verwacht.'

Die woorden raakten me als een mokerslag. Met zijn teleurstelling had ik moeite. Dat hij vond dat zijn verwachtingen van mij te hoog waren vond ik nog vele malen erger.

Ik denk ook dat ik vanaf die dag altijd heb geprobeerd zijn vertrouwen in mij te herstellen, dat ik op zoek ging naar zijn goedkeuring en altijd het pad koos waarvan ik dacht dat mijn vader het zou bewandelen. Zo volgde ik de opleiding grafische vormgeving om een stabiele baan te verkrijgen, zoals hij me altijd op het hart drukte, en koos ik pas in tweede instantie voor mijn grote passie: de schilderkunst. Uiteindelijk werkte ik drie dagen per week bij een grafisch ontwerpstudio en draaide ik twee dagen per week mee in de kunstgalerie van mijn vader.

Nooit meer had ik iets met drugs te maken willen hebben en voldeed ik zo veel mogelijk aan het plaatje van de perfecte Amelie zoals mijn vader het graag zag. Zoals hij en mijn moeder Anouk hadden gezien. Ik was de enige dochter die hij nog had, en ik wilde niets liever dan hem trots maken.

Het ging jarenlang goed tussen ons, meer dan goed, tot ik Vince leerde kennen. Al bij hun eerste kennismaking zag ik die blik weer in mijn vaders ogen. Die blik die ik nog kende van de tijd dat Anouk net overleden was, dat mama weggegaan was en ik in de jaren erna een pijnlijk grote teleurstelling voor mijn vader was en bleef. Het was misschien vanwege de terugkeer van díé blik op mijn vaders gezicht, die ik in de jaren daarvoor had weggepoetst, dat ik instemde met zijn eisen rondom de huwelijkse voorwaarden. Papa wist wat het beste voor mij was. Papa had altijd het beste met mij voor.

Nu begint mijn lichaam harder te schokken en de pijn snijdt door me heen. 'Papa...' Snot druipt langs mijn gezicht. 'Had ik maar naar je geluisterd en was ik maar helemaal niet met Vince getrouwd.' Nog steeds fluistert een stemmetje in mijn achterhoofd dat hij en zijn gokschulden verantwoordelijk zijn voor de situatie waarin ik me nu bevind.

Na een poosje ga ik rechtop zitten – een bed, ik zit weer op een bed – en wacht tot de ergste misselijkheid wegzakt. Als ik het idee heb dat ik het aankan, sta ik op, van plan om de ruimte te onderzoeken. Mijn hele lijf voelt beurs aan van de spiertrekkingen en van zijn schoppen. Het liefst ga ik weer liggen en rol ik mezelf op tot een balletje, maar het kan niet. Ik moet hier weg!

Na een paar schuifelpassen zak ik alsnog in elkaar en ik gil. De pijn in mijn hoofd laat me sterretjes zien en ik moet kokhalzen. Op handen en knieën zittend trekken de spieren van mijn maag en slokdarm pijnlijk samen om een zurig mengsel van slijm, gal en brokjes halfverteerd voedsel naar buiten te stuwen.

Als ik omkeer na wat haast wel een of andere barre expeditie lijkt, en eindelijk het bed weer bereik, werk ik mezelf omhoog en ga weer liggen. Uitgeput ben ik. Ik krul mezelf op en probeer zo min mogelijk te bewegen om de pijn die ik overal voel te laten stoppen. Ik heb nog maar één gedachte voordat het uiteindelijk nog donkerder wordt: vanaf nu doe ik álles wat hij van me vraagt, álles, als ik maar blijf leven. De eigenwijze en opstandige Amelie is weg. Ze is gebroken.

30.

De volgende ochtend was Jill weer getransformeerd tot perfecte tienerdochter. Ze praatte vrolijk tegen mijn vader, hielp Lou met tafeldekken voor het ontbijt, en deed alsof er tussen ons niets was voorgevallen de vorige avond, alsof we al jaren als gezin onder één dak woonden. Ik besloot haar voorbeeld te volgen en lachte al even vriendelijk terug. Het ging me makkelijk af, want in mijn gedachten zag ik haar weer half ontkleed voor me. Mijn vader leek nog het meest in zijn nopjes met de 'nieuwe' situatie. Hij pakte regelmatig Lou's hand om er even in te knijpen en wisselde – dacht hij – heimelijke blikken met haar.

Op een gegeven moment stond hij op, want hij moest helaas aan het werk, zei hij.

'Het zou leuk zijn als jij Jill vandaag even rondleidt op het erf en in de buurt, Robin. Wat zeg je daarvan, Jill?'

Een fractie van een seconde zag ik iets in Jills ogen flitsen. Ze keek kort naar haar moeder, zette haar masker weer op en zei tegen mijn vader dat ze dat 'supertof' vond. Had hij het ook gezien? Mijn vader glimlachte van mij naar Jill en leek niets door te hebben. Lou friemelde nerveus met haar handen.

Ik zei mijn pa gedag en at rustig verder. Zodra de deur in de hal dichtviel en pa zijn motor startte, leek de atmosfeer in de keuken te veranderen. Jill zette ongegeneerd haar norse blik weer op en Lou leek haar onopvallend duidelijk te willen maken daarmee te stoppen. Ik propte de laatste stukken brood naar binnen en zei dat ik ging douchen. Ik verliet de keuken, rende naar boven en zette de douche aan. Daarna sloop ik op mijn sokken terug naar ongeveer halverwege de trap.

'Je weet dat het niet anders kan, Jill. En Jack is aardig voor je, toch? En Robin... Geef dat kind op zijn minst een kans.'

Een snuivend geluid van Jill. 'Heb je gezien hoe ze naar me kijken, mam? Viespeuken zijn het, allebei. En dat weet jij ook wel.'

Een stilte, waarna gesnik klonk. Lou? Ik ging nog een paar treden extra naar beneden.

'Het spijt me mam,' klonk er na een seconde of dertig. 'Ik weet best dat jij er ook niks aan kunt doen. Ik zal beter mijn best doen.'

Weer stilte. In gedachten zag ik voor me dat ze elkaar snikkend in de armen vielen, borst aan borst, deze twee prachtige vrouwen... Schrapende stoelpoten haalden me uit mijn trance en vlug rende ik naar boven om de badkamer weer in te gaan. En terwijl ik later onder de douche mijn haar inzeepte met shampoo, vroeg ik me af waarom het 'niet anders kon'. Welk geheim droeg Lou bij zich en waarom leken die twee één groot toneelspel te spelen?

Neuriënd spoelde ik mijn haar weer uit, vastberaden om daar zo snel mogelijk achter te komen.

31. AMELIE

Na die vreselijke avond van die raveparty was ik jarenlang als de dood om nog eens zoiets te ervaren. Van een vriendin, die er toen bij geweest was, hoorde ik achteraf dat ze serieus dachten dat ik dood was. Nadat ik vreselijk had liggen schokken, het schuim op mijn mond stond en mijn ogen weggedraaid waren, lag ik bewegingsloos op de grond en was er iemand begonnen met reanimeren. De eerste ambulancebroeders die zich over me ontfermden, constateerden via mijn pols geen hartslag. Mijn vrienden vertelden me later dat pas toen ze me aan de monitor legden er een heel zwakke hartslag waarneembaar was, waarop ze me met loeiende sirenes naar het ziekenhuis brachten. Ik was een korte periode in een extreem diepe staat van bewusteloosheid geraakt, vertelde de arts me later. Zo diep dat het leek alsof ik dood was.

Toen ik uit het ziekenhuis ontslagen werd, durfde ik totaal niet te vertrouwen op de geruststellende woorden van mijn behandelend arts. Ik dacht zelf dat epilepsie aangeboren was en van jongs af aan al aanwezig was geweest, maar hij vertelde me dat het op iedere leeftijd kon voorkomen en ontstaan. Ook drukte hij me meermaals op het hart dat het niet betekende dat ik voor de rest van mijn leven epilepsie zou hebben, en dat het goed mogelijk was dat het een eenmalig incident was, uitgelokt door de stress die ik de laatste jaren had ervaren, de felle stroboscooplampen én natuurlijk het xtc-gebruik. Ik bleef na alle onderzoeken die geen bijzonderheden hadden opgeleverd onder strenge controle van de arts, en kon daarnaast gewoon mijn leven weer oppakken.

Dat deed ik dan ook inderdaad, toch was ik die eerste periode na de aanval bang. Ik had de hele tijd het gevoel dat ik een soort tikkende tijdbom was die plotseling af kon gaan. De eerste hockeytrainingen, de eerste dagen weer naar school, zelfs voor het eerst weer uitgaan: het was een hel. Het duurde zeker een jaar en een heleboel dokterscontroles voordat ik die angst weer een beetje los kon laten.

Ik vermeed zo veel als mogelijk stress en drukke plekken – de discotheek was een flinke no-go geworden voor mij – en ik voelde me steeds beter. En om eerlijk te zijn, was in de loop van de jaren de gedachte aan de epilepsie zelfs naar de achtergrond geschoven. Ik zag mezelf niet als een patiënt. Het was een eenmalig incident geweest. Iets wat me als tiener overkomen was en waar ik overheen gegroeid was. Tot vandaag het tegendeel bleek.

Die taser in combinatie met de grote stress moest de oorzaak geweest zijn van een nieuwe aanval, dat kon niet anders. Ik moest er alles aan doen om te voorkomen dat mijn ontvoerder dat ding nog eens op me zou gebruiken!

Dan gaat ineens het licht aan en ik schiet overeind, knijp mijn ogen een beetje dicht. Gelukkig is de hoofdpijn al een stuk minder, hoelang ben ik in godsnaam out geweest?

De deur gaat open en met een waakzame tred loopt hij op me af, met een doos onder zijn arm geklemd. Hij gooit de doos op bed en trekt me aan mijn trui overeind. Metaal glinstert voor mijn gezicht. Ik stop met ademen, veel te bang dat het mes dat hij plotseling in zijn hand heeft de huid van mijn wang raakt.

'Zo'n geintje flik je me niet nog eens, trut! Is dat duidelijk?'

Ik kijk naar hem op en zie de bloeddoorlopen ogen: het effect van mijn 'geintje'. Had ik hem maar beter geraakt, had ik maar niet die paar seconden vastgenageld aan de vloer gestaan, had ik maar...

'Is. Dat. Duidelijk?' herhaalt hij, en de punt van het mes prikt nu onder mijn oog.

'Ja, het is duidelijk,' zeg ik zachtjes en zonder te bewegen.

Dan duwt hij me terug op het bed, en ik kruip met mijn rug tegen het hoofdeind.

'Ik dacht dat je dood was,' klinkt er van achter zijn masker, waarbij het me nog het meest beangstigt dat er in die zin geen enkele emotie doorklinkt.

'Dat was ik ook bijna,' zeg ik zo kalm mogelijk. 'Ik heb epilepsie, dus als je me nog eens tasert overleef ik dat waarschijnlijk niet.' Ik heb geen idee of dat waar is, maar ik loop het risico liever niet. Al is de kans dat dit monster rekening met mij houdt wel erg klein. Hij lijkt me niet eens te horen.

'Kleed je om met wat er in die doos zit, en ga daarna op bed liggen.'

Ik slik het plakkerige slijm dat zich heeft opgehoopt achter in mijn keel met moeite weg en knik.

Als hij wegloopt zie ik pas voor het eerst in wat voor ruimte ik me bevind. Het is overduidelijk een meisjeskamer, met meerdere posters aan de wand van het vroegere popidool Britney Spears. Op het bed ligt een dekbed met eveneens een afbeelding van Britney. Links van me staat een grote witte kledingkast met een spiegel in het midden en rechts van het bed staat een leeg bureautje. Net naast de deur staat nog een roze poef en... Boven me klinkt gekraak. Ik kijk op en zie de balken en de kurken platen ertussen. Is hij daar? Plotseling kan ik me niet onttrekken aan het gevoel dat hij me in de gaten houdt, ook al zie ik nergens een camera. Maar kunnen ze die dingen tegenwoordig niet zo klein maken dat ze overal verstopt kunnen zitten? Ik moet er rekening mee houden dat hij me ziet.

Met een mix van boosheid en frustratie pak ik de doos op. Ik verwacht dat er een of ander walgelijk niemendalletje in zit en trek de flappen karton opzij.

Ik staar vervolgens naar de pyjama met hartjes en het degelijke setje wit ondergoed. In wat voor freakshow ben ik in godsnaam beland?

32.

Alsof het al jaren zo geweest was, draaiden Jill en Lou van de een op de andere dag mee in ons nieuwe leven. Jill ging naar de middelbare school een paar dorpen verderop en ik ging elke dag naar mijn basisschool, waar ik als bijna veertienjarige nog altijd in de laatste klas zat. God, wat haatte ik die school! Door de oplettende juf – god, wat haatte ik haar ook! – die zich als enige grote zorgen maakte om mijn sociaal-emotionele achterstand en iets te rijke fantasie, deed ik dat schooljaar voor de tweede keer over. Ik kon niet wachten tot ik er eindelijk weg mocht! Of móést, eigenlijk, in verband met mijn leeftijd.

's Ochtends ontbeten we regelmatig met zijn allen en ook 's avonds aten we een paar keer per week met het 'complete gezin' aan tafel. Dat was nieuw, want mijn vader was met zijn wisselende diensten bij de politie nog nooit zo frequent thuis geweest. Ik stelde er geen vragen over, want mijn vader hield niet van vragen. Het viel me op dat er altijd een soort geladen sfeer hing als hij thuis was. Alsof er elk moment iets of iemand kon knappen. Lou, die wel vriendelijk lachte, maar als ze dacht dat niemand het zag steelse blikken naar mijn vader wierp, mijn vader die met een blik van een man die het dik voor elkaar had met zijn nieuwbakken gezin de tafel rondkeek, Jill die wisselde tussen norse puber en onzeker tienermeisje en ik die vooral observeerde terwijl ik onzichtbaar probeerde te zijn. Het ging me steeds beter af, omdat ik het regelmatig oefende op mijn zolderkamer.

Na die ene avond, die nog altijd vers in mijn geheugen gegrift stond, gebeurde er tot mijn grote frustratie niet veel bijzonders meer op Jills kamer. Meestal trok ze haar hartjespyjama in rap tempo aan en bekeek ze zichzelf amper in de spiegel. Maar hoe weinig aandacht Jill ook aan haar eigen lichaam besteedde, het beheerste mijn dagen en vooral mijn nachten nu ik wist hoe ze er onder haar kleding uitzag. Als ik tegenover haar zat aan de eettafel, kon ik niet voorkomen dat mijn blik steeds afgleed. Dan zag ik voor me hoe perfect rond haar borsten waren, hoe haar tepels afstaken tegen de perzikroze huid eromheen. Soms keek ze me ineens met een boze blik aan, alsof ze wist waar ik aan dacht als zij haar soep naar binnen lepelde. Wanneer ik mijn blik afwendde, voelde ik dat ze nog een poosje naar me bleef kijken. Ik moest me leren bedwingen. Ik kon genoeg van Jill genieten zonder dat ze het doorhad, en deze troefkaart mocht ik niet verspelen.

Het frustreerde me mateloos dat ik nog steeds niet wist hoe Jill er 'helemaal' uitzag. Ze had de vervelende gewoonte om haar onderbroek te verwisselen als ze het bovenste gedeelte van haar pyjama al aan had, bijna alsof ze zich schaamde voor dat speciale plekje. Steeds meer fantaseerde ik erover en vroeg ik me af of het er net zo uitzag als bij de vrouwen in de bladen die mijn vader in de schuur had liggen. Het was zo'n enorme stapel dat ik zeker wist dat hij het niet zou merken als ik er eentje tussenuit nam. Ik had er één weggegrist waar een vrouw met lang blond haar op stond.

Die vrouw was volledig naakt, had volle lippen en enorme borsten die me aan te hard opgepompte strandballen deden denken. Ik moest bekennen dat de enorme knoppen op haar lijf me prikkelden, maar dat ik haar niet eens echt mooi vond. Haar lichaam was niet in balans, zoals dat van Jill. Wat me wel fascineerde, was het driehoekje tussen haar benen, slechts bedekt met een miniem stukje stof.

In het blad zelf werd helemaal niets bedekt met stukjes stof. Vrouwen poseerden letterlijk open en bloot voor de camera. Hun borsten, hun intiemste plekje: alles lieten ze zien. Sommigen waren daarbe-

neden gladgeschoren, anderen hadden een klein streepje haar, weer anderen hadden een volle bos die alles overwoekerde. Mijn wangen gloeiden op als ik de schaamteloze poses van deze vrouwen bekeek, en ik wist dat ik geduld moest hebben. Als ik vaak genoeg naar Jill bleef kijken, kwam vanzelf een keer het moment dat ook zij haar laatste geheim aan mij prijsgaf.

33. AMELIE

Doe wat hij gezegd heeft, Amelie. Doe wat hij gezegd heeft!

Ik dwing mezelf mijn handen naar de knoopjes van de pyjama te brengen en maak ze een voor een los. Elke vezel in mijn lichaam verzet zich hiertegen, maar ik moet wel meewerken, ik heb geen keus. Ik moet dit volhouden tot iemand me hier komt zoeken, waar dat 'hier' dan ook mag zijn en wannéér het ook mag zijn. Ik denk aan mijn eerdere gedachte dat niemand me voorlopig mist en het pas vrijdag mijn vader zal opvallen dat ik niet in de galerie verschijn. Gaat hij dan bij mijn huis langs, belt hij Lianne? En vertelt Lianne hem dan dat ik er hoogstwaarschijnlijk een weekje of wat langer tussenuit ben voor vakantie? Dat neemt hij nooit zomaar van haar aan. Hij zou ervan overtuigd zijn dat ik hem dat had laten weten en dan zou hij mijn werk bellen en... Ik krijg het steeds benauwder als ik me het boek herinner dat momenteel op mijn nachtkastje ligt, en waar ik van het weekend nog een stuk in gelezen heb. *Evi*, van de Rotterdamse schrijver Tjeerd Langstraat. Een vader wordt nogal bot naar huis gestuurd als hij zijn dochter als vermist opgeeft bij de politie, want zo lang is ze nog niet weg en ze is een volwassen vrouw met recht op haar eigen leven en privacy. Hoelang moet je van de aardbodem verdwenen zijn voordat dat recht niet meer van belang is? Hoeveel mensen moeten zich zorgen om je maken voordat ze je gaan zoeken? Gek genoeg vraag ik me af of ik het boek ooit nog zal uitlezen. Ik wíl het uitlezen! Ik wíl triviale dingen doen zoals een boek uitlezen of mijn fietsband oppompen! En ik wil van Vince scheiden, mijn leven weer op de rit krijgen!

De ene na de andere gedachte over wat ik allemaal nog wil doen tuimelt door mijn hoofd en een gevoel van machteloosheid overspoelt me. Ik druk mijn vuisten gebald tegen mijn mond om ervoor te zorgen dat ik het niet uitschreeuw en hem weer boos maak. Ik druk zo hard dat het pijn doet en voel warme tranen die zich een weg tussen mijn vuisten door naar beneden zoeken, waar ze uiteindelijk op de stof van het dekbed druppen. Britney die me met haar reebruine ogen aankijkt. Iemand komt me uiteindelijk zoeken, daar moet ik in blijven geloven!

Dan spreid ik de pyjama uit op het bed. Opnieuw trekt er een gevoel van verwarring door mijn binnenste als ik het lingeriesetje erbij leg. Het is een degelijk setje, geen kant of tierelantijntjes, en net als de pyjama doet het wat kinderlijk aan. Als de *lunatic* die me ontvoerd heeft seksuele plannen met me heeft, dan koos hij toch nooit zo'n seksloos setje voor me uit? Gek genoeg stelt die gedachte me op geen enkele wijze gerust, het roept juist meer vragen op. Wat is in godsnaam zijn motief en wat is hij met me van plan?

Snel stroop ik mijn spijkerbroek naar beneden en verwissel mijn eigen slipje voor het witte geval. Daarna ruil ik ook van beha en trek ik de pyjama aan. De zachte flanellen stof kriebelt op mijn blote huid.

Mijn eigen kleding stop ik in het doosje en ik loop dan naar de spiegel op de kledingkast. Ik schrik weer van mijn opgezwollen neus en het rare blonde haar. Mijn god, wat zie ik eruit. Het gevoel dat hij me bekijkt bekruipt me opnieuw. Hoewel ik het liefst twee dikke middelvingers opsteek, draai ik me om en ga op bed liggen. *Doen wat er gezegd is!*

Ik tril over mijn hele lijf bij het idee dat hij elk moment terug kan komen en dan... Ja, wat dan? Hoe kun je je voorbereiden op iets wat waarschijnlijk vreselijker is dan je je in je ergste nachtmerries kunt voorstellen? Hoe kun je...

Midden in mijn gedachten schalt er plotseling muziek door de kamer. De eerste tonen van een liedje dat ik ken uit mijn jeugd knallen de kamer in. Een kreunende zangstem.

Oh, baby, baby.

Ik verstijf van angst; wat heeft dit te betekenen?

How was I supposed to know, that something wasn't right here...?

Met mijn ogen stijf dichtgeknepen rol ik mezelf in de foetushouding. Ik ben bang. *Fucking* bang voor wat hij met me gaat doen.

34.

Het gevoel van rozengeur en maneschijn in ons perfecte nieuwe gezinnetje hield niet langer dan twee weken aan. Blijkbaar werd het voor Lou steeds lastiger om de 'act' die ze opvoerde naar mijn vader vol te houden, want steeds vaker klonk er 's avonds geruzie in huis wanneer Jill en ik naar bed waren.

'Ik heb je lang genoeg de tijd gegeven om hier te wennen, je weet wat we afgesproken hebben,' schreeuwde mijn vader op een gegeven moment zo hard dat ik hem op zolder kon horen. Op mijn buik liggend tuurde ik door mijn magische kijkgat. Jill lag recht onder me, met haar koptelefoon op en meeneuriënd met de muziek waarnaar ze luisterde. Had ze door dat pa en Lou ruzieden? Of was dit juist haar manier om de geluiden buiten te sluiten?

Ik stond op en opende mijn kamerdeur, om vervolgens naar beneden te sluipen, langs Jills gesloten kamerdeur, en ik hield stil halverwege de trap achter de keuken om te luisteren.

Lou snikte, voordat ze met een trilling in haar stem zei: 'Je kunt me dit niet aandoen, Jack. Het is niet menselijk om van me te verwachten dat...'

'O nee?' viel mijn vader haar in de rede. 'Je had er anders al die tijd geen moeite mee. Gaan we nu ineens moeilijk doen?'

'Moeilijk doen?' Lou huilde. 'Ik ben bang, Jack. Bang dat het fout gaat, dat snap je toch wel? Stel dat...'

'Nee!' schreeuwde mijn vader, en ik verstarde bij de hardheid in zijn stem. Een stoel verschoof.

'Jij doet wat we hebben afgesproken. Want als jij je niet aan jouw

deel van de afspraak houdt, dan houd ik me ook niet aan mijn deel, is dat duidelijk?'

Er kwam geen antwoord van Lou, behalve een zacht gemurmel. Zodra ik de voetstappen van mijn vader hoorde, vloog ik naar boven, de badkamer in. Tussen het kleine spleetje van de deur door zag ik mijn vader de hal in stampen, waarna hij de voordeur uit liep en die met een knal achter zich dichttrok. In de keuken was slechts het gesnik van Lou nog hoorbaar.

35. AMELIE

Het idee dat hij me op wat voor manier dan ook in de gaten houdt maakt me misselijk, en ik houd mijn ogen gesloten. Het volume van de muziek is wat zachter geworden. Het ene na het andere Britney Spears-liedje wordt uitgekreund en brengt jeugdherinneringen bij me terug.

Hoewel ik niet veel ophad met de kekke dansjes en zoetsappige liedjes van de tiener die ineens wereldberoemd werd, kan ik me nog herinneren dat ikzelf een jaar of tien, elf was toen ze bekend werd en dat Lianne – met wie ik op die leeftijd al beste vriendinnen was – haar helemaal de bom vond. Posters, tijdschriften, alles waar haar idool op stond moest ze hebben. En ook weet ik nog dat ze me op de bonte avond van ons brugklaskamp overhaalde om samen met haar een liedje van Britney te playbacken. Ik wilde veel liever een nummer van No Doubt doen, die in mijn ogen veel cooler waren, maar gehuld in korte rokjes, witte bloesjes en met diezelfde achterlijke vlechtjes als die Britney in haar clip droeg, stonden we uiteindelijk op het podium. Sindsdien waren er goddank heel wat Britney-loze jaren voorbijgegaan, maar nu ben ik hier, in een kamer waar Britney ineens mijn enige gezelschap is. Ik open mijn ogen een beetje en tuur naar de poster recht voor me aan de wand. Ik vraag me af of Lianne destijds exact diezelfde poster op haar kamer had hangen. En had zij niet ook zo'n dekbedovertrek?

Meteen heb ik een rare knoop in mijn maag. Lianne... Heeft zij hier iets... Ik maak mijn gedachte niet eens af, zo belachelijk is ie. Lianne en ik, we zijn twee handen op één buik. We kennen elkaar al sinds de kleuterschool en zijn sinds die tijd vriendinnen. Al zorgde mijn huwelijk met Vince er wel voor dat we elkaar de laatste jaren iets minder zagen. Lianne waarschuwde me voor de valkuilen toen ik haar vertelde over Vince' gokverslaving. 'Kijk uit dat je er niet te veel in meegezogen wordt, Amelie. Een verslaafde leeft voor zijn verslaving en alles moet daarvoor wijken.' Ze doelde op de situatie met haar eigen vader, die ze inmiddels al jaren niet meer zag vanwege zijn alcoholproblemen. De jeugd van Lianne en haar broertje hadden in het teken gestaan van de verslaving van hun vader en alles wat daarmee samenhing. Als iemand wist waarover ze sprak, dan was zij het wel.

Maar ondanks haar woorden was ik in de veronderstelling geweest dat ik Vince kon helpen. Als ik hem wat geld leende, als ik ervoor zorgde dat hij naar een therapeut ging, als ik hem genoeg liefde gaf, het gat van het gemis van zijn familie opvulde... Ik cijferde mezelf volledig weg en dat zorgde regelmatig voor wrijving tussen mij en Lianne.

We bleven elkaar wel wekelijks zien op de hockeyvereniging, maar de gezellige avondjes in de kroeg werden steeds minder, tot we bijna helemaal niet meer met elkaar afspraken. Een paar weken geleden was zij degene die ik belde toen Vince me geslagen had. Ze was gelijk naar me toe gekomen. Geen 'ik had je gewaarschuwd', wel een troostende arm en een luisterend oor. Nee, dat Lianne hiermee, met deze hele situatie, ook maar íéts te maken had, was absoluut ondenkbaar.

Maar wie dan wel? De vunzige appjes van Vince komen weer bij me naar boven. *Is het die kunstenaar uit de galerie van je vader? Neuk je met hem? Krijgt die Spaanse hunk van je hem wél omhoog?* Dat laatste doelde op zijn kleine 'probleempje' dat samenhing met zijn depressies en hem nog onzekerder maakte. Maar was hij daardoor in staat om iemand tot ontvoering aan te zetten?

Als ik het eerste nummer van de cd voor de tweede keer hoor, ben ik al een poosje in gevecht met de slaap die aan me trekt. Hoelang laat hij me hier in godsnaam nog liggen, is mijn laatste gedachte voordat mijn oogleden echt te zwaar worden.

Ik schiet gedesoriënteerd omhoog als ik plotseling gemorrel aan de deur hoor. De muziek staat nog altijd aan en heel even ben ik vergeten waar ik ben. Op het moment dat de deur opengaat zie ik het raam met daarachter de magnoliaboom. Het raam waardoor ik verstijfd naar de wereld daarbuiten had gekeken.

Bam! Met een klap wordt die wereld weer buitengesloten en beperkt tot deze ellendige kamer, waar hij nu voor de enige uitgang staat.

Het adrenalinepeil in mijn lijf is weer torenhoog. Is dit het dan? Het moment dat me eindelijk duidelijk wordt waarom ik hier ben? Ik knijp mijn ogen dicht en haal diep adem. Verzetten of meewerken? Vechten tot misschien de dood, of het ondergaan en een kans hebben om ooit nog in die wereld buiten te komen? Ik dacht dat je dit soort dingen altijd instinctief bepaalde, tenminste, dat hoor je weleens: 'Ik dacht er niet bij na, ik deed het gewoon.' Waarom is mijn brein dan zo'n warboel van gedachten en gebeurt er helemaal niks instinctiefs?

'Ga staan en draai je om.'

Ik kom overeind van het bed en doe wat hij zegt. Ik zie dat mijn borstkas hevig op en neer gaat onder de stof van de pyjama. *Vechten of vluchten, vechten of vluchten, vechten of...*

Klik, klik. Mijn polsen zijn weer aan elkaar geboeid en meteen volgt ook weer het slaapmasker. Ik wil zeggen dat dat niet nodig is, ik heb het huis immers al gezien, maar besef dat ik beter niets kan zeggen wat hem kwaad kan maken. Met zo veel als mogelijk mijn blik op mijn voeten gericht om niet te vallen, laat ik me weer door hem leiden en voor ik het weet stap ik de drempel van de kelder weer over. Ik hoor het sleuteltje in de boeien klikken en mijn polsen worden bevrijd.

‘Veel plezier met je gezelschap.’
Dan sluit de deur achter me en neem ik het slaapmasker af.

36.

Die avond in bed lag ik nog lang wakker, na te denken over de woorden die ik gehoord had. Jouw deel van de afspraak, mijn deel van de afspraak. Er speelde duidelijk iets tussen mijn vader en Lou, en nog altijd had ik geen flauw idee wat dat 'iets' was. Pa en Lou verdwenen regelmatig in het bijgebouw waar Jill en ik uitdrukkelijk niet mochten komen, maar dat had pa na het Saskia-incident met al zijn vrouwen gedaan. Tot zover niets nieuws onder de zon...

Het Saskia-incident. Ik dacht terug aan die dag dat ik tegen de regels in de deur van de slaapkamer had geopend. Nee, Jack. Je gaat te ver, dat is niet wat we afgesproken hebben! *Dát waren de woorden geweest die Saskia geroepen had naar mijn vader, net zoals Lou het over afspraken had gehad. Blijkbaar maakte mijn vader nogal wat afspraken met zijn vriendinnetjes.*

Ik draaide me voor de zoveelste keer om in bed en zuchtte. Het was al laat, maar ik kon de slaap niet vatten deze avond. Toen ik eindelijk wat wegdoezelde, hoorde ik een auto het erf op rijden. Meteen weer klaarwakker keek ik op mijn wekker: na elven al. Wie kwam er in hemelsnaam zo laat nog op bezoek?

Ik liet me uit bed glijden en liep naar het raam. Ik schoof het gordijn een stukje opzij en zag een donkere auto op het erf staan, vlak voor het bijgebouw. Een man stapte uit en in een flits was ik weer terug in die nacht een paar jaar geleden, die nacht waarin dokter Vriens hier 's avonds laat op het erf was verschenen. Wat kwam hij nu doen? Was pa ziek? Was er iets met Lou? Of met Jill? Pa kwam met uitgestoken hand op dokter Vriens aflopen en sloeg hem joviaal op zijn schouder. Het zag er niet bepaald ernstig uit. Samen liepen ze naar het bijgebouw, waar ze door de grote coniferenhaag grotendeels buiten mijn gezichtsveld verdwenen.

Ik kneep mijn ogen wat dicht om beter te kunnen zien. De sensorlamp sprong aan en de deur van het bijgebouw ging open. Mijn adem stokte in mijn keel. Ik zag Lou in de deuropening staan. Ze was gekleed zoals al mijn vaders eerdere vriendinnen.

37. AMELIE

Het licht in de kelder is aan en als ik zie waar hij op doelde, wankel ik en val bijna van de trap. Ik graai naar de leuning en weet me nog net staande te houden.

Daarbeneden, op de plek waar ik eerder zat, op het bed, zit nu een jonge vrouw in sportkleding. Ze drukt haar rug tegen de muur, heeft haar armen om haar benen geslagen en kijkt met grote ogen naar me op.

‘W-wie ben jij?’ vraagt ze me met een duidelijke trilling in haar stem.

Ik sta daar maar een beetje, weet geen woord uit te brengen met deze nieuwe en onverwachte situatie.

Ze snikt en legt haar hoofd op haar knieën, waardoor ik haar gezicht nu niet meer zie, maar wel het lange haar dat naar voren valt. Prachtig lang goudblond haar heeft ze, mijn god! Betekent dit... Is zij mijn vervanging voor het geval ik niet doe wat hij zegt? Een raar geluid stijgt op uit mijn keel en opnieuw wankel ik.

Het duurt even voordat tot me doordringt dat ik iets moet zeggen. ‘Ik ben Amelie. Die lunatic heeft me ontvoerd en ik zit hier opgesloten sinds...’ Weer besef ik dat ik niet weet hoe lang – of kort, maar elke seconde is er een te veel – ik hier al ben. ‘Ik denk dat ik hier twee of drie dagen ben, ik weet het niet precies. Welke dag is het?’

De vrouw blijft ineengedoken zitten en ik stuur mijn wankele benen aan om naar beneden te lopen. Zijn woorden dreunen met elke stap die ik zet op de trap door mijn hoofd. *Voor jou tien an-*

deren. Voor jou tien anderen. Zo ben je precies goed, had hij ook nog tegen me gezegd. En nu zit hier alsnog een ander meisje, met blond haar. Waarom?

Ik slik als ik zie dat ze nog verder in elkaar krimpt als ik haar nader.

'Hoe heet je?' Ik ga naast haar zitten.

Met waterige ogen kijkt ze naar me op, en ik zie dat haar wang rood is en haar onderlip kapot. Had hij haar geslagen?

'Jolijn,' komt er zachtjes over die bebloede lip naar buiten.

Ik denk terug aan de Britney-kamer. De cd was meerdere keren afgespeeld. Had hij in die tijd deze Jolijn ontvoerd?

'Wat voor dag is het?' herhaal ik mijn eerdere vraag.

'Woensdag.'

Ik sluit even mijn ogen. Drie dagen. Drie dagen zit ik al in deze hel.

'Ik...' Jolijn schudt haar hoofd. 'Ik weet niet goed meer wat er gebeurd is. Ik weet alleen nog dat ik onderweg was naar de uni en dat ik over de Boszoom fietste toen...' Ze begint nu weer zachtjes te huilen. 'Ineens was hij er, ik heb geen flauw idee waar hij vandaan kwam. Ik had mijn oordopjes met muziek in, en voordat ik het wist lag ik op de grond en kwam ik hier bij.' Zachtjes huilen gaat over in snikken en ze klampt zich aan me vast. Tranen biggelen over haar wangen. 'Wat is hij van plan, wat heeft hij met jou gedaan? Mijn god, je neus, heeft *híj* dat gedaan? Is hij een verkrachter? Of nog erger, een moordenaar? Gaat hij ons...' Ze maakt haar zin niet af en begint als een vis op het droge naar lucht te happen.

'Ik kan niet...' brengt ze uit. 'Ik mag niet...' volgt er weer zonder dat ze haar zin afmaakt omdat ze veel te snel aan het ademen is.

'Rustig, Jolijn. Rustig,' hoor ik mezelf zeggen. 'Rustig, straks ga je nog hyperventileren.' Geen enkel effect. Ik pak haar hand en knijp er even in. 'Zo,' zeg ik, en ik adem uit met een *fff*-geluid. Na een paar keer voordoen pikt ze mijn ritme van drie tellen in, zes tellen uit op en wordt ze langzaamaan rustiger.

'Goed zo,' zeg ik bemoedigend, en gek genoeg voelt het prettig om even met een ander bezig te zijn, hoe ellendig de situatie ook is.

Jolijn veegt met haar handen over haar wangen en ademt nog een paar keer schokkerig door voordat ze zichzelf bijeengeraapt lijkt te hebben.

'Je zei dat je onderweg was naar de uni? De universiteit, bedoel je?' vraag ik door.

Ze knikt. 'Ik studeer aan de Erasmus Universiteit. Criminologie.' Ze perst er een zeer discutabel lachje uit. 'De ironie,' fluistert ze, meer tegen zichzelf dan tegen mij.

Ik vraag me een seconde of twee af of ze niet wat oud is om te studeren, maar besef dan dat dat een raar vooroordeel is. Je kon tenslotte op je tachtigste nog aan een studie beginnen. Ze ziet het waarschijnlijk aan mijn gezicht, want ze zegt: 'Ik ben een laatbloeier. Er was bij ons thuis geen geld om te studeren en ik heb het zelf bij elkaar moeten sparen. Mijn doel was om voor mijn dertigste te beginnen, en dat is me gelukt.'

'Sorry, ik...' begin ik me te verontschuldigen.

'Geeft niet, je bent niet de eerste aan wie ik dit uitleg.'

'Je had het erover dat hij je bij de Boszoom overviel?' Dat lijkt me een onderwerp dat veel urgenter is dan de leeftijd van Jolijn.

Weer knikt ze. 'Ik was net voorbij de hertenkamp. Het was halfacht, denk ik. Ik moest pas om negen uur op de uni zijn, maar ik wilde voor college nog even naar de sportschool op de campus. Als ik dat niet had gedaan, dan...' Ze stopt met praten en stoot nu een vreemd cynisch klinkend lachje uit.

Ik trek mijn wenkbrauwen op.

'Ik neem me elke woensdag voor om te gaan sporten, ik deed het alleen nooit, tot vandaag. Als hiermee nu nog niet bewezen is dat sporten niets voor mij is, dan weet ik het ook niet.'

Voor ik het weet heb ik eenzelfde cynische trek om mijn mond.

Ironie ten top.

38.

De volgende ochtend kwam ik beneden voor het ontbijt en trof alleen Lou aan de ontbijttafel. Ze zag er weer keurig gekleed uit als altijd en droeg zelfs een sjaaltje om haar nek. Ze deed me denken aan een van die stewardessen die ik met brede glimlach op hun gezicht op tv-reclames zag. Your holiday starts with our smile.

Lou keek op van haar koffie, maar bij haar was geen 'smile' te bekennen. 'Goedemorgen,' zei ze, waarna ze een voorzichtige poging tot glimlachen deed. Het viel me op dat haar ogen niet meelachten.

Ik ging zitten, besmeerde twee boterhammen met pindakaas en vouwde ze vervolgens dubbel. 'Was dokter Vriens hier nou gisteravond?' vroeg ik.

'Hoezo?' Haar stem klonk fel en ik zag de vermoeide blik in haar ogen meteen veranderen naar een alerte. Geschrokken.

'Gewoon... Ik kon niet slapen en ik zag hem toen ik uit het raam keek.' Ik nam een grote hap en kauwde langzaam, mijn ogen bleven op haar rusten.

Ze klemde haar handen rond haar mok met koffie. 'Ik eh, ik had wat last van buikpijn. Je vader maakte zich zorgen en had dokter Vriens gevraagd om even langs te komen.' Ze bracht haar koffiemok nu naar haar mond, waarbij ik zag dat haar handen trilden.

'O,' zei ik. Ik kauwde rustig verder en bleef haar observeren. Niet omdat ik haar per se een ongemakkelijk gevoel wilde bezorgen, want ik vond Lou best een lieve en bovendien prachtige vrouw, maar het gaf me een machtig gevoel om te zien dat ze tegenover mij – een kind nog – niet goed wist wat ze moest zeggen of doen. Na

een poosje besloot ik haar uit haar lijden te verlossen. 'Waar zijn Jill en pa?' vroeg ik.

'Jill moest wat vroeger op school zijn vandaag in verband met een uitje en je vader slaapt nog.'

'O,' zei ik weer. Ik stond op en haalde mijn broodtrommel uit de la.

'Ach, laat mij dat maar doen,' zei Lou, en ze stond op om mijn boterhammen voor school klaar te maken.

'Dat hoeft niet,' zei ik, en ik pakte twee boterhammen uit de broodzak. 'Ik doe het altijd zelf en bovendien voel jij je niet lekker.'

Lou ging weer zitten. 'Het gaat wel weer hoor, dokter Vriens heeft me wat voorgeschreven.'

Nadat ik mijn boterhammen had gesmeerd en mijn drinkbeker had gevuld, gooide ik mijn tas over mijn schouder om naar school te gaan. Bij de keukendeur draaide ik me nog even om en keek weer naar Lou, die met haar handen om haar mok gevouwen nog altijd met die treurige blik aan tafel zat.

'Hopelijk heeft dokter Vriens ook wat voor die lelijke plekken in je nek.' Ik wees op haar sjaaltje, waarna ik mijn hand hief en naar buiten stapte.

Wat dokter Vriens hier gisteravond ook was komen doen, Lou was er in elk geval niet beter van geworden.

39. AMELIE

Als ik Jolijn heb verteld hoe ik hier terecht ben gekomen, valt er een stilte. De vraag die ik eerder nog niet beantwoord heb, brandt weer op haar lippen.

'Heeft hij je...' Ze slikt. 'Je weet wel...'

Ze spreekt het woord niet uit, alsof wanneer ze dat wel doet er geen weg meer terug is. Snel schud ik mijn hoofd om haar twijfel weg te nemen. 'Om eerlijk te zijn heb ik geen idee wat hij met me van plan is.' Ik pak een pluk van mijn vreemde blonde haar. 'Dit, deze kleur... Hij heeft me mijn haar laten verven.'

'Wát?' Vol ongeloof veert ze op. 'Waarom in godsnaam?'

Nu slik ík voordat ik antwoord geef. 'Hij houdt van blonde meisjes, zei hij.' Meteen zie ik haar gezicht betrekken en wellen er weer tranen op in haar ogen.

'Blond zoals ik, bedoel je?'

Na mijn knikje snuift ze minachtend met haar neus. 'Ik ben niet eens een *natural blonde*.'

'Ik wel,' zeg ik, en hoe vreemd ook, ook nu zorgt de ironie ervoor dat we naar elkaar grijnzen.

Dan kijkt ze naar mijn kleding. 'En dat? Ik neem aan dat je niet in je pyjama naar je werk ging?'

Ik vertel haar over wat ik tot nu toe heb meegemaakt en over de surrealistische toestand in de Britney-kamer. Ik weet niet waarom, maar ik sla het gedeelte over het taseren en mijn epilepsieaanval over. Misschien omdat ik denk dat het me zwak doet lijken en we al onze kracht nodig zullen hebben om hieruit te komen.

Want dat we nu met zijn tweeën zijn, biedt misschien ook nieuwe kansen. Ze lijkt mijn gedachten te lezen.

'Is er een manier om hier weg te komen denk je? Jij bent deze ruimte uit geweest, heb je iets gezien wat kan helpen?'

Meteen voel ik me schuldig dat ik haar niet heb verteld over mijn halfslachtige ontsnapping. 'Ik was geblinddoekt toen hij me van de ene naar de andere kamer bracht. Die blinddoek gleed een beetje af en ik heb best wat kunnen zien. Ik vermoed dat we in een oude boerderij of zoiets zitten,' zeg ik, denkend aan de houten steunbalken die ik gezien heb. Ook zie ik het versleten zwart-wit geblokte vinyl in de hal weer voor me, de krakende houten trap, de aftandse vloerbedekking en het raam. Vooral het raam!

'Ik denk dat alle deuren in huis goed op slot zitten, want hij is niet dom, maar er is ook een raam boven aan het eind van de overloop. Er staat een enorme magnoliaboom voor. Als het lukt om daar het glas in te slaan, dan is er misschien een kans dat...'

We kijken elkaar zwijgend aan. We beseffen allebei dat we om überhaupt bij dat raam te komen in elk geval de kelder uit moeten.

'Hij is een gore klootzak, hij deinst nergens voor terug,' zeg ik. Mijn bonzende neus klopt venijnig als stille getuige van mijn woorden.

Jolijn staat op en begint de ruimte te onderzoeken, net zoals ik eerder gedaan heb. Ze gaat met haar handen langs de gladde wanden, onderzoekt het toilet, bekijkt op haar knieën het bed vanaf de onderkant. 'Wat is die vreselijke stank ook hier?' zegt ze snuffend, en met een somber gezicht komt ze weer overeind.

'Had je nou handboeien om toen je hier net binnenkwam?' vraagt ze, waarop ik knik.

'Die doet hij bij je om voordat je deze ruimte verlaat.' En hij maakt niet nog een keer de fout om het niet te doen, denk ik erachteraan.

'Denk je dat we samen een kans hebben om hem te overmeesteren?' Jolijn staat nu weer vlak bij het toilet en ik neem haar op. Ze is minstens een kop kleiner dan ik, en ik ben met mijn een meter zeventig al niet echt een reus te noemen. Daarbij is ze behoorlijk slank, tegen het fragiele aan. Zelf heb ik zoals ze dat zeggen 'een normaal postuur'.

'Hij heeft een mes en volgens mij ook een stroomstootwapen.' Nog steeds houd ik mijn mond over wat er voorgevallen is en mijn daaropvolgende epilepsieaanval.

'Ik eh... Vind je het erg?' Jolijn staat wat ongemakkelijk naast het toilet. 'Ik heb het al een poosje opgehouden, maar ik moet nu echt.'

'O ja, natuurlijk,' zeg ik, en ik draai me naar de muur toe. Het is vreemd om ineens de geluiden van een ander te horen in deze ruimte, die tot op heden zo stil was. Ik hoor het gekletter in de pot, het afscheurende papier en uiteindelijk het doorspoelen. Als ze weer naast me op bed zit, geef ik haar de babydoekjes. Jezus, Amelie, denk ik bij mezelf, wat een moment om ook maar ene fuck om hygiëne te geven. Toch begrijpt Jolijn mijn bedoeling en veegt ze haar handen af met een doekje.

'Heb je enig idee waarom jíj?' vraagt Jolijn, en ze staart met een lege blik naar de betonnen trap.

'Nee, er is al van alles door mijn hoofd gegaan. Ik heb gedacht dat het vanwege mijn goklustige echtgenoot is, die niet wil dat ik van hem ga scheiden omdat hij dan zijn verslaving niet meer kan bekostigen, of vanwege mijn vader die behoorlijk rijk is, of omdat mijn zus...' De woorden stokken in mijn keel. Ik heb geen idee wat ik wilde gaan zeggen over Anouk. Dat ik hier misschien wel zit om wat er al die jaren geleden gebeurd is? Dat is een rare gedachte, dat had ik al geconcludeerd. Toch is het er een die vaak door mijn hoofd schiet. Pas als ik weer opkijk, zie ik dat Jolijn me aanstaart.

'Zei je nou dat je echtgenoot gokverslaafd is?'

Ik knik.

‘Ik had een vriend die ook iets vaker dan goed voor hem was zijn geld in de gokautomaten bij Fair Play gooide. Ik heb het net drie weken geleden met hem uitgemaakt.’

Mijn bloed begint sneller te stromen. Dat was dan ongeveer tegelijkertijd met mijn mededeling aan Vince dat ik van hem wilde scheiden. Hebben we onze overeenkomst en de reden dat we hier zijn gevonden?

40.

De zomervakantie brak aan. Zes lange weken waarin ik gevrijwaard was van het geneuzel en getrut van de basisschool. Na de vakantie mocht ik eindelijk naar de middelbare school. Dezelfde als waar Jill naartoe ging. Pa had het haar met een opgetogen glimlach medegedeeld en ze had verheugd geglimlacht. Zodra hij de kamer uit was, had ze zich naar me toe gebogen. 'Denk maar niet dat we er samen heen fietsen, dwerg,' fluisterde ze. 'En ook als we op school zijn blijf je bij me uit de buurt, is dat duidelijk?'

Ik had geen idee wat ik ooit gedaan had om zo door Jill behandeld te worden. Dat was nog in het tijdperk dat ik niet wist dat álle mooie meisjes gemeen waren. Ze kraakten je af en haalden je naar beneden, om zich zekerder te voelen over zichzelf. Nog altijd stond er op mijn netvlies gebrand hoe Jill zichzelf voor haar spiegel stond te keuren. Hoe ze haar borsten woog in haar handen, zachtjes in de huid van haar dijen en haar billen kneep, haar buik inhield en uitzette. Wat ze ook tegen me zei, ik kende haar. Ik wist dat ze vanbinnen een onzeker meisje was, op zoek naar bevestiging en erkenning. Twee dingen die ik haar zeker zou geven als ze me toeliet in haar wereld. Ik knikte slechts.

Het voelde eenzaam dat Jill zo afstandelijk was. Ik had het me allemaal zo anders voorgesteld op het moment dat ik haar en Lou voor het eerst uit die auto had zien stappen. Na jarenlang opgevoed te zijn door die heks, had ik best willen ontdekken hoe het was om een 'normaal' gezin te hebben. De nachtelijke avonturen van pa en Lou, en de ruzies die er de volgende dag op volgden, maakten me al snel duidelijk dat dat niet ging gebeuren.

Want zoals ik al vermoed had, bleef het niet bij dat ene nachtelijke bezoek van dokter Vriens. En ook bleef het niet alléén bij dokter Vriens. Steeds vaker hoorde ik laat in de avond en in de nacht auto's ons erf op rijden. Het waren altijd dure bakken: BMW's, Mercedessen, dat soort werk. Mannen in pakken stapten uit, gingen onder begeleiding van pa het bijgebouw in, en kwamen een uur, anderhalf uur later – eveneens onder begeleiding van mijn vader – weer naar buiten. Ik zag Lou nooit meer zoals die ene nacht in de deuropening staan, dus misschien had mijn opmerking die ochtend haar voorzichtiger gemaakt. Aan haar gedrag kon ik maar al te goed merken wanneer ze tot diep in de nacht in het bijgebouw was geweest. Ik zag de vele nerveuze glimlachjes waarbij de blik in haar ogen dof bleef, ik hoorde haar gemaakt opgewekte stem als mijn vader in de buurt was, en ik voelde vooral de spanning die van haar afstraalde als van een knetterende hoogspanningsleiding.

Ondanks de 'sociaal-emotionele achterstand' die ik volgens mijn basisschooljuf had, was ik geweldig goed in verbanden leggen. Het feit dat er plotseling een gloednieuwe breedbeeldtelevisie in huis stond en mijn vader zijn oude Ford inruilde voor een glanzende cabriolet deden mij steeds meer vermoeden wat voor nachtelijke activiteiten Lou – in opdracht van mijn vader – in het bijgebouw verrichtte. Ik wilde meer weten. Zodra ik doorhad dat er iedere avond iets voor twaalven een 'klant' arriveerde, besloot ik om wat verder onderzoek uit te voeren.

41. AMELIE

'Denk je dat het iets met elkaar te maken heeft? Mijn vriend en jouw man?' Jolijn is wat meer rechtop gaan zitten en ik merk dat ik me voor het eerst in dagen echt helder voel, alsof mijn brein automatisch snapt dat ik het nu nodig heb.

'Vertel eens wat meer over hem,' zegt Jolijn.

Voor de zoveelste keer vraag ik me af of het blok aan mijn been van de laatste jaren echt de reden kan zijn dat ik hier ben. Ik kan me gewoon niet voorstellen dat Vince zo ver zou gaan, en dat hij me daadwerkelijk in gevaar zou brengen. Maar ik had óók nooit van hem verwacht dat hij me zou slaan, of de ruit van mijn auto zou ingooien. Misschien haat hij me écht zo erg, en is er helemaal niets meer over van wat hij ooit voor me voelde. Of misschien is zelfs dát een leugen geweest en draaide het altijd al om geld. Die gedachte raakt me meer dan ik wil. Ik slik mijn opkomende tranen weg en vertel Jolijn in grote lijnen over Vince.

'Na je mededeling dat je van hem wilde scheiden is hij dus vertrokken? En waar is hij nu dan?'

'Dat weet ik niet, tijdelijk bij een vriend ingetrokken of zo.' Ik trek een frons. 'Het is gewoon niet logisch. Vince zit waarschijnlijk tot over zijn oren in de schulden. Hoe gaat mij hier opsluiten hem helpen om aan geld te komen?'

'Het kan zijn dat hij onder druk gezet wordt. Dat iemand hem dwingt om zijn schulden af te betalen en dat doet door zijn vrouw te ontvoeren. Zei je ook niet dat je vader behoorlijk rijk is?'

Behoorlijk rijk, dat is een understatement.

'Het lijkt me dat Vince dat ook weet en dat hij op deze manier misschien losgeld probeert los te peuteren om zijn schuldeisers af te betalen...'

Ze zou best eens gelijk kunnen hebben.

'Ken je zijn vrienden? Weet je bij wie hij zou kunnen zijn?'

Ik schud mijn hoofd en besef wederom dat Vince het laatste jaar flink bezig is geweest om iedereen van zich af te stoten. Ik heb geen idee waar hij uithangt. 'En jouw vriend, hoe past hij dan in dit verhaal?'

'Misschien kennen Vince en Vigo elkaar,' oppert Jolijn.

Als de situatie niet zo schrijnend was, zou ik vast in de lach schieten. Vince en Vigo. Het dynamische gokkende duo.

'Vigo zit er ook tot over zijn oren in,' gaat Jolijn verder. 'Ik heb hem drie weken geleden op straat gezet, omdat hij geregeld ons huishoudgeld erdoorheen joeg. Inmiddels heb ik een aardige huurachterstand opgebouwd en alles staat op mijn naam.' Ze haalt diep adem. 'Ik sta op het punt mijn huis uit gezet te worden, ik was helemaal klaar met hem.' Ze bijt op haar lip.

'Heel herkenbaar,' zeg ik met schorre stem, als ik denk aan hoe leeg mijn bankrekening nog steeds is sinds ik Vince zoveel geld geleend heb. Het afgelopen jaar heb ik het financieel niet altijd ruim gehad, maar het was mijn eer te na om bij mijn vader aan te kloppen. Het idee om hem te moeten vertellen over al het geld dat ik Vince had geleend, de teleurstelling op zijn gezicht te moeten zien. Het huis verkopen zou al mijn problemen voorgoed oplossen, maar ook dat zou mijn vader – evenals ikzelf – vreselijk vinden.

'Misschien maakt het ook allemaal niet meer uit. Misschien hoef ik wel helemaal nóóit meer huur te betalen.' Jolijns tranen vinden hun weg naar beneden en ik steek mijn hand uit naar die van haar. Stom genoeg moet ik opeens aan mijn fietsbanden denken. Zij wil haar huurschuld inlossen, ik wil mijn fietsbanden oppompen. Niet bepaald bucketlistactiviteiten, maar het idee dat we hier nooit meer wegkomen, maakt wat voor activiteit dan ook aantrekkelijk.

'We moeten slim zijn,' zegt Jolijn na een poosje. Resoluut veegt ze haar wangen droog en gaat weer rechtop zitten. 'Vertel me alles, van a tot z. Over Vince, over je vader, over wat dan ook. Daarna vertel ik je alles wat ik kan bedenken over míjn situatie. Wie weet hebben we ergens een raakvlak waar we wat mee kunnen, waarmee we hem onder druk kunnen zetten. Waarmee we de regie in handen kunnen krijgen.'

Het bijna-enthousiasme waarmee ze praat pept ook mij op. In no time hoor ik mezelf vertellen over mijn huwelijk met Vince, alle ins en outs over zijn depressies, zijn gokverslaving, zijn familie die ik nooit gezien heb, mijn strijd om uiteindelijk te besluiten van hem te willen scheiden. Jolijn onderbreekt me niet eenmaal.

'En je vader, wat kun je over hem vertellen? Is hij echt zo rijk? Waarmee verdient hij zijn geld?' vraagt ze uiteindelijk.

Ik voel een drempel. Als ik haar vertel over mijn vader, kom ik gevaarlijk dicht in de buurt bij vertellen over mijn moeder, over Anouk, over wat er in ons gezin gebeurd is... Het voelt erg persoonlijk om al die dingen uit de tot nu toe donkerste periode in mijn leven te delen met iemand die ik net ken. Juist wanneer ik de moed gevonden heb, hoor ik hem de sloten openen. De deur gaat open en onze ontvoerder kijkt behoedzaam van bovenaan de trap naar ons, waarna hij rustig naar beneden loopt. Naast me verstijft Jolijn en ze drukt zich weer met haar rug tegen de muur.

'Jij, *miss sporty*, hier komen.'

'Wat ga je doen, ik wil niet...'

'Hebben jullie al fijn kennisgemaakt?' Hij haalt de boeien tevoorschijn. 'Dan heeft mevrouwtje eigenwijs je vast wel uitgelegd wat ik met je doe als je niet luistert.' Van achter zijn rug verschijnt ook het gele apparaat weer en ík verstijf nu. Het is inderdaad een stroomstootwapen, of een taser, weet ik veel hoe zo'n ding heet. Ook dit apparaat, dat eruitziet als een soort gele nietmachine, heb ik gezien op de open dag van de politie. Ik weet nog dat de agent toen uitlegde dat het een omstreden middel was om in te zetten, omdat er altijd een kans bestond dat iemand met onderliggende kwalen eraan kon bezwijken. Iemand zoals ik, al stond ik daar op dat moment natuurlijk totaal niet bij stil.

'Opstaan,' blaft onze ontvoerder weer naar Jolijn, en hij richt de taser nu op haar. 'En denk maar niet dat ik het niet gebruik. Vraag maar aan je vriendinnetje.'

Even flitsen Jolijns ogen heen en weer tussen hem en mij. Ik zie de ontzetting in haar ogen en door de schaamte dat ik het haar niet verteld heb, beginnen mijn wangen te gloeien.

'Luister naar hem,' fluister ik zacht.

Jolijn lijkt nu echter in trance te verkeren. Ze zit naast me en op haar ademhaling na is er geen enkele beweging te bespeuren.

'Oké, je vriendinnetje dan?' Hij verplaatst de taser een centimeter of tien naar links, waardoor deze nu op mij gericht is. 'Had ze je al verteld dat ze epilepsie heeft en dat taseren voor haar nogal fatale gevolgen kan hebben?'

De huid op mijn armen begint te tintelen van het kippenvel als ik het apparaat recht op mij gericht zie. Het idee nog een aanval te krijgen is afschuwelijk, het idee misschien nooit meer bij te komen is nog veel afschuwelijker.

'Alsjeblieft, niet doen, ik...' Mijn stem breekt. 'Ik wil niet dood, alsjeblieft, niet doen!'

'Als miss sporty hier komt, zoals ik haar gevraagd heb, dan hóéf ik het niet te doen. Ik tel tot vijf en als ze dan nog niet hier is, schiet ik deze jongen af.' Hij zwaait met het apparaat, voordat hij het weer op mij richt.

'Een... Twee...'

Geen enkele beweging bij Jolijn en mijn borst zwoegt hevig op en neer.

'Drie...'

Ik word licht in mijn hoofd en er beginnen vlekken voor mijn ogen te dansen.

'Vier...'

'Alsjeblieft, ik...' In gedachten hoor ik het *tak*-geluid al en zet ik me schrap voor de vreselijke pijn die zo door mijn lijf zal trekken. De spasmen die niet te beheersen zijn en die elke spier in mijn lijf strak zetten als...

'Stop!'

Jolijn springt op en staat voor het bed. 'Niet doen, ik kom al.' Voorzichtig zet ze een paar stappen in zijn richting, tot ze vlak voor hem staat.

'Steek je handen naar voren,' bromt hij en wanneer Jolijn dit doet, steekt hij de taser weer achter zijn rug om de boeien tevoorschijn te halen. Net zoals eerder bij mij klikken ze om haar polsen.

'Dat was net op tijd,' zegt hij met zijn blik strak op Jolijn gericht. In een flits zwaait zijn vuist omhoog en raakt hij haar vol in het gezicht. Door de impact van de klap slaat ze achterover en wankelt een paar passen, waarna ze zichzelf alsnog staande weet te houden.

'Die was omdat je niet meteen deed wat ik zei, onthoud dat goed.'

Hij kijkt nu naar mij. Ik wil wat doen, ik wil Jolijn helpen. Ik wil me aan haar vastklampen zodat hij haar niet mee kan nemen, maar nu ben ik degene die verstijfd op het bed zit.

'Meekomen, nu!'

Jolijn doet nu meteen wat hij zegt en schuifelt naar hem toe, waarna hij haar een slaapmasker opzet. Lijdzaam kijk ik toe terwijl hij haar aan de arm meesleept de trap op. Niet veel later valt de deur met een flinke zwaai weer dicht.

Pas nu kom ik in beweging.

Ik heb niets gedaan om haar te redden. Net zoals al die jaren geleden met Anouk, die voor mijn ogen verdronk.

42.

Het was precies kwart over elf. Pa zat onderuitgezakt voor de tv en Lou was in haar slaapkamer – daar ging ik van uit, want ik zag licht onder de deur door schijnen. Ik sloop via de keukendeur naar buiten. De zon was inmiddels al ruim een uur onder, maar het had nog lang geduurd voordat het voldoende donker was. Als mijn nieuwsgierigheid niet kwadratisch groter was geweest dan mijn angst om gepakt te worden, had ik mijn missie afgeblazen.

Ik liep gebukt langs het huis, onder alle ramen door. Langs de zijkant van het huis hield ik stil. Hier lag mijn grootste uitdaging. Om bij het bijgebouw te komen, moest ik schuin het erf oversteken en kwam ik binnen het zicht van eenieder die op dat moment naar buiten keek. Van Jill had ik niets te vrezen, want haar kamer keek uit op de weilanden aan de achterkant van de boerderij, maar als pa of Lou onverhoopt naar buiten keek, moest ik met een verdomd goede verklaring komen over wat ik hier uitvrat. En die had ik nog altijd niet kunnen bedenken.

Ik sprak mezelf moed in en schoot daarna in één keer het erf over, stopte niet met rennen tot ik achter de coniferenhaag was die me uit het zicht van de ramen van de boerderij bracht. Een fel licht boven mijn hoofd sprong aan. De sensorlamp! Ik kon mezelf wel voor mijn kop slaan. Met ingehouden adem checkte ik snel de deur, die zoals ik had verwacht op slot zat, en rende vervolgens naar de achterkant van het gebouw. Daar hurkte ik in het gras aan de slootkant, met zicht op de boerderij. Ik verwachtte binnen enkele seconden pa te zien verschijnen om te kijken wie er op zijn erf was. Er gebeurde niks.

Na een paar minuten wachten ontspande ik bij het idee dat stap één van mijn plan was gelukt, en ik stond op om te kijken wat nu mijn verdere opties waren. Er was nog een deur aan de achterzijde, een groot raam bij de woonkamer en een iets kleinere raampartij bij de slaapkamer. Alle vitrages waren gesloten en toonden slechts vage contouren van de meubels binnen, maar alle bovenlichtjes stonden open. Ik kon dan wel niks zien, maar ik kon straks in elk geval wel hóren wat ze hierbinnen uitspookten.

Ik liet me zakken onder het slaapkamerraam, omdat ik verwachtte dat dat de plek was waar ik moest zijn, en ik zocht een comfortabele houding. Dat bleek makkelijker gezegd dan gedaan met al het onkruid, en vooral de brandnetels die daar in overvloed groeiden. Ik schoffelde met mijn schoenen wat van het ergste ervan weg tot er een kale plek ontstond – die stekelige groene etterbakjes prikten daarbij gewoon door mijn pyjamabroek heen – en ging uiteindelijk zitten.

Ik keek uit over de landerijen van boer Martens die na de sloot aan ons erf grensden. Zijn Texelaar schapen lagen rustig onder de boompartij links en leken niet van mijn aanwezigheid op te kijken. Ik telde de beesten, niet om in slaap te vallen, maar om tevreden te concluderen dat het er nog steeds dertien waren in plaats van veertien. Een tijd geleden had ik ergens gelezen dat een schaap dat op haar rug lag niet meer overeind kon komen, zeker niet in het prille voorjaar wanneer ze nog topzwaar waren van hun dikke wintervacht. Als het dier op haar rug terechtkwam, kon ze het gas dat een van haar vier magen produceerde, en dat normaal gesproken uitgeboerd werd tijdens het herkauwen, niet meer kwijt. Het gevolg was dat dat gas ging uitzetten, de longen verdrukt werden en het schaap na een tijdje stikte.

Vanaf het moment dat ik dit feitje gelezen had, wist ik dat ik het met eigen ogen wilde zien. Sinds de dood van mijn oma kreeg ik weinig voldoening meer van eenden, kikkers of insecten doden en dit hele proces van het schaap leek me interessant. Dus was ik afgelopen voorjaar over de sloot gesprongen, over het hek geklommen en had ik een van de jongere schapen, die toen ook onder de boom lag te slapen, over de kop geaaid. Het domme beest keek vol vertrouwen naar me op met haar horizontale pupillen en genoot zichtbaar van de onverwachte aandacht. Haar slettengedrag zou haar duur komen te staan. Het viel niet mee om het beest dat zeker wel een kilo of vijftig woog om te rollen, maar verder was ze zo mak als een lammetje. Dat verklaarde voor mij ook meteen waar die uitspraak vandaan kwam.

Ik keek toe terwijl het beest kronkelde en zich probeerde om te draaien, waarbij haar kont tevergeefs in het gras heen en weer schoof. Ik hoorde dat ze steeds paniekeriger begon te mekkeren en blaten, en de andere schapen kwamen met hun neuzen tegen haar aan duwen. Ik kon me voorstellen dat iemand met gevoel het geheel best aandoenlijk zou hebben gevonden.

Na een uur verloor ik mijn interesse in het kronkelende beest en ging ik naar huis omdat ik honger had. Eigenlijk was ik het hele voorval alweer vergeten, omdat het bespieden van Jill die avond al mijn aandacht opeiste. De volgende dag liep ik langs het weiland en telde slechts dertien van die wolbalen in plaats van veertien. Blijkbaar had boer Martens zijn verloren schaap al geruimd.

Ik vond het uiteraard jammer dat ik het belangrijkste moment gemist had, en nam me voor om het ooit nog een keer te doen als ik er uitgebreid de tijd voor had. Dat was zeker niet nu, want nu klonken er voetstappen op het erf. Het geknerp van het grind stopte, en er liep een rilling over mijn rug. Kwam ik er dan eindelijk achter wat er hierbinnen gebeurde?

Niet veel later waren er binnen voetstappen op de houten vloer te horen. Tikkende hakken. Lou?

'Ga liggen, De Wit is er over tien minuten.' Het was de stem van mijn vader in de slaapkamer.

De Wit, schoot er door mijn gedachten. Die naam hoorde ik weleens als mijn vader het over zijn korpschef had. Wat kwam hij hier doen?

'De Wit is een sadist, Jack. Ik ben bang van hem, bang dat hij te...'

'Ik heb duidelijke afspraken met hem gemaakt. Daar houdt hij zich aan. Liggen.'

Gestamp op de vloer. Pal boven mijn hoofd hoorde ik de vitrages schuiven en ook het gewone raam ging nu een stukje open. Ik durfde me amper te bewegen en kneep mijn ogen dicht. Als mijn vader nu naar buiten keek, was ik zwaar de sigaar!

'O ja, Jack?' Lou's stem klonk scherp. 'Daar was anders weinig van te merken, de vorige keer dat hij hier was. Ik kon amper...'

Een knal tegen de muur. Ik deed mijn ogen open en keek naar het raam boven me, dat nu een stukje openstond. Durfde ik het aan? Voorzichtig kwam ik overeind om de situatie binnen op te nemen. In de zacht verlichte kamer zag ik niet de slaapkamer van mijn oma zoals ik hem kende, met het ouderwetse eikenhouten bed en dito meubels. Nu stond er in het midden van de ruimte een enorm hemelbed met stalen spijlen. In de linkerhoek van de kamer was een zitje met twee rode leren stoelen en een tafeltje, en rechts in de kamer zag ik mijn pa, die met zijn rug naar me toe stond en Lou tegen de bar drukte die daar was, met zijn hand om haar keel geklemd.

'De Wit is onze best betalende klant. En als jij daarvoor net even wat meer moet doen dan bij andere klanten, dan doe je dat, begrepen? Of wil je dat ik andere dingen met De Wit bespreek?'

Mijn vader legde nadruk op het woord 'andere'.

'Jack, ik...' murmelde Lou geknepen onder mijn vaders greep. Ik voelde mijn bloed sneller stromen toen ik zag wat Lou droeg. Een zwart negligé waarvan het kant aan de bovenkant de contouren van haar borsten duidelijk liet zien en waar haar donkere tepels amper door verhuld werden. Daaronder droeg ze hoge zwarte kousen met eveneens een kanten bovenrand, en aan haar voeten zwarte stilettohakken. Haar gezicht liep rood aan en ze sloeg met haar hand twee keer op de bar. Mijn vader liet los.

'Zie je, Loutje? Je geeft het signaal en ik stop. En zo doet De Wit dat ook. Liggen. Nú!'

Ik dook weer naar beneden, veilig uit het zicht, en hoorde eerst Lou een paar keer kuchen, waarna haar hakken op de vloer tikten. Daarna waren er wat metaalachtige geluiden die ik niet kon plaatsen. 'Zo,' zei mijn vader even later. 'Comfortabel?'

Slechts gemurmel van Lou, vermengd met gelach van mijn vader als antwoord.

Geronk van een motor en opnieuw knerpend grind van een auto die het erf op reed. De Wit?

Ik bleef zitten en wachtte tot mijn vader de slaapkamer weer in kwam, samen met een andere man.

'De bar en de koelkast zijn uiteraard gevuld, Ronald.'

O ja, Ronald! Dat was de voornaam van de korpschef van mijn vader. Het kon niet anders dan dat dit hem was.

'Neem wat te drinken. En als je er klaar voor bent, is ze zo lang als je wilt voor jou.' Mijn vader en De Wit lachten, Lou murmelde zachtjes. Wat had pa met haar gedaan?

De slaapkamerdeur ging open en dicht, waarna voetstappen over het erf wegstierven. Was Lou nu alleen met die De Wit?

Ik richtte me op, gluurde zijdelings naar binnen en zag De Wit met zijn rug naar me toe staan. Hij was een forse vent, die me het zicht op Lou grotendeels ontnam. Ik zag alleen nog haar onderlichaam, dat stijf als een plank op het bed lag.

De Wit keek even roerloos op haar neer en kwam toen in beweging. Hij trok zijn jasje uit, gevolgd door zijn stropdas en overhemd. Deze man was duidelijk niet van plan eerst iets te drinken te nemen.

'Wat fijn dat je tijd voor me kon maken, schatje. Ik ben wel toe aan een beetje ontspanning na een drukke werkweek,' zei hij tegen Lou. Hij zette zijn handen op de plek die in betere tijden ooit een taille geweest moest zijn, maar waar nu het teveel aan huid lusteloos over zijn broekrand hing. Het licht viel op zijn rug en ik zag dat zijn huid glom van de transpiratie tussen het rijkelijk aanwezige haar.

Alsof hij niet kon wachten om Lou te bespringen, maakte hij zijn riem los en schoof zijn broek en boxer in één beweging uit. Ik walgde bij het aanzicht van zijn bleke, harige reet, en slikte toen hij op bed kroop en me nog veel meer liet zien dan ik wilde.

'Ik heb zin in je, schatje,' klonk het.

Lou bewoog onrustig heen en weer, en De Wit positioneerde zich tussen haar benen. Meteen was het me duidelijk hóéveel zin hij in Lou had.

Mijn blik gleed omhoog en mijn adem stokte in mijn keel. Met een verwilderde blik keek Lou op naar de man, terwijl ze heftig nee schudde. Eindelijk snapte ik het gemurmel. In haar mond zat een knalrode bal die met een soort tuigje op zijn plek gehouden werd. Haar handen waren met handboeien vastgemaakt aan de spijlen van het bed en in haar ogen was pure angst af te lezen. In een kolkende mix van fascinatie en afschuw vroeg ik me nog slechts één ding af: hoe moest Lou in godsnaam een signaal geven om De Wit te laten stoppen met whatever hij met haar ging doen?

43. AMELIE

'Ik ben jou niet, Cas! Ik kan het gewoon niet! Ik kan haar niet in de ogen kijken en zeggen dat ik haar niks kwalijk neem!'

Ik hoor servies sneuvelen. Mijn moeder gooit met servies? Mijn altijd kalme en beheerste moeder die zelden emotie toont?

'Rustig, Maeve. Kom zitten en doe in godsnaam rustig!'

Nog iets wat sneuvelt. 'Nee Cas, ik ben allesbehálve rustig. Ik snap niet hoe jij zo makkelijk daar kunt zitten en tegen mij zegt dat ik rustig moet doen. Ons kind is dood! Niets wordt ooit meer hetzelfde, en dat komt door háár! Omdat zij haar zin doordramde, omdat zij zo eigenwijs was. Omdat zij zo nodig...'

'En zij is óók ons kind!' bulderde mijn vader. 'Een kínd nog, hoor je me!'

Ik krimp in elkaar in het hoekje onder de trap waar ik mezelf had verstopt toen ik naar beneden kwam en hoorde dat mijn ouders tegen elkaar tekeergingen.

'Amelie is net zo goed ons kind als Anouk dat was, en zij leeft nog wél. Besef je wel hoe dankbaar we daarvoor mogen zijn? Dat het ook anders had kunnen aflopen?'

Ik hoor de lange snikken van mijn moeder die steeds heftiger worden en ik weet wat ze denkt. Ik weet wat er door haar heen gaat. Ze wenst dat ik het was geweest en niet haar lieve Anouk. De dochter die ze altijd zo tegen iedereen ophemelde en die zo op haar leek, in uiterlijk én in karakter. Was ik het maar geweest die nu in de kist in de voorkamer opgebaard lag en niet haar dierbare

Anouk! Ze spreekt de woorden niet uit, maar ik hoor ze in haar snikken doorklinken.

Ik kom uit mijn hoekje onder de trap vandaan en sluip naar de voorkamer. Een poosje blijf ik daar roerloos op de drempel staan, luisterend naar het monotone gezoem van de koelinstallatie die de kist op de juiste temperatuur houdt. De witte glanzende kist, die omgeven is met boeketten, bloemen, kaarten en zelfs tekeningen die mensen al sinds gisteren aan de deur afgeven. Mijn zus was een populair en geliefd meisje.

Met bonzend hart nader ik de kist en kijk naar alles wat eromheen staat, maar vooral niet naar wie erin ligt. ONBESCHRIJFELIJK, DIT GROTE VERDRIET. DE HEMEL HEEFT ER EEN STER BIJ. WE LEVEN INTENS MET JULLIE MEE. VEEL TE VROEG... Er is één kaart die specifiek mijn aandacht trekt. Een kaart waarop een kalme zee staat afgebeeld en witte letters een tekst vormen: WANT EVENALS DE RIVIER EN DE ZEE, ZIJN LEVEN EN DOOD ÉÉN. Mijn god, schiet er door me heen. Wie deze kaart gestuurd heeft, weet vast niet wat er gebeurd is. Hebben papa en mama deze kaart gezien? Snel vouw ik hem open en zie dat hij van een zakenrelatie van mijn vader is. Vast iemand die via de tamtam gehoord heeft dat papa's dochter is overleden, en die ongetwijfeld niet weet hoe dat zo gekomen is. Ik stop de misplaatste kaart onder mijn trui, tussen mijn buik en mijn broekband, en sluit mijn ogen. Tijd voor het onvermijdelijke.

Ik weet niet wat ik had verwacht. Een afgrijselijk opgezwollen gezicht met zeepokken erop, blauwe lippen aangevreten door vissen, aderen die duidelijk zichtbaar waren door haar doorschijnende huid heen, iemand die ik niet meer herkende? Maar mijn zus ligt er prachtig bij. Sereen en kalm, net als die verdomde zee op die kaart.

'Hé,' hoor ik zachtjes achter me. Ik zie mijn vader in de deuropening staan, zijn ogen roodomrand, zijn gezicht allesbehalve kalm en sereen, zijn handen diep in zijn broekzakken gestoken.

'Gaat het een beetje?' vraagt hij me, en ik knik. Als hij naast me staat, legt hij zijn arm om mijn schouder en trekt me tegen zich aan.

'Ze lijkt wel een prinses,' zeg ik met een geknepen stem als we samen naar haar kijken. Anouks perfecte huid is weliswaar wat bleker dan normaal, porseleinachtig bijna, maar haar lippen hebben een gezonde zachtroze kleur. Haar lange blonde haar ligt keurig geborsteld langs haar hoofd en ze draagt haar lievelingsjurk, die mama aan het begin van deze zomervakantie voor haar had gekocht op vakantie in Frankrijk. Het hemelsblauw liet haar ogen zo mooi uitkomen, had mama erbij gezegd. Voor mij had ze niks kunnen vinden, zei ze ook nog, dat kwam later die vakantie wel een keertje. Het kwam niet, maar dat vond ik niet erg. Ik zou er toch nooit zo mooi uitzien als mijn zus.

Anouks samengevouwen handen liggen op haar buik en ik staar ernaar om te kijken of haar buik echt niet meer op en neer gaat. Ik had weleens gehoord over mensen van wie iedereen dacht dat ze dood waren, maar die dan toch nog bleken te leven. Ik had geen idee of deze verhalen klopten, maar wie weet, als ik maar lang genoeg naar Anouk bleef kijken, zou ik misschien vanzelf een minieme beweging bespeuren.

'Je mag haar wel aanraken, hoor,' zegt mijn vader, die het gestaar naar mijn zus anders interpreteert. Omdat ik denk dat hij het van me verwacht, steek ik aarzelend mijn hand over de rand van de kist en leg hem op die van Anouk. IJskoud voelt ze aan en tranen komen nu op in mijn branderige ogen. Anouk had een hekel aan kou, en nu ligt ze hier, op die zoemende vrieskist. De neiging om een deken over haar blote armen te leggen is groot.

'Ik weet dat het niet jouw schuld was, lieverd,' zegt mijn vader met schorre stem en ik blijf voor me uit kijken, bang om opnieuw geconfronteerd te worden met de pijn in zijn ogen. De pijn waar ik verantwoordelijk voor ben. Ik wil niet zien dat de woorden over zijn lippen komen om vervolgens in zijn ogen te lezen dat hij ze niet meent.

Hij legt een hand onder mijn kin en dwingt me zachtjes om hem aan te kijken. Ik zie pijn, ik zie verdriet, maar ik zie ook nog steeds liefde.

'We leren ermee omgaan, Amelie. Dat zijn we aan elkaar en aan Anouk verschuldigd.'

Mijn keel doet zeer van de brandende tranen die ik probeer weg te slikken. Ik laat me tegen papa aan vallen en troost me met zijn warmte. Als ik opkijk staat mijn moeder in de deuropening. Ook haar gezicht is verwrongen van verdriet, de huid rond haar roodomrande ogen gezwollen. Ze is een slanke vrouw, maar nu ziet ze er ronduit breekbaar uit. Alsof ze elk moment in elkaar kan zakken.

'Maeve...' zegt mijn vader in een poging haar over te halen naar ons toe te komen.

Ik zie het gevecht dat ze met zichzelf voert als haar blik heen en weer flitst tussen mijn vader en de kist en ze uiteindelijk blijven rusten op mij. Eén moment denk ik dat ze naar me toe komt en haar armen om me heen zal slaan, net als papa. Dan draait ze zich om en loopt de trap op naar hun slaapkamer. Als de deur dichtknalt, trekt mijn vader me weer stevig tegen zich aan en fluistert dat het wel goed komt. Dat ze wat tijd nodig heeft.

Zijn woorden kunnen me niet laten vergeten wat ik zojuist heb gezien op mijn moeders gezicht. De blik in haar ogen vertelde haar verhaal. Niks kwam meer goed. Voor haar was de verkeerde dochter gestorven.

Ik kijk op naar papa. Ik moet het hem vertellen, ik weet dat hij het niet wil horen, maar ík heb het nodig om hem het hele verhaal van die dag te vertellen. Om te vertellen dat ik zag dat Anouk naar adem hapte, dat ze steeds weer kopje-onder ging. Dat ik haar voor de laatste keer in de ogen keek vlak voor ze definitief verdween. Ik heb het nodig om erover te praten, en ik weet dat hij naar me zal luisteren.

Ik neem een diepe teug lucht en begin.

Verschrikt open ik mijn ogen. Ik kan haast niet geloven dat ik alweer weggedommeld ben! Ik herinner me dat ik al die jaren geleden na mijn epilepsieaanval ook zo vreselijk moe was en veel sliep. Ik kom wat versuft overeind van het matras en zie vlekken op de plek waar ik gelegen heb. Ik heb gehuild in mijn slaap, gehuild om al die jaren geleden en gehuild om alles wat erop gevolgd is. De droom was zo levendig, het was net alsof ik Anouk werkelijk had aangeraakt en de armen van mijn vader echt om me heen voelde.

Jolijn! Ik was hier met Jolijn geweest!

Meteen kom ik overeind en ren de trap op. Als ik bovenaan sta, houd ik me stevig vast aan de leuning omdat ik sterretjes zie. Ik laat pas los als mijn blik weer scherp is. Ik druk mijn oor tegen de deur en luister. Niets te horen, behalve het suizen van mijn eigen bloed. Deze ruimte is net een bunker, verdomme!

Moedeloos draai ik me weer om en staar naar beneden, de kelder in. Als het ons lukte die klootzak van de trap te duwen, hadden we misschien een kans hieruit te komen, maar hoe krijgen we dat in godsnaam voor elkaar? De deur gaat naar binnen toe open, waardoor hij nog voordat hij binnenstapt al zicht heeft op de gehele ruimte. Hem achter de deur opwachten is compleet kansloos.

Hem van de trap gooien als hij een van ons tweeën meeneemt de ruimte uit? Hij is groter en sterker dan ik, en de kleine Jolijn is al helemaal kansloos. Het risico dat hij in de plaats daarvan een van ons van de trap gooit is groot. Te riskant.

Ik vraag me af wie ik voor de gek heb gehouden met mijn gedachte dat we met zijn tweeën meer kans hebben hem aan te kunnen. We zijn twee ongewapende vrouwen, tegenover een man mét wapens, die er bovendien niet voor terugdeinst om ze te gebruiken. Het is hopeloos.

Ik loop behoedzaam de trap af en installeer mezelf weer op het bed. Ik trek de zak met krentenbollen uit de tas en eet er met moeite een op. Hoewel mijn maag rammelt, wil het deeg niet door mijn keel glijden. Ik spoel het weg met een half flesje water en kijk in de tas. Er is nog genoeg voor mij en Jolijn om het hier nog even uit te houden. Dat wil zeggen, áls ze terugkomt.

Ik ril bij die gedachte en trek de deken om me heen. En net wanneer ik opnieuw ga liggen, hoor ik dat de sloten aan de buitenzijde van de deur een voor een opengedraaid worden. Ik schiet overeind. Net als ik draagt Jolijn een slaapmasker en nu ook eenzelfde pyjama als ik. Is zij ook in die rare Britney-kamer geweest?

Hij doemt achter haar op en duwt haar het betonnen plateau bovenaan de trap op, maakt haar boeien los en trekt zonder verder iets te zeggen de deur weer dicht. Jolijn blijft op het plateau staan, haar masker nog voor haar ogen.

'Jolijn,' zeg ik zachtjes. Ze lijkt me niet te horen. Harder dan. 'Jolijn!'

Ze zet het masker af, waarbij ik zie dat haar handen trillen. Ze kijkt me niet aan en strompelt de trap af, houdt zich angstvallig vast aan de leuning.

'Jolijn, voorzichtig, ik...' Ik kom overeind omdat ik bang ben dat ze zal vallen. Wanneer ze nog een trede of vijf te gaan heeft, wankelt ze en ik duik naar voren, net te laat om haar volledig op te vangen. Ik kukel zelf ook om. Als Jolijn onderaan de trap als een zielig hoopje mens tegen me aan ligt, voel ik haar lijf schokken en besef ik dat ze huilt. Ik aai over haar hoofd en rug en zeg haar dat alles goed komt.

'Nee, Amelie. Het komt niet goed. Het komt nooit meer goed.' Haar woorden doen me denken aan de levendige droom die ik net had. Ik veeg haar haar opzij en zie de verwrongen blik op haar gezicht. Ook ik stel haar niet de vraag die zij mij eerder niet stelde.

Ik hoef hem ook niet te stellen, want ik zie het antwoord in haar ogen.

44.

Vol adrenaline liet ik me zakken langs de buitenmuur van het bijgebouw. Ik vroeg me af of ik ooit nog iets in mijn leven zou zien wat in de buurt kwam bij hetgeen ik het afgelopen uur getuige van was geweest. Een vrouw, volledig onderworpen aan een man die haar op alle vlakken de baas was. Smekend, huilend, kreunend en happend naar adem, zich onderdanig onderwerpend aan zijn opdrachten. De angstige blik in haar ogen had me bijna in extase gebracht en maakte gevoelens bij me los die heftiger waren dan wat ik ooit eerder gevoeld had.

Pas nadat De Wit 'zijn ding' met Lou gedaan had en hij hijgend en puffend naast haar neerviel, kwam ook ik weer op adem. Het duurde nog een tijd voor ik besefte in wat voor een benarde situatie ik me nu bevond. Pa was binnen en kon elk moment naar buiten komen, dus nu naar het huis teruggaan was absoluut geen optie. Hier wachten tot iedereen weg was, kon betekenen dat pa de keukendeur op slot deed en ik helemaal niet meer naar binnen kon. Geen optie dus. Shit! Ik had me te veel laten opslokken door het moment en niet vooruitgedacht.

Met mijn handen om mijn knieën geslagen wachtte ik tot mijn vader terugkwam en ik hem en De Wit in de woonkamer hoorde praten. Niet veel later vertrok de auto van De Wit van het erf en kwam mijn vader de slaapkamer weer binnen, waar Lou al een poosje doodstil was. Ik durfde het niet aan om nog eens te kijken.

Het metaalachtige geluid klonk weer.

'Ik ben trots op je, meisje,' zei mijn vader. 'Je hebt zojuist onze afbetaling op de cabrio bij elkaar gewipt.'

Ik was in shock nu alles op zijn plek viel. Mijn pa prostitueerde Lou en liet haar letterlijk misbruiken door allerlei mannen? Ik dacht aan alle dure auto's die ik de afgelopen weken op ons erf had gespot. Rijke en machtige mannen.

'Is er nog wat voor mij over?' Ik hoorde aan de dubbele tong van mijn vader duidelijk wat híj in de tussentijd gedaan had.

Smakkende geluiden.

'Laat me met rust, Jack. Heb ik niet genoeg gedaan?' Lou huilde. 'Ga weg, je bent stomdronken!'

Nog meer smakkende geluiden, en toen werd het ineens stil. Na een minuut of twee klonken er tikkende hakken op de houten vloer, en ik kroop naar de zijkant van het gebouw. Ik zag Lou met een laken om zich heen geslagen in de richting van de boerderij rennen.

Ik haastte me naar het raam en gluurde naar binnen. Op het hemelbed lag nu mijn vader, op zijn buik. Zijn mond stond een beetje open en hij snurkte. Uit zijn kontzak staken meerdere bankbiljetten. Hij was compleet out. Dit was mijn kans!

Ik ging weer aan de zijkant van het bijgebouw zitten en wachtte tot ik het licht in de slaapkamer van Lou aan zag gaan. Met bonzend hart sprintte ik het erf over, ging via de keukendeur naar binnen en begaf me naar mijn zolder, alsof er nooit iets gebeurd was.

45. AMELIE

Het duurt een eeuwigheid voordat Jolijn stopt met huilen. Al die tijd ligt ze tegen me aan, en ik aai over haar hoofd en rug. Als ze plotseling stil is, schrik ik even. Ik kijk of ze in slaap gevallen is, maar zie dat haar ogen wijd open zijn. Nu ze stilligt, bekijk ik haar wat beter. Ik zie rode, paarsachtige plekken in haar hals.

'Jolijn, gaat het een beetje?' vraag ik zacht. Ze komt wat overeind en kijkt me met haar betraande ogen aan. Ze ziet er vreselijk uit, met haar gebarsten onderlip en de striemen in haar hals.

'Wat...' Ik aarzel. 'Wat is er gebeurd?'

Jolijn krabbelt verder op en loopt naar het bed. Ik volg haar voorbeeld en ga net als zij met mijn rug tegen de muur zitten. Dan trek ik de deken over ons beiden heen en haar tegen me aan. Ze laat haar hoofd op mijn schouder rusten en net wanneer ik denk dat ze slaapt, klinkt haar stem. Krakerig en gebroken.

'Het was afschuwelijk.'

Een stilte waarin ik me afvraag wat ik in hemelsnaam moet zeggen. *Wat heeft hij gedaan? Deed het pijn? Denk je dat hij het vaker gaat doen?* Zijn dat niet allemaal vragen die ik zou stellen uit eigenbelang? Omdat ik wil weten welke risico's ík loop?

'Hij is gestoord,' fluistert ze. 'Hij heeft me verkracht, kneep keer op keer mijn keel dicht.' Ze slikt. 'Ik had het zo benauwd, zo vreselijk benauwd, Amelie. Ik dacht dat ik doodging en iedere keer wanneer...' Haar lichaam schokt weer en ze praat verder tussen haar tranen door. 'Iedere keer wanneer ik dacht dat...' Ik moet moeite doen haar te verstaan. '... dat ik doodging, liet hij los en begon opnieuw.'

'Mijn god,' prevel ik zachtjes en ik trek haar wat meer tegen me aan, in een halfslachtige poging haar te troosten.

'En die muziek! Hij draaide keihard bombastische klassieke muziek die van alle kanten leek te komen terwijl hij me...' Jolijn klapt nu helemaal dubbel en huilt bijna geluidloos, met een afgrijselijke grimas op haar gezicht. Mijn hart breekt. Ik ben hier langer dan zij, en toch heeft hij háár nu verkracht en ben ik nog steeds redelijk ongeschonden gebleven.

Verdomde egoïst! klinkt er in mijn hoofd en ik weet dat het mijn moeders stem is. Mijn moeders snerpende stem op de dag na de begrafenis.

Ik sla mijn armen stevig om Jolijn heen, sluit mijn ogen en fluister: 'Kom maar, Anouk. Deze keer red ik je.'

46.

De volgende ochtend werd ik ondanks mijn geringe nachtrust vroeg wakker. Meteen stonden de beelden van de vorige avond weer op mijn netvlies en begonnen de tintelingen in mijn onderbuik. Ik vroeg me zelfs af of Jill me ooit zo zou kunnen prikkelen als Lou dat had gedaan. Ik bedoel, Jill was mooi, maar nog wel een meisje. Lou was een vrouw, haar rondingen waren vol en af, haar lijf was perfect.

Ik kwam uit bed en rolde het kleed opzij. Recht onder me lag Jill nog te slapen, haar blonde haar deels over haar gezicht uitgewaaierd, haar arm rond de een of andere pluchen beer geklemd. Ik kon er niets aan doen dat ik het me afvroeg. Dat ik me afvroeg hoe het zou zijn om Jill in mijn macht te hebben, zoals pa Lou in zijn macht had. Hoe hij haar dingen liet doen, ervoor zorgde dat ze hem gehoorzaamde én bij hem bleef. Hoe hij ongetwijfeld de dingen die hij De Wit bij haar liet doen zelf ook bij haar deed. Hoe zou dat zijn?

Jill draaide zich om en ik zag nu duidelijk haar gezicht. Ik stelde me voor dat de rode bal die tussen Lou's lippen had gezeten nu tussen die van Jill zat. Ik zag voor me dat ik op haar zat en dat ze onder me lag te murmelen en te kronkelen om los te komen. Ze zou me onverstaanbaar smeken om op te houden. Ik zou haar borsten strelen, alvorens mijn handen omhoog te laten glijden en rond haar slanke hals te leggen. Ik stelde me voor dat ik de druk verhoogde en de angst in haar ogen zag groeien. Geen rare klassieke muziek op de achtergrond, maar liedjes van haar geliefde Britney. Zou ze die daarna nog steeds zo geweldig vinden? Ik liet mijn hand afglijden naar beneden en ritmisch op en neer bewegen tot ik dat gloeiende gevoel door mijn buik voelde trekken. Dat gevoel dat hemels was en tegelijkertijd een beetje pijn deed en altijd te kort duurde. Ik rolde op mijn rug en kreunde. Ooo, wat moest het heerlijk zijn om die bazige Jill te laten gehoorzamen!

Ik bleef een poosje liggen, tot mijn ademhaling weer op orde was en het golven in mijn onderbuik weggetrokken was. Daarna friste ik mezelf in de badkamer wat op en liep naar beneden. In de keuken trof ik mijn vader in zijn uppie aan de ontbijttafel, waar hij net een flinke hap van een broodje kaas nam.

'Mogge, pap,' zei ik, en ik pakte een bord uit het keukenkastje. Ik ging bij hem aan tafel zitten, nam een boterham uit de zak, besmeerde hem met boter en liet er daarna hagelslag op vallen. Ik keek even op om te zien of hij de hoeveelheid niet afkeurde, maar al kauwend sloeg hij me gade zonder iets te zeggen. Ik nam een hap.

Er was geen waarschuwing in zijn ogen te lezen, er hing geen dreigende sfeer in de keuken, er waren geen stemverheffingen. Compleet uit het niets haalde hij uit. De impact van zijn enorme hand die in één klap mijn wang, neus en lip raakte, veranderde mijn boterham in een vliegend object en zorgde ervoor dat ik naast mijn stoel viel. Als in slow motion zag ik een spoor van bloedspetters uitwaaieren op het zwart-wit geblokte vinyl van de keukenvloer, en ik greep naar mijn gezicht dat in brand leek te staan. Ik krijste en bevoelde mijn kapotte lip en brandende wang. Meteen hoorde ik zijn stoel verschuiven en ik dook opzij, drukte mijn rug tegen een keukenkastje uit angst voor een nieuwe klap en kromp in elkaar. Toen alles stil en kalm bleef, keek ik op en zag dat pa met zijn rug naar me toe bij het aanrecht stond. Hij schonk een glas sap voor zichzelf in en dronk er rustig van, alsof hij me niet zojuist een enorme optater had verkocht.

Ik verstijfde. Pa had me geslagen! Hij had me nog nóóit geslagen. Van verbazing kon ik geen woord uitbrengen en ik zat daar maar, keek toe terwijl hij het glas sap leegdronk alsof er geen vuiltje aan de lucht was.

Toen hij het op had, zette hij het glas met een klap op het marmeren aanrecht en liet een boer. Hij draaide zich naar me om en ik kromp weer in elkaar.

'Had ik je niet gezegd geen sporen achter te laten?'

'Ik... Wat...?'

'Eerst ben je zo dom om het licht bij het bijgebouw aan te laten springen, daarna steek je je kop om de hoek, en dan schoffel je ook nog eens het hele perkje daar om, alsof er een kudde olifanten doorheen is gewalst.' Pa's hand schoot uit en vouwde zich om mijn keel, net zoals hij gisteren bij Lou had gedaan. Ik hapte naar adem, het voelde alsof ik probeerde te drinken door een rietje dat verstopt zit.

'Sorry... Ik...' Ik bracht mijn handen omhoog en probeerde ze onder zijn vingers te wrikken. Hete tranen liepen over mijn wangen en ik voelde me steeds lichter worden in mijn hoofd, alsof ik begon te zweven. Ik wilde hem wel vragen om me los te laten, maar de woorden waren er niet meer. Mijn oren suisden, mijn bloed raasde en gek genoeg wilde ik me eraan overgeven. Net toen ik helemaal warm werd vanbinnen en alles losliet, liet pa mij ook plotseling los. Als een trillend gelatinepuddinkje zakte ik in elkaar op de grond, om als een vis op het droge naar lucht te happen. De sterke geur van urine drong zich aan me op en ik zag geschokt de donkere plek tussen mijn benen. Pa liet zich op zijn hurken zakken om op gelijke ooghoogte met mij te komen en pakte me opnieuw bij mijn kraag, zonder druk deze keer.

'Laat dit een les voor je zijn.' Hij schudde me door elkaar. 'Alléén de allersluwsten! Als je dat vergeet, word je gepakt!'

Daarna liet hij me definitief los en ging staan, hoog boven me uittorenend. 'Zorg ervoor dat die troep opgeruimd is voordat de anderen beneden komen.' Hij wierp een blik op mijn boterham die tussen de rode spetters aan de vloer geplakt zat en trok even zijn neus op bij het zien van de natte plek tussen mijn benen.

Daarna stampte hij de keuken uit. Ik greep naar mijn keel en snapte ineens waarom al zijn vriendinnen altijd sjaaltjes droegen. En ook besefte ik dat ik boos was. Zo ontzettend boos! Niet op hem, maar op mezelf. Omdat ik als een lafaard in mijn broek geplast had én omdat ik hem teleurgesteld had. Vanaf nu zou ik het beter doen. Ik zou niet de allersluwste worden. Ik zou de allersluwste zíjn!

47. AMELIE

Jolijn is na lang snikken eindelijk stil en ik vermoed dat ze slaapt. Ik kijk neer op de warboel aan blond haar die op mijn schoot ligt en sluit zelf ook mijn ogen. Allerlei beelden van hem, dat monster, en wat hij Jolijn heeft aangedaan schieten aan me voorbij. Ik open mijn ogen weer. Na een poosje begint de houding waarin ik zit te veel op mijn pijnlijke ribben te drukken, en ik ga zo voorzichtig mogelijk wat verzitten. Jolijn kreunt even onder mijn beweging en ik houd me weer stil; ik wil vooral niks doen om haar moment van broodnodige rust en vooral even niet denken aan wat haar overkomen is te onderbreken.

Na nog weer een poosje – god, wat is het vervelend om geen enkel besef van tijd te hebben – weet ik van ellende bijna niet meer hoe ik moet zitten, en ik wiebel wat heen en weer. Jolijn schiet overeind en spert haar ogen open.

'Blijf van me...'

'Rustig, Jolijn, ik ben het. Amelie.' Ik grijp haar hand en zie het besef weer tot haar doordringen. 'Sorry, ik zat niet lekker en...'

Ze schraapt haar keel en trekt een grimas, waarna ze haar hand naar haar hals brengt en die betast. De striemen zijn inmiddels donkerpaars geworden en zien er vreselijk uit.

Ik pak een flesje water uit het tasje, draai de dop eraf en geef het aan haar. 'Hier, drink wat.'

Als een robot brengt ze het naar haar lippen en neemt ze moeizaam een paar kleine slokjes.

'*Sick motherfucker*,' zegt ze dan met een plotseling oplaaiend vuur in haar ogen. 'Zieke smeerlap, met zijn laffe masker over zijn rotkop!' Ze staat op en strompelt naar het toilet. Als ze gaat zitten om te plassen vraagt ze me deze keer niet om me af te wenden; blijkbaar zijn we de schaamte inmiddels voorbij. Ik ga liggen om mijn gepijnigde lijf wat te ontspannen en draai toch uit fatsoen mijn hoofd de andere kant op, naar de muur.

Als ze terugkomt kruipt ze tegen me aan, op zoek naar wat warmte en troost, en ze herschikt de deken zodat we er beiden onder liggen.

'Wie is Anouk?' klinkt haar stem na een poosje in de stilte en ik voel een schok door mijn lijf trekken. Heb ik haar iets over Anouk verteld?

'Je noemde me Anouk, vlak voordat ik in slaap viel,' zegt Jolijn, die blijkbaar mijn verbazing opmerkt. '"Kom maar, Anouk. Deze keer red ik je." Dat is wat je zei.'

Vaag komt de herinnering bij me terug en blij dat ik met mijn gezicht naar de muur lig, bijt ik op mijn lip. Ga ik deze wildvreemde vrouw over mijn zus vertellen, over wat er die dag gebeurde? Ik denk aan mijn vader en verkramp onmiddellijk. Een hand wrijft zacht over mijn arm.

'Je hoeft het me niet te vertellen als je dat niet wilt, rustig maar.'

Weer voel ik me die verdomde egoïst. Na wat zij net heeft meegemaakt, is het te belachelijk voor woorden dat zij míj nu troostend toespreekt.

'Anouk was mijn zus,' fluister ik. 'Ze overleed toen ik dertien was.'

In de stilte die volgt, zie ik mezelf weer naast haar kist staan, herleef ik het moment dat mijn vader me tegen zich aandrukte. Hij was de enige met wie ik ooit over Anouks laatste momenten gesproken had. Tot nu?

'Ze is verdronken toen we in de zee aan het zwemmen waren. Ik heb het zien gebeuren.'

'Jemig, wat vreselijk,' zegt Jolijn meteen.

Ik knijp mijn ogen dicht om de beelden die zich aan me opdringen weg te duwen.

'Anouk was een populair meisje: knap, veel vrienden én ze was slim. Ze zou na die zomervakantie beginnen aan haar laatste jaar op het vwo.' Ik laat een stilte vallen, wetend dat ik nu nog terug kan. Ik voel de warme hand van Jolijn op mijn arm en ga door. 'Mijn moeder was ook gek op haar.'

Als er weer een stilte valt vraagt Jolijn: 'Meer dan op jou?'

Ik zie het harde gezicht van mijn moeder voor me, die ochtend dat ik met mijn vader bij de kist had gestaan. Een blik die daarna nooit meer verzachtte, zelfs niet toen ze afscheid van me nam voor haar vertrek naar haar geliefde Engeland. Ergens had ik al geweten dat ons afscheid definitief was en dat de woorden 'je kunt in de vakanties naar me toe komen en we kunnen bellen zo vaak je wilt' slechts plichtpleging was.

'Op wat uiterlijke kenmerken na, leek ik in niets op mijn zus. Anouk was het lievelingetje, ik het zwarte schaap. Ik was altijd de herrieschopper, degene die in de problemen kwam op school, die aansporing nodig had om huiswerk te maken, je kent het wel.' Een cynisch lachje borrelt bij me op. 'Mijn ouders waren die zomer ontzettend druk met de galerie en zaten een beetje met mij in hun maag. Je weet wel, te oud voor een babysitter, te jong om hele dagen alleen rond te hangen.' En te onverantwoordelijk, denk ik erachteraan als ik mijn dertien-, bijna veertienjarige zelf weer voor me zie. Zo anders dan de altijd verantwoordelijke en plichtsgetrouwe Anouk. 'Mijn ouders waren blij dat Anouk zich die dag als mijn persoonlijke chaperonne opwierp. Ze ging met haar vriendengroep naar het strand en ik mocht met haar mee.'

Achter me klinkt de regelmatige ademhaling van Jolijn. Even vraag ik me af of ze weer in slaap is gevallen. Dan geeft ze me een bemoedigend kneepje in mijn arm.

'Ik was blij dat ik mee mocht, want het alternatief was verplicht een hele dag in de galerie rondhangen omdat mijn ouders me niet zo lang alleen wilden laten. Anouks vrienden waren allemaal rond de zeventien, sommigen zelfs al achttien, en ik voelde me heel wat in hun gezelschap. Ik was vooral verheugd omdat Jesper erbij was, een klasgenoot van Anouk. Een onwijs knappe jongen over wie ik met mijn vriendinnen fantaseerde als hij op school voorbijliep.' Meteen zie ik hem weer voor me: lange Jesper met zijn moderne kapsel dat een beetje glom van de gel en zijn mooie ogen die eveneens glommen. Die dag droeg hij een smetteloos wit T-shirt en een knaloranje bermuda die mooi afstak tegen zijn zongebruinde huid. Ik weet nog dat er een siddering over mijn huid trok op het moment dat hij op het strand zijn shirt uitdeed, en de buikspieren die zich boven zijn bermuda aftekenden duidelijk zichtbaar werden. Hoe stralend zijn ogen waren boven de jongensachtige grijns die hij mij schonk toen hij vroeg of ik ook een biertje lustte. Ja, de hormonen gierden door mijn lijf die dag, en je kon wel zeggen dat ik smoorverliefd op Jesper was. Evenals dat je wel kon zeggen dat hij de reden was dat ik me die dag zo uitsloofde en wilde bewijzen dat ik verder de zee in durfde te zwemmen dan mijn perfecte zus.

De eerstvolgende keer dat ik Jesper weer zag, was alle glans verdwenen. Hij stond te huilen boven de katheder op Anouks begrafenis en onthulde schaapachtig aan de meer dan tweehonderd aanwezigen dat hij al ruim een jaar heimelijk verliefd op haar was geweest, maar dat nooit had durven zeggen omdat hij dacht dat zij totaal niet in hem geïnteresseerd was. Nu was het te laat en bleef hij zich altijd afvragen of het wat tussen hen had kunnen worden. Veel mensen glimlachten meewarig bij de aandoenlijke onthulling van een tiener, over een kalverliefde die had kunnen zijn mits een van de kalveren niet verdronken was. Voor mij was het de eerste keer dat ik besefte dat ik zelfs ná haar dood nog altijd in mijn zusters schaduw stond.

Tweestrijd verscheurt me. Ga ik Jolijn echt álles vertellen? Luisterend naar haar ademhaling neem ik een beslissing en spreek ik de beladen woorden uit.

'Ik ben verantwoordelijk voor de dood van mijn zus. Het is mijn schuld dat ze verdronken is.'

48.

Ik leerde de patronen van de nachtelijke bezoeken kennen. Laat op de avond een auto die het erf op kwam, mijn vader die de bezoeker – altijd mannen en altijd in dure auto's – joviaal ontving, de bezoeker die anderhalf à twee uur binnen was bij Lou voordat mijn vader zich weer bij hen voegde en de bezoeker kort daarna weer vertrok. Soms kwamen pa en Lou dan na een poosje samen naar buiten, soms alleen Lou en soms alleen pa.

Wat ook altijd hetzelfde was, was dat Lou de volgende ochtend bleekjes aan tafel naar haar koffie zat te staren en verschrikt opkeek als er iemand de keuken binnenkwam. Er stond opluchting in haar ogen te lezen wanneer ze zag dat ik het was, of Jill, en niet mijn vader.

Na de cabrio en de breedbeeldtelevisie stond er ook plots een dure spelcomputer in huis, kregen Jill en ik allebei een discman van mijn vader en viel het me op dat pa steeds meer thuis was. Op die dagen dronk hij behoorlijk en was regelmatig met Lou in het bijgebouw. Ik vermoedde dat, nu het hem blijkbaar zo goed voor de wind ging met 'andere werkzaamheden', hij minder was gaan werken bij de politie, maar ik vroeg er niet naar. Dat was een van de vele lessen die mijn vader me ingepeperd had: leer door te observeren, want veel vragen stellen valt op.

De ruzies tussen Lou en mijn vader namen ook toe, zowel in frequentie als in heftigheid. Het duurde niet lang voor het dagelijkse kost werd, en Jill en ik wisten dat we maar beter onze kamers konden opzoeken als het weer zover was.

Ik vond het fijn om naar Jill te kijken als pa en Lou elkaar de tent uit scholden en de leegte in huis gevuld werd met hun geschreeuw. Dan lag ze op haar rug op bed, precies onder het gat, met haar koptelefoon op. Hoewel ik op die momenten niet kon horen waar ze naar luisterde – ongetwijfeld Britney, van wie ze nog altijd idolaat was – zag ik haar lippen bewegen en kalmeerde het zachte geluid van haar zangstem me tussen de snerpende woorden van pa en Lou door.

Soms had ik het idee dat ze me recht aankeek met haar blauwe ogen, wat natuurlijk niet zo was. Op die momenten voelde ik een verbondenheid met haar die normaal gesproken zo onbereikbaar was. Die zij mij niet toestond.

We krompen allebei tegelijkertijd in elkaar als er servies rinkelend uit elkaar spatte, wat dwars door de muziek en gesloten deuren heen te horen was, en ik haalde mijn vingers pas uit mijn oren als ik zag dat Jill haar koptelefoon afdeed. Dan wist ik dat het voorbij was. Jill liet me weten wanneer de storm weer was gaan liggen.

Het interessantst waren echter de ruzies waarbij er geen servies sneuvelde, maar die op zachtere toon gevoerd werden. Waarbij er gefluisterd en gesist werd. Ruzies waarvan ze wilden dat niemand ze hoorde.

Op een dag kwam ik onverwachts een paar uur eerder van school – ik had een lastige toets die ik wilde ontlopen en had zelf een briefje ingeleverd bij de conciërge dat ik naar de tandarts moest – en viel midden in een van die fluister-sis-ruzies.

'De manier waarop je naar haar kijkt bevalt me niet, Jack!'

Ik hield met de deurknop nog in mijn hand stil in de hal om te horen of iemand me had horen binnenkomen. De ruzie vervolgde; ze waren te druk met elkaar bezig om mij op te merken.

'Sla niet zo'n toon tegen me aan, mens.'

Er werd een blikje (bier?) in elkaar gedrukt. Ik sloop naar de ruimte onder de trap en verstopte me tussen de kapstok en alle losse troep die daar stond.

'Ik meen het. Als je het in je hoofd haalt om haar...'

Het schrapende geluid van stoelpoten.

'Ik meen het óók, Lou. Nooit bijten in de hand die je voedt, dat is dom.'

'Au, je doet me zeer!' Woede klonk duidelijk door in Lou's stem.

'Ik kijk naar wie ik wil en hóé ik dat wil, begrijp je dat?'

'Laat. Me. Los!'

Nog een stoel die verschoven werd. Probeerde Lou zich los te worstelen?

'Hier blijven, jij slet!'

'Laat me los, Jack, anders bel ik je collega's wel om te vertellen dat...'

Pats! *Duidelijk een klap. Ik dacht weer aan die keer dat mijn boterham door de keuken vloog en mijn neus in brand stond.*

'O ja, joh? Ga je De Wit bellen, of een van zijn vriendjes? Hoe denk je dat dat afloopt?'

Stilte.

'Ik heb tot nu toe mijn mond gehouden, Lou, maar als je dit soort dingen gaat zeggen, dan maak je me aan het twijfelen. Zal ík De Wit eens bellen?'

'Dat doe je niet.' Lou's stem klonk ondanks de ferme woorden schor en twijfelachtig.

'Zolang jij me geeft wat ik wil niet, maar je stelt mijn geduld op de proef.'

Weer stilte.

'Je weet wat ik kan doen, Lou. Eén telefoontje van mijn kant en ik kan ervoor zorgen dat je ernstig in de problemen komt. En wat dan, als dat gebeurt? Dan is je lieve Jill helemaal alleen, hier, bij mij.'

Gesnik van Lou klonk nu boven het gebonk van mijn hart uit.

'Je bent van mij, Lou. Besef dat goed, voordat je domme dingen doet!'

Een kreun. Had pa Lou nog steeds in een of andere houdgreep?

'En zolang jij me blijft geven wat ik wil, heb ik verder niemand

nodig en hóéf ik niet naar iemand anders te kijken. Snap je dat?'

Gemompel.

'Snap. Je. Dat?' De stem van mijn vader klonk dwingend en werd even later opgevolgd door het geluid van de keukendeur naar buiten die dichtsloeg en knerpende voetstappen op het grind. Ik verliet mijn schuilplek onder de trap en sloop naar de keuken, waar ik verwachtte Lou in haar uppie aan te treffen, maar er was niemand. Ik stapte naar de deur en zag nog net dat pa Lou aan haar pols over het erf sleurde, in de richting van het bijgebouw. Al snel verdwenen ze samen naar binnen en ik hoefde me niet af te vragen wat mijn vader van Lou verlangde. Wat ik me wel nog steeds afvroeg, is wat hij in godsnaam van haar wist dat ze zich zo door mijn vader liet onderdrukken.

49. AMELIE

De gechoqueerde uitroep die ik verwacht had blijft uit. Jolijn is stil en daardoor weet ik ineens niet meer hoe ik verder moet nu ik de eerste drempel heb genomen. Pas na wat een eeuwigheid lijkt te duren, klinkt Jolijns stem: 'Jullie waren kinderen. Wát er ook gebeurd is, het kan nooit jouw schuld zijn dat ze verdronken is.'

'Dat was het wel.' Ik schraap mijn keel. 'Ik wilde mezelf bewijzen tegenover een knappe klasgenoot van Anouk die er die dag bij was. Ik had mijn eerste biertje ooit gedronken om stoer te doen en ging tegen beter weten en de waarschuwingsvlaggen in veel te ver het water in.'

'Wat gebeurde er?'

Jolijns stem klinkt zacht en zonder enig oordeel, maar ze moest eens weten.

'Ik dacht niet na, ik had nog nooit gedronken, en was wat tipsy. Ik wilde Anouk jennen, bewijzen dat ik ergens beter in was dan zij, door veel te ver het water in te gaan.' Ik knijp mijn ogen dicht. 'Ik kon goed zwemmen, dus het lukte me makkelijk om tot de boei te zwemmen, maar ik had er niet op gerekend dat Anouk, die plichtsgetrouwe Anouk, achter me aan kwam. Ze riep naar me dat ik niet zo eigenwijs moest zijn en dat ik moest stoppen. Ik deed alsof ik haar niet hoorde en zwom gewoon door. Ik was een stuk sneller dan zij. Ze riep me na dat als ik niet luisterde het de laatste keer was dat ze me op sleeptouw nam.' Ik bijt op mijn lip. 'Uiteindelijk werd het inderdaad de laatste keer. Door de aflandige wind ging het zwemmen náár de boei me goed af, maar eenmaal op de terugweg was het door de sterke stroming bijna niet te doen. Ik zag Anouk een meter of tien bij me vandaan steeds kopje-onder gaan. Ze was compleet in paniek en zwaaide met haar armen. Ik ben zo snel ik kon naar haar toe gezwommen en schreeuwde de longen uit mijn lijf in de hoop dat er hulp zou komen, maar het duurde veel te lang voordat iemand doorhad wat er aan de hand was. Ze raakte in een koudeshock en ik heb haar letterlijk zien verdrinken.'

'Jezus.'

'De kustwacht heeft ons uiteindelijk uit het water geplukt, anders was ik ook verdronken. Maar voor Anouk was het al te laat.'

Jolijns greep om mijn arm verstevigt. 'Ik weet niet wat ik moet zeggen, dat moet vreselijk zijn geweest. En je ouders... Mijn god, wat erg.'

'Mijn moeder heeft het me nooit kunnen vergeven.' Ik trek de deken wat verder om me heen in een poging de kille herinnering aan die dag wat te verzachten. Een snik ontsnapt uit mijn keel.

Jolijn komt overeind en hangt over me heen in een onhandige omhelzing. 'Wat vreselijk dat je dat hebt moeten meemaken. Echt verschrikkelijk.'

Wanneer ik na een poosje stop met snikken, veeg ik mijn gezicht af en draai me op mijn rug. Jolijn steunt met haar hoofd op haar hand en kijkt me aan.

'Het duurde niet lang voordat mijn moeder vertrok en ik echt van het padje raakte.'

'Vertrok?'

Ik vertel Jolijn dat mijn moeder niet kon omgaan met de dood van haar lievelingsdochter, niet met mijn vader die me nog altijd als zijn dochter behandelde, en dat ze al snel bij een andere man troost zocht en met hem naar het buitenland vertrok. Mijn moeder ging haar problemen altijd liever uit de weg dan ze aan te pakken.

'Wat heftig,' zei Jolijn. 'Niet gek dat je daarvan ontspoorde.'

Ik sluit mijn ogen, zie mezelf weer voor me in die periode. Een jong meisje met een zware last op haar schouders, die niets liever wilde dan dat haar moeder haar vergaf en van haar hield. Van haar hield zoals ze dat van haar andere dochter – ook al was die dood – nog altijd deed. Een dode zus bleek zelfs nog lastiger om mee te wedijveren, want zij maakte nooit meer fouten, ik daarentegen... Ik zette me af tegen alles wat mijn ouders belangrijk vonden en wilde vooral niet op die geweldige, prachtige Anouk lijken. Ik droeg het liefst donkere kleding, smeerde ladingen mascara en zwarte eyeliner rondom mijn ogen, liet drie gaatjes in ieder oor schieten en blowde dagelijks. Een vlucht uit de werkelijkheid.

'Niets interesseerde me meer. Ik begon te spijbelen van school, trok steeds meer op met andere spijbelaars en had compleet lak aan mijn vader. Hij zat zo vast in zijn verdriet om Anouk en het vertrek van mijn moeder dat het hem niet kon schelen hoe het met mij ging of wat ik uitvrat. Tenminste, dat dacht ik.' Ik schraap mijn keel. 'Toen ik me op een avond liet overhalen om xtc te gebruiken, belandde ik in het ziekenhuis. Eigenlijk zijn mijn vader en ik daardoor weer nader tot elkaar gekomen.'

'Wat fijn dat het weer goed is gekomen tussen jullie.'

Mijn ogen vullen zich opnieuw met tranen en ik haal mijn neus op.

'Ik hoop dat ik hem ooit nog terugzie. Ik moet hem zeggen hoeveel ik van hem hou, hoeveel ik...' Mijn stem hapert en ik stop.

'Hé, natuurlijk wel.' Jolijn veegt troostend het haar uit mijn gezicht. 'Daar moet je in blijven geloven. Jij en ik, we komen hier weg, hoe dan ook!'

Hoewel ze haar best doet, kan ze de trilling in haar eigen stem niet verbergen. Zij weet net zo goed als ik dat ik mijn vader waarschijnlijk nooit meer terugzie.

50.

'Hé, ik heb jou helemaal niet thuis horen komen.' Lou stond bij het fornuis en draaide zich om.

'Ik had hoofdpijn, ik ben even gaan liggen na school,' mompelde ik, en ik nam plaats aan tafel.

'O. Voel je je nu wel weer wat beter dan?' Lou zette de schaal met dampende aardappels op tafel en keek me onderzoekend aan, haar ogen stonden echter dof. Onder het sjaaltje dat ze droeg piepte een donkere plek uit. Mijn vader had haar blijkbaar weer goed te grazen genomen.

Ik knikte haastig en dacht weer aan eerder, aan wat ik gehoord dacht te hebben. Wat was in godsnaam de reden dat Lou zich zo door mijn vader liet behandelen? Ik weet dat ik misschien medelijden had moeten voelen met deze mooie en bovendien ook lieve vrouw, maar ik voelde het niet. Ik vond haar zwak. Waarom liet ze dit gebeuren? Riep ze dit niet over zichzelf af? In gedachten zag ik haar weer voor me, met die rode bal in haar mond. Compleet weerloos en mooier dan alles wat ik ooit tevoren had gezien.

In stilte keek ik toe terwijl Lou de tafel verder dekte en wachtte tot ze naar boven geroepen had dat we gingen eten. Zodra mijn vader met Jill de keuken in kwam, sloeg de sfeer om. Dat was vaak zo als pa en Lou ruzie hadden gehad, maar nog niet eerder was ik vooraf op de hoogte dat er iets voorgevallen was. Het gaf voor mij een extra dimensie aan de scherpe blikken die uitgewisseld werden en bestek dat zo nu en dan harder dan nodig op tafel gelegd werd.

'Geef de aardappels even, Jill.' Pa wachtte tot Jill de schaal oppak-

te en keek haar daarbij onnodig doordringend aan, waarbij hij zijn blik van haar gezicht naar iets lager liet glijden.

Bam! *Lou knalde haar mes op tafel en stond op om haar glas water bij de kraan te vullen. De ingehouden frustratie droop van haar af. Haar gespannen schouders zaten hoog en al voor ze zich weer omdraaide klokte ze haar glas leeg. Ze ging weer aan tafel zitten en leek zichzelf enigszins herpakt te hebben.*

'Moet jij niet opschieten?' vroeg ze met kalme stem aan mijn pa.

Pa, die die avond moest werken, wierp een blik op de klok.

'Ik heb nog wel even,' zei hij met zijn blik strak op Lou gericht. 'Ik zou bijna denken dat je me weg wilt hebben, liefje.' Hij glimlachte naar haar met een voor mij duidelijk gemaakte glimlach. Ik voelde dat al mijn zintuigen op scherp stonden bij dit psychologische spelletje. Jill zat echter nog steeds stoïcijns haar bord leeg te eten. Pikte zij dan niets op van alle spanningen aan tafel, of deed ze uit zelfbehoud slechts alsof?

'Ik dacht dat je om zeven uur al op het bureau moest zijn.' Lou glimlachte al even gespeeld terug.

'Acht uur, schat,' antwoordde mijn vader. 'Ik heb nog alle tijd om met mijn gezin aan tafel te zitten.' Pa schepte nog een keer op uit de schaal met aardappels. 'Sterker nog, ik heb zo nog wel even de tijd om met jou naar je wiskundehuiswerk te kijken, Jill. Dat onderdeel waar je zo'n moeite mee had.'

Jill keek verbaasd op. Pas nu leek ze uit haar tienerwereldje te komen en te beseffen dat er een vreemde sfeer hing. 'Eh, oké...' zei ze wat vertwijfeld. Ze keek eerst naar haar moeder en daarna naar Jack. Hij had haar nog nooit eerder met haar huiswerk geholpen.

Tien minuten later stond pa op van tafel, en Lou verstijfde toen hij zei: 'Zullen wij dan nu even naar jouw kamer gaan, Jill? Dan kan je moeder rustig afruimen.' Ook Jill stond op. 'Help jij Lou even, Robin?'

Ik denk dat ik het wereldrecord tafel afruimen die avond verbrak, want ik wist niet hoe snel ik naar mijn kamer moest komen.

51. AMELIE

'Hij lijkt me een lieve man, je vader.'

Even ga ik weer terug naar die ochtend bij Anouks kist. De ochtend waarop ik hem vertelde over die vreselijke middag aan het strand en hij me in zijn armen nam.

De gedachte aan mijn vader is te pijnlijk, en ik geef een andere draai aan het gesprek. 'Hoe zit het met jou? Ik weet dat je een fout vriendje had, maar hoe zit het met je ouders? Heb je een goede band met ze?'

We liggen nog steeds op het bed, angstvallig hopend dat de deur bovenaan de trap gesloten blijft.

'Een goede band, tggg,' klinkt er schamper achter me. 'Laat me niet lachen.'

Het antwoord van Jolijn bevestigt mijn gevoel dat er zelden wat te lachen valt met familie. Zelf had ik natuurlijk niet de beste ervaringen, en ik wist van de problemen van Lianne met haar verslaafde vader, van Vince die geen contact had met zijn ouders, en blijkbaar Jolijn ook al. Was het dan echt zo'n utopie, een familie waarin alles pais en vree was? Was het vreemd om te denken – te verwachten misschien zelfs – dat diegenen die door een bloedband aan jou verbonden waren ook automatisch van je hielden?

Toen na Anouks dood mijn moeder vertrokken was en mijn vader zich afsloot, begon ik steeds sterker te verlangen naar de familie die ik niet had. Een die niet schitterde van afwezigheid, maar familie die niet zonder elkaar kon, die alles voor elkaar overhad en waarbij je bovenal onvoorwaardelijk jezelf kon zijn.

Ik fantaseerde als tiener 's avonds in bed zo vaak over deze denkbeeldige familie dat ze bijna als bekenden voor me begonnen te voelen. Zoals gezegd: ik vluchtte uit de werkelijkheid.

Hele verhalen droomde ik bij elkaar van kerstdiners aan lange tafels waar ooms, tantes, nichtjes, neefjes, de hele rambam gezellig aanschoof. Iedereen had cadeautjes voor elkaar meegenomen, uiteraard precies de juiste dingen, want echte familie kende elkaar door en door. Er werd tijdens het diner gelachen om de grapjes van oom Ton, de eeuwige gangmaker, en om neefje Bram die altijd vreselijk knoeide. Er werd ruimschoots gegeten van al het lekkers dat tante Claire had bereid; ze kookte altijd genoeg voor een heel weeshuis, zei oom Frank dan lachend. De volwassenen deden na het eten hints bij de open haard, de kinderen renden door het huis om tikkertje en verstoppertje te spelen en kregen steeds rodere wangen. En 's avonds als de kinderen sliepen, dronken en lachten de volwassenen nog tot in de late uurtjes met elkaar. In deze mierzoete, o zo fijne fantasieën was mijn moeder een wat volle, zachtaardige vrouw die geen Maeve heette maar Karen, en was Anouk geen rottend lichaam onder de grond maar een oudere broer die Thomas heette en met wie ik het uiteraard geweldig kon vinden. Thomas – die ik Tho noemde en hij mij Lie – vertelde tijdens het eten aan ooms en tantes hoe het met zijn rechtenstudie ging en glimlachte tussendoor naar zijn nieuwe vriendin, die er voor het eerst bij was. Zij studeerde eveneens rechten en mijn ouders waren weg van haar. Mijn moeder – de lieverd – vertelde aan papa's zus Carla hoe trots ze was dat ik het zo goed deed op school, en dat ik vast en zeker zou slagen voor mijn eindexamen dit jaar. Ja, die familieleden die alleen in mijn hoofd bestonden, hielden me in die tijd op de been. Ze hielpen me hetgeen ik zo graag wilde vergeten naar de achtergrond te verdringen en zorgden er – tezamen met het blowen dat ik destijds veelvuldig deed – voor dat ik veel tijd doorbracht in een wereld die niet echt bestond. Fantasie en vergetelheid waren zoveel beter dan de kille realiteit.

'Ik brak met mijn ouders zodra ik oud genoeg was om op eigen benen te staan en mijn eigen geld te verdienen,' zegt Jolijn na een poosje, waardoor ik besef dat ik te lang had gewacht met reageren op haar laatste opmerking. Ik had ook geen idee wat ik moest zeggen. Communiceren over problemen had ik zowel in mijn echte als in mijn denkbeeldige familie niet geleerd.

'Ik wilde geen dag langer financieel afhankelijk van ze zijn dan nodig was.'

'Wat heftig,' herhaal ik Jolijns eerdere aan mij gerichte woorden.

'Tja, wat zal ik zeggen... Ze hebben mij nooit gewild. Mijn ouders hadden het te druk met hun jetsetlevens, daar konden ze helemaal geen kind bij gebruiken. Ik ben grotendeels door au pairs en vreemden opgevoed, zodat zij de bloemetjes buiten konden zetten.'

Er begint zich iets in mijn binnenste te roeren en ik draai me om, zodat ik Jolijn kan aankijken.

'Zo lang ik me kan herinneren, kochten ze mijn liefde. Dure cadeaus, de nieuwste merkkleding, luxe vakanties: het ontbrak me als kind aan niks.' Een pijnlijke blik trekt over haar gezicht. 'Behalve aan liefde en een stel ouders dat er voor me was. Dat is ook de reden dat ik pas zo laat aan mijn studie begonnen ben: ik wilde het koste wat het kost zelf bij elkaar sparen.'

'Ik wil niet ongevoelig overkomen, maar...' Mijn huid begint te tintelen. 'Maar waarom vertel je dit nu pas?'

Jolijn trekt haar wenkbrauwen op. 'Wat bedoel je?'

'Je ouders zijn stinkend rijk, als ik het goed begrijp. Ik heb je verteld dat mijn vader rijk is, dus dat lijkt me nogal een grote overeenkomst, of niet? Dat kan betekenen dat het inderdaad om geld gaat, dat wij hier zitten omdat hij jouw ouders en mijn ouders wil afpersen, en dat hij...'

'Nee.' Jolijn schudt haar hoofd. 'Dat kan niet.'

'Hoe bedoel je? Je zegt net zelf dat...'

'Mijn ouders wáren rijk, verleden tijd. Daar is niks meer van over.'

Ik snap er niets van. Wat bedoelt ze?

Jolijn draait zich op haar rug en staart naar het plafond. 'Ik heb in de krant moeten lezen over hun verdwijning.'

'Verdwíjning?' Mijn stem klinkt vreemd schel.

Ze knikt. 'Ze hadden een tweemaster waar ze regelmatig vaartochtjes mee maakten. Ze zijn daar op een ochtend vanuit de haven van Delfzijl mee vertrokken en nooit meer teruggezien. Twee weken na hun verdwijning kwam de grootscheepse fraude aan het licht, waarmee mijn vader zich blijkbaar al jaren bezighield met zijn bedrijf.'

Met grote ogen kijk ik Jolijn aan. 'Wat een bizar verhaal. En ze zijn nooit opgepakt?'

Jolijn schudt haar hoofd. 'De tweemaster werd een week later in de buurt van Noorwegen gespot. Verlaten. In eerste instantie werd gedacht aan een ongeluk, of misschien zelfs wel zelfmoord, maar later raakte de politie ervan overtuigd dat ze hun "verdwijning" goed hebben voorbereid. Waarschijnlijk zijn ze vooraf van hogerhand door iemand getipt dat de zaak aan het licht zou komen. Er bleek voorafgaand aan hun vertrek een grote som geld verdwenen te zijn. Waarschijnlijk hebben ze ergens een nieuw bestaan opgebouwd.'

'En jij hebt nooit meer iets van ze gehoord?' vraag ik met een stem vol ongeloof.

Jolijn schudt haar hoofd. 'Ik zei toch al dat geld het enige was waar ze om gaven?'

'Bizar,' mompel ik nogmaals, waarna ik besef dat de situatie met mijn moeder niet veel verschilt van die van Jolijn en haar ouders. Oké, mijn moeder is dan wel niet betrokken bij een fraudezaak, en ook niet echt met de noorderzon verdwenen, maar net zo goed als Jolijns ouders heeft zij haar dochter in de steek gelaten.

Met een gevoel van teleurstelling ga ik weer liggen en staar net als Jolijn naar het plafond. Jolijns ouders zijn van de aardbodem verdwenen. Dood misschien, maar in elk geval uit beeld. Ze hebben helemaal níéts met onze situatie te maken. Ik sluit mijn ogen en voel plotseling hoe moe ik ben. Ik heb geen idee wanneer ik voor het laatst geslapen heb. Langzaam worden mijn oogleden steeds zwaarder.

'Hoewel ik al jaren niets meer met ze te maken had, word ik nog steeds weleens gevonden en benaderd door een van de galeriehouders die ze opgelicht hebben.'

Meteen zijn mijn ogen wijd open, en ik schiet overeind.

'Galeriehouders?'

52.

Half struikelend rende ik de trappen op naar boven, met twee treden tegelijk. Op mijn kamer voerde ik mijn vaste routine uit: deur op slot, licht uit, kleed van zijn plek.

Ik liet me bij het gat zakken en zag de kruinen van Jill en mijn vader recht onder me. Pa zat bij Jill op bed, met het wiskundeboek geopend op zijn schoot. Mijn vader ging met zijn vinger over de tekst in het boek. Ik hoorde hem praten over lineaire formules, en Jill knikte zo nu en dan als hij even stopte.

Plotseling sloeg mijn vader het boek dicht en draaide zich naar Jill toe. 'Hoe gaat het eigenlijk met je?' vroeg hij op een toon die ik niet van hem kende. Was het oprecht meelevend? Echt geïnteresseerd? Of hoorde het bij zijn act die hij zo vaak opvoerde tegenover vrouwen?

'Gaat wel,' zei Jill stug.

'Je kunt altijd bij me terecht als je ergens over wilt praten, ik wil dat je dat weet.' Pa legde zijn hand op Jills bovenbeen en ik zag haar meteen verstijven onder zijn aanraking.

'Ik weet ook wel dat je moeder en ik af en toe ruziemaken, maar dat komt echt wel goed, geloof me, daar zorg ik voor.'

Jill liet haar hoofd hangen. Het kind wist zich duidelijk geen houding te geven.

'Ik maak jouw moeder gelukkig en ik zal er ook alles aan doen om te zorgen dat jij het hier fijn hebt, oké?'

Jills hoofd ging met een ruk omhoog. Brandde er een venijnige opmerking op haar lippen omdat ze heus wel wist dat haar moeder hier allesbehalve gelukkig was? Durfde ze het?

Op dat moment ging de deur van Jills kamer open en stapte Lou binnen. 'Ik dacht: ik kom jullie harde werkers eens wat te drinken brengen.' Met een nerveus kuchje zette ze twee glazen limonade op Jills bureau. Nog altijd rustte de hand van mijn vader op Jills bovenbeen en hij draaide zijn hoofd om naar Lou.

'Wat attent van je. Ik zei net tegen Jill dat we misschien niet zo'n beste start hebben gehad, maar dat ik er alles aan wil doen om het jou en haar hier naar de zin te maken. En daarmee bedoel ik ook echt álles.' Het klonk nep en zelfs vanaf mijn positie voelde ik het knetteren van de statische geladenheid in de kamer.

'Het spijt me lieve dames, nu moet ik er echt vandoor.' Mijn vader stond op. 'Als je nog vragen hebt, meisje: ik help je met alle plezier. Dag én nacht.' Hij legde het boek op Jills schoot, waarbij hij onnodig haar been aanraakte en draaide zich daarna om naar Lou, die vlak voor hem stond.

'Ik mis je nu al, schat. Ik zie je morgenochtend weer.' Hij drukte zijn lippen op die van haar en verliet daarna de kamer. De twee vrouwen bleven achter in die kookpot van onuitgesproken woorden en emoties. Lou zette een stap naar Jill toe en legde een hand op haar schouder, maar Jill trok zich los en krulde zich met haar rug naar haar moeder toe op, op haar bed. Ondanks de nukkige reactie van haar dochter kroop Lou bij haar en lagen ze lepeltje-lepeltje. Ik stelde me voor dat ik ook bij hen op bed lag. Hoe zou het zijn om een warm lijf te hebben om tegenaan te kruipen? Om iemand te hebben die je koesterde, die lieve woordjes in je oor fluisterde? Ik had geen idee. Het duurde even voordat ik besefte dat ze beiden huilden. Zo lagen ze samen lang tot na het geluid van de motor van mijn vader weggestorven was en de schemering toetrad tot Jills kamer. Plotseling richtte Lou zich op en knipte het nachtlampje aan. Ze veegde haar wangen af en schudde aan Jills schouder.

Jill, die in slaap gevallen was, draaide zich versuft om naar haar moeder. Op fluistertoon sprak Lou haar dochter toe en ik voelde de sfeer bij de vrouwen omslaan. Van machteloos en verdrietig naar iets anders: hoopvol? Jill knikte hevig naar haar moeder. Hoezeer ik me ook inspande, ik kon niet uit de woorden van Lou opmaken wat ze zei, maar ik zag aan haar houding dat ze gespannen was.

Lou stond op van het bed en Jill ging op haar knieën voor haar zitten, waarna Lou haar dochter stevig omhelsde en daarna gehaast de kamer verliet. Jill bleef nog even zitten in de positie waarin ze zat, voordat ze ook gehaast overeind kwam. Ik zag wat ze onder haar bed vandaan trok. Mijn bloed werd koud en ik besefte dat ik geen seconde meer te verliezen had!

53. AMELIE

'Wat?' Jolijn schuift geschrokken wat van me af en ik kom overeind.

'Sorry,' zeg ik, 'zei je nu dat je ouders galeriehouders oplichtten?'

Jolijn gaat ook zitten en trekt haar benen op, waarna ze haar armen eromheen slaat. 'Ze zaten in de kunsthandel en hadden een behoorlijke naam in het wereldje. Ze hadden klanten binnen en buiten Europa en waren altijd op reis. Ergens *along the way* tijdens hun jetsetleven hebben ze besloten dat het allemaal nog niet luxe genoeg was en zijn ze die goede naam gaan misbruiken door vervalsingen te verkopen.'

'Nee...' zeg ik, en ik herinner me mijn vader die tegen een zenuwinzinking aan zat nadat zijn bedrijf bijna ten gronde was gericht, een jaar of vijftien geleden inmiddels. Zou het? Toeval bestaat niet, zeggen mensen vaak. Bleek dat ook nu weer?

'Mijn vader is dus kunsthandelaar, en een jaar of vijftien geleden is hij opgelicht... Ik weet het fijne er niet meer van, want ik had zo mijn eigen problemen in die tijd, maar denk je dat dat jouw ouders geweest kunnen zijn?'

Jolijn bijt op haar lip. 'Ik weet er ook niet veel van af, ik heb de meeste informatie pas achteraf gehoord en uit de kranten geplukt. Vertel me nog eens wat meer over jouw vader, misschien dat er ergens iets bij me naar boven komt.'

De daaropvolgende tien minuten vertel ik Jolijn alles over mijn vader. Over zijn galerie, over hoe hij na de enorme klap omdat zijn bedrijf bijna failliet was weer opkrabbelde en hoe hij opnieuw zijn naam op de kaart zette door nieuwe, veelbelovende kunstenaars een podium te bieden. En met groot succes. Zeker drie kunstenaars die inmiddels naam gemaakt hadden, exposeerden als eerste bij mijn vader. 'Hij heeft echt een neus voor talent,' zeg ik trots. 'De laatste jaren floreert zijn bedrijf meer dan ooit en nu staan kunstenaars in de rij om bij hem te exposeren.'

Jolijn heeft aandachtig naar mijn verhaal geluisterd. 'Ik heb je vaders naam nog nooit eerder gehoord, maar dat wil niet zeggen dat mijn ouders er niets mee te maken hadden. Wat fijn dat hij er weer bovenop gekomen is.' Schuldbewust slaat ze haar ogen neer, bijna alsof ze zelf deelhad aan de zwendelpraktijken van haar ouders. Juist wanneer ik tegen haar wil zeggen dat zij er niets aan kan doen, klinkt het geluid bij de deur weer dat inmiddels bijna bekend aandoet en ervoor zorgt dat ik verstijf. Ook Jolijn drukt haar rug stevig tegen de muur en ik hoor dat haar ademhaling versnelt.

De deur zwaait open en zijn zwarte silhouet tekent af tegen het licht achter hem. *Voor wie komt hij?* Meteen schaam ik me omdat die vraag door mijn hoofd schiet. Ik wil niet dat hij voor Jolijn komt, maar ook niet dat hij voor mij komt. Mijn god, het idee dat hij mij hetzelfde zal aandoen als wat hij met haar heeft gedaan. Ik spring op. 'Je moet ons laten gaan! Mijn vader geeft je elk bedrag dat je wilt hebben, als je ons allebei laat gaan. We zullen niks zeggen over deze plek, niks over jou. We verzinnen wel iets om onze afwezigheid te verklaren, ik beloof het!' Ik loop dichter naar de trap toe. 'Alsjeblieft, laat ons gaan.'

'Wat had ik nou gezegd, Blondie? Laat die vader van jou aan mij over, daar hoef jij je mooie hoofdje niet over te breken.'

Blondie? Vince' koosnaampje voor mij. Waarom zegt hij dit? En wat bedoelt hij precies?

'Heb je contact gehad met mijn vader? Gaat hij losgeld betalen? En waarom…' Ik stop als ik dat gele apparaatje weer achter zijn rug vandaan zie komen. Hij richt het op mij.

'Niet zoveel vragen stellen. Dat geld komt er heus wel. En in de tussentijd kunnen wij best een beetje lol met elkaar maken.'

Mijn knieën voelen aan als rubber en als hij nog twee stappen mijn kant op zet, zak ik er bijna doorheen.

'Armen naar voren.'

Ik aarzel. De paarse striemen in Jolijns hals staan me duidelijk voor de geest.

Hij houdt het stroomstootwapen nu zo dicht bij me dat mijn huid ervan begint te tintelen, als een compleet nutteloos waarschuwingssignaal.

Ik steek mijn armen uit en net voordat hij het metaal eromheen wil klikken, vliegt Jolijn overeind en stormt op hem af. 'Laat haar gaan!' schreeuwt ze.

Nog voordat ze ook maar iets kan aanrichten, grijpt hij haar bij haar haren en geeft haar een knietje in haar buik. Met een kreun die klinkt alsof alle lucht uit haar geperst wordt, valt Jolijn op de grond, waar ze zichzelf creperend van de pijn tot een balletje oprolt. Mijn ogen schieten razendsnel heen en weer tussen hem en Jolijn. Wetende dat deze luttele seconden van chaos het enige zijn wat ik heb. Mijn kans om hém een knietje te geven, een stoot tegen zijn neus, keel, een trap in zijn ballen? De realiteit is dat ik aan de grond genageld sta, en helemaal niets doe. *Niets!* Zelfs mijn handen zijn nog steeds als verlamd naar voren gestoken, en voordat ik het weet klikt hij alsnog de boeien vast.

'Ik ben helemaal klaar met jullie, kutwijven!' brult hij. 'Meelopen, nu!' Hij neemt niet de moeite om het masker bij me op te doen, wat me alleen maar banger maakt. Struikelend loop ik met hem mee, de trap op en de hal in, alwaar hij de deur weer dichtsmijt en de sloten vergrendelt.

'Wat ga je met me doen? Ik heb toch gedaan wat je vroeg? Doe me alsjeblieft niks, ik werk mee, ik doe wat je vraagt.' De tranen stromen over mijn wangen als hij me achter zich aan sleept, de tweede trap op, en voor ik het weet duwt hij me weer de Britney-kamer in, waar alles nog exact zo is als de vorige keer.

'Zo,' zegt hij, en hij duwt me op het bed. Hij gaat boven op me zitten en maakt de boeien los. Zijn gewicht drukt me in het matras en ik knijp mijn ogen dicht. Ik wil dit niet. Ik wil hier niet zijn. Hem niet zo dicht bij me hebben. Weg, ik moet weg! Ik worstel heen en weer en probeer los te komen uit zijn greep, maar totaal onverwacht mept hij me in het gezicht. Hij raakt daarbij mijn gezwollen neus en ik gil het uit.

'Kop houden nu, Blondie! Armen boven je hoofd!' Vlak voor mijn gezicht houdt hij het mes omhoog waar ik eerder al kennis mee maakte, en hij brengt het tot net onder mijn rechteroog. Ik doe wat hij zegt en hij klikt de linker handboei weer vast, haalt het metaal tussen de spijlen van het bed door en klikt daarna mijn rechterpols vast. Ik kan geen kant op.

'Ik kan je benen ook vastmaken, maar het is fijn als je nog een beetje kunt tegenstribbelen,' zegt hij. Ik kan niets anders dan met grote, angstige ogen naar hem staren.

'Kop op. De pret gaat bijna beginnen.' Hij buigt voorover en zijn gezicht hangt nu slechts een centimeter of tien boven het mijne. 'Als ik zo terugkom, doen jullie wijven precies wat ik jullie opdraag. Wie niet meewerkt, overleeft het niet. Begrepen?' Hij zwaait weer met het mes langs mijn gezicht.

Jullie? Bedoelt hij dat hij Jolijn ook hierheen haalt?

'Be-gre-pen?'

Ik voel zijn warme adem op mijn huid en knik. Opnieuw lopen er tranen over mijn wangen, geluidloos deze keer. In de bittere stilte vraag ik me af of ik dood niet beter af ben.

54.

Slechts twee tellen duurde het voordat ik begreep wat Lou haar dochter allemaal had toegefluisterd in het schemerdonker en ik voelde een ongekende woede in mijn lijf opborrelen. We zouden een gezin zijn. Ik kreeg een nieuwe moeder én een stiefzusje. Die leugenachtige wijven waren allemaal hetzelfde. Ik moest iets doen! Ik moest het tegenhouden!

Jill trok de rolkoffer waarmee ze hier was gekomen onder haar bed vandaan en vulde hem met haar kleding. Op mijn sokken haastte ik me naar beneden. Ik sloop langs de gesloten kamer van Lou, waar licht brandde en waar ik haar druk in de weer hoorde, het bezige honingbijtje. Nog een trap naar beneden, recht op mijn doel af: de telefoon in de keuken. Met een hand die geen seconde aarzelde over wat ik ging doen, nam ik de hoorn van de haak en draaide het nummer dat ik al sinds jonge leeftijd voor noodgevallen uit mijn hoofd kende. Ik vroeg de dienstdoende agent naar mijn pa en zei dat er haast bij was. Onderwijl kruiste ik mijn vingers, in de hoop dat mijn pa op het bureau was en niet op de weg, want dan kon ik hem nooit op tijd bereiken.

Ik hield mijn adem in en liet die pas ontsnappen bij het horen van de stem van mijn vader aan de andere kant van de lijn. 'Robin? Wat is er in godsnaam aan de hand?'

Ik kneep mijn vingers stevig om de hoorn. 'Ze zijn hun koffers aan het inpakken, ze gaan ervandoor.'

Mijn vader gaf me slechts korte instructies voordat hij de verbin-

ding verbrak en ook ik legde de hoorn neer. Hij kwam eraan, zou het op tijd zijn?

Ik deed wat hij me gezegd had te doen en graaide in de schaal naast de telefoon, waar we alle sleutels bewaarden. Ik nam de sleutelbossen eruit en haastte me naar de voordeur, die ik op slot draaide. Daarna rende ik naar de keuken, griste iets van het aanrecht en stapte naar buiten, vanwaar ik de deur ook op slot draaide. Met de rammelende sleutels in mijn broekzak haastte ik me naar de zijkant van de boerderij, waar ik zicht had op het gehele erf, de enige uitgang van het terrein. Natuurlijk zou Lou al snel ontdekken dat de deuren op slot waren en alle sleutels weg, en was het niet onmogelijk dat ze zich via een van de ramen in de keuken naar buiten zouden wurmen. Vanaf hier kon ik het zien gebeuren en het kostte ze sowieso meer tijd en moeite op deze manier. Maar was het genoeg tijd voor mijn vader om van het bureau hiernaartoe te komen?

Ik telde de seconden af en zag op mijn horloge dat er slechts vijf minuten verstreken waren voordat ik het min of meer verwachte glasgerinkel hoorde. Ik wist meteen waar ik moest kijken en boog wat verder naar voren om beter zicht te krijgen in het halfdonker. Ik zag dat Lou met de poten van een keukenstoel het raam uit de keukendeur had gebeukt en nu met een deegroller bezig was de restanten glas langs de rand weg te slaan. Ergens bewonderde ik haar plotselinge vindingrijkheid en lef, maar tegelijkertijd maakte het me furieus. Wie dacht ze dat ze was, om zo in het geniep weg te sluipen en mijn vader en mij te verlaten? En wat gaf haar het idee dat ze hiermee weg kon komen?

Een voor een kwamen de rolkoffers naar buiten. Ze werden op de veranda geplaatst door de slanke armen van Lou. Eerst de knalroze koffer van Jill, daarna de zilvergrijze van Lou. Nog nergens was het geluid van pa's brullende motor te bespeuren. Moest ik zelf in actie komen?

Ik kwam overeind en sloop langs de muur van het huis, tot ik nog slechts een meter of twee van de deur verwijderd was, wachtend tot

Lou nietsvermoedend naar buiten zou komen. Of was Jill de eerste?

De armen van Lou verschenen opnieuw en een van de houten keukenstoelen werd door het gat voor de deur op zijn poten geplaatst. Binnen hoorde ik stoelen schuiven en ik vermoedde dat er een tweede stoel aan de binnenkant voor de deur werd gezet. Nu was het een kwestie van seconden voordat een van de twee naar buiten kwam. Elke vezel in mijn lijf tintelde en ik stond op scherp. Het gaf me hetzelfde gevoel als op die avond toen ik mijn oma opwachtte in de kelder. Het vogeltje fladderde weer in mijn borstkas, ik verwelkomde het als een oude vriend.

De in een witte sneaker gestoken voet van Jill kwam naar buiten en landde op de stoel. Haar tenen staken mijn kant op: niet handig. Dat betekende dat ze met haar hoofd mijn kant op naar buiten stapte en ik meteen iets moest doen, voordat ze de kans kreeg om te beseffen dat ik hier stond! Ik maande mezelf tot rust, zag dat Jill onhandig haar tweede voet erbij plaatste, en als een hyena die zijn prooi ziet ontsnappen dook ik op haar af.

Nog voordat Jill besefte wat er gebeurde, schopte ik de stoel onder haar vandaan en viel ze met een klap in de glasresten. Ze gilde en ik trok haar aan haar haren omhoog, waarbij ik het keukenmes dat ik van het aanrecht had meegegrist op haar keel zette. Lou, die al op de stoel binnen was geklommen en haar been in de lucht stak om haar dochter te hulp te snellen, keek me met grote ogen aan en wankelde. Er was nog meer angst in haar ogen te zien dan die keer dat mijn vader haar strot bijna dichtkneep. Ik drukte het mes tegen Jills huid, waarop ze kermde. 'Blijf daar staan, anders snijd ik haar keel door. Ik meen het!'

Lou's been bleef even in de lucht steken voordat ze haar voet weer terugzette op de stoel. 'Niet doen, alsjeblieft. Laat haar gaan, zij heeft hier niets mee te maken.'

'Zij heeft hier alles mee te maken. Jullie wilden ervandoor gaan, stiekem wegsluipen. Pa doet zo zijn best om het jullie hier naar de zin te maken!'

'Jouw pa is een sadist!' siste Lou. 'Je hebt geen idee wat hij me allemaal laat doen! Alsjeblieft, Robin. Laat Jill dan in elk geval gaan, ik blijf hier.' Ze klom van de stoel om haar woorden kracht bij te zetten.

'Nee, mama, niet doen!' kermde Jill.

Op dat moment zag ik Lou's ogen nog groter worden, en toen hoorde ik het ook. Pa's brullende motor.

'Nu beslist hij wat er met jullie leugenachtige wijven moeten gebeuren.' Ik grijnsde, compleet buiten zinnen van de adrenaline die door mijn lijf gierde. Dit was de beste avond uit mijn leven tot nu toe, en hij was nog maar net begonnen!

55. AMELIE

Ik tel tot tien voor ik mijn ogen weer open nadat ik de sloten heb horen dichtklikken. Gaat hij echt Jolijn halen? En dan? Wat is hij in godsnaam met ons van plan, die zieke, zieke klootzak!

Plotseling klinkt er muziek. Geen kreunende Britney Spears deze keer, maar violen. Net als bij Jolijn... O mijn god!

De golf van misselijkheid die in me opwelt is zo hevig dat ik kokhals, er komt alleen niets naar boven, simpelweg omdat er niets meer in mijn maag zit. Ik slik en haal een paar keer diep adem. *Rustig blijven, Amelie. Rustig. Als je dit wilt overleven, zul je kalm en beheerst moeten zijn. Als een blind paard tekeergaan levert je niets op.*

De sloten gaan alweer open. Shit! Nu al? Hij is in mijn beleving nog geen twee minuten weg geweest. Hij komt binnen, met een geboeide Jolijn stevig bij haar haren gegrepen. Hij sleurt haar naar het bed.

Ik druk mezelf diep in het matras, alsof ik zo op magische wijze kan verdwijnen, net als de kinderen die in een sprookje via de kledingkast naar het land van Narnia verdwenen. Maar dit is geen sprookje, er is geen magie, er gebeurt niks. Het matras drukt stevig in mijn rug en houdt me waar ik ben, in het land van machteloosheid, overgeleverd aan de man in het zwart.

'Ga zitten,' draagt hij Jolijn op, en ik krijg een wee gevoel in mijn maag.

Hij dwingt Jolijn op het bed, commandeert haar tot ze schrijlings op me zit, ter hoogte van mijn heupen. Ik kijk naar haar op en zie dat ze net zo bang is als ik.

'We gaan een spelletje doen, en als jullie braaf zijn, overleven jullie het allebei,' zegt hij. 'Als een van jullie echter tegenwerkt, steek ik de ander voor je ogen helemaal lek.' Hij reikt achter zijn rug en pakt zijn mes om te demonsteren dat hij het meent. Als hij achter Jolijn zit, en daarmee mijn benen nog meer vastpint, plaatst hij het tegen haar keel. Deze keer krijg ik de kans om het mes wat beter te bekijken. Een bruin houten heft met gouden stukjes metaal aan de uiteinden, een lemmet van een centimeter of twintig en een uiterst scherpe punt aan het einde. Jolijn zit doodstil en durft amper met haar ogen te knipperen. Snerpende violen echoën door de kamer en geven de grilligheid van de situatie aan. Dit kan ieder moment ontsporen.

'Begrijpen jullie me goed, meisjes? Als je wilt dat de ander blijft leven, doe je precies wat ik je opdraag.'

Hij vat ons stilzwijgen kennelijk op als instemming en laat het mes langzaam zakken. Vervolgens haalt hij een sleuteltje uit zijn zak en maakt de boeien van Jolijn los. Zij heeft haar handen nu vrij, en ik zie dat ze trillen.

'Je hoeft niet bang te zijn, kleintje,' fluistert hij in haar oor, met zijn blik op mij gericht. 'We gaan gewoon een beetje fun maken met zijn drietjes, en iedereen komt netjes aan de beurt.' Met het mes in zijn hand begint hij een voor een de knoopjes van haar pyjama los te snijden. Jolijns gekerm neemt toe bij ieder knoopje en ik wens vurig dat ik iets voor haar kan doen. Maar mijn handen zijn nog steeds aan het bed geketend en mijn benen zitten klem onder het gewicht van zowel hem als Jolijn. Ik kan niets!

Als hij haar pyjama helemaal los heeft, brengt hij het mes naar haar buik. Vandaar laat hij het langzaam omhoogglijden en plaatst het onder het middenstuk van haar beha. Als ik nog enigszins twijfelde aan de scherpheid van het mes, is dat nu voorbij. Met één beweging snijdt hij de stof doormidden en zijn Jolijns borsten ontbloot. Ze begint zachtjes te snikken als zijn gehandschoende hand over haar tepels glijdt.

'Maak nu haar pyjama los,' draagt hij Jolijn op. Ze kijkt naar me, haar lippen vormen een smalle streep. Ze doet niets. Onmiddellijk flitst het mes naar míjn hals en hij plaatst de punt ertegenaan. Ik voel warm vocht lopen en er ontsnapt me een kreet.

'Nee, niet doen!' roept Jolijn, en ze begint met haar trillende handen aan de knoopjes te rukken, tot ze allemaal open zijn. 'Sorry,' fluistert ze me toe, terwijl de tranen over haar wangen lopen. Ik wil haar zeggen dat het oké is, dat ze moet doen wat hij zegt, dat ik hetzelfde gedaan zou hebben in haar plaats, maar ik zwijg. Ik wend mijn blik van haar af en kijk naar het monster. Natuurlijk weet ik dat het niet kan, maar de tekening op het masker lijkt nog breder te grijnzen dan eerst en de bruine ogen die door de gaten zichtbaar zijn, zien er nog steeds geïrriteerd uit, maar glimmen eveneens van opwinding. Ik kan me niet langer beheersen. 'Laffe klootzak,' vloeit er zachtjes over mijn lippen.

Nu lacht hij echt. 'Ik mag dat wel, Blondie. Jij hebt pit.'

'Ja, nu ik geboeid ben wel, hè? Toen ik waterstofperoxide in je ogen gooide, vond je het een stuk minder leuk.'

'Ik lette even niet op, maar dat gebeurt me niet nog een keer.'

Zijn toon is niet langer woedend of opgefokt zoals eerder. Hij is kalm en beheerst, alsof hij dagelijks vrouwen geboeid op een bed heeft liggen. De rust in zijn stem jaagt me doodsangst aan: hij heeft dit eerder gedaan, vóór mij en Jolijn, dat kan niet anders.

Dan laat hij het mes naar beneden glijden en het lemmet op mijn blote buik rusten. Een siddering trekt door mijn lijf en al mijn haartjes staan overeind.

'Je hoeft niet bang te zijn, gewoon een beetje fun, weet je nog?'

Opnieuw welt er een golf van misselijkheid bij me op en ik probeer door te ademen als hij het mes tergend langzaam naar boven laat glijden en het lemmet uiteindelijk stilhoudt in het kuiltje van mijn middenrif. Met de platte kant tilt hij ook bij mij het middenstuk van de witte beha die ik draag wat op, draait het mes dan een kwartslag en snijdt de stof in tweeën. Een nieuwe angstkreet ontsnapt aan mijn lippen als mijn borsten plotseling ontbloot zijn en hij weer lacht achter zijn masker. Hij geniet hier overduidelijk van, smerige machtswellusteling!

Dan pakt hij Jolijns handen en plaatst ze op mijn borsten. Haar handen voelen koud aan en ik focus op de violen. De violen die snerpen en snijden en die me aan Vince doen denken. Vince die in zijn filosofische buien ook altijd klassieke muziek luisterde. Muziek die ik moeilijk kon verdragen, omdat ik dat al snel associeerde met zijn depressies. Ik weet nu dat ik klassieke muziek nooit meer met de depressies van Vince zal associëren, dat de depressies van Vince vanaf nu een herinnering zijn uit een ander leven. Vanaf nu is er alleen nog na dit moment. Niets zal ooit meer hetzelfde zijn.

Ik negeer het gevoel van Jolijns koude handen en verfoei de natuurlijke reactie van mijn lichaam, die ervoor zorgt dat mijn tepels zich oprichten. Alsof er ook maar één cel in mijn lijf is die dit fijn vindt. Tranen van boosheid om mijn lichaam dat me verloochent glijden langs mijn wangen. Mijn keel brandt van alle woorden die daar tegengehouden worden door het laatste stukje ratio dat ik op dit moment nog bezit.

Klootzak, klootzak, klootzak! Vanbinnen schreeuw ik de woorden hard en achter elkaar uit.

Dan komt hij iets verder overeind, waardoor hij achter Jolijn boven haar uittorent. Hij schuift met één beweging haar broek en slipje naar beneden, waarna hij ook zijn eigen broek naar beneden schuift. *Nee, god, nee. Alsjeblieft niet. Ik wil dit niet zien, ik kan dit niet zien!*

Hij grijpt Jolijn weer bij haar haren en plaatst het mes tegen haar keel, zijn ontblote lichaam tegen dat van haar aangedrukt. 'Weet je nog wat ik vorige keer met jou heb gedaan, schatje?' fluistert hij in haar oor. 'Dat gaan we nog een keertje doen, alleen nu een beetje anders.' Hij duwt haar wat naar voren, waardoor ze op handen en knieën boven me hangt. Mijn ademhaling versnelt als ik die van haar op mijn huid voel.

'Toe maar, plaats je handen rond haar hals, zoals ik vorige keer bij jou deed.'

Jolijn schudt zo goed en zo kwaad als het kan haar hoofd, en meteen voel ik een brandende pijn in mijn dijbeen, alsof iemand een kilo zout in een wond strooit. Ik schreeuw het uit, kijk op en zie het mes rechtovereind in mijn been staan.

'Doe het. Nú!' Weer een ruk aan Jolijns haar en ik voel dat haar handen zich om mijn hals sluiten.

Ik wil het niet voelen. Ik wil het niet zien. Ik wil hier niet zijn! Ik knijp mijn ogen weer dicht, niet in staat om nog langer in de eindeloze diepte van deze waanzin te kijken. Ik voel dat hij in Jolijn stoot en hoor hoe zij huilt, hoe hij kreunt, haar beveelt harder te knijpen.

De druk achter mijn ogen neemt toe en ik hap naar lucht, tenminste, dat probeer ik. *Stop! Laat los!* wil ik roepen. Maar er komt geen geluid uit mijn keel, slechts een rochelend gegorgel.

Net wanneer ik licht in mijn hoofd word en in een soort roes wegdrijf, vermindert de druk en begin ik uit reflex te proesten.

Al mijn spieren trillen. Die gruwelijke violen en cello's lijken nog altijd een wedstrijd met elkaar te doen wie het hardst en snelst kan. Lang voordat ik weer op adem ben geeft hij Jolijn opnieuw opdracht haar handen om mijn hals te leggen. Ik hoor haar gesnik boven me, registreer haar bewegingen, maar voel vooral de kracht van haar kleine handen. Haar tranen druppen op mijn huid.

Dan ontstaat weer die vreselijke druk achter mijn ogen en ik voel me als een vis die door kokendheet woestijnzand probeert te zwemmen. Alles in me is droog, rauw en lijkt in brand te staan. Ik ruk zo hard ik kan met mijn armen aan de boeien, probeer mijn lichaam van haar weg te draaien. Het is kansloos. Violen, gekreun, gehuil, een explosie van angst en pijn! Mijn tong tintelt en de smaak van batterijen komt naar boven. In een reflex trekken mijn kaken samen en nu is er de metalige smaak van bloed en mijn eigen vlees. Mijn benen en armen stuipen ongecontroleerd en ik zie Jolijn niet meer. Waar is ze? Híj hangt boven me. Dan denk ik dat mijn ogen wegdraaien, want plotseling zie ik niets meer, ik voel alleen warm vocht dat langs mijn kin loopt en ledematen die in de ban zijn van het elektrische monster dat ze steeds weer opnieuw onder stroom zet en alle kanten op laat schieten.

Deze keer schrik ik er niet van, deze keer is het elektrische monster mijn vriend. Deze keer maakt het niet uit als ik aan de andere kant blijf.

Alles is zwart. Niet wit, flitst er nog door mijn gedachten. Mijn zus verschijnt te midden van al dat zwart. Water, het is het grauwige water van de Noordzee. Ik ben weer terug op die ene dag, in de zomervakantie. Anouk spartelt en slaat, het water rondom haar spat op en ze gaat steeds weer kopje-onder. Iedere keer als ze bovenkomt, zie ik wat meer de angst voor de dood op haar gezicht afgetekend staan. Zout water brandt in mijn ogen en longen terwijl ik uit alle macht duw en trek, tot ik plotseling stop. Anouks lichaam is slap en glijdt van me weg. Het verslapt ook mijn wil om te vechten en ik grijp haar opnieuw beet. Deze keer omhels ik haar stevig en glijd mee naar de koude, donkere diepte.

56.

Mijn vaders motorlaarzen leken verder in het grind weg te zakken dan anders. Ik genoot van de dreiging die van elke stap van hem uitging en de angst die parallel daaraan groeide op het gezicht van Lou.

'Zo, zo. Wat hebben we hier allemaal?' Mijn vader hield stil en wierp eerst een blik op mij en Jill – zijn ogen glommen – en daarna pas op Lou, die hij aankeek alsof hij zojuist constateerde dat er hondenstront onder zijn schoen zat. 'Dit is me nogal een situatie hier, of niet, Lou?' Hij liet zijn gehandschoende hand langs de randen van het gebroken glas gaan van de deur waarachter Lou stond te trillen op haar benen. 'Het lijkt me dat we hier een klein probleempje hebben, hè?'

'Ik... Jack, zeg alsjeblieft eerst dat Robin dat mes laat zakken, dan leg ik het je allemaal uit. Jill heeft hier niets mee te maken!'

'Hmmm.' Pa keek naar mij. 'Wat denk jij, Robin? Is het verstandiger om het mes even op te bergen? Voor je het weet gebeurt er zomaar een ongelukje.'

Het gefladder in mijn borst nam toe. Pa liet mij meebeslissen over wat er moest gebeuren!

'Nou, wat vind jij? Of moet Lou eerst uitleggen wat er hier aan de hand is?'

Ik knikte dat ik het met dat laatste eens was, en mijn handen en benen trilden van de adrenaline die door mijn lijf stroomde.

'Het is niet wat je denkt, Jack, echt niet!' Tranen stroomden over Lou's wangen terwijl mijn vader zijn sleutels uit zijn jaszak opdiep-

te en de keukendeur opendraaide. Lou deinsde achteruit.

'Kom maar uitleggen wat het dan wel is, Lou.' Mijn vader sloeg zijn armen over elkaar en zag er ontspannen uit. Ik kon me goed voorstellen wat vrouwen zo aantrekkelijk in hem vonden. Zijn atletische lijf, zijn strakke kaaklijn, zijn innemende glimlach. Een laagje vernis over zijn ware aard, die hij zo geweldig wist te verbergen tot het moment dat hij iemand volledig in zijn macht had.

'Lou heeft geloof ik wat aansporing nodig, Robin.' Mijn vader keek niet mijn kant op, hij hield zijn blik strak op Lou gericht. Ik deed wat hij van me verlangde en stak de punt van het mes in Jills huid, wat meteen een straaltje bloed en het gewenste gegil opleverde.

'Stop!' schreeuwde Lou. 'Niet doen, ik kom al, ik kom!' Lou schoot naar voren tot ze recht voor mijn vader stond.

'Ik kreeg een belletje van een tante. Mijn moeder...' Lou's stem haperde tussen haar snikken door. 'Mijn moeder is ziek, ze ligt op sterven. Daarom moest ik gaan, ik moet naar mijn moeder.'

Mijn vader haalde uit. Zijn knokkels raakten de onderkant van Lou's kin en ze ging neer, te midden van al het glas op de grond. Jill gilde weer.

'Je moeder die drie jaar geleden al overleden is, bedoel je?' Mijn vader zakte door zijn knieën en bracht zijn gezicht dicht naar dat van Lou. 'Denk je dat ik je niet heb nagetrokken voordat je hier in huis kwam, Lou? Dom, dom, meisje.' Zijn hand schoot naar voren en hij greep Lou in haar blonde haardos.

'Kom mee!' sommeerde hij mij, en met de twee vrouwen in de houdgreep liepen we naar het bijgebouw. Lou gilde en spartelde, Jill onderging het gelaten, ze was in shock. Lou was mijn vaders gevangene en daarmee had hij eveneens Jill in zijn macht.

Bij de deur van het bijgebouw hielden we stil en de sensorlamp sprong aan. Mijn vader opende de deur, draaide zich wat naar me toe en ik zag de opgewonden blik in zijn ogen.

'Na jou.'

Glimmend van trots duwde ik Jill over de drempel, waarna ik zelf volgde. Nog niet wetend wat er binnen op me te wachten stond, maar dat het goed voelde, was voor mij zeker.

57. AMELIE

Koud. Donker. Diepte. Anouk!

Ik hap naar lucht en kom overeind. Jezus!

Mijn handen schieten naar mijn hoofd, dat in tweeën lijkt te splijten. De pijn is ondraaglijk. Zwarte vlekken met gekleurde regenboogranden dansen als uitgelaten festivalgangers aan de xtc om me heen en schijnen met venijnige zaklampen in mijn ogen.

Mijn god! De pijn in mijn hoofd die ik voel is heftiger dan ooit tevoren. *What the hell?*

What the hell, dreunt er nogmaals door mijn getergde hoofd. Is dát wat dit is? De hel? Is dit het vagevuur, mijn straf voor wat ik al die jaren geleden heb gedaan?

Voordat ik besef wat er gebeurt, schiet er een stroom braaksel uit mijn mond en ik draai mijn hoofd zo goed en kwaad als het wil opzij om er niet in te stikken. Mijn maag wordt uitgeknepen als een grapefruit en trekt pijnlijk samen. Ik trek mijn benen wat op in een poging mezelf kleiner te maken. Hoe kleiner ik ben, des te minder pijn ik voel, beredeneer ik. Maar de pijn neemt juist toe als ik mijn benen beweeg. Ik strek mijn hand en voel het plakkerige bloed als ik de huid van mijn bovenbeen aanraak. Ook daar een bonzend gevoel, maar het is niets vergeleken bij de hamers die tegen de binnenkant van mijn hersenpan bonken, de vlekken voor mijn ogen, mijn verwrongen maag. Weer een nieuwe vloedgolf en nu brandt het zuur dat naar buiten komt zelfs aan mijn lippen. Ik heb ooit gelezen dat de maag zoutzuur bevat. Zoutzuur! Een beeld van weggebrande lippen dringt zich aan me op.

Het zijn niet mijn lippen, maar die van Anouk. Anouk die wegrot op de bodem van de zee, en ik ben bij haar. Er zijn zeepokken die haar deels weggerotte gezicht bedekken en gelatineachtige kwallen die de lege holten waar haar ogen horen te zitten opvullen. De weggerotte lippen bewegen. Ze lijkt een vis die naar zijn voer hapt met haar O-vormige mond. Probeert ze me iets te zeggen? Ik wil wel horen wat ze zegt, maar mijn oren zitten vol met water.

Ik kruip zo goed en zo kwaad als dat gaat wat dichterbij en focus me op de bleke halve lippen, die met hun beweging een zompig geluid produceren. Ik spits mijn oren en luister. 'Akker,' hoor ik. 'Ord akker!' ORD AKKER!

Ik besef dat mijn dode zeebodemzus me beveelt om wakker te worden en ik probeer het wel, maar ik weet niet hoe. Ik heb geen lichaam, geen oogleden om te openen, geen benen om op te staan. Ik voel niets. Langzaam geef ik me weer over aan de rust die aan me trekt. Anouk is dood. Ik ben haar allang niets meer verplicht.

58.

Met een paar simpele bewegingen klikte mijn vader Lou aan de verwarming vast met een set handboeien. Ik stond met Jill – die trilde als een rietje – in de deuropening en wachtte op zijn instructies.

Lou huilde en smeekte om Jill te laten gaan. Mijn vader trok op zijn gemak zijn handschoenen en jas uit. Daarna schoof hij een van de rode fauteuiltjes naast Lou en ging zitten. Hij plaatste een hand onder haar betraande gezicht, zodat ze hem wel aan moest kijken.

'Jij en ik, we hadden een afspraak. Ik zou mijn mond houden over jouw kleine misstap, en in ruil daarvoor zou jij bij mij komen wonen en ervoor zorgen dat er geld in het laatje kwam. Zo onduidelijk was dat allemaal niet.'

Lou snikte, haar lip trilde, snot liep haar neus uit en voor het eerst in de tijd dat ik haar kende vond ik haar niet aantrekkelijk. Haar zwakte vaagde haar schoonheid weg.

'Het spijt me, Jack. Ik doe alles wat je wilt. Ik zal niet meer proberen om ervandoor te gaan, ik beloof het. Je móét me geloven!'

'Tja...' Mijn vader streek over haar wang. 'Dat heb ik al een keer eerder gedaan en toen heb je me teleurgesteld. Dat kan ik niet zomaar vergeten.'

Lou probeerde haar gezicht van mijn vader af te wenden, maar hij pakte haar weer bij haar kin. 'Ik heb jouw problemen opgelost, Lou. Of moet ik je herinneren aan je hooggeplaatste cliënt voor wie jullie sessie rollebollen iets te veel werd?'

Mijn vader draaide zich naar mij en Jill toe en richtte zich nu tot ons. 'Ik heb jullie nooit verteld hoe Lou en ik elkaar ontmoet hebben, hè? Ga er maar even lekker voor zitten, want het is me nogal een verhaal. Erg romantisch ook.' Het sarcasme droop van zijn woorden. Lou rolde zichzelf op en ik zag haar letterlijk steeds kleiner worden. Mijn vader gebaarde met zijn hoofd naar het bed en ik duwde Jill die kant op. Een moment begon ze tegen te stribbelen, maar een kleine flits van het mes vlak voor haar gezicht was genoeg om haar te krijgen waar ik haar hebben wilde. Ik drukte haar op de rand van het bed en nam op mijn knieën plaats achter haar. Een hand in haar goudblonde haar geklauwd, de ander met het mes tegen haar hals gedrukt. Mijn vader knikte goedkeurend.

'Je wist vast wel dat je moeder geen standaard kantoorbaan had, maar wist je ook dat ze zichzelf prostitueerde bij een van de meest luxueuze escortbureaus in Rotterdam? Of heb je je nooit afgevraagd hoe je alleenstaande moeder jouw dure kleding en jullie mooie appartementje kon betalen?'

Jills ademhaling versnelde en mijn huid tintelde van de warmte die ze daarbij uitblies.

'In die club is waar we elkaar ontmoet hebben. Ik hou wel van een avondje uitgaan met een mooie dame en ik was de goedkope stoephoertjes een beetje zat.' Mijn vader lachte cynisch. 'Loutje was al snel mijn favoriet en we begonnen elkaar ook te zien naast "het werk".' Mijn vader kromde zijn vingers in de lucht bij de laatste woorden. 'Ze voelde zich veilig bij mij, zei ze, de lieve schat.' Mijn vader aaide haar over haar blonde haar, alsof ze een puppy was die opgewonden om zijn benen kwispelde. Lou zat er echter verslagen bij en liet haar hoofd beschaamd hangen, alsof ze Jill niet langer durfde aan te kijken.

'Lou leverde behalve geweldige seks nog iets extra's aan haar klanten, zonder dat haar werkgever dat wist. Een van haar klanten, een hooggeplaatste ambtenaar nota bene, ging de pijp uit na het snuiven van een paar lijntjes die Lou voor hem geregeld had.' Mijn vader wendde zijn blik van ons af en richtte hem weer op Lou. 'Ze

raakte in paniek. En wie denk je dat ze toen belde om haar shit op te lossen?'

Er viel een stilte waarin ik slechts de onregelmatige en gejaagde ademhaling van Jill hoorde. Haar hart ging zo tekeer dat ik het in haar hals zag kloppen. Mijn mes deinde zachtjes mee.

Mijn vader stond op uit de stoel en ging voor Lou op zijn hurken zitten. 'En heb ik niet alles voor je opgelost, Lou? Heb ik meneer de ambtenaar en daarmee jouw probleem niet laten verdwijnen? Heb ik niet voorkomen dat jij in heel veel ellende terecht zou komen en dat je dochter haar moeder achter de tralies zou moeten bezoeken?'

Weer stilte.

'Heb ik jullie niet een kans geboden hier een nieuw leven op te bouwen, op deze boerderij?'

Stilte.

'Heb ik dat niet gedaan, Lou?' Pa schreeuwde nu en Lou knikte snel.

'Ja, Jack. Daar ben ik je ook dankbaar voor. Ik...'

Door de klap in Lou's gezicht bonkte haar hoofd tegen de verwarming.

'Dankbaar? Door ervandoor te willen sneaken als ik aan het werk ben?' Een rochelend geluid steeg op uit mijn vaders keel en hij spuugde Lou vol in haar gezicht. Met haar geboeide handen kon ze niets anders dan de fluim langs haar wang laten druipen.

'Ik heb het je steeds duidelijk gezegd: zolang jij me gaf wat ik van je verlangde, kon Jill buiten schot kon blijven. Maar nu je me dit hebt geflikt...'

Lou rukte aan haar boeien en huilde als een gewond dier. Mijn vader maakte de veters van zijn laarzen los en trok ze een voor een uit. Daarna draaide hij zich om naar Jill, die plotseling verstijfde van angst bij het besef wat er stond te gebeuren.

'Nee, Jack, alsjeblieft. Ze is nog maar een meisje! Neem mij, ik doe alles wat je wilt, alsjeblieft!' Lou rukte als een gek aan haar boeien. Veel meer dan een hoop kabaal en waarschijnlijk een paar kapotte polsen leverde het haar niet op.

Jill draaide zich plots naar me om, met een smekende blik op haar gezicht. 'Robin, alsjeblieft, dit kun je niet maken. Ik...' Vanuit mijn ooghoeken zag ik mijn vader naar me kijken. Hij deed niets, afwachtend stond hij daar, en ik begreep wat dit was: mijn vuurdoop. Ik moest laten zien wat ik waard was. Ik moest dit goed doen!

Ik dacht aan alle keren dat Jill me minachtend had behandeld, me had genegeerd, en nu smeekte ze mij om haar te laten gaan? Ik greep haar opnieuw bij haar lange haren en dwong haar zo op het bed, alwaar ik haar neerdrukte door op haar te gaan zitten en het mes tegen haar keel te houden. 'Jij noemt mij nooit meer dwerg,' zei ik. 'Kop dicht en stilliggen.'

Mijn vader stond inmiddels naast me en haalde een nieuwe set boeien uit de bovenste lade van het nachtkastje. Zonder dat hij iets hoefde te zeggen, pakte ik Jills polsen beet en drukte ze boven haar hoofd in het matras. Met een paar eenvoudige bewegingen ketende mijn vader Jill aan de spijlen van het bed. Het meisje begon keihard om hulp te gillen en met een vlakke hand mepte mijn vader haar in het gezicht. Zij was meteen stil, Lou gilde des te harder. Mijn vader rommelde nogmaals in de lade en beende nu terug naar Lou, die naar hem schopte, spuugde en allerlei verwensingen naar hem krijste. Plotseling werd ze stil en ik wendde mijn blik slechts heel even van Jill af om te zien dat mijn vader een pistool op Lou gericht hield.

'En nu ga jij je kop houden, anders knalt Robin je af!'

Lou slikte een paar keer haperend, maar was verder muisstil. Ook Jill lag doodstil op het bed, haar ogen zo groot als schoteltjes. Mijn pa draaide zich om naar mij en wenkte me naar hem toe te komen. Hij drukte het wapen in mijn hand en schoof de rode stoel iets mijn kant op. 'Hou haar onder schot, en als ze ook maar één kik geeft, dan knal je haar neer, begrepen?'

Ik knikte. Niet wetend wat er harder trilde, mijn handen of benen, ging ik zitten en richtte de loop van het wapen op Lou. Met dezelfde grote, angstige ogen als haar dochter staarde ze me aan.

Mijn vader liep weer naar het bed toe en trok in één beweging zijn T-shirt over zijn hoofd. Jill kermde zachtjes.

'En nu, lieve onschuldige Jill, ga jij precies doen wat ik zeg, anders knalt Robin jouw niet zo lieve onschuldige moeder óók neer, snap je dat?'

Geluidloze tranen van bevestiging stroomden over haar wangen.

Mijn vader drukte de knop van de stereo in en muziek begon te spelen. Snerpende violen klonken en er verscheen kippenvel op mijn armen. Eindelijk was ik onderdeel van wat er zich altijd afspeelde in het bijgebouw.

59. AMELIE

'Hou op,' fluister ik. 'Stop.'

De geur van rottende bladeren, aarde en mos dringt zich aan me op en er schuurt iets langs mijn wang.

Ik veeg met een hand langs mijn gezicht en giechel, want het kriebelt. Als ik mijn ogen opendoe, zie ik recht boven me bruine ogen. Grote bruine ogen. 'Blijf van me af!' gil ik, en ik schiet naar achteren, wat weer een pijnscheut door mijn gewonde been en pijnlijke ribben jaagt. Ik voel ook meteen dat ik niet verder kan: iets duwt in mijn rug en ik kan nergens heen.

'Flinnie!' hoor ik nu roepen. 'Flin, waar zit je?' Een fluittoon die snerpend door mijn hoofd jaagt klinkt ergens boven me en 'Flinnie' heft zijn kop die kant op. Een labrador. Een grote bruine labrador met vriendelijke bruine ogen staat voor me en snuffelt nu aan mijn voet.

Ik kijk naar die voet, zie mijn onderbenen, het dijbeen dat onder het bloed zit. Ik ben naakt! Langzaam komt alles bij me naar boven. De man met het masker, de kelder, de Britney-kamer, Jolijn... Ik knijp met mijn ogen als ik weer voor me zie hoe Jolijn mijn keel dichtkneep en op me zat. Hoe hij in haar stootte. Een blik naar beneden laat me zien dat ik echt volledig naakt ben en niet meer die vreselijke pyjama draag. Hoewel ik me enorm kwetsbaar voel, probeer ik overeind te krabbelen. Mijn benen zijn te zwak. Flinnie snuffelt aan mijn hand en likt er vriendelijk aan, alsof hij wil zeggen: *Kom op, Amelie. Je kunt het wel!*

'Help!' schreeuw ik. Mijn stem is zwak en schor, en wordt gedempt door de greppel vol dorre bladeren waarin ik me bevind.

'Help me!' probeer ik nogmaals tevergeefs, en dan klinkt de fluittoon weer. 'Fliiiiinnie, waar zit je?'

De hond draait zijn kop van me af en geeft dan toe aan de roep van zijn baasje. Met het grootste gemak rent het beest tegen de zijkant van de greppel op, terwijl ik nog geen centimeter omhoog gekomen ben, en verdwijnt uit mijn zicht.

'Nee! Niet weggaan!' Ik klauw mijn handen in de aarde, probeer mezelf omhoog te trekken, en roep uit alle macht. 'Help! Help me dan! Ik ben hier!' Het gepiep dat mijn kapotte stem produceert komt nauwelijks boven het geruis van de bomen uit. Een vogel tsjilpt, hout kraakt, en Flinnie blaft. Steeds verder bij mij vandaan.

'Nee, alsjeblieft, hier... Ik ben hier!' Met alles wat ik in me heb probeer ik mezelf omhoog te werken. Mijn armspieren branden en mijn benen trekken als dood gewicht aan me, maar toch lukt het me om iets omhoog te komen. 'Hier ben ik!' roep ik weer.

Dan is er weer het geblaf van Flinnie. Harder en enthousiaster deze keer, dichterbij dan net. Ik hef mijn hoofd en kijk omhoog. Daar boven me verschijnt de kop van de labrador weer. Blaffend heen en weer kijkend tussen mij en iets daarboven wat ik niet kan zien.

'Flinnie, jongen, wat is er? Wat heb je daar ge...' Als ik me opricht zie ik de eigenaar van de stem die zojuist is gestokt. 'Lieve help,' klinkt het nu.

'Ik ben ontvoerd, help me,' weet ik nog net uit te brengen voordat mijn hoofd weer te zwaar wordt om op te kijken en ik terug de greppel in glijd.

60.

Het was de avond waarop alles samenkwam, de avond waarop ik tot dan toe losse punten aan elkaar verbond. Lou was een prostituee. Een luxere dan waar mijn vader zich tot dan toe aan vergrepen had en die hij mee naar huis had gebracht, maar uiteindelijk bleef ze gewoon een hoer. Hij had haar in zijn macht gekregen doordat hij haar geholpen had het lichaam van een ambtenaar te laten verdwijnen. Iets waar hij – en dit ontdekte ik jaren later pas, tijdens een bekentenis op zijn sterfbed – ervaring mee had. Sinds die tijd bleef hij haar er dreigend aan herinneren dat hij nog altijd kon bewijzen dat zij verantwoordelijk was voor de dood van die man. Zo had hij haar en Jill bij ons in huis gedwongen en Lou ingezet om te doen waar ze goed in was voor zijn eigen gewin.

Lou's clientèle bestond vooral uit hooggeplaatste zakenlui die er afwijkende seksuele voorkeuren op na bleken te houden. Lou's – niet geheel vrijwillig verkozen – specialisatie was het ondergaan van breathplay, *oftewel: de heren kregen een kick van 'adembenemende seks' door hun bedpartner tijdelijk te verstikken. Ik dacht aan het Saskia-incident en alle sjaaltjes die mijn vaders vriendinnen altijd droegen. Ineens viel alles op zijn plek. En ik dacht aan mijn vaders overleden tweelingzus. Was zij zijn eerste geweest, zoals Jill dat voor mij was...?*

Alle begin is moeilijk en het verstikkingsspel heb je niet zomaar in de vingers. Het is lastig om tegelijktijdig de juiste plek in de hals te vinden waar je de slagaders moet indrukken en de signalen van het lijdend voorwerp goed te interpreteren. De hersenen kunnen maximaal drie minuten zonder zuurstoftoevoer voordat er ernstig hersenletsel ontstaat. De kunst is om op tijd te stoppen en het spel zo lang mogelijk te rekken. Je voelt je als het ware als een soort God, die de ander steeds opnieuw het leven schenkt. De blik in de ogen van de ander, de dankbaarheid dat ze weer ademen, dat geeft een kick als niets anders.

Helaas liep het voor Jill die avond minder goed af, de details daarover houd ik liever voor mezelf. Niemand vertelt graag over die klungelige 'eerste keer', waar we ons tenslotte allemaal voor schamen.

Mijn vader begreep meteen dat zijn leven met Lou geen zin meer had toen Jill definitief ophield met ademen. Ze was niets meer waard nu haar eigen leven haar niets meer waard was en hij knalde haar voor mijn ogen af. Hij zei dat ik me geen zorgen hoefde te maken, hij zou alles 'laten verdwijnen'. Ik vertrouwde op hem.

Zoals ik al zei, hoorde ik pas toen hij op zijn sterfbed lag – zijn macht bleek helemaal niets waard tegenover ongeremde celdeling in de alvleesklier – wat hij met de lichamen had gedaan. Dat was het moment waarop hetgeen ik al langer vermoedde waarheid bleek.

Mijn uitgemergelde, wegrottende vader vertelde voor het eerst en tegelijk voor het laatst over de vrouw die mij het leven had geschonken. Ze had me niet in de steek gelaten, zoals ik al die jaren had gedacht, ze was net als al zijn andere vriendinnetjes een van zijn seksmarionetten geweest, alleen werd dit poppetje zwanger. Haar dood was een ongeluk, zei hij. Het was nooit de bedoeling geweest mijn moeder om het leven te brengen.

Geloofde ik hem? Tja, in hoeverre kun je een pathologische leugenaar, met bovendien door kanker aangetaste hersenen, op zijn woord geloven? Maar het zorgde ervoor dat ik in die laatste momenten, waarin hij de dood al in de ogen keek, aan hem twijfelde. Dat ik me bedonderd voelde door de enige die ik ooit vertrouwd had. En het maakte me razend, dat juist híj me dat aandeed!

Hij keek naar me op en zag het waarschijnlijk in mijn ogen. 'Je kunt alleen op jezelf vertrouwen in het leven,' zei hij met raspende stem. Zijn laatste les.

Ik wilde hem in het gezicht spugen, maar een naderend eind maakt mild. Eén blik op zijn uitgemergelde lichaam dat ooit zo sterk was, en het smekende in de ogen die ooit zo dwingend waren geweest, zorgde ervoor dat ik deed waarvan ik wist dat hij het van me verlangde. Ik boog me voorover en fluisterde mijn toezegging in zijn oor, voordat ik hem de ultieme vergeving schonk. Ik plaatste mijn handen op de juiste plekken in zijn hals en voorkwam dat die waardeloze ziekte ervoor zorgde dat hij zijn laatste adem uitblies. Ik keek toe terwijl hij met een glimlach heenging, wetend dat wat hij ooit begonnen was in goede handen was en voortgezet zou worden.

De waarheid was dat ík nu degene was die had gelogen. Ik was helemaal niet van plan om zijn werk voort te zetten, want zonder hem had het voor mij geen zin meer. De pijn was te groot, de behoefte om net als mijn vader te zijn was samen met hem vertrokken.

En hoewel ik na zijn dood een aantal jaren een betrekkelijk normaal leven leidde – het beroep dat ik koos was uiterst ironisch, dat wel – kwam het verlangen om mijn vaders levensdoel te vervullen na al die tijd toch weer terug. Ook rotte appels vallen niet ver van de boom. Ik liet de appel rijpen. Deze keer deed ik het op míjn manier. Ik wachtte tot ik op een dag het juiste meisje vond.

En nu je zo onverwachts aan me ontsnapt bent, Amelie, ben je alleen nog maar geschikter geworden voor mijn spel.

DEEL 2

SCHIJNDOOD

Fool me once, fool me twice
Are you death or paradise?
Now you'll never see me cry
There's just no time to die

'No time to die'
Billie Eilish

1.

Een week later

Een zeer diepe staat van bewusteloosheid, waarin reflexen compleet zijn uitgeschakeld en ademhaling en hartslag met het blote oog niet waarneembaar zijn. Dat is wat er met me was gebeurd, vertelden ze me toen ik in het ziekenhuis – opnieuw – bij kennis kwam.

Dat was het waarschijnlijk óók toen ik al die jaren geleden instortte op de raveparty en mijn vrienden ervan overtuigd waren dat ik dood was, tot de apparatuur van de ambulancemedewerkers een hartslag – weliswaar zwak – waarnam.

Destijds werd deze diagnose niet gesteld. Het kwam door de xtc, de hitte en de stroboscopische lichtflitsen op de dansvloer, die hadden mijn blijkbaar op de achtergrond sluimerende epilepsie getriggerd en ervoor gezorgd dat ik een avondje feesten bijna niet had overleefd. Een speling van het lot, een rare samenloop van omstandigheden, toeval, of ja, daar is ie weer: verkeerde tijd, verkeerde plaats.

Zelf had ik het vreemd gevonden dat er na die avond flitsen van de gebeurtenis bij me boven waren gekomen. Er waren steeds meer flarden, die gezamenlijk een reconstructie van die avond vormden: mijn vrienden die in paniek overlegden wat ze moesten doen, Joël die op de achtergrond voornamelijk de pan uit flipte omdat het zíjn pillen waren die we die avond geslikt hadden, de penetrante zweetgeur van de barman in het roze hawaïshirt die geprobeerd had me te reanimeren, het naamplaatje van een van de twee ambulancemedewerkers die Sjoerd heette, zijn collega met de zeer behaarde onderarmen... Allemaal details die ik niet had moeten en kúnnen weten, maar die steeds meer opborrelden. Ik weet het aan de xtc, was vooral blij dat het goed was afgelopen en ging verder met mijn leven.

Nu, ruim achttien jaar later, waren er geen flitsen of flarden van wat er gebeurd was. De hele periode tussen mijn epilepsieaanval op het bed in de Britney-kamer en het moment waarop ik bijkwam in de greppel was één groot zwart gat, waarin er alleen wat vage dromen over Anouk geweest waren. Door de dokters in het ziekenhuis werd ik vol interesse onderzocht en besproken. Ik voelde me een studieobject wanneer er weer een nieuwe arts aan mijn bed stond die me dezelfde vragen kwam stellen, waarbij hij of zij het enthousiasme over wat er met mij gebeurd was met de grootst mogelijke moeite probeerde te verbergen.

Nadat het baasje van Flinnie – de hond die mijn werkelijke redder was – de hulpdiensten inschakelde en ik naar het ziekenhuis werd gebracht, werd ik onderworpen aan allerlei tests. Ik had lichte uitdrogingsverschijnselen, zwaar gekneusde ribben, een gehavende neus, en een steekwond – goddank was er niets vitaals geraakt – in mijn bovenbeen. Naar omstandigheden ging het goed met me. Fysiek dan tenminste.

Toen de rechercheurs – een man en een vrouw – me voor het eerst kwamen ondervragen in het ziekenhuis, gebeurde het zomaar nog een keer. Door een heftige epilepsieaanval, getriggerd door wat ik vertelde over wat ik sinds maandagochtend had meegemaakt en de enorme stress die daarmee gepaard ging, raakte ik opnieuw in die bizar diepe staat van bewusteloosheid. Deze keer, in het ziekenhuis waar alle medici en apparatuur direct voorhanden waren, werd de bizarre diagnose gesteld. Schijndood.

Misschien ken je die oude verhalen wel over mensen die vroeger begraven werden met aan hun vinger een touwtje dat vanuit de kist naar een belletje leidde dat net boven het maaiveld gehangen werd? Mocht de overledene onverhoopt niet zo overleden blijken als iedereen dacht, dan was er altijd de mogelijkheid om het belletje te laten klingelen. Best een prettige gedachte, ware het niet dat begraafplaatsen vaak nogal verlaten plekken zijn en je je het nut ervan kunt afvragen.

Of dan de verhalen van de patholoog-anatoom die er bijna zelf in blijft omdat een lijk op zijn tafel plotseling tot leven komt of even vriendelijk op de koelcel klopt of hij eruit mag.

Broodjeaapverhalen? Dat denken veel mensen. Dood is dood. Morsdood. Maar als je googelt op 'levend begraven' zul je zien dat er toch legio van die broodjes zijn. En als het niet alleen een *petit pain* is, maar een *boulangerie* vol, is er dan niet een kern van waarheid in te vinden? Onze Wet op de lijkbezorging is er in elk geval op aangepast: mensen mogen pas begraven of gecremeerd worden na minimaal zesendertig uur, omdat dan pas écht zeker is dat ze overleden zijn. Ergens lijken dus ook de wetenschap, de medische wereld en de overheid te geloven in dit broodje aap.

Het gekke aan ontwaken uit de dood is dat het helemaal niet zo geweldig is als je misschien verwacht. Hoewel de artsen en het verplegend personeel verheugd leken over het bijzondere fenomeen waarvan zij getuige waren, voelde ikzelf weinig euforie over het foppen van Magere Hein. Er was geen prachtig wit licht geweest dat mij naar zich toe had proberen te lokken, geen leven dat aan me voorbijflitste in een collage van hoogtepunten, enkel duisternis waarin mijn dode zus aan mijn brein krabde als een kat die aan een met ouderwetse visgraatlijm behangen muur krabt.

Maar die rare schijndood was wél mijn redding geweest. Had mijn ontvoerder na mijn epilepsieaanval niet gedacht dat ik dood was, dan had hij me nooit in een greppel in een bos in Rockanje gedumpt. Dan had ik misschien mijn échte dood wel gevonden in dat huis met de grote magnoliaboom voor het raam, in de Britney-kamer, of in die kelder.

Maar het allerbizarst aan de hele situatie was nog wel dat toen Lianne me eenmaal vertelde wat er in mijn afwezigheid was gebeurd, ik vurig wenste dat mijn schijndood geen schijn was geweest.

2.

Het nieuws dat mijn wereld nog verder liet instorten, veroorzaakte na een eerste golf van verdriet een overweldigende vermoeidheid. Tijdens ieder gesprek dat volgde, zakte ik weg en alle dagen en gezichten liepen in elkaar over. Ik wilde slapen. Ik wilde vergeten. Ik wilde de kille werkelijkheid niet tot me laten doordringen. De kalmerende medicatie die ik kreeg, hielp daar goed bij.

En toen kwam dat 'andere gevoel'. Ik weet niet meer exact wanneer het me voor het eerst bekroop, maar het begon ergens in die stroom van mensen aan mijn bed. Artsen van wie ik de namen niet kon onthouden, een casemanager van het CSG (het Centrum Seksueel Geweld) met een naam die me aan die van een hoerenmadam deed denken, twee rechercheurs met namen die me aan een komisch duo deden denken (daar kom ik later nog op terug), Lianne, en zelfs mijn moeder die overgekomen was uit Engeland. Ergens in die stroom werd dat 'andere gevoel', dat als een klein onbehagen begon, steeds groter.

Nu ik erover nadenk waren het de blikken van mijn moeder die het tijdens de gesprekken met de politie voor het eerst in gang zetten. Subtiel, voor de buitenwereld waarschijnlijk onzichtbaar, trok ze nu en dan haar lippen tot een smalle lijn en schoten haar wenkbrauwen soms omhoog als ik aan het woord was. Signalen die voor mij een bevestiging waren van wat ik al jaren wist. Mijn moeder vertrouwde me niet en voelde geen enkele affectie voor me, om van liefde maar helemaal niet te spreken. En als ze het ooit voor me gevoeld had, dan was het na die dag dat Anouk overleed definitief verdwenen. Ze was hier niet omdat ze hier wílde zijn, ze was hier omdat ze voor de buitenwereld haar rol in het toneelstuk van moederschap moest vervullen.

Ik wist én accepteerde dat ik haar nooit anders over mij zou kunnen laten denken. De reacties van anderen waren veel belangrijker voor me, maar ook daarin werd ik teleurgesteld. Meteen vanaf het moment dat ik mijn ogen opendeed in het ziekenhuis en voor het eerst de woorden uitsprak die krassen op mijn ziel maakten, werd ik geconfronteerd met de harde wereld waarin empathie steeds meer lijkt te vervagen en lompe horkerigheid met de dag groeit.

De verpleegster die ik het eerst zag na mijn ontmoeting met Flinnie de hond was degene aan wie ik met schorre stem duidelijk probeerde te maken wat er gebeurd was.

'Wat ontzettend goed van je dat je gelijk zegt wat je overkomen is, lieverd. Nu kunnen we misschien nog sporen veiligstellen.' Dát was haar antwoord, nog voorzien van een kneepje in mijn bovenarm.

Dat 'lieverd' nam voor mij niet weg dat ik haar het liefst had willen wegduwen als ik daar de fut voor had gehad. Ik wilde dat ze van me afbleef, en er was ook helemaal niets 'goed' aan wat ik tegen haar had gezegd. Het waren woorden die me misselijk maakten alleen al door ze te denken, en die ik met de grootst mogelijke moeite had uitgesproken nadat ze al een halfuur op mijn verlamde tong hadden rondgedanst. In no time was er een speciale verpleegkundige van het CSG opgetrommeld en werd ik naar een andere kamer gebracht. Daar mocht ik mijn héle verhaal doen, wat me totaal niet lukte. Veel meer dan huilen en 'hij heeft ons opgesloten en haar verkracht' kwam er op dat moment niet uit. Er werd gevraagd of ik aangifte wilde doen, en na mijn bevestiging kwam een arts van de politie allerlei monsters bij me afnemen. Ik zei dat hij míj niet verkracht had, maar ze overtuigden me ervan dat er toch sporen van hem op mij achtergebleven konden zijn. Er werd vuil onder mijn nagels vandaan geschraapt en mijn hele lichaam werd uitvoerig onderzocht. Daarna vroeg de arts of ze wat weefsel en vocht uit mijn vagina mocht afnemen en ik schudde mijn hoofd. Hij had mij niet verkracht, herhaalde ik, waarbij ik het getergde gezicht van Jolijn weer voor me zag. De arts legde uit dat er een mogelijkheid was dat hij me alsnog 'aangeraakt' had toen ik al buiten westen was en dat er genetisch materiaal van de dader achtergebleven kon zijn. Ondanks haar poging om het beeld te verzachten met de term 'aangeraakt', maakte het idee dat zijn sperma in me zat me kotsmisselijk. Op de onderzoekstafel, met mijn benen al in de beugels, ging ik over mijn nek. Nadat ik ter feestelijke afsluiting nog een SOA-onderzoek, een morning-afterpil én een tetanusprik kreeg in verband met de wond in mijn been, mocht ik eindelijk iets eten en drinken. Ik had er geen behoefte aan; het enige wat ik wilde was douchen. Maar dat mocht ik dan weer níét, omdat de wond in mijn been net gehecht was.

Een andere verpleegster dan eerst hielp me in bed en zei dat ik 'het ergste' nu gehad had. Als mijn mond niet zo droog was geweest, had ik de vrouw zeker weten bespuugd.

Ik mocht eveneens aangeven of ik wilde dat er een vrouwelijke of een mannelijke rechercheur met me kwam praten. Hoewel ik duidelijk had gezegd dat ik de voorkeur had voor een vrouw, kwamen er een vrouw én een man opdagen. Ik had wederom de fut niet om ertegenin te gaan.

Zo verschenen de rechercheurs Snels en Parmetijn aan mijn bed. Ondanks mijn toestand wekte de man een binnenpretje bij me op toen hij zich voorstelde als Steven Snels. Mijn mondhoeken trokken zelfs iets omhoog. De naam 'Steven Snels' klonk me in de oren als iets uit een tekenfilm, zoiets als: Flippie Flink of Dappere Dodo. *Here he comes to save the day...*

Toen Dunya Parmetijn zich voorstelde, krulden mijn mondhoeken nogmaals omhoog. Zij deed me met haar sierlijke slanke lijf, haar hoge paardenstaart en diepblauwe ovale ogen denken aan een Heilige Birmaan, zo'n kat die zijn staart parmantig gekruld in de lucht steekt. In mijn gedachten heette ze meteen Dunya Parmantig. Nu ik het moment terughaal, denk ik dat de rechercheurs en ik niet goed met elkaar van start zijn gegaan. Misschien dat ze op dat moment, toen mijn mondhoeken omhoogkropen, al vermoedden dat ik ze niet allemaal op een rijtje had. Mijn halfslachtige poging om bij dat eerste gesprek te vertellen wat er met me gebeurd was en wat erop volgde, hielp natuurlijk ook niet mee. Al waren ze wel eersterangs getuigen van een bijzonder medisch fenomeen toen ik weer een epileptische aanval kreeg met mijn derde schijndoodervaring.

Hoe het ook zij en wat ze ook dachten, bij ons tweede gesprek – mijn moeder was niet in de kamer deze keer, en dat maakte voor mij een groot verschil – ging het beter. Ik kwam goed uit mijn woorden en zij luisterden naar me zonder me te onderbreken.

Ik vertelde ze alles, vanaf het moment dat ik 's ochtends op mijn fiets was gestapt tot het moment dat ik weer bijkwam in die greppel. Alle details die ik me kon herinneren lepelde ik op: het masker van mijn ontvoerder, zijn Hugo Boss-luchtje, de Britney-kamer, het versleten vinyl, de groezelige badkamer, de houten trap, de magnoliaboom – werkelijk alles wat ik me kon herinneren vertelde ik. Ik brak pas toen ik bij het gedeelte over Jolijn kwam. Ik was door een stomme zeldzame aandoening nu hier, maar ergens in een huis, in een kelder, zat zij voor zover ik wist nog altijd opgesloten. Dat meisje dat ik amper kende, maar met wie ik me zo verbonden voelde. Het idee dat hij haar nog steeds van die vreselijke dingen kon aandoen, was te veel en ik raakte weer van slag. De artsen grepen in met kalmerende medicatie om te voorkomen dat ik een nieuwe aanval kreeg.

Al behoorlijk versuft van de medicijnen, zag ik Snels en Parmetijn op de gang met mijn moeder praten. Mijn moeder gebaarde, schudde haar hoofd en ik denk dat ik haar zelfs zag huilen. Daardoor viel ik weer in slaap met dat 'andere gevoel'. Kon het zijn dat de rechercheurs me – net als mijn moeder al met haar subtiele signalen te kennen had gegeven – niet geloofden?

3.

'Hé, lieverd. Ben je er klaar voor?'

Lianne steekt haar hoofd om de hoek van de ziekenhuiskamer, waar ik in een stoel bij het raam al op haar zit te wachten.

'Yep.' Ik kom overeind en krimp meteen weer in elkaar. Mijn gekneusde ribben steken nog altijd venijnig bij snelle en onverwachte bewegingen. De arts heeft gezegd dat het wel een week of zes tot acht kan duren voordat het volledig hersteld is. De wond in mijn dijbeen valt mee. Ik kan prima staan en lopen, het trekt alleen een beetje. Ik zal er wel een flink litteken aan overhouden. Een permanent aandenken aan mijn ontvoerder. Gebrandmerkt voor het leven.

'Zal ik een rolstoel voor je halen?' vraagt Lianne.

Ik schud resoluut mijn hoofd. 'Nee, het gaat wel.' Om mijn woorden kracht bij te zetten, pak ik zelf mijn sporttas gevuld met mijn kleding en toiletspulletjes van het bed. Lianne kent me goed genoeg om te weten dat ze er niets van moet zeggen.

Ik loop het kamertje van het verplegend personeel op de gang voorbij zonder mijn hoofd om de hoek te steken om afscheid te nemen. Ik heb vanochtend bij het ontslag de verpleegster en de arts bedankt voor hun goede zorgen, en daar wil ik het graag bij laten. Ik kan het niet opbrengen om al die meelijwekkende blikken op me gericht te zien. De weerzin om de sterktewensen, het 'zorg goed voor jezelf' en de 'neem alle tijd die je nodig hebt om te herstellen'-prietpraat aan te horen is groter dan mijn gevoel voor beleefdheid. Hoe goed het ook bedoeld is, alleen het idee al zorgt ervoor dat mijn keel weer dichtknijpt en de tranen zich naar de oppervlakte worstelen.

Lianne zegt ook hier gelukkig niets van en loopt aan mijn zijde het kantoortje voorbij naar de lift, die ons naar de centrale hal van het immens grote ziekenhuis brengt. De hoeveelheid ruimte en het gegons om me heen overweldigt me en maakt me tegelijkertijd wat licht in mijn hoofd. Ik heb weleens horen zeggen dat het Erasmus MC een stad op zich is, en dat wordt nu bevestigd. Het voelt alsof ik door een drukke winkelstraat loop, met bewegwijzering en al.

'Gaat het?' vraagt Lianne, en ik loop door. Ik wil niet stilstaan. Niet lijfelijk en ook niet in gedachten.

Als we eenmaal in Liannes auto zitten en zij al haar aandacht nodig heeft om de drukke parkeergarage uit te rijden zonder slachtoffers te maken, sluit ik mijn ogen.

Al zodra we de drukke Westzeedijk op draaien, voel ik mezelf wat wegzakken. Ruim een week heb ik in het ziekenhuis gelegen, zogezegd om te herstellen van mijn verwondingen en om bij te komen, maar van dat laatste is totaal geen sprake. Sinds Lianne me heeft verteld welk drama zich tijdens mijn afwezigheid had voltrokken, heb ik veel geslapen maar zelden gerust. Ik voel me uitgewrongen. Als een natte zeem die zijn beste tijd heeft gehad.

De herhaaldelijke tests en onderzoeken, de bezoekjes van zowel de politie als de vrouw van het CSG, het eeuwige rumoer in een ziekenhuis, en niet te vergeten mijn herinneringen die niet uit te schakelen zijn, hebben ervoor gezorgd dat ik niet één keer langer dan slechts een paar uur aaneengesloten geslapen heb. Ik ben als de dood om weer naar huis te gaan, en verlang tegelijkertijd enorm naar mijn eigen bed in mijn eigen slaapkamer. Daar waar ik de gordijnen dicht kan trekken, een oxazepammetje of twee kan innemen, en de buitenwereld nog even kan buitensluiten.

'Wanneer moet je naar dat centrum toe?' vraagt Lianne pas wanneer we een minuut of tien rijden. Ik open mijn ogen en zie dat we op de Abraham van Stolkweg zijn, rechts van me zie ik de muren van diergaarde Blijdorp.

'Hier kwam ik vroeger met papa en Anouk. Minstens één keer per jaar maakte hij tijd om er met ons heen te gaan.'

Lianne houdt haar ogen op de weg gericht en glimlacht.

'Mam wilde nooit mee. Zo'n hele dag rondslenteren en een beetje aapjes kijken was niets voor haar, zei ze altijd. En dan die vréselijk gillende kinderen in de speeltuin, dat waren zelf net losgeslagen apen...' Ik zet een gemaakt stemmetje op bij die laatste zin. 'Pap was anders. Die was er echt voor óns op die dagen. We gingen pas naar huis als Anouk en ik er genoeg van hadden. Als we alle dieren hadden bekeken die er waren en als we vaak genoeg van de glijbaan waren geweest en minstens twee ijsjes op hadden.' Nu ben ik degene met een glimlach op mijn gezicht. Wat een zeldzaam heerlijke dagen waren dat geweest. Wij, met pap helemaal voor ons alleen. Geen galerie waar pap naartoe moest, geen zeurende moeder en geen concurrentie tussen mij en Anouk, want pap hield van ons allebei evenveel.

'Morgen,' beantwoord ik de vraag die Lianne me stelde voordat ik over Blijdorp begon. Daarna sluit ik mijn ogen weer. Ik wil niet meer nadenken over mijn afspraak bij het CSG of over vroeger en mijn vader, ik wil naar huis. Pas wanneer Lianne op de oprit bij mijn huis parkeert, doe ik mijn ogen weer open.

'O ja,' begint Lianne. Haar handen friemelen in haar schoot voordat ze me aankijkt. 'Je fiets, die stond nog bij het station. Ik heb hem van de week voor je opgehaald en onder het afdakje naast het huis gezet. Ik hoop dat het goed is, want ik weet niet of je hem nog wel...'

Meteen gris ik mijn sleutels – of eigenlijk nog steeds die van Vince, aangezien hij nog altijd de mijne heeft – uit mijn zak, gooi het autoportier open en stap gehaast uit. Het is weer te veel voor mijn getergde ribben, maar dat weerhoudt me er niet van om naar het metalen hek aan de zijkant van mijn huis te lopen en het te openen. Onder het afdakje, tegen de witte gevel van mijn huis, staat ie inderdaad, alsof ie daar al die tijd op me heeft staan wachten. Mijn afgeragde Batavus met zestien versnellingen. Ik trek de kunststof tuinkast die ernaast staat open en zoek koortsachtig tussen de troep op de planken naar hetgeen ik nodig heb.

'Wat ben je in godsnaam aan het doen?' vraagt Lianne, die in paniek achter me aan gerend is.

Dan zak ik plotseling in elkaar en barst in huilen uit. 'Mijn band. Ik moet mijn band oppompen!'

4.

Dit is de eerste blijk van emotie die ik in een week tijd heb gegeven: de *total meltdown* als ik bij mijn fiets in elkaar zak. Lianne laat me begaan tot ik wat gekalmeerd ben. Daarna overtuigt ze me rustig maar wel enigszins dwingend dat het beter is om naar binnen te gaan en een kopje thee te drinken. Lijdzaam volg ik haar, laat me op een barkruk in mijn keuken zakken en wacht tot Lianne tegenover me komt zitten.

Tussen ons in staat mijn theepot op de warmhouder, voorzien van twee bijpassende mokken en wat spritsen op een bordje. Ik staar naar de theepot, lees de tekst die erop gedrukt staat: ALL YOU NEED IS A GOOD FRIEND AND A CUP OF TEA. Het is de theepot waaruit Lianne en ik al zo vaak samen thee hebben gedronken, en juist die theepot, die normaal symbool staat voor fijne momenten en vrolijkheid, komt plotseling surrealistisch op me over. Alsof een kop thee wel eventjes oplost dat mijn wereld zoals ik die kende compleet uiteen is gevallen.

Dan kijkt Lianne naar de envelop die tussen ons in op tafel ligt. 'Ik weet niet of je er al aan toe bent om...' Ze maakt haar zin niet af en slikt haar tranen weg. Ik besef dat dit moment voor haar ook niet makkelijk is, maar ik heb nu niet de ruimte om rekening te houden met de gevoelens van een ander. Ik schuif de envelop, waarin het bewijs zit van alles wat ik al dagen probeer te ontkennen, naar de hoek van de tafel. Ik vecht om mijn tranen binnen te houden en staar ver voor me uit, over het water van de Bergse plas, waaraan mijn huis staat. Toen we hier in een ander leven nog met het hele gezin woonden, zat mijn vader hier elke ochtend met zijn eerste kop koffie van de dag naar buiten te turen. Ik was net als hij altijd vroeg wakker, en dan zat ik hier bij hem. Hij zette de schuifpui wagenwijd open en samen keken we naar de vele gezichten van het water. We benoemden de kleuren die we zagen en beschreven het alsof het een schilderij was. Donker en dreigend op sommige dagen, helder en schitterend op andere, nooit hetzelfde als de dag ervoor. Als mijn moeder of Anouk verscheen, die het steevast koud hadden, ging de schuifpui dicht en was ons schilderij weer bedekt met een laagje glas. Nog steeds mooi, maar de echte magie was dan verdwenen. Na Anouk keek mijn vader niet meer naar het water en dronk hij zijn koffie in zijn studeerkamer. Alleen.

'Wil je het er echt niet over hebben? Ik snap best dat je...'

'Nee!' zeg ik veel resoluter dan ik bedoel en wederom zie ik het gezicht van Lianne betrekken. Het maakt dat ik me naast gebroken, nu ook nog schuldig voel. Lianne is geweldig voor me geweest. Alles wat er maar te regelen viel, heeft zij de afgelopen weken geregeld. Gisteren heeft ze zelfs op mijn verzoek mijn haar weer donkerder voor me geverfd, omdat ik die blonde coupe niet langer kon aanzien. Ze verdient het absoluut niet dat ik haar zo afsnauw.

'Hier is je nieuwe telefoon,' zegt ze, en ze legt 'm op de tafel. 'Al je contacten staan er al zo veel mogelijk in.'

Ik pak de gloednieuwe iPhone op. Zelfs hier heeft ze aan gedacht. Hoewel ik het de afgelopen week in het ziekenhuis niet erg vond om even zonder telefoon te zitten, is het beter als ik vanaf nu weer bereikbaar ben en ook zelf kan bellen. Al word ik misselijk bij het idee aan de stroom van goedbedoelde berichtjes en ongemakkelijke vragen die me via dit apparaat ongetwijfeld te wachten staat.

'Is er al iets bekend over Vince?' vraag ik als ik door de contactenlijst scrol en zie dat ook hij ertussen staat. Parmetijn en Snels proberen al een aantal dagen met hem in contact te komen, maar hadden hem nog altijd niet weten te bereiken.

Lianne schudt haar hoofd en ik leg de telefoon op de envelop. Twee dingen waar ik nog even niets mee wil. Ik staar weer naar het water.

'Ik heb wat spulletjes van mezelf in de auto liggen,' zegt Lianne dan. 'Ik heb de komende week vrij genomen en blijf bij je, oké? Ik vind dat je nu niet alleen moet zijn.'

Met moeite maak ik mijn blik los van het water, en ik kijk haar aan. Op haar gezicht zie ik weer dat medelijden waarmee iedereen me tegenwoordig bekijkt. Irritatie borrelt op, irritatie die Lianne absoluut niet verdient maar die ik toch voel.

'Ik heb een week lang mensen om me heen gehad. De hele tijd gesprekken met de politie en steeds weer polonaise aan mijn lijf. Morgen heb ik ook weer een gesprek met dat mens van het CSG en ik wil vandaag gewoon graag even alleen zijn. Bijslapen en alleen met mijn eigen gedachten zijn, snap je?'

Lianne nipt bedachtzaam van haar thee. Die gedachten van mij zijn waarschijnlijk waar ze zich het meeste zorgen om maakt.

'Weet je het zeker? Ik bedoel... Stel dat je plotseling nachtmerries krijgt, of een paniekaanval, of dat je je misschien dingen herinnert van tijdens je black-out. Lijkt het je niet fijner als er dan iemand bij je is?'

Lianne weigert mijn schijndood zo te noemen, 'black-out' vindt ze prettiger, dus ik verbeter haar niet. Wel schud ik mijn hoofd. Ik wil dat ze vertrekt, zodat ik eindelijk kan toegeven aan het grote verdriet dat me al een week verstikt.

'Maar...' Ze slikt en zet eerst haar kopje neer. 'Ben je dan niet bang dat...' Ze maakt haar zin niet af, en dat hoeft ook niet.

'Het huis is goed beveiligd en ik heb het telefoonnummer van die rechercheur.' Ik steek het visitekaartje in de lucht. 'Hij heeft me verzekerd dat als er iets is, hij meteen naar me toe komt.' Ik voorzie mijn uitspraak, die dapperder is dan ik me voel, van een glimlachje. Ik ben als de dood om straks alleen te zijn.

'Beloof me dan op zijn minst dat je me belt als het niet gaat en als je behoefte hebt aan gezelschap. Dag of nacht, dat maakt me niet uit. Zal ik je morgen sowieso naar die afspraak brengen?'

Ik schud weer mijn hoofd. 'Nee, dank je. Ik moet echt zelf naar buiten, ik ben bang dat de drempel anders te hoog voor me wordt.' Lianne knikt en ik drink plichtmatig mijn thee op. De envelop blijft vanaf de hoek van de tafel om mijn aandacht roepen.

Lianne probeert me nog wat aan het praten te krijgen over koetjes en kalfjes, maar haar woorden klinken me hol en betekenisloos in de oren. Ik snap dat ze haar best doet om de 'zware onderwerpen' te mijden en me de ruimte geeft om erover te praten wanneer ik daar zelf aan toe ben, maar het geklets over een schoonheidsspecialiste waar ze me binnenkort mee naartoe wil nemen voor een ontspannende massage boeit me totaal niet. Het idee dat er een vreemde vrouw aan mijn lijf zit staat me in alle toonaarden tegen.

'Lian, het spijt me,' zeg ik op een gegeven moment, en ik veeg met mijn handen over mijn gezicht. 'Ik ben ontzettend moe, dus als je het niet erg vindt, ga ik even liggen nu.'

'Ja, natuurlijk, sorry.' Meteen staat ze op, pakt haar tas en loopt naar mijn kant van de tafel. 'Beloofd hè, bellen als er iets is wat ik voor je kan doen.' Ze slaat haar armen om me heen en geeft me een stevige knuffel. Een bloemige geur die ik maar al te goed ken valt over me heen. Ik schud het van me af. Lianne geeft niets om dure parfums; zij zou nooit zoveel geld uitgeven aan een luchtje.

'Beloofd,' zeg ik haar toe, en ik wacht.

Pas wanneer de voordeur dichtvalt en Liannes auto de oprit verlaten heeft, draai ik me om en pak de witte envelop met de grijze rand van de hoek van de tafel. Ongeadresseerd, dus waarschijnlijk eentje uit de stapel die nog over was. Met bibberende handen open ik hem en haal het dubbelgevouwen vel papier eruit. Als het voor me op tafel voor me ligt, kan ik er niet langer omheen. Alles waarvan ik tot nu toe bad dat het niet echt was, waarvan ik hoopte dat het misschien een hallucinatie was als gevolg van alle medicatie die ik toegediend had gekregen, is door wat gedrukte letters op een stuk papier plotseling de keiharde waarheid. Cas Lindeman is overleden én begraven in de week dat ik in die kelder opgesloten zat. Ik zal mijn vader nóóit meer terugzien.

5.

Ik schreeuw eindelijk mijn ingehouden verdriet naar buiten en mep de theepot van de warmhouder. Het stomme ding knalt op de grond en spat in grote en kleine stukken kapot. Net als mijn leven. Compleet aan gruzelementen! Het idee dat ik mijn vader nooit meer zal zien, dat hij nooit zal weten dat ik nog leef, dat idee is niet te verteren!

Nadat ik zeker een kwartier met mijn hoofd op mijn armen onophoudelijk heb zitten janken, kom ik eindelijk bij zinnen. Ik rommel in de keukenlade en vind wat ik zoek. Ik druk twee tabletjes oxazepam uit de strip en laat het doosje met de gele sticker erop op tafel liggen. Ik weet best dat ik ze beter niet kan innemen, dat ik ze al veel te lang slik, maar de behoefte aan rust is op dit moment sterker dan de ratio.

De thee, de scherven op de vloer – ik heb niet de fut om het op te ruimen. Ik sta op en besluit te doen wat ik tegen Lianne heb gezegd dat ik ging doen. Ik check alle sloten, doe de rolluiken bij de ramen aan de voorkant van het huis naar beneden en schakel het alarm in. Daarna sleep ik mezelf de trap op, naar mijn slaapkamer. Daar schiet ineens het bloemige geurtje van Lianne me weer te binnen en ik loop naar mijn kaptafel. Ik staar naar mijn parfumflessen en zie het lege plekje waar mijn Chopard Cascade hoort te staan. Met trillende benen laat ik me op het krukje voor de kaptafel zakken en trek de laden open. Had ik het ergens anders opgeborgen? Of...

Meteen voel ik weer die enorme knoop in mijn maag. Had ik

me in die rare kamer niet afgevraagd of Lianne iets met mijn ontvoering te maken had? Ik had het direct afgewimpeld, de gedachte was te bizar, maar was het idee dat Lianne mijn favoriete geurtje had gejat ook niet bizar? Waarom zou ze dat doen?

Maar mijn favoriete Chopard is weg – het geurtje dat ik elke Kerstmis van mijn vader kreeg en bijna dagelijks droeg – en ik zweer dat ik het heb geroken toen Lianne me omhelsde. Daarbij weet ik dat Lianne het geld niet heeft om een luchtje van dik honderdvijftig euro per flesje te kopen.

Ik haal mijn mobiel uit mijn zak en tik met trillende vingers een berichtje aan haar.

Mijn Chopard is weg. Weet jij daar iets van?

Ik besef dat mijn vraag vreemd overkomt, beschuldigend zelfs, maar ook dat het nog vreemder is als Lianne het luchtje inderdaad heeft. Ik houd mijn vingers boven het bericht, om het te verwijderen nu het nog niet gelezen is, maar aan de andere kant: ik móét het weten!

Ik sta op, loop een paar keer door mijn slaapkamer en laat me dan op bed vallen. Het tweepersoonsbed waarin ik jaren met Vince geslapen heb. Vince, die niet te bereiken is. Vince, die ik ook al niet vertrouw.

Ik bijt te hard op mijn lip als ik me afvraag of dit is hoe mijn leven vanaf nu zal zijn. Niet meer in staat om mensen onbevangen te vertrouwen, altijd op mijn hoede voor iedereen die mijn pad kruist, bekenden of onbekenden... Blijft dit zo totdat die psycho gepakt is? Totdat ik weet waarom ik ontvoerd werd en waarom Jolijn...

Een piepje van mijn telefoon onderbreekt mijn gedachten.

Sorry, lieverd. Ik weet dat ik het niet had mogen pakken, maar ik móést iets van jou bij me dragen in de tijd dat je weg was. Jouw luchtje om me heen hielp me om erin te blijven geloven dat je nog leefde, dat ze je zouden vinden. Uiteraard geef ik het aan je terug. Wil je dat ik het vanavond langsbreng? En als je wilt dat ik een heel nieuw flesje voor je koop, moet je het zeggen!

Mijn keel knijpt dicht bij het lezen van dit bericht. Mijn hemel, hoe heb ik zo slecht over Lianne kunnen denken? Lieve Lianne, die zo bang was dat ze mij nooit meer zou terugzien en die ook nog eens praktisch in haar eentje de begrafenis van mijn vader geregeld had. Ze wilde alleen maar dat ik in gedachten een beetje bij haar was. Ik voel me een vreselijke vriendin.

Wat lief, typ ik terug, en ik zeg dat ze het niet vandaag terug hoeft te brengen, maar dat ik het wel graag terugkrijg omdat het het laatste kerstcadeautje is dat ik van mijn vader heb gekregen. Terwijl ik het typ wellen de tranen weer op, maar deze keer komen ze niet naar buiten. De medicijnen beginnen hun werk te doen en vlakken mijn emoties af.

Met de gedachte dat ik Lianne moet bedanken met een eigen flesje Chopard voor alles wat ze voor me gedaan heeft, val ik even later in slaap.

6.

Er klinkt een snerpend geluid dat ik in eerste instantie niet kan thuisbrengen, tot ik besef dat ik weer thuis ben. Het voelt alsof er slechts vijf minuten voorbij zijn, maar op de digitale wekker naast mijn bed zie ik dat er ruim vier uur zijn verstreken. Ik heb vier uur lang liggen slapen!

Meteen begint mijn hart te bonzen als het geluid van de deurbel nog een keer klinkt en ik stap uit bed. Met twee handen fatsoeneer ik mijn haar en ren dan naar beneden. In de hal blijf ik staan. Opendoen betekent de buitenwereld binnenlaten. Maar ik wíl niemand binnenlaten.

Weer klinkt de bel, gevolgd door geklop op het matglazen ruitje in de deur. 'Amelie, ben je daar?'

Vaag herken ik de mannenstem, ik kan hem alleen niet plaatsen. Het geklop houdt nog even aan en dan gaat ook mijn mobiel. Ik gris hem uit mijn broekzak en zie het nummer van rechercheur Snels op mijn scherm staan. Shit, ik had een afspraak met hem en Parmetijn om kwart voor twee, en het is al kwart over. Dan pas koppelt mijn wazige hoofd zijn stem aan degene die ik bij de deur hoorde en snap ik dat zij het zijn die op mijn oprit staan. Ik draai me om naar de deur, ontgrendel alle sloten en doe open, waarna onmiddellijk het alarm begint te loeien.

'Shit, sorry, shit.' Ik draai me van het rechercheursduo om naar het kastje van het alarmsysteem en toets de ontgrendelcode in. Een rood lampje gaat branden en het geloei klinkt onverminderd door.

'Rustig, Amelie,' zegt Dunya Parmetijn, maar ik ben allesbehalve rustig. Door het jankende geluid kan ik niet helder nadenken, en nogmaals toets ik mijn code in. Een code die ik een paar uur geleden nog moeiteloos had ingevoerd, maar die nu niet in me op wil komen. Wederom wordt het lampje rood, en ik krijg de melding dat ik nog één poging overheb. 'Shit, shit, shit!' prevel ik weer.

'Zal ik het beveiligingsbedrijf voor je bellen?' vraagt Snels met een blik op het kastje, waar het telefoonnummer van de meldkamer duidelijk op vermeld staat.

'Nee, ik weet het wel, ik weet het wel.' Dan toets ik de datum in die zo scherp in mijn geheugen gegrift staat. Hoe kan het dat ik dat ineens niet meer wist? Ik voer de eerste vier cijfers van de sterfdatum van mijn zus in, gevolgd door een extra nul, en het geloei stopt. Als ik opgelucht opkijk, zie ik Snels met een stoïcijnse blik naar me staren. Ik kan aan zijn gezicht niet aflezen wat er in hem omgaat, maar hij moet wel denken dat ik gek ben.

'Zo, dat is me het onthaal wel.' Parmetijn glimlacht naar me en ik voel dat mijn wangen gloeien.

'Sorry, ik sliep. Ik was onze afspraak helemaal vergeten.'

'Dat geeft helemaal niets. Goed juist dat je even geslapen hebt. We maakten ons alleen een beetje zorgen omdat alles zo potdicht zat, met alle rolluiken naar beneden. We wilden zeker weten dat alles in orde is met je.'

'Nogmaals, sorry. Kom verder.' Ik dirigeer hen naar mijn keuken, waar ik geconfronteerd word met de scherven aardewerk en de thee op de grond. Snels kijkt ernaar, waarna zijn blik op tafel blijft rusten: het doosje medicijnen. Hij trekt kort zijn wenkbrauwen op, net zoals mijn moeder dat zo vaak deed de afgelopen week. Het bezorgt me wederom een onaangenaam gevoel. Mijn mobiel gaat weer en ik kijk op het schermpje. 'Het beveiligingsbedrijf,' verklaar ik en ik loop naar de gang. Met het beantwoorden van diverse controlevragen weet ik de centralist te overtuigen dat alles in orde is. Als ik terugkom in de keuken, dept Parmetijn met keukenrol net de laatste thee van de plavuizen en kiept Snels de scherven van de theepot in mijn vuilnisbak.

'Ik wist niet dat ik jullie daar ook voor kon inhuren,' zeg ik geheel misplaatst.

'Pas een beetje op met het verwisselen van de zak,' is het enige wat Snels bruusk antwoordt.

'Sorry, ik...' Vlug leg ik de rouwkaart van mijn vader en het doosje oxazepam in de keukenla. 'Willen jullie iets drinken?'

Snels schudt zijn hoofd. 'Nee, dank je. Laten we even gaan zitten.'

We nemen plaats op de barkrukken. Het schoteltje met onaangeroerde spritsen en de twee gebruikte theemokken van eerder vandaag staan nog tussen ons in, alsof we een gezellig onderonsje hebben. 'Is er nieuws?' vraag ik.

'We hebben de uitslagen van de forensische onderzoeken binnen. Er is geen DNA van een dader aangetroffen. Niet op je huid, niet onder je nagels, niet inwendig.'

Het voelt alsof ik een stomp in mijn maag krijg en meteen denk ik terug aan alle vernederende onderzoeken die ik had ondergaan in het ziekenhuis. Waren die allemaal voor niets geweest? Pas dan werkt de echte impact van Snels woorden op me in. Hij zei 'een' dader. Niet 'de' dader. Betekent dit dat ze niet gelóven dat ik ontvoerd en bijna vermoord ben?

'Wat?' zeg ik. 'Denken jullie dat ik...' Ik maak mijn zin niet af, omdat ik mijn moeder weer voor me zie – haar zuinige mond en haar opgetrokken wenkbrauwen terwijl ik vocht om mijn verhaal te doen.

'Er waren wel vezels van een verhuisdeken op je lichaam aanwezig.'

Een herinnering schuurt in mijn binnenste als het gevoel van die deken op mijn huid bij me terugkomt. 'Daar heeft hij me in gerold toen hij dacht dat ik dood was,' fluister ik, en ik probeer me de details te herinneren. Het blijft wazig. 'Kunnen jullie daar iets mee?' vraag ik hoopvol, maar ik lees op hun gezichten het teleurstellende antwoord al.

'Die dingen worden overal ter wereld gebruikt en zijn ook overal te krijgen.'

'Weten jullie al iets meer over Jolijn?' vraag ik om mijn opkomende tranen weg te duwen. 'Zij zit nog steeds in die hel. Jullie moeten haar zo snel mogelijk vinden. Ik heb jullie verteld wat hij haar liet doen. Wat hij bij haar deed. Het is een kwestie van tijd voordat hij haar vermoordt en...'

Ik knipper met mijn ogen omdat de tranen nu alsnog komen en zie de blik van verstandhouding die Snels en Parmetijn wisselen. Onmiskenbaar een blik die zegt 'vertel jij het, of doe ik het?'

'Wat?'

Parmetijn schraapt haar keel even voordat ze spreekt. 'We hebben alle databases van vermiste personen inmiddels uitgeplozen, maar nergens is er melding van een vermiste vrouw die Jolijn heet.'

'Wat zegt dat nou?' Mijn bloed tintelt en de aderen aan weerskanten van mijn hals kloppen als een malle. 'Misschien heeft niemand haar als vermist opgegeven. Dat betekent niet dat...'

'Amelie,' onderbreekt Snels me nu. 'We hebben inmiddels ook de gehele studentenlijst van de universiteit ingezien, inclusief die van álle studenten van de opleiding criminologie. Op de hele Erasmus Universiteit staat niemand met de voornaam Jolijn ingeschreven.'

7.

Wanneer Snels en Parmetijn vertrokken zijn, of eigenlijk wanneer ik ze de deur uit heb gewerkt, doe ik alle lichten in huis aan omdat ik de luiken niet omhoog wil doen en het donker me eveneens benauwt. De keuken is de enige plek waar ik geen rolluiken voor de ramen heb, maar op de een of andere manier voel ik me daar het veiligst. Ik ruim de mokken op, mik de spritsen in de vuilnisbak en ga weer aan tafel zitten.

Ik probeer nogmaals op een rijtje te krijgen wat Snels en Parmetijn me zojuist verteld hebben en welke conclusies ze daaraan verbonden. Jolijn, van wie ik geen enkel benul heb van herkomst of een achternaam, lijkt op papier niet te bestaan. Ik graaf in mijn gedachten, probeer terug te halen wat ze me precies verteld had. Voor mij is er geen twijfel over mogelijk: ze zei dat ze die ochtend langs de Boszoom fietste en op weg was naar de Erasmus Universiteit. Vergiste ik me dan zo? De compositietekenaar die in het ziekenhuis was langsgekomen samen met Snels en Parmetijn had op mijn aanwijzingen een tekening van mijn lotgenote in de kelder gemaakt. Ik kijk nu naar het vel papier met de uiteindelijke tekening, die ik zojuist van de rechercheurs had gekregen, bedoeld voor wanneer ik me alsnog herinnerde dat een bepaald detail misschien anders moest zijn. Ik kan niets bedenken wat anders moet, dit is Jolijn zoals ik haar heb leren kennen. Een wat lang en smal gezicht, een wipneus die het smalle van haar gezicht iets speels gaf, lang blond haar, blauwe ogen, gekrulde wimpers. Niet knap, niet onaantrekkelijk, een beetje *the girl next door*, net zoals ik. De tekenaar had mijn aanwijzingen goed opgevolgd, maar het had geen resultaat opgeleverd.

'Maar is het niet mogelijk om deze tekening te verspreiden, misschien bij *Opsporing Verzocht* te tonen of zo?' had ik wanhopig aan het tweetal gevraagd. 'Jullie móéten haar vinden!'

Geduldig beantwoordden Snels en Parmetijn al mijn vragen en legden ze uit wat er gedaan werd en waarom sommige dingen nog niet konden.

'Het is belachelijk dat jullie dit niet serieus nemen, na wat ik heb meegemaakt in die kelder!' Ik was van mijn kruk opgestaan en stond lijnrecht tegenover de twee die mij veel te geduldig en rustig bleven, alsof mijn boosheid ze niet betrof.

'We nemen het absoluut wél serieus, Amelie. Dat moet je van ons aannemen. En ook dat we, binnen de mogelijkheden die we hebben, er alles aan doen om jouw verhaal over Jolijn te checken. We zijn nog volop bezig met het verhaal van die ouders van haar, of we daar iets over kunnen vinden. Er loopt nog altijd een grootscheeps buurtonderzoek in de omgeving waar je gevonden bent en we laten daar ook de compositietekening van Jolijn zien, maar op landelijk niveau kunnen we op dit moment niets doen zolang niemand haar als vermist opgeeft.'

'Zolang er geen bewijs is dat Jolijn bestaat, bedoelen jullie,' had ik zachtjes gezegd.

'Het klinkt hard, maar zo is het wel.' Parmetijn glimlachte naar me. 'Neem de tijd om een beetje bij te komen, om te herstellen. Misschien komen er met de tijd meer details bij je naar boven die ons kunnen helpen.'

'Jolijn hééft geen tijd,' had ik bits geantwoord, waarna de twee zwegen. Ik tuurde naar buiten en zag vanuit mijn ooghoeken dat Parmetijn een vragend gebaar maakte naar Snels, en ook het subtiele knikje dat hij haar gaf als antwoord ontging me niet.

'Amelie, we... Eh...' Parmetijns lange staart hing – in een vlecht deze keer – over haar schouder en ze plukte aan het puntje ervan.

'We hebben van je moeder begrepen dat je in je jeugd wat problemen gehad hebt.'

Meteen had ik mijn gezicht naar haar toe gedraaid en haar fel aangekeken.

'Ze heeft ons verteld over de dood van je zus en de periode daarna. De periode waarin je last had van waanbeelden en...'

Er was een geknepen 'Nee!' uit mijn keel gekomen en ik was opgestaan. 'Ik héb Jolijn niet verzonnen, dat moeten jullie geloven! Ongeacht wat mijn moeder zegt en ongeacht wat er vroeger is gebeurd! Wat weet zij er überhaupt van, ze was er nooit!' Een gevecht tussen tranen van onmacht en van frustratie. Ik wás zo gek nog niet, ik had het dus goed gezien. Mijn moeder geloofde me niet! Ik kon geen zinnig woord meer uitbrengen en had de rechercheurs gevraagd me alleen te laten, gezegd dat ik tot rust moest komen.

En nu zit ik hier in mijn uppie naar de compositietekening van Jolijn te staren, die zo levensecht is dat het lijkt alsof ze me aankijkt. Niet te geloven dat mijn moeder de rechercheurs heeft verteld over de problemen in mijn puberteit. De problemen die ik kreeg toen zij allang vertrokken was en die er uiteindelijk voor zorgden dat ik een korte periode psychische ondersteuning nodig had.

Het doet me pijn om terug te denken aan de puber met wie het een poosje zo slecht ging dat ze steeds meer tijd met haar fantasiefamilie doorbracht, totdat ze geen onderscheid meer kon maken tussen fictie en realiteit. Volgens de psychiater die me behandelde hoefde mijn vader zich geen zorgen te maken; ik had veel voor mijn kiezen gehad en een tijdelijke vlucht uit de realiteit kwam vaker voor. Het was mijn manier om om te gaan met de pijn. Mijn 'denkbeeldige vriendjes' zouden vanzelf weer verdwijnen.

Kon het nu zo zijn dat ik weer... Dat ik Jolijn had bedácht, om te kunnen omgaan met wat er met me gebeurde daar in dat huis?

Ik sluit mijn ogen om niet langer naar de tekening die voor me ligt te hoeven kijken. 'Ben ik gek?' hoor ik mezelf hardop vragen.

'Nee!' Ik open mijn ogen en voel de benauwende druk die paniek kan veroorzaken op mijn borst. Opnieuw haal ik het doosje met de gele sticker uit de la en druk een tabletje uit de strip. Zonder water neem ik het in.

Ik was al die jaren terug een puber die enorm worstelde met alles waar maar mee te worstelen viel. Ik blowde overmatig. Nu ben ik een volwassene die gezond leeft – op de kalmerende tabletten na, denk ik daar cynisch achteraan. Het kan niet zo zijn dat Jolijn alleen in mijn gedachten bestaat, daar ben ik van overtuigd.

Maar als de politie aan Jolijns bestaan twijfelt, wie gaat haar dan helpen?

8.

Wel vier keer zweeft mijn vinger boven het schermpje van mijn mobiel, klaar om haar te bellen, maar steeds bedenk ik me. In het ziekenhuis had mijn moeder de eerste dagen naast mijn bed gezeten. Toen ik eenmaal wat helderder werd, had ik Lianne gevraagd om haar weg te sturen. Ik kreeg stress van haar, en dat was volgens de artsen wel het laatste wat ik kon gebruiken. Ik zie dat ze me vandaag al meerdere keren gebeld heeft.

De vijfde keer tik ik wel op haar naam, en ik wacht met wild kloppend hart tot ze opneemt.

'Amelie, wat fijn dat je belt. Ik hoorde van Lianne dat je weer thuis bent. Zal ik naar je toe komen?'

'Waarom heb je die rechercheurs wijsgemaakt dat ik lieg?' Een stilte volgt, en ik hoor de ademhaling van mijn moeder veranderen.

'Dat heb ik niet gezegd. Ik heb ze alleen verteld over je jeugd, want dat leek me relevant voor...'

'Wat weet jij in godsnaam van mijn jeugd?' Mijn stem klinkt schril, als een of andere toverkol uit een sprookje.

'Amelie, het leek me gewoon goed als ze wisten dat je...'

'Dat ik wát? Dat ik je lievelingskind heb laten verzuipen? Heb je ze dat ook maar meteen verteld?'

'Ik wil gewoon het beste voor je, en dat...'

'Het beste voor mij?' Ik lach en wederom is het met dat schrille geluid. 'Het beste voor mij is dat jij je koffers pakt en teruggaat naar Engeland, waar je fijn kunt doen alsof papa en ik nooit bestaan hebben, en je je *stiff upperlip* voor van alles en nog wat kunt optrekken.' Ik zwijg even om op adem te komen. 'Lianne vertelde me dat je niet eens geholpen hebt met het regelen van paps begrafenis, dus kom nu niet aan met dat heilige gedoe van je, Maeve!' Ze haat het als ik haar bij haar voornaam noem, maar 'moeder' of 'mam' zal ik nooit meer tegen haar zeggen, wát er ook op mijn geboorteakte staat.

Ik hoor dat ze aan een nieuwe zin begint. Voordat ze die kan afmaken, verbreek ik de verbinding. Ik heb geen enkele interesse in wat ze me verder nog te zeggen heeft.

Als ik opgehangen heb, staat mijn lijf ondanks het pilletje strak van de adrenaline.

Uit de woonkamer haal ik mijn laptop en ik ga ermee aan de keukentafel zitten. Als niemand me gelooft, dan stel ik mijn eigen onderzoek wel in.

Op internet speur ik naar de naam Jolijn en alle variaties erop. Misschien is Jolijn haar roepnaam en heet ze anders? Vijf minuten later ben ik niet veel wijzer, behalve dat de naam Jolijn is afgeleid van de Bijbelse naam Johannes en 'God is genadig' betekent. Ironisch genoeg.

Ik leeg de zoekbalk en tik nieuwe trefwoorden in. Oplichting kunstgalerie, verdwenen echtpaar uit Rotterdam kunsthandel, verdwenen tweemaster Delfzijl, gevonden tweemaster Noorwegen. Ieder detail dat ik me herinner van de gesprekken met Jolijn probeer ik, tot ik erachter kom dat het buiten compleet donker is geworden.

Dan schrik ik op van het geluid van mijn mobiel. Een appje van Miguel. Lianne had me gisteren in het ziekenhuis al verteld dat hij me dringend wilde spreken, maar ik had haar gevraagd de boot alsjeblieft af te houden. Ik wilde nog even niemand zien of spreken, en zeker Miguel niet, degene die mijn vader had gevonden in de galerie. Het was te confronterend.

Lianne had die taak als een meedogenloze pitbull op zich genomen. Wel had ze me verteld dat Miguel zo lief was geweest om voorlopig de galerie open en draaiende te houden. Ik verwacht dan ook dat het appje daarover gaat. Maar de tekst die ik lees zorgt ervoor dat ik bijna van mijn barkruk val.

9.

Hé, Amelie. Ik weet dat je me nog even niet wilt spreken, maar het is echt belangrijk. Het gaat over iets vreemds op de avond dat je vader is overleden. Bel me!

Nadat ik het appje van Miguel wel drie keer gelezen had, besefte ik dat ik hem wel móést bellen, ook al was ik er nog niet aan toe om lastige vragen van mensen te beantwoorden. Wat wist hij over de dood van mijn vader? Er was 'iets vreemds', wat had dat te betekenen? Lianne had me in het ziekenhuis verteld dat Miguel mijn vader dinsdagochtend had aangetroffen in het kantoor van de galerie, in zijn hardloopkleding. Dat was verklaarbaar, want mijn vader deed zeker vier avonden per week een rondje door het Kralingse Bos, waarna hij soms nog even naar de galerie ging om wat administratie weg te werken.

Mijn vader was een fitte man, en al zolang ik me kon herinneren fervent hardloper. Hij zorgde altijd goed voor zijn lijf en was erg bewust bezig met voeding. Onlangs hadden hij en een vriend zelfs besloten dat ze volgend jaar wilden meedoen aan de marathon van New York. Ze hadden zich ingeschreven en waren net met hun training begonnen. Was hij te fanatiek geweest?

Weer voel ik de tranen branden. Ik kan gewoon niet geloven dat hij er niet meer is. Mijn vader, mijn held, mijn grote voorbeeld en vooral degene die me een tweede kans gaf na wat er met Anouk gebeurd was. Ik zag het in zijn ogen, dat hij het soms best moeilijk had als hij naar me keek. Vooral in die eerste jaren na Anouks dood, maar we hadden het samen overwonnen. En nu is de enige op de wereld die mij echt door en door kende er niet meer.

Mijn vinger hangt boven Miguels nummer op mijn mobiel en ik haal even diep adem voordat ik het op het scherm aantik.

De telefoon gaat slechts één keer voor hij opneemt.

'Amelie, hoi.' Er klinkt warmte door in Miguels stem.

Is het die kunstenaar uit de galerie van je vader? Manuel, Joël, of hoe hij ook heet? Neuk je met hem? Krijgt die Spaanse hunk van je hem wél omhoog? De woorden van Vince komen bij me naar boven. Vince, van wie ik nog helemaal niets gehoord heb. De eikel.

'Hoi, Miguel.'

Er volgt een stilte waarin ik voel dat hij afweegt hoe hij het best kan beginnen. En uiteindelijk is hij gewoon Miguel: eerlijk en recht voor zijn raap.

'Ik weet niet wat ik tegen je moet zeggen, Amelie. Bizar wat er met je gebeurd is, en dan ook nog eens je vader... Ik vind het allemaal zo erg. Kan ik iets voor je doen?'

Ik pluk aan de zoom van mijn trui. *Kan ik iets voor je doen?* Een vraag die we zo vaak stellen aan iemand in tijden van nood, en waar zelden een 'ja' op terugkomt. En is dat niet waar we stiekem op rekenen als we die vraag stellen? Stel dat ik ineens zou zeggen: *Nou, Miguel, graag! Ik heb nog wat achterstallige administratie weg te werken waar mijn hoofd totaal niet naar staat voorlopig, mijn auto moet nodig naar de garage en o ja, boodschappen doen heb ik de komende tijd ook niet echt zin in. Maak jij even wat tijd voor me vrij?*

'Ik hoorde van Lianne dat je voor de galerie zorgt, dank je wel daarvoor.'

'Natuurlijk, natuurlijk,' antwoordt Miguel. 'Dat is wel het minste.' Weer een kleine stilte, voor hij het onvermijdelijke vraagt. 'Hoe gaat het met je?

'Ik... eh...' Ik denk aan het belletje naar mijn moeder en aan het bezoek van Snels en Parmetijn vandaag. 'Ik ben voor het eerst weer thuis vandaag. Ik weet eerlijk gezegd niet echt hoe het met me gaat. Het is nog niet helemaal tot me doorgedrongen wat er allemaal gebeurd is.' Ik besef dat Miguel waarschijnlijk niet veel weet van de details over mijn ontvoering. De recherche had me aangeraden die informatie met zo min mogelijk mensen te delen tot er meer bekend was. Dat had me totaal geen moeite gekost. Behalve met de twee rechercheurs zelf en de casemanager van het CSG had ik met niemand alle details besproken. Zelfs Lianne had een vrij beknopte versie van me te horen gekregen.

'Wat heb je me te vertellen over mijn vader?' stel ik dan uiteindelijk de vraag waar ik eerst de moed voor moest verzamelen.

In de lange stilte die valt, bouwt zich een onheilspellend gevoel bij me op, dat nog groter wordt als Miguel antwoord geeft.

'Ik denk dat het beter is als ik dat persoonlijk met je bespreek. Kan ik naar je toe komen?'

10.

Miguel had gezegd dat hij er binnen een uur zou zijn. In die tijd weet ik me geen raad met mezelf. Ik moet iets eten, maar het idee om iets klaar te maken staat me tegen en het idee het daadwerkelijk op te eten nog meer. Als mijn telefoon weer bliept, zie ik dat mijn moeder me een bericht gestuurd heeft.

Ik vind het jammer dat je je niet voor me openstelt, Amelie. Ik heb besloten dat het beter is dat ik terugga naar Engeland. Ik vertrek morgenochtend. Als er iets is wat ik voor je kan doen, laat het me dan weten.

Een sarcastisch 'tggg' ontsnapt me. Dat ík me niet openstel. Natuurlijk ligt het aan mij!

Doe dat. Lijkt mij ook het beste. Ik heb NIETS *aan een moeder die me niet gelooft. Toen niet. Nu niet!*

Meteen verschijnen er blauwe vinkjes, maar er komt geen antwoord. Ook goed. Als ik haar nooit meer hoor of zie, kan ik daar prima mee leven.

Vanwege de kilte in huis steek ik de open haard aan, en na een kleine drie kwartier wordt er op de voordeur geklopt, zoals ik hem gevraagd had te doen

'Miguel?' roep ik als ik pal achter de deur sta.

'Ja, ik ben het,' roept hij terug.

Vlug schakel ik het alarm uit en haal de deur van slot. Als deze opengaat kijk ik in de warme ogen van Miguel, en plotseling voel ik me enorm kwetsbaar. Bijna naakt. In zijn hand heeft hij een geplet bosje zonnebloemen dat hij aarzelend naar me uitsteekt.

‘Ik dacht, laat ik iets voor je meenemen, ik had alleen geen flauw idee wat. Ik weet dat je van Van Gogh houdt, dus ik dacht...’

Blijkbaar voelt hij zich net zo ongemakkelijk als ik, en ik neem de bloemen van hem aan. ‘Dank je. Kom binnen.’

‘Hé, Amelie. Jeetje...’ zegt hij als hij de hal in stapt en mijn gezicht in het volle licht ziet. Mijn neus is gelukkig niet meer zo gezwollen, maar heeft wel alle kleuren van de regenboog.

‘Het lijkt wel een kunstwerk, hè?’ zeg ik in een poging tot zwartgallige humor.

‘Niet te geloven wat er met je is gebeurd. Hebben ze al iemand opgepakt?’

Nee, want ze geloven me niet, ligt er op mijn lippen. Ik schud mijn hoofd en wijs Miguel de weg naar de woonkamer. Als ik zijn bloemen bij gebrek aan een vaas in een maatbeker heb gezet, nemen we plaats in de fauteuils bij de open haard.

‘Wil je wat drinken?’

‘Ben jij aan iets sterks toe?’ vraagt hij attent, en ik zeg dat ik wel een glas whisky lust. Hoewel alcohol misschien niet zo verstandig is in combinatie met de medicijnen die ik heb ingenomen, heb ik enorm behoefte aan een glas om warm te worden en hopelijk een beetje te ontspannen. ‘Dan heeft die belachelijk dure smaak van Vince tenminste nog nut,’ geef ik als antwoord. Het is weer mijn zwartgallige humor. Miguels pretogen vertellen me dat hij het weet te waarderen.

‘Zal ik?’ vraagt hij, en hij gebaart met zijn hoofd naar de vitrine waar diverse flessen in staan uitgestald.

Ik knik en besef hoe vreemd dit is. Lianne, die ik al jaren ken, wilde ik niet voor me laten zorgen. Met moeite dronk ik een kopje thee met haar en ik kon niet wachten tot ze wegging. Maar aan Miguel, die ik pas een aantal maanden ken, geef ik nu graag even de regie over. Misschien juist omdat hij wat verder van me af staat dan Lianne.

Hij zit gehurkt voor de vitrinekast die hij geopend heeft en bekijkt op zijn gemak de inhoud ervan terwijl ik hém bekijk. Zijn lange haar hangt in een staartje in zijn nek. Onder zijn grijze shirt tekent zich het silhouet van een getraind bovenlijf af en als hij zijn arm buigt om een van de flessen op te pakken zie ik zijn biceps aanspannen. Hij draait zich naar me om met de fles in zijn handen en zegt: 'Ik heb echt totaal geen benul van whisky. Is dit wat?'

Ik heb enorme binnenpret als ik de kristallen fles zie die hij in zijn handen heeft. Ik knik en kijk toe terwijl hij de prachtig bewerkte dop verwijdert, in twee glazen een flinke bodem schenkt en ze vervolgens op het tafeltje tussen ons in zet. Ik moet ondanks alles serieus moeite doen om niet in lachen uit te barsten. Vince zou werkelijk flippen – sterker nog, op zijn minst een epileptische aanval krijgen – als hij wist dat ik nu met 'die kunstenaar' aan zijn pronkstuk zat. Dé fles die hij bewaard had voor een speciaal moment dat nooit kwam. Ik neem het glas in mijn hand en laat het vocht langzaam draaien, waarbij subtiel de lichte geur van granaatappel vermengd met die van gebrande noten opstijgt. Tegelijk met mij neemt ook Miguel een slok. Als hij zijn tweede slok neemt, vraag ik: 'En, hoe smaakt dat, een whisky van tweeënhalfduizend euro per fles?'

Miguel proest zijn whisky bijna naar buiten. 'Je maakt een grapje, toch?'

Ik schud mijn hoofd. Met een overdreven hoogdravend stemmetje zeg ik: 'Dit is een Chivas Regal Royal Salute 62 Gun Salute.'

Miguel kijkt me met grote ogen aan.

'Dat bodempje in jouw glas is een paar honderd euro waard.'

'Doe normaal.' Miguel kijkt van mij weer naar zijn glas, waarschijnlijk om te checken of er gouddeeltjes in drijven.

'Het is echt zo. Het heeft iets te maken met het Britse koningshuis en een of andere ceremonie met saluutschoten.' Ik denk terug aan de dag waarop Vince met deze fles thuiskwam. Ik zag al aan het uiterlijk van de fles dat die vast niet goedkoop kon zijn, en vroeg wat de gelegenheid was. Trots vertelde hij dat elk van de kristallen flessen met deze veertig jaar oude whisky individueel gemaakt werd. Bij zijn gepoch over wat zo'n fles kostte, vroeg ik of hij wel goed bij zijn hoofd was en of hij vergeten was dat hij nog een behoorlijke schuld bij anderen én bij mij had uitstaan. Uiteraard kreeg ik weer het verwijt dat voor mij alles om geld draaide. Hij had die dag een grote klant binnengehaald, een 'enorme speler op de markt', die hem weer ruim in de groene cijfers zou brengen. Hij kon bij die klant meer uitzendkrachten plaatsen dan hij überhaupt in zijn bestand had, dus hij ging nog dezelfde middag als een gek aan het bellen. Ik hoefde me nergens zorgen om te maken, dankzij deze klant kon hij al zijn schulden in één keer afbetalen, inclusief die aan mij. Ik vond het alsnog belachelijk, een fles alcohol van tweeënhalfduizend euro. Al zou ik schathemeltjerijk zijn geweest, dit viel voor mij in de categorie pure geldverspilling. Uiteindelijk sloten we het compromis dat de fles dicht bleef totdat de eerste factuur – waarbij hij akkoord was gegaan met een belachelijke betalingstermijn van zestig dagen – daadwerkelijk was betaald.

Helaas had Vince, verblind door de gouden bergen die hem beloofd waren, geen uitgebreid onderzoek vooraf gedaan naar zijn 'enorme speler op de markt'. Het bedrijf verkeerde in zwaar weer en maakte dankbaar gebruik van de ruimte die Vince bood met zijn betalingstermijn, maar na zestig dagen bleef de betaling uit. Vince moest zijn uitzendkrachten uiteraard wel gewoon betalen en dat was de nekslag geweest voor zijn bedrijf. De fles had sindsdien als decoratiestuk in de kast gestaan.

Dan is de gespannen sfeer terug, en ik snap dat ik het niet langer kan uitstellen. Ik sla de rest van mijn whisky in één keer achterover en laat het lege glas op mijn knie balanceren. 'Mijn vader,' zeg ik dan. 'Wat wilde je me over hem vertellen?'

Miguel gebaart of hij opnieuw voor me moet inschenken. Ik schud mijn hoofd.

'Ik... eh...' Hij zet zijn lege glas op tafel en kijkt aarzelend naar mij, zoekend naar een laatste zetje. Ik besluit hem dat te geven.

'Ik kan het aan,' zeg ik, al voel ik met elke vezel in mijn lichaam dat ik iets te horen ga krijgen wat ik absoluut niet wil weten. Om mezelf een houding te geven, pak ik mijn lege glas weer op en laat het ronddraaien in mijn handen.

'Zoals je weet ben ik degene die je vader in zijn kantoor heeft gevonden.'

'Hm-hm.'

'Er is politie en een schouwarts bij geweest, om te kijken of Cas een natuurlijke dood gestorven is, en de conclusie was dat hij een hartinfarct had gekregen en vervolgens op zijn hoofd was gevallen.'

Ik ben stil. Een spiertje bij mijn oog trilt.

'De rechercheur die ter plaatse was, vroeg me of er beveiligingscamera's in de galerie zijn. Ik vertelde hem dat er alleen een camera in het expositiegedeelte hangt, maar niet in het kantoortje. Hij wilde de beelden daarvan graag zien.'

Ik voel dat mijn spieren plotseling week worden en zet mijn glas op het tafeltje. Er zijn beelden van mijn vader op de avond van zijn overlijden?

'Die agent nam het beeldmateriaal van het camerasysteem mee en zei dat hij alles ging bekijken. Hij zou me op de hoogte brengen als er iets bijzonders was.'

'En? Was dat zo?' Mijn mond voelt kurkdroog aan.

'Toen ik eergisteren een bestand opzocht op je vaders computer, stuitte ik op de file met de naam "back-up camerasysteem". Ik had nog steeds niets van die rechercheur gehoord en...' Miguel slikt. 'Ik weet dat het misschien niet chic van me is, Amelie. Dat ik het aan de politie had moeten overlaten. Maar je weet hoezeer ik gesteld was op je vader. Het idee dat hij misschien geleden had... Ik moest het zien, ik...'

Ik denk aan Miguel en mijn vader. Aan hoe mijn vader hem al

vrij snel vertrouwde en liet meewerken in de galerie, om wat bij te verdienen. Al vanaf het begin hadden ze een klik met elkaar gehad.

Miguel knippert met zijn ogen. Om opkomende tranen te verdrijven? Ik voel ze eveneens opkomen en eigenlijk wil ik dat Miguel nu stopt met praten. Ik twijfel of ik wel wil weten hoe mijn vaders laatste momenten waren. Blijf ik niet liever in de versie geloven waarvan ik mezelf heb overtuigd? Dat het vredig was, en snel voorbij?

'Ik heb de beelden bekeken. Omdat er dus in het kantoortje geen camera hangt, heb ik niet kunnen zien wat er met je vader gebeurd is. Ik heb wel gezien dat hij op de avond van zijn dood bezoek kreeg.' Miguel haalt diep adem. 'Van iemand die nogal verhit binnenkwam en die na tien minuten nog verhitter vertrok.'

Mijn oren beginnen te suizen, waardoor ik moeite heb Miguel te verstaan. Kan het zijn dat die iemand iets te maken heeft met de dood van mijn vader? Ik sla mijn handen om de leuningen van de stoel en knijp er stevig in, voor extra houvast.

Miguel leunt naar voren en kijkt me met een meewarige blik aan. 'Het was degene wiens whisky we hier zitten te drinken, Amelie. Vince was die maandagavond bij je vader. En het leek er sterk op dat ze ruzie hadden.'

11.

Vol ongeloof staar ik Miguel aan en het duurt even voordat zijn woorden echt tot me doordringen. Vínce was bij mijn vader, vlak voor zijn dood?

'Mijn vader en Vince konden elkaar niet luchten of zien,' stamel ik dan. 'Waarom zocht Vince hem in godsnaam op? Ze hadden nóóit contact met elkaar. Niet vrijwillig in elk geval.' Ik staar in het vuur van de open haard en denk aan alle momenten waarop ik had geprobeerd die twee nader tot elkaar te brengen tijdens geforceerde etentjes. Het was me nooit gelukt. Ze waren beleefd zolang het bezoek duurde, maar zodra het voorbij was staken ze tegenover mij hun afkeer voor de ander zelden onder stoelen of banken.

'En die rechercheur?' vraag ik. 'Wat heeft die met de beelden gedaan? Dit moeten de rechercheurs die mijn zaak behandelen ook weten, want wie weet heeft het wel iets te maken met...' Dan pas zie ik dat Miguels schouders verstrakken en hij me plotseling niet meer durft aan te kijken. 'Wat is er?'

'Ik schaam me kapot, ik weet niet hoe ik dit moet zeggen, maar ik denk dat er iets mis is gegaan bij het bekijken van de beelden of bij het afsluiten of zo. Gisteren wilde ik ze nog een keer bekijken, maar dat hele bestand was nergens meer te vinden. Alsof het er nooit geweest is.'

'Die rechercheur!' roep ik. 'Die heeft ook de beelden? Die kan toch...'

Miguel schudt zijn hoofd. 'Ik belde hem meteen nadat ik ze

voor het eerst bekeken had. Zelf was hij er nog niet aan toegekomen en hij zei dat hij het die middag als hij op het bureau was zou oppakken. Gisteravond belde hij me terug en zei dat er helemaal geen beelden te vinden waren. Alles was weg.'

'Nee...'

'Ik vrees van wel,' antwoordt Miguel, waarbij de schuldbewustheid van zijn gezicht druipt.

'Nee,' zeg ik weer, fluisterend deze keer.

'Uiteraard heb ik er bij die rechercheur op aangedrongen dat hij met Vince zou gaan praten, maar het kwam niet echt op me over alsof hij de urgentie ervan inzag.'

Vince! Vince die nog altijd spoorloos is!

'Maar heeft de politie dan geen IT-specialisten of zo, die die beelden kunnen terughalen?'

Miguel schudt zijn hoofd. 'Die rechercheur, Rob Maas heet hij, heeft alles geprobeerd. Hij zei ook dat de doodsoorzaak van je vader een natuurlijke was, en dat ik het moest laten rusten. Maar ik weet wat ik gezien heb en vond dat je het op zijn minst moest weten.'

Ik staar weer in het vuur. Ik had al eerder gezien waartoe Vince in staat was. Natuurlijk was het een bizarre gedachte dat mijn echtgenoot iets te maken zou hebben met de dood van mijn vader, maar was de hele situatie waarin Vince verzeild was geraakt met zijn gokgedrag niet bizar? En had ik me tijdens mijn opsluiting niet meerdere keren afgevraagd of hij iets met de hele situatie te maken kon hebben, er misschien zelfs verantwoordelijk voor was? Waar zit die laffe hufter?

Eventjes overweeg ik om Miguel alles te vertellen. Vanaf het moment dat ik overmeesterd werd bij mijn fiets, tot ik weer bijkwam in die greppel in het bos. Ik kijk naar mijn handen, die in mijn schoot frunniken, alsof ik daar de woorden kan vinden. Hoe langer de stilte duurt, hoe hoger de drempel wordt om iets te zeggen.

'Ik... eh... Ik ben erg moe en ik heb morgenochtend een afspraak.' Net als eerder vandaag met Lianne zet ik mijn vermoeidheidsjoker weer in, hoewel zowel de moeheid als de afspraak niet gelogen zijn.

'Ja, natuurlijk. Ik snap het.' Miguel staat op en ik loop met hem mee naar de deur. Daar betuigt hij nogmaals zijn spijt voor zijn onhandigheid en herhaalt dat als er iets is wat hij voor me kan doen ik het maar hoef te zeggen.

Als hij weg is, spit ik koortsachtig door de stapel bladen onder mijn salontafel. Het moet ertussen liggen. Dat moet! Uiteindelijk vind ik de bewuste *Quote 500*. Ik blader naar het interview met daaronder de foto van mij en mijn vader samen, voor zijn galerie. De trots straalt van hem af en ik streel over de foto. Ik had gehoopt dat het zien ervan me troost zou bieden, maar het zorgt er alleen maar voor dat er een enorme woede in me oplaait. Ik sluit het blad en keer me om naar de open haard, waar de kristallen fles nog prominent op het tafeltje staat. Heel even overweeg ik om 'm kapot te smijten in het vuur, maar ik besef gelukkig op tijd dat dat misschien niet zo'n slimme zet is, tenzij ik de hele boel hier in de fik wil zetten.

Met de fles in mijn handen loop ik naar de keuken en giet hem leeg in de gootsteen. Ik kijk tevreden toe hoe het kostbare vocht door het putje wegspoelt. Weer een stukje Vince uit mijn leven verwijderd. Als er niets meer uit komt, doe ik de dop weer op de fles en zet deze met een klap op het aanrecht. Ik móét weten of Vince iets met de dood van mijn vader en mijn ontvoering te maken heeft, en zo ja: wát precies. En ook al heeft ene rechercheur Maas al bepaald dat er niets te vinden is en dat het waarschijnlijk niets te betekenen heeft, morgenochtend na mijn afspraak bij het CSG ga ik meteen langs bij Snels en Parmetijn om te vertellen wat Miguel mij verteld heeft. Of ze me nu geloven of niet, ik moet het proberen. De onderste steen moet bovenkomen, hoe zwaar die ook is.

12.

Al om halftien lig ik in bed omdat ik daadwerkelijk hondsmoe ben, maar ik doe vanzelfsprekend geen oog dicht. Steeds als ik wegdoezel zie ik beelden van mijn vader die in zijn kantoor ligt te creperen, van Jolijn die door de man in het zwart gewurgd wordt, van Anouk die steeds weer kopje-onder gaat. En iedere keer als ik wakker schrik, lijkt mijn hoofdpijn weer een stukje heftiger te zijn, tot het zo erg is dat ik naar de wc ren en overgeef. Daarna neem ik in de keuken iets in – alwéér – en ga terug naar bed.

Ik trek mijn dekbed hoog op en pak de thriller die nog altijd op mijn nachtkastje ligt. Het boek waaraan ik dacht in die kelder, en dat ik zo vreselijk graag uit wilde lezen. Nu durf ik het plotseling niet meer open te slaan. 'Tjeerd Langstraat laat je naar adem snakken' is een van de quotes op de achterflap, en alleen al bij het idee krijg ik het benauwd. Ik leg het weer weg. In plaats daarvan neem ik mijn laptop op schoot. Hoewel ik niet direct weet wat ik ermee wil – ik heb immers vanmiddag alles wat ik kon bedenken al opgezocht – heeft het zoemende geluid en het blauwige schijnsel dat mijn kamer iets verlicht een geruststellende werking op me, alsof ik niet meer alleen ben.

Ik herhaal wat ik eerder die dag al had gedaan en vul allerlei zoekopdrachten in op internet, die me niets nieuws brengen. Heb ik nou echt het idee dat ik beter ben in speurwerk dan de politie?

Beter misschien niet, maar stel dat de politie helemaal niet meer speurt? Stel dat ze allang hebben besloten dat ik mijn ontvoering en Jolijn in een of andere waan verzonnen heb, omdat mijn moeder ze ingefluisterd heeft dat ik al eerder last heb gehad van een iets te rijke fantasie?

Ik moet denken aan een documentaire die ik een poosje geleden gezien heb, over een groep burgers met bovengemiddelde computerkennis die eigenhandig een aantal misdaden oploste en de politie het nakijken gaf. Ik beweer niet dat ik bovenmatige computerkennis heb, absoluut niet zelfs, maar niets doen is geen optie. Ik grijp alles aan!

Waar moet ik beginnen? Ik open een nieuw Word-document en tik 'klootzak in het zwart' met een dubbele punt erachter. Daaronder som ik alles op wat ik over hem kan bedenken. Zijn vermeende lengte, zijn schoenmaat, zijn zwarte laarzen, zijn geur, zijn bikermask. Ik stop even. Ik weet niets van motoren en motorrijden, maar zo'n masker lijkt me een stuk specifieker dan een paar dertien in een dozijn werkschoenen of een flesje Hugo Boss.

Ik schakel weer over naar de internetzoekbalk, tik 'bikermask skull' in en klik op 'afbeeldingen'. Meteen ploppen er diverse plaatjes op van gruwelijk grijnzende maskers die de haartjes op mijn armen doen rijzen. Maar ik zie niet wat ik zoek. Ik voeg 'green flames' aan mijn opdracht toe en probeer het nog een keer. Dan, als de zoekresultaten op mijn beeldscherm verschijnen, gaan niet alleen de haren op mijn armen overeind staan, ik ga zelf ook rechtop zitten. Bovenaan de pagina zie ik het, te koop bij een grote webshop. Exact hetzelfde afgrijselijke groen-met-zwarte masker dat mijn ontvoerder ook droeg. Snel scrol ik over de gehele pagina, maar voor zover ik kan zien is het ding slechts bij één Nederlandse aanbieder te koop. Dat is positief, lijkt me. Ook al is die aanbieder een grote webwinkel, het kan een aanknoping zijn die naar kopers van dit masker leidt.

Ik klik op het linkje en zie dat een derde partij het masker verkoopt en ook dat het niet meer leverbaar is. Dat lijkt me eveneens gunstig. Het zegt niets over het aantal mensen dat het masker al in bezit heeft, maar er komen in elk geval geen nieuwe meer bij. Wanneer ik bekijk wat voor artikelen de webshop nog meer verkoopt, houd ik ongemerkt mijn adem in. Kleding, waaronder vele modellen laarzen, maar ook handboeien, en... O, god. Mijn lijf begint te trillen. Daar, halverwege de pagina, staat het! Ik zou zweren dat het hetzelfde is. In een flits zie ik weer hoe het staal schitterde toen hij zijn mes naar mijn gezicht bracht. De bijbehorende omschrijving luidt: *Dit is ons bestverkopende vouwmes in de* grooved fingers-*uitvoering voor een nog stevigere grip. Een iconisch product waar wij blij van worden. Mooi om te hebben, nog mooier om te geven. Alles aan dit mes klopt: het gebruikscomfort, zijn schoonheid, zijn prestaties en vooral zijn kracht. Dit is een mes dat van ouders overgaat naar kinderen, of nog mooier, van grootouders naar kleinkinderen. Wie maakt u blij met een Buck 110 Folding Hunter?*

Blijkbaar heb ik zo hard op de binnenkant van mijn wang gebeten dat die kapot is, want ik proef bloed. Het geeft niet, want ik ben iets op het spoor! Een webshop die zowel het masker, de laarzen, de handboeien als het mes dat hij gebruikte verkoopt! Dan kan toch niet missen? In mijn adrenalineroes klik ik op het winkelwagentje en bestel zo'n 'iconische' Buck 110 Folding Hunter. Voor elf uur besteld, morgen geleverd! Ik heb dan wel geen kinderen of kleinkinderen, maar *who cares*? Als ik de tekst mag geloven, wordt iedereen ontzettend blij van zo'n fantastisch mes.

Ik kijk nog een poosje rond op het internet, op zoek naar diverse soorten magnoliabomen en hun bloeiperioden.

Uiteindelijk worden mijn oogleden zwaarder dan de wil om wakker te blijven en met een prachtige afbeelding van zo'n witte bloemenzee nog op mijn scherm en netvlies glijd ik weg, tot er weer andere beelden bij me naar boven komen.

Jolijns gezicht hangt boven me, het Britney-dekbed knispert onder me. Ik draag die afschuwelijke pyjama en mijn handen zijn geboeid. Hij snijdt mijn beha los met zijn mes en grijpt Jolijn bij haar haren. Dan zijn haar handen om mijn keel geklemd en voel ik steeds meer druk op mijn luchtpijp. Ik spartel en hap naar lucht, en net als die keer op de dansvloer treed ik buiten mijn lichaam op het moment dat ik begin te schokken en de pijn te groot wordt. Ik zie mezelf liggen, hulpeloos aan mijn boeien rukkend en met een gezicht dat steeds paarser aanloopt. Mijn ogen puilen uit, mijn tong hangt een stukje naar buiten en mijn kin is nat van mijn eigen speeksel. Dan stopt plotseling het schokken en ik zie dat ook hij dat doorheeft.

Hij verstijft, buigt zich over me heen en geeft me een klap in mijn gezicht. Dan volgt er een klap op de andere wang, maar ik reageer niet. Ik lig daar voor dood, als een zak hooi.

Hij springt van het bed, trekt zijn broek op en begint al ijsberend te schelden. 'Verdomme!' roept hij meerdere keren, en hij schopt tegen het bed. Mijn lichaam deint even op de beweging van het bed, maar verder blijft het die zak hooi die het geworden is, mijn ogen groot en starend. Dan draait hij zich om en richt zich tot Jolijn. Hij schreeuwt: 'Wat heb je verdomme gedaan? Ze is dood! En nu?'

Hij trekt zijn masker af en ik schiet nu overeind. Mijn T-shirt plakt aan mijn rug van het klamme zweet en mijn ademhaling klinkt raspend. Het duurt heel wat angstaanjagende seconden voordat ik de contouren van mijn slaapkamer herken en besef dat ik in mijn eigen huis ben. Een droom. Maar was het wel een droom? Die stem, het had zo levendig geklonken, alsof ik het echt eerder zo had gehoord en meegemaakt.

Maar dat kan niet. Hij zou nooit zijn masker afdoen met Jolijn erbij! Ik schud mijn hoofd en voel een nieuwe golf van misselijkheid opkomen bij het besef welk gezicht er onder het masker vandaan kwam.

13.

Die ochtend gooi ik het doosje oxazepam in de prullenbak. Vanaf nu wil ik helder blijven. Geen verdovende medicijnen meer! Wel neem ik een roze pilletje als ontbijt. Ik weet best dat je ibuprofen niet op een nuchtere maag mag slikken, maar iets anders krijg ik op dit moment niet door mijn strot, en het hogedrukgebied in mijn hoofd smeekt om een beetje verlichting.

Ik pak mijn mobiel en zoek het nummer van Snels op, en zie dan dat het pas acht uur is. Te vroeg om te bellen? Altijd bereikbaar, had hij gezegd, dus probeer ik het. Zijn telefoon springt onmiddellijk naar voicemail. Ik wil hem persoonlijk vertellen dat Vince bij mijn vader is geweest op de avond van diens dood, en over mijn speurwerk op internet, dus hang ik op zonder iets in te spreken en steek mijn telefoon in mijn achterzak. Om de tijd te doden pers ik wat sinaasappels, terwijl ik me afvraag waarom ik het nummer van Parmetijn eigenlijk niet heb. Had alleen Snels me zijn kaartje gegeven, of had ik er ook een van Parmetijn gehad en was ik het kwijtgeraakt? Ik weet het werkelijk niet meer. Als ik met een glas verse jus aan tafel zit, denk ik terug aan de droom die ervoor heeft gezorgd dat ik de rest van de nacht geen oog meer dichtdeed. Natuurlijk is het een belachelijke gedachte dat Vince mijn ontvoerder is. Ik bedoel, hij had dan misschien wel Vince' lengte en bruine ogen, maar dat hebben miljarden andere mannen ook. Miguel is ook van die lengte en heeft ook bruine ogen. Zelfs Snels past in het plaatje. En ik herken de man met wie ik drie jaar getrouwd ben heus wel aan zijn stem, zijn lichaamshouding, zijn geur, aan wat dan ook. Kortom, dát gedeelte van die droom sloeg helemaal nergens op en was natuurlijk te herleiden naar het gesprek dat ik gisteravond met Miguel had. Maar de rest... Ik sluit mijn ogen, waarna ik voor mezelf de film weer afspeel. Mijn ontvoerder die mij twee keer in mijn gezicht mept, die van me af springt, door de kamer loopt en het uitschreeuwt naar Jolijn. Wat waren zijn exacte woorden geweest? 'Wat heb je verdomme gedaan? Ze is dood! En nu?'

Op de een of andere manier is dit beeld heel helder en kan ik zijn stem duidelijk horen. Geen stem die ik herken. Of toch wel? Het gebons in mijn hoofd neemt toe en ik breng mijn handen naar mijn slapen om ze te masseren. Kan het zijn dat deze beelden helemaal geen verzinsels zijn? Dat ze net als al die jaren terug flarden zijn van wat er daadwerkelijk gebeurde terwijl ik in die diepe staat van bewusteloosheid was? Waren er ook toen niet stukje bij beetje details van die avond teruggekomen, details die ik alleen kon weten als ik ze zelf gezien, gehoord en geroken had? Blijkbaar werkten je zintuigen nog prima als je schijndood bent. Die verhuisdeken herinnerde ik me per slot van rekening ook, en die was bevestigd door het sporenonderzoek.

Ik open mijn ogen en tuur naar buiten, over het water van de Bergse plas dat deze grauwe ochtend wel extreem donker lijkt, bijna zwart. De stevige wind stuurt het water alle kanten op en hier en daar duiken witte schuimkopjes op. Ik moet denken aan de ochtenden met mijn vader, hier aan deze tafel. In gedachten hoor ik hem zeggen welke tinten verf hij zou gebruiken om dit plaatje te creëren en plotseling lijkt het alsof ik geen lucht meer krijg. Alsof de handen van Jolijn weer om mijn keel geklemd zijn en ik afgesneden word van alle zuurstof in de ruimte. Ik schiet van de barkruk, ruk aan de schuifpui die niet open lijkt te willen gaan en spurt als het eindelijk lukt de tuin in, naarstig op zoek naar frisse lucht. Lucht waarvan ik weet dat die overal om me heen is, maar die mij niet lijkt te bereiken, alsof ik in plasticfolie verpakt ben. Wanneer ik bij het tweede, lagergelegen terras helemaal achter in de tuin ben, strompel ik naar de steiger en val happend naar adem op mijn knieën. De sloep die Vince en ik – of eigenlijk ík drie jaar geleden van pap kreeg, deint onrustig naast de steiger op en neer in het ritme van de wind.

Het water trekt onder me door en klotst onstuimig tegen de houten palen. Hoe zou het zijn als alles nu ophield, vraag ik me af. Als ik me nu in het koude water liet zakken en zwom tot ik niet meer kon? Net als al die jaren geleden. Dan is alles voorbij, dan hoef ik niets meer uit te zoeken en niet meer bang te zijn voor nachtmerries en mannen met maskers.

Mijn borst zwoegt hevig op en neer, mijn ademhaling gaat veel te snel en ik besef dat ik zit te hyperventileren. Donkere vlekken dansen in het rond en ik wankel. Weg! Ik moet weg van het water. Ik kom met moeite overeind en knijp mijn ogen dicht.

'Amelie!' klinkt er vanuit de verte en ik open mijn ogen weer. Bij het metalen hek aan de zijkant van mijn huis zie ik een gestalte staan. Is dat Vince? Hij is in het zwart gekleed en draagt een zwarte tas bij zich. Het zien van de man uit mijn nachtmerrie is het laatste zetje dat ik nodig heb om echt uit balans te raken, en voor ik het weet is er alleen nog snijdend koud water.

Als ik uit alle macht trappel en weer bovenkom, zie ik dat de gestalte naast mijn huis een kliko naar het hek sleurt en een poging doet om de tuin in te klimmen.

Ik zwem een eind van de kant af, zo vlug ik kan, zo ver ik kan. Dan stop ik met trappelen en laat los. Ik laat alles los en zak naar de bodem.

14.

'Amelie!'

Een klap op mijn wang.

'Jezus, Amelie!'

Nog een klap op mijn wang en ik hoest water op. Het druipende hoofd van Vince hangt boven me en ik begin te gillen.

'G-ga w-weg! B-blijf van me af!' Ik schiet overeind en schuif een stuk van hem af, besef opeens dat ik op de steiger in mijn achtertuin zit, nog altijd vlak bij het water. Ik ben doorweekt, net als Vince. Heeft hij me eruit gehaald?

'Wat was je in jezusnaam aan het doen hier? Waarom sprong je ineens in het water? Ben je helemaal gek geworden of zo?' Vince zit op zijn knieën en hijgt nog na van de inspanning.

'I-ik b-ben niet gesprongen. Ik v-viel.' Ik sla mijn armen om mijn lichaam in de hoop dat het me iets opwarmt en mijn tanden laat stoppen met het heftige geklapper. De gure wind lijkt regelrecht door mijn kleding heen te gaan en mijn ribben steken venijnig.

'Je moet naar binnen. Je raakt hierbuiten nog onderkoeld.' Vince staat op en steekt zijn hand naar me uit.

'N-nee, n-niet met jou,' zeg ik, en ik kijk Vince met een felle blik aan.

'Doe niet zo belachelijk, Amelie. Ik doe je niks, wat denk je nou?'

Voor ik het weet pakt hij mijn hand en trekt me overeind, waarna ik bijna weer onderuitga. Hij vangt me op en ik wil hem opnieuw van me af vechten, tot ik ineens besef dat het juist goed is dat hij nu hier is. Onvindbare Vince is hier, bij mij. Dat moet ik Snels op de een of andere manier laten weten, en ervoor zorgen dat hij meteen komt. Ik laat me door Vince ondersteunen en met zijn hulp strompel ik over de steiger naar het gazon, waarbij onze voeten zompige geluiden maken en we een spoor van water op de grijze tegels achterlaten. Samen gaan we via de open schuifpui mijn keuken in. Vince schuift de deuren dicht, en hoewel ik voel dat het hierbinnen een stuk warmer is dan buiten, nu de wind weggevallen is, klapperen mijn tanden nog altijd ongecontroleerd op elkaar. Ik ben me sterk bewust van Vince' aanwezigheid in deze afgesloten ruimte. De droom van vannacht danst weer voorbij en ik ril.

Zonder iets te zeggen trekt Vince zijn trui uit, daarna zijn schoenen, sokken en broek. Gehuld in alleen zijn boxershort zegt hij dat ik moet blijven staan waar ik sta. Door de kou heb ik moeite om na te denken en sta ik sowieso al vastgenageld aan de grond, in de plas water die zich om ons heen gevormd heeft. Ik moet bellen, maar waar heb ik mijn telefoon gelaten? Ik denk terug aan eerder die ochtend. Ik had Snels gebeld en toen had ik... Shit! Ik breng mijn handen naar de achterzakken van mijn jeans. Niets! God nee, mijn telefoon. Hij had in een van mijn zakken gezeten!

'Hier.' Vince staat voor me, met handdoeken uit mijn kast en wat kleding van hem die nog hier lag in zijn armen.

'Ik zou je natte kleding maar uittrekken, voordat je kouvat,' zegt hij, en ik besef dat ik dat hier moet doen, als ik geen spoor van water door mijn huis wil trekken. Ik stroop mijn natte broek van mijn lijf. Zodra ik in mijn ondergoed sta, blijft Vince' blik op de hechting op mijn bovenbeen rusten. Hij opent zijn mond om iets te zeggen, maar doet het niet en drapeert dan een handdoek om me heen.

'Dat kan ik zelf wel,' zeg ik vijandig, en ik ruk de handdoek uit zijn handen. Al wrijvend over mijn natte lichaam tuur ik naar buiten. Mijn telefoon, op de bodem van de plas? Of ben ik hem onderweg naar de steiger verloren? Ik knijp mijn ogen samen in een poging het gazon af te speuren. Ik zie nergens iets liggen. Shit!

'Het was goed bedoeld, rustig maar.' Vince droogt zich ook af en trekt zijn zwarte Hilfiger-hoody met bijpassende trainingsbroek aan. Ik heb inmiddels één handdoek om mijn lijf gedrapeerd en de andere om mijn haar. Wat moet ik nu? Hoe voorkom ik dat Vince vertrekt en de kans krijgt om weer van de radar te verdwijnen? Naar boven moet ik, naar de telefoon in mijn werkkamer. Daar kan ik Snels bellen!

Vince gaat tussen mij en de deur staan, gooit zijn handdoek op de grond en begint het spoor van water dat hij heeft gemaakt op te dweilen. Dan draait hij zich naar mij om. 'Wat was je eigenlijk aan het doen op die steiger?'

Ik staar langs hem heen. Hij is wel de laatste aan wie ik wil vertellen wat ik de afgelopen weken heb meegemaakt en dat ik een onvervalste paniekaanval kreeg.

'Ik had wat frisse lucht nodig.'

Vince kijkt me peilend aan. Hij komt onzeker over. Opgejaagd. Hoe zorg ik ervoor dat hij hier blijft?

Ik loop naar het aanrecht en zet de waterkoker aan. 'Thee?'

Vince knikt en gaat op een barkruk zitten.

'Wat kwam je doen?' vraag ik, in de hoop hem bezig te houden. Had hij geen tas bij zich gehad toen ik hem zag? Kwam hij spullen halen? Waar is die tas nu dan?

Hij draait zich naar me toe en pakt mijn hand. Weer die opgejaagde blik in zijn ogen. 'Ik ben hier omdat ik je moest zien. Je in de ogen wilde kijken. Ik ben er even tussenuit geweest om na te denken, Amelie. Ik heb besloten mee te werken aan de scheiding en je los te laten. Je verdient beter dan een vent als ik.' Er trekt nu een treurige blik over zijn gezicht.

Tsjonge jonge, wat een inzichten ineens. Ik wurm mijn hand

los. Ik kan alleen maar aan mijn vader denken en heb de grootste moeite om Vince met dat zielige smoelwerk van hem niet van zijn kruk te duwen. Ik draai me om en pak een mok uit de kast.

'Ik vind het vreselijk wat er gebeurd is,' zegt hij tegen mijn rug, en ik probeer mijn opkomende misselijkheid weg te slikken.

'Je hebt geen idee wat er gebeurd is.' Ik schenk het hete water in de mok en hang er een theezakje in. Als ik me weer naar Vince omdraai, zie ik zijn gezicht veranderen. Ik volg zijn blik en zie hem naar de hoek van het keukenblad kijken, waar ik de kristallen whiskyfles gisteravond heb neergezet. De lége fles welteverstaan.

Het kost me moeite om ondanks alles niet voldaan te grijnzen. Ik wist dat dit moment zou komen, maar zo snel had ik het nog niet verwacht. Het liefst zeg ik hem dat ik er niet alleen van heb gedronken, maar samen met Miguel. De kunstenaar die hem wél omhoog krijgt.

'Hier, om een beetje op te warmen.' Ik zet de mok voor Vince op tafel. 'Vind je het goed als ik een korte douche neem? Vijf minuutjes. Dan praten we daarna verder.'

Vince aarzelt, slaat dan zijn handen om zijn kop thee en knikt. Ik haast me de keuken uit. Bijna met twee treden tegelijk neem ik de trap naar boven, naar mijn werkkamer. Eenmaal daar pak ik de hoorn van het toestel en dan verstijf ik. Hoe ga ik Snels bellen zonder dat ik zijn nummer heb? Het visitekaartje had ik meteen nadat ik het nummer in mijn telefoon had gezet weggegooid.

Shit! Shit! Shit!

Ik leg neer, loop naar de badkamer en zet de douche aan. Dan sluip ik op mijn tenen naar mijn slaapkamer, waar mijn laptop nog op mijn bed ligt. Ik zet hem aan en tik mijn zoekopdracht in, maar vind alleen het algemene nummer van de landelijke politie. Hier heb ik geen tijd voor, dat duurt allemaal veel te lang! Met tranen van frustratie tuur ik uit mijn slaapkamerraam, en dan zie ik hem liggen. Vlak naast de steiger. Mijn mobiel met daarin het nummer van Snels, dat ik nu écht nodig heb. Zeg ik tegen Vince dat ik vanuit het raam mijn telefoon zag liggen en die eerst wilde pakken?

Zo vlug als ik me naar boven haastte, zo vlug ren ik nu weer naar beneden. Als ik de keuken in kom, zie ik slechts nog Vince' volle theemok, met een briefje ernaast. Ik lees het en besef dat ik het verknald heb: de vogel is gevlogen!

15.

Ik haal alsnog mijn telefoon uit de tuin en bel onmiddellijk naar Snels. Voicemail. Als ik opnieuw sta te rillen, besluit ik te gaan douchen en het daarna weer te proberen.

Het duurt zeker twintig minuten met de temperatuur van de kraan op veertig graden voor de kou eindelijk uit mijn botten verdwenen is en mijn hele huid rood is en tintelt. Ik droog me af, trek schone kleding aan en haal vluchtig een borstel door mijn haar voordat ik terug naar de keuken loop. Ik probeer Snels nog een keer. Weer klinkt die verrekte voicemail!

Gefrustreerd verbreek ik de verbinding ruim voordat het bekende piepje de kans krijgt me nog meer te frustreren. Wat was er gebeurd met 'we zijn altijd bereikbaar als je ons nodig hebt'? Nogmaals tik ik Snels nummer aan en wacht op de verbinding. Als de stem van de voicemail klinkt, wacht ik deze keer wel op het piepje.

'Verdomme, Steven,' flap ik eruit. We hadden dan wel afgesproken elkaar bij de voornaam te noemen, maar vloeken viel daar natuurlijk niet onder. Het kan me echter niet schelen. 'Ik moet jou of Dunya zo snel mogelijk spreken. Vince was hier zojuist en ik heb gisteren te horen gekregen dat hij op de avond van de dood van mijn vader bij hem was. Kan een van jullie mij terugbellen? Snel?'

Ik wacht met de telefoon in mijn hand vijf minuten, waarin mijn frustratie groeit en waarna ik toch maar besluit naar het landelijke nummer van de politie te bellen. Iemand moet er toch voor kunnen zorgen dat ik een van die twee eindelijk te spreken krijg?

Nog heel wat frustraties en tijd later, waarbij ik van het kastje naar de muur gestuurd word, krijg ik eindelijk iemand van het juiste bureau te spreken. Diegene vertelt me dat Snels en Parmetijn momenteel niet aanwezig zijn en dat ze me echt zullen bellen zodra ze kunnen. Ik benadruk nogmaals dat het spoed heeft en hang dan op, in de hoop dat de medewerker mijn boodschap overbrengt zodra hij een van de twee spreekt. Ik leg mijn telefoon op tafel en lees nogmaals het briefje van Vince.

Het spijt me, Amelie. Er kwam iets dringends tussen, ik móést echt gaan. Ik bel je later, dan praten we alsnog verder. Doe je voorzichtig?

'Het gore lef!' roep ik. Dit is echt weer Vince ten voeten uit. En waarom bel ik hém niet om hem te laten weten wat ik van hem vind en om te zeggen dat ie zich als de sodemieter bij de politie moet melden?

Ik gris mijn mobiel weer van de tafel en bel hem. Voicemail! Mijn bloed begint te koken. Ik tik zijn nummer aan op WhatsApp en begin te typen.

Ik pik dit niet, Vince. Wat deed je maandagavond bij mijn vader? Heb jij iets met zijn dood te maken? Ik geef je tien minuten om me terug te bellen, anders bel ik de rechercheurs die met mijn zaak bezig zijn. Dan kunnen die uitzoeken waarom je daar was!

Hij hoeft niet te weten dat ik de politie hoe dan ook over hem ga vertellen; laat hem maar in de waan dat er nog wat te redden valt. Nijdig tik ik op 'verzenden' en zie dat het klokje op mijn scherm 09:29 aangeeft. Ik haal een paar keer diep adem. Om kwart over elf heb ik mijn afspraak bij het CSG. Dat betekent dat ik nog tijd heb voor een kop koffie en iets te eten. Ik móét iets eten. Ik druk op de knop van het espressoapparaat, dat pruttelend en sissend tot leven komt, en beleg twee beschuitjes met kaas. Dan komt er een appje binnen. Ik gris mijn telefoon zo snel van de bar dat hij bijna uit mijn handen glipt. Als het schermpje oplicht, zie ik dat het appje niet van Vince is, maar van Lianne.

Hoi meis, een beetje geslapen?

Ik overweeg om terug te typen dat ik heerlijk geslapen heb en deze ochtend al een frisse duik in de Bergse plas heb genomen, maar ik bedwing me. Waarom voel ik altijd zo de behoefte om van me af te schoppen met dat stomme cynisme van me?

Zal ik alsnog met je meegaan naar je afspraak vandaag? Of je in elk geval brengen? Ik kan me voorstellen dat het misschien best moeilijk voor je is om alleen op pad te gaan. Neem ik meteen je luchtje mee.

Het is lief van Lianne dat ze zo begaan met me is en ergens heb ik wel behoefte aan haar gezelschap. Ik vind het inderdaad doodeng om voor het eerst weer alleen de deur uit te gaan, net zoals ik het doodeng vond om vannacht voor het eerst weer alleen in mijn huis te zijn. Maar ik móét het doen. Ik ben bang dat ik anders nooit meer de deur uit durf en een gevangene word van mijn eigen angsten.

Lief van je, maar het lukt wel. Ik moet dit alleen doen. Luchtje komt nog wel.

Ik wacht even tot ik twee blauwe vinkjes zie.

Lianne stuurt 'sterkte' voorzien van wat smileys die haar medeleven benadrukken en voegt daarna nog toe dat als ze iets voor me kan doen, ik het maar hoef te zeggen. Ik stuur een kus-smiley terug en zie dat mijn bericht aan Vince inmiddels ook voorzien is van twee blauwe vinkjes. Hij heeft nog vijf minuten om te reageren.

Ik eet mijn beschuitjes, drink mijn koffie en wacht tot de vijf minuten weggetikt zijn. Net voor het zover is komt er een nieuw appje binnen. Wél van Vince deze keer.

Ik vind het vreselijk van je vader, dat geloof je toch zeker wel?

Ik wacht. Vince typt.

Ik kan nu niet met je praten, ik moet eerst wat belangrijke zaken regelen vandaag. Ik beloof je dat ik vanavond naar je toe kom en we het erover hebben. Geef me alsjeblieft nog even die tijd voordat je de politie op mijn dak stuurt. Ik heb al genoeg aan mijn hoofd op het moment.

Ik neem de laatste slok van mijn koffie en typ terug.

Jij hebt genoeg aan je hoofd? Vuile egoïst, je verandert ook nooit! We praten nú en anders ga ik naar de politie!

Eén grijs vinkje: het bericht komt niet aan. Heeft die klootzak zijn telefoon uitgezet? Ik pak mijn tas en jas en storm de deur uit.

16.

Wanneer ik de motor afzet en mijn handen van het stuur van mijn Volkswagen Beetle haal, zie ik de vochtige plekken op het leer. Ik werp een blik in de binnenspiegel en een vrouw met een verbeten blik op haar gehavende gezicht staart naar me terug. Ik leun even achterover in mijn stoel om weer tot mezelf te komen. De rit naar het CSG was nog geen twintig minuten, maar het had behoorlijk wat aan inspanning en concentratie van me gevraagd.

Het begon al zodra ik de voordeur achter me dichttrok. Bij de eerste stap die ik op de oprit zette, voelde ik mijn benen onwillig tintelen, alsof ze me niet die paar stappen naar mijn auto wilden brengen. De herinnering aan die noodlottige maandagochtend had me in zijn ban. Ik had net als nu de deur achter me dichtgetrokken en was nietsvermoedend vertrokken op mijn fiets. Nu had ik naar mijn fiets gekeken en me afgevraagd of ik hem ooit nog zou gebruiken. Ik kon het me niet voorstellen. Hij stond op de een of andere manier symbool voor alles wat er daarna was gebeurd.

Met rare schuifelpasjes was ik naar mijn auto gelopen en erin gaan zitten, alwaar ik eerst moest kalmeren. Juist toen ik de sleutel in het contact deed en schrok van de radio die aansprong, zorgde een donkere flits in mijn binnenspiegel ervoor dat ik hardop gilde. Het was een busje dat voor mijn oprit stopte en me de weg versperde. Mijn handen trilden, het zweet stond op mijn voorhoofd en ik had mijn mobiel al ontgrendeld in de hand, klaar om het alarmnummer te bellen. Er stapte een man uit, hij deed de achterkant van zijn bus open en kwam weer tevoorschijn met een pakje in zijn hand. Een klop op mijn raam en ik draaide het een stukje naar beneden.

'Bent u mevrouw Lindeman?' had hij gevraagd.

Pas toen ik de doos van de webshop zag, viel het kwartje en herinnerde ik me mijn impulsaankoop van de vorige avond. Nog enigszins ontdaan deed ik het raam verder omlaag en nam het pakket in ontvangst. De bezorger liet niets merken, maar het kon niet anders dan dat hij me een raar mens vond, zoals ik daar schichtig in mijn auto zat met het zweet op mijn voorhoofd. Pas nadat hij was weggesjeesd met zijn bus, liet ik mijn ingehouden adem ontsnappen en ritste het kartonnen pakje open. Een geel doosje met daarop het logo van Buck Knives en de Amerikaanse vlag kwam tevoorschijn, de levenslange garantie op dit geweldige item op elke zijde vermeld. Ik opende het doosje en nam het zwartleren etuitje eruit. Volgens de site slechts tweehonderd gram, maar het ding leek dieplood te wegen in mijn hand. Ik deed het etuitje open en haalde het ingeklapte mes eruit. Nadat ik het had geopend, zag ik weer voor me hoe hij het voor mijn gezicht gehouden had. De dreiging die ervan uit was gegaan, van dit kleine stukje hout met staal. Ik moest toegeven: het was absoluut een mooi object, met dat glimmende ebbenhout en de messing bolsters. Ik stak de punt van het mes omhoog, vlak voor mijn gezicht, en het schitterde in het ochtendlicht. Ik bracht het daarna omlaag naar mijn keel en een kort moment was door mijn gedachten geflitst: stel dat ik nu sneed? Een korte, ferme haal. Zou alles dan voorbij zijn? Geen Vince meer, geen ontvoerder, geen angst. Dat was de tweede keer deze ochtend geweest dat ik suïcidale gedachten had.

Op dat moment was er iets merkwaardigs gebeurd. Op de radio klonken de eerste tonen van een liedje dat ik onmiddellijk herkende, en die ervoor zorgden dat ik bevroor met het mes in mijn hand.

'Jolene, Jolene, Jolene, Jo-leeeene.' Ik slikte en het mes bewoog mee. Ineens besefte ik weer hoe dankbaar ik mocht zijn dat ik hier in mijn auto zat, terwijl zíj dat geluk niet had. Jolijn, het meisje van wie niemand leek te geloven dat ze bestond. Het meisje van wie ik zélf soms begon te twijfelen of ze bestond. Maar niet langer! Ik was gestopt met die versuffende medicijnen en vanaf nu zou ik er alles aan doen om haar te vinden. Want wat had ik tot nu toe ondernomen, behalve een beetje googelen en bang zijn? Er moest meer zijn dat ik kon doen! Om te beginnen mezelf bij elkaar rapen en naar mijn afspraak rijden. Mijn angsten onder controle krijgen en daarmee zorgen dat ik haar zo snel mogelijk kon helpen.

Ik had het mes van mijn hals genomen, dichtgeklapt en om de een of andere reden in de binnenzijde van mijn laars geschoven. Het gaf me een krachtig gevoel, dit geheime wapen waarvan alleen ik wist dat ik het bij me droeg.

En ondanks het feit dat ik het liefst meteen naar het politiebureau was gereden, vond ik dat ik mijn afspraak bij het CSG niet mocht afzeggen, omwille van Jolijn. Ik was naar het centrum van Rotterdam gereden en nu sta ik dus hier, voor het grijze pand waar ik mijn casemanager mag gaan vertellen hoe het met me gaat. Een redelijk onmogelijke opgave, aangezien ikzelf geen flauw idee heb.

17.

Ik meld me bij de balie voor mijn afspraak. Ik verontschuldig me dat ik de naam van degene met wie ik de afspraak heb niet meer weet, maar ik kan toch moeilijk zeggen dat die naam me aan die van een bordeelhoudster doet denken? De baliemedewerkster glimlacht vriendelijk naar me en zegt dat het niet erg is. Ze tikt wat op haar toetsenbord en verzoekt me om plaats te nemen in de wachtkamer. 'Mevrouw Katzarov komt u zo halen.'

Dat was het! Katzarov! Meteen schiet haar voornaam me ook weer te binnen: Ivanca.

Ik neem plaats op een van de limoengroene stoeltjes: het enige van kleur in de verder steriele en lege wachtruimte. Ik pulk aan mijn nagelriemen, in afwachting van Katzarov, de vrouw met wie ik in het ziekenhuis al meermaals had gesproken. Bij elk gesprek kostte het me moeite om haar te verstaan vanwege haar Slavische accent, zeker in de staat waarin ik was bij onze ontmoetingen in het ziekenhuis. Alles aan haar had me al tegengestaan: haar accent, haar voorkomen, de dingen die ze tegen me zei om me zogezegd op mijn gemak te stellen. Zij was de casemanager die ik toegewezen kreeg, degene die moest bewerkstelligen dat ik praatte over wat er gebeurd was en die ervoor moest zorgen dat mijn verwerkingsproces op gang kwam. Tot nu toe wekte de vrouw slechts ergernis bij me op, maar ik hoop dat het vandaag beter zal gaan.

'Goedemorgen.'

Ik kijk op en zie dat Katzarov vanaf de balie naar me glimlacht.

Ze draagt een keurig lichtblauw mantelpakje met een hooggesloten witte blouse eronder, en onder haar arm steekt een dossier. Mijn 'case'.

'Ga jij mee?' vraagt ze, nog altijd met die glimlach alsof we samen iets gezelligs gaan doen. Meteen herinner ik me weer hoe irritant ik het vind dat ze steevast 'jij' in plaats van 'je' zegt. Alsof we in een kamer vol met slachtoffers van ontvoering en seksueel geweld zaten en ze me duidelijk wilde maken dat ze het specifiek tegen míj had. Ik overweeg alsnog om gewoon naar buiten te lopen. In plaats daarvan volg ik de vrouw op de klikklakkende hakjes gedwee naar haar spreekkamer.

'Zo,' zegt ze als we zitten, weer met die glimlach. 'Hoe gaat het nu met jou, Amelie?'

Nu? Op dit moment? Misschien beter als ik dat niet zeg. Ik stoor me namelijk ontzettend aan 'jouw' accent en ik vind het kei-irritant dat als 'jij' mijn naam uitspreekt, het klinkt als 'Ammelíé' maar het is Aaa-melie. Zo moeilijk is dat toch niet? En ook die glimlach die permanent op 'jouw' gezicht geplakt lijkt te zijn, stoort me enorm. Het geeft me het idee dat ik de grap mis.

'Goed,' zeg ik. 'Ik heb vanochtend zelfs gezwommen.' Nu glimlach ík, omdat ik besef dat zíj de grap in dit geval mist.

'O, wat goed van jou dat jij die dingen alweer oppakt. En zo snel ook al!'

Even verwacht ik dat ze bravo zal roepen voorzien van een applausje, maar dat doet ze niet. Ze begint daarentegen weer hetzelfde verhaal af te steken dat ze me in het ziekenhuis ook al had verteld. Dat het zo goed van me was geweest dat ik gelijk had gezegd wat er met me was gebeurd, en hoe belangrijk dat was omdat dat er binnen zeven dagen na de aanranding of verkrachting unieke kansen voor het slachtoffer lagen om te herstellen. Het slachtoffer? *Hallo, ik zit hier, en ik heb een naam,* wil ik naar haar roepen. En unieke kansen? Zoiets als opeens die dure trui die je wilde hebben in de uitverkoop zien? Wat een bofkont ben ik toch!

Ik dwaal af en kijk rond in haar spreekkamer. Achter haar hangen een paar interessant uitziende oorkonden aan de muur in lijsten met een gouden randje. Mevrouw Katzarov heeft duidelijk verstand van zaken. Aan de wand links van mij hangt een grote poster met daarop in zwart-wit een tienermeisje afgebeeld. Haar hoofd rust op haar knieën en ze heeft haar armen om haar benen geslagen. Haar gezicht is niet zichtbaar omdat ze naar beneden kijkt. AANGERAND OF VERKRACHT? ZOEK BINNEN ZEVEN DAGEN PROFESSIONELE HULP! Die tekst zweeft in grote letters boven haar hoofd.

'... huilen, verdoofd zijn, slapeloosheid, angst, prikkelbaarheid. Dat zijn allemaal normale reacties op aanranding of verkrachting, *Ammelie*. Jij zult merken dat het na verloop van tijd afneemt en...'

Het doet me goed om te horen dat ik zo lekker normaal ben. Tenslotte is het ook heel normaal wat ik de afgelopen tijd heb meegemaakt. Ik duw haar stem weer naar de achtergrond. Op Ivanca's zeer geordende bureau ligt mijn dossier opengeslagen voor haar neus. Verder staat er een schaal met vetplantjes links, een pennenbakje rechts (pennen keurig met doppen erop bij de pennen, potloden netjes geslepen bij de potloden, de paperclips apart) en op haar beeldscherm zie ik een screensaver van twee breed lachende kinderen ergens in de bergen (ongetwijfeld háár kinderen). Mevrouw Katzarov heeft haar shit op orde met haar overzichtelijke bureau. Wat heerlijk moet dat zijn.

'... nemen de stressreacties niet af, dan kun jij een posttraumatische stressstoornis ontwikkelen. Daar willen wij natuurlijk voor waken, want als jij daar te lang mee rondloopt, kunnen er allerlei klachten bij komen. Somberheid, zelfs suïcidegedachten. Daarom is het van groot belang dat jij over de gebeurtenis praat, ook al is dat lastig.'

Ze eindigt haar praatje weer met die glimlach. Serieus?

'Heb jij al met iemand gesproken over wat er gebeurd is, *Ammelie*?'

Ik heb bijna de neiging om om te kijken of er nog een andere *Ammelie* achter me zit.

Ik schud mijn hoofd. 'Alleen met de politie.'

'Dat is ook logisch. Jij bent nu ook kwetsbaarder dan ooit. Maar blijven rondlopen met onverwerkt trauma is ongeveer het slechtste wat jij kunt doen. Natuurlijk moet jij het in jouw tempo doen, maar krop het niet op. Seksueel trauma in het verleden verdubbelt de kans op herhaling in de toekomst. Het is daarom zeer belangrijk om alles goed te verwerken.'

Opeens heb ik er genoeg van. Het ongenoegen dat al een poosje borrelt heeft zich opgehoopt en vindt nu als een waterval die van de rotsen buldert plotseling zijn weg. 'Zegt u nou, mevrouw Katzarov, dat als ik niet over de aanranding praat, ik daarmee uitlok dat ik nog een keer aangerand of verkracht word? Is dat wat u zegt? Dat ik daarmee een briefje op mijn hoofd plak met: hier, neem mij maar, want ik ben een makkelijke prooi?' Ik leun naar voren, mijn handen stevig om de tas op mijn schoot geklemd. Mijn knokkels zien er wit van.

'Nee, nee, nee, dat is niet wat ik zeg.' De glimlach verdwijnt van haar gezicht en een ongemakkelijke blik is ervoor in de plaats gekomen. 'Ik bedoel dat de kans op herhaling groter wordt, omdat jij kwetsbaar blijft als jij niet alles verwerkt. Ik zeg niet dat jij dat zelf uitlokt, dat absoluut niet! Jij hebt geen schuld aan wat er gebeurd is, *Ammelie*.'

Ik houd mijn kaken stevig op elkaar geklemd, tranen van woede branden. *Híér ben ik kwetsbaar, Katzarov! Hier, in dit smetteloze kantoor van je! Ik kom hier voor hulp, maar het enige wat ik krijg zijn opgedreunde praatjes en een wanstaltige glimlach van achter een bureau!* Ik val haast van mijn stoel als ze gewoon verdergaat met haar promopraat voor het CSG, alsof ik niet zojuist uit mijn vel sprong.

'Wij werken hier met een geïntegreerd systeem van professionals met ieder hun eigen taak, zodat wij precies weten wat we moeten doen voor onze doelgroep. Wij hoeven ons niet net als de politie en forensisch onderzoekers af te vragen of een verhaal waar is of niet, of ons bezig te houden met de juridische aspecten. Wij richten ons op de geestelijke en lichamelijke toestand van het slachtoffer. Wij zijn er voor jou.'

Ik kan er niets aan doen, maar ik schiet in de lach. Niet eén bescheiden lachje, nee, een hysterische hikkende lach is het. Katzarov kijkt me met samengeknepen ogen aan, meelijwekkend, zoals al die anderen tot nu toe. Ik hik nog wat na en veeg de tranen van mijn wangen.

'Ik twijfelde enorm of ik wel naar deze afspraak moest komen, maar nu ben ik blij dat ik het gedaan heb. Het is verdomd lang geleden dat ik voor het laatst zo gelachen heb.' Ik sta op.

'*Ammelie*, wacht, ik denk dat...'

Ik hef mijn hand. Het is tijd om te breken met de oude Amelie. De Amelie van wie ik al een beetje afstand had genomen toen ik Vince eindelijk vertelde dat ik wilde scheiden en ik mijn haar liet verven, en van wie ik zeker gedwongen werd afstand te doen in die donkere kelder.

'Voor een professional weet "jij" verdomd weinig van "jouw" slachtoffers af, mevrouw Katzarov. Het had u namelijk niet misstaan om ook eens te vragen hoe ik me voel na het verlies van mijn vader. Maar het enige wat u doet, is ervoor zorgen dat ik me gewoon een zoveelste slachtoffer van seksueel geweld voel. Ik hou het hier voor gezien.'

Als ik me omdraai en naar de deur loop, hoor ik haar achter me aan schieten. 'Wacht even, *Ammelie*. Geef het niet nu al op, jij moet het tijd...'

Ik draai me met een ruk naar haar om. 'Het is *Aaamelie*, niet *Ammelíé* en tijd is het enige wat ik niet heb! Ik moet het meisje vinden dat nog steeds in die kelder zit opgesloten. Dát moet ik! Bedankt voor dit verhelderende inzicht.'

Ik laat haar verdwaasd achter en haast me naar buiten.

18.

Met een bloeddruk die ongetwijfeld veel te hoog is, bel ik voor de deur van het CSG nogmaals naar Snels. Als ik wederom zijn voicemail hoor, kook ik bijna van woede. Hoe kan dit? De politie is toch je beste vriend? Waakzaam en dienstbaar of zoiets? Waarom, in vrédesnaam, neemt hij niet op?

Juist wanneer ik mijn mobiel opgeborgen heb en het parkeervak uit gereden ben, gaat mijn telefoon en ik vloek. Nergens is nog een parkeervak beschikbaar langs de drukke Schiedamsedijk en lijdzaam moet ik aanhoren dat mijn ringtone weer wegsterft. Pas aan het einde van straat vind ik een leeg plekje, waar ik mijn auto veel te gehaast en half op de stoep in prop. Ik kijk op mijn scherm naar de gemiste oproep: Snels!

Ik bel terug en houd mijn vingers gekruist in de hoop dat hij nu wel opneemt. Als ik zijn stem hoor, begin ik meteen te ratelen. 'Luister, Steven, gisteren was mijn collega uit de galerie bij mij en...'

'Amelie, wacht even.' Snels roept iets, zegt tegen iemand ergens 'verdomme mee te wachten tot hij uitgebeld is' en komt dan weer terug aan de lijn. 'Sorry dat ik je nu pas terugbel,' zegt hij. 'Ik heb nu even weinig tijd, kunnen we straks naar je toe komen?'

Ik val even stil. 'Nee!' roep ik kwaad. 'Dat kan niet! Jullie moeten Vince zo snel mogelijk spreken. Hij was vanochtend bij me en...'

'Hoe laat was dat?' De stem van Snels klinkt bars en ik denk na.

'Ik weet het niet meer precies. Echt, jullie moeten hem spreken, hij was bij mijn...'

Wederom klinkt er een hoop lawaai op de achtergrond en opnieuw hoor ik Snels schelden als hij iemand maant 'op te zouten en die machine onmiddellijk uit te zetten'. Ik houd de telefoon even iets bij mijn oor vandaan.

'Amelie, luister. Ik ben nu op een bedrijventerrein in de Spaanse Polder en het is moeilijk om hier even rustig te bellen,' zegt Snels als hij weer bij me terugkomt. Er klinkt wat geritsel en aan zijn ademhaling te horen loopt hij weg bij al het rumoer. 'Oké, je zegt dat Vince vanochtend bij jou was?' herhaalt hij als het wat rustiger is bij hem op de achtergrond.

'Ja, hij moest me zien, wilde me in de ogen kijken, zei hij. Maar gisteravond heeft iemand me verteld dat Vince vlak voor de dood van mijn vader bij hem was. Jullie moeten hem vinden om hem te ondervragen waarom hij daar was!'

Snels schraapt zijn keel. 'Dat zal niet gaan.'

Plotseling heb ik het ijskoud.

'Ik sta in een loods op een bedrijventerrein, Amelie. Vince is hier gevonden. Hij is dood.'

19.

Nog geen halfuur later vlieg ik het politiebureau binnen om daar op Snels en Parmetijn te wachten. Nadat ik eerst in paniek Miguel had gebeld om te vertellen wat er gebeurd was – ik weet ook niet waarom ik hém belde en niet Lianne – was ik met veel gevaar voor mijn medeweggebruikers naar het bureau gereden. Snels en Parmetijn kwamen ook hierheen zodra ze klaar waren op de plaats delict. *Plaats delict!* Uiteraard had ik gevraagd wat er met Vince gebeurd was, maar Snels wilde dat pas met me bespreken als hij op het bureau was. Een mannelijke collega van de rechercheafdeling parkeert me in een soort spreekkamer en vraagt of ik iets wil drinken. Ik vraag om een glaasje water en hij verlaat de ruimte weer, die me door de grote glazen wanden aan weerszijden het gevoel geeft dat ik een aapje in de dierentuin ben. Door het onprettige gevoel vanaf meerdere kanten bekeken te worden, ga ik telkens verzitten en wordt de al aanwezige onrust steeds groter.

Ik richt me op mijn mobiel en open het WhatsAppgesprek dat ik slechts een paar uur geleden met Vince had. Ik kan niet geloven dat hij nu dood is; ik heb hem deze ochtend nog gezien. Hij zat in mijn keuken en nu...

Ik laat mijn ogen weer over zijn tekst gaan.

Ik kan nu niet met je praten, ik moet eerst wat belangrijke zaken regelen vandaag.

Wat voor zaken waren dat? Was hij nog steeds op zoek naar een baan, een huis? In dat geval konden Snels en Parmetijn vast natrekken of hij vandaag een sollicitatiegesprek of een woningbezichtiging had of zo. Mijn onderbuikgevoel zegt me echter dat het iets anders was, zo gehaast als hij vertrok toen ik hem had wijsgemaakt dat ik ging douchen. Of was dat omdat hij voorvoelde dat ik hem met zijn bezoek aan mijn vader wilde confronteren? Of had het iets met zijn gokproblemen te maken? Waar was hij in godsnaam in verstrikt geraakt?

Ik beloof je dat ik vanavond naar je toe kom en we het erover hebben.

Triest genoeg was het weer een belofte die Vince nooit zou waarmaken.

Plotseling wellen er tranen op. Ondanks alles wat Vince me heeft geflikt, en de onduidelijkheid rondom zijn bezoek aan mijn vader, doet het me pijn dat hij er nu ineens niet meer is. Weer iemand die uit mijn leven is weggerukt. En hoewel mijn liefde voor Vince allang is gedoofd, heb ik ooit zielsveel van hem gehouden. Dat kan ik niet zomaar vergeten.

De rechercheur die me zojuist naar deze ruimte heeft gebracht, opent de deur en komt binnen met een bekertje water in zijn hand.

'Kijk eens, mevrouw Lindeman. Vers water. Veel beter dan het slootwater dat ze hier koffie noemen, als ik zo eerlijk mag zijn.' Met een knipoog zet hij het papieren bekertje voor me op tafel. De haartjes op mijn armen schieten rechtovereind, iets in zijn stem triggert me. Ik kijk in zijn bruine ogen, en er trekt een rilling over mijn rug.

'Gaat het?' vraagt hij als ik hem blijkbaar aanstaar.

'Eh, ja hoor, sorry,' breng ik verward uit. 'Weet u misschien of het nog lang duurt voordat Snels en Parmetijn hier zijn?'

'Ze kunnen hier elk moment zijn.'

Ik sla hem nauwlettend gade als hij zich omdraait en naar de deur loopt. Ik schat hem rond de een meter vijfentachtig, hij heeft een gemiddeld postuur en er is iets nonchalants in zijn tred, zijn benen lichtjes gebogen in een O-vorm als hij loopt. Mijn god! Ik knijp mijn ogen even dicht en haal drie keer diep adem voordat ik ze weer open. Ik draai echt volledig door! Ik ben op het politiebureau, een veiligere plek om te zijn kan ik op dit moment niet bedenken. En nu denk ik hier mijn ontvoerder te zien? Een rechercheur nota bene! Als de gedachte niet zo vreselijk angstaanjagend was, had ik er vast om kunnen lachen.

Ik zie dat rechercheur O-been weer terug is bij zijn bureau, dat een eindje verderop staat. Hij wisselt even wat woorden met een vrouwelijke collega en gaat zitten. Hij tikt op zijn toetsenbord, en dan, alsof hij voelt dat ik naar hem kijk, schiet zijn blik plotseling mijn kant op en glimlacht hij opnieuw naar me. Die ogen! O-been tikt verder, maar ik ben weer even terug in die kelder. Handboeien, het hufterproof toilet, het stroomstootwapen... Is het echt zo'n gek idee dat mijn ontvoerder een politieman is?

Hou op, Amelie! Hou verdomme op! Ik slik en voel opnieuw tranen branden. Weer die gedachte: is dit hoe het zal zijn, de rest van mijn leven? Met iedere man die ik zie, die me aanspreekt of die naar me lacht? Kan ik ooit nog onbevangen zijn in mijn contact met mannen, of zie ik voortaan iedere vent met bruine ogen als potentiële moordenaar, verkrachter of ander soort psycho? Ik moet kappen met deze achterdochtigheid! Sterk zijn, voor Jolijn!

Een nieuw berichtje op mijn telefoon haalt me uit mijn gedachtestroom. Lianne vraagt hoe mijn gesprek bij het CSG gegaan is en ik app haar terug dat ik haar later bel omdat ik nu op het politiebureau ben. Net als ik mijn telefoon in mijn tas opberg hoor ik weer het signaal van een bericht. Vast Lianne die me terug appt, maar omdat ik Snels en Parmetijn door de gang zie lopen, besluit ik dat Lianne kan wachten. Eerst moet ik weten wat er met Vince is gebeurd.

20.

'Sorry, Amelie, dat het zo lang duurde.' Snels schuift een stoel naar achteren, en hij en Parmetijn gaan tegenover me zitten.

'Is Vince echt dood? Weten jullie zeker dat hij het is?' steek ik meteen van wal terwijl ik probeer om mijn zenuwen onder controle te krijgen. Alles wat ik wilde zeggen is naar de achtergrond verschoven; ik moet eerst weten wat er met Vince gebeurd is.

Parmetijn knikt. 'De hulpofficier van justitie heeft hem ter plekke geïdentificeerd, op basis van de papieren die in zijn auto lagen. We zijn op zoek naar iemand die hem officieel kan identificeren. We wilden jou vragen of...'

'Moet dat?' vraag ik. 'Is dat echt noodzakelijk?' Het idee Vince dood op een tafel in een mortuarium te zien liggen, maakt me vanbinnen weer ijskoud.

Snels neemt nu het woord. 'Hij is op een onprettige manier aan zijn eind gekomen. Als je het niet kunt opbrengen om hem te identificeren, dan hebben we daar uiteraard alle begrip voor. Niemand kan je dwingen.'

Ik slik. Een ongeluk. Moord? Zelfmoord? Allerlei beelden flitsen door mijn hoofd. Ik begin over mijn hele lijf te trillen. Het feit dat er weer iemand die zo dicht bij me stond plotseling dood is, is overweldigend. Het lijkt wel of mijn leven alleen nog maar samenhangt met dood en ellende.

'Gaat het? Wil je nog een glaasje water misschien?'

Parmetijn staat al half op, maar ik schud mijn hoofd en dwing mezelf om stil te zitten. Ik kan dit!

'Is hij... Heeft hij...'

Parmetijn laat zich weer zakken. 'De manier waarop Vince gevonden is in die loods duidt op marteling, waarna hij is doodgeschoten. Moord. Forensisch onderzoek bevestigt dit.'

Ik sluit even mijn ogen. Vince, vermoord. Hoe bizar...

'We vermoeden banden met de drugswereld, daar komen vaker dit soort eh... afrekeningen voor.'

'Ik ben niet van porselein, mochten jullie dat denken. Wat is er... Hoe is hij...' Ik bal mijn vuisten. 'Wat is er met hem gebeurd?'

Parmetijn wacht even voordat ze antwoordt, alsof ze me peilt met betrekking tot wat ik aankan. 'Ik ben zelf ook niet van porselein en ik heb al het nodige gezien, maar...'

'Hij is mijn man!' roep ik uit, waarmee ik de scheidingsplannen en alle ellende van de afgelopen tijd even negeer. 'Heb ik niet het recht om te weten wat er met hem gebeurd is?'

'Oké, oké,' zegt ze, en ze heft haar hand om me te kalmeren.

Dan neemt Snels het met een ernstig gezicht weer van haar over en vraagt: 'Heb je weleens gehoord van een *Colombian necktie*?'

Ik slik omdat ik iets van een strop om Vince' nek voor me zie en schud dan mijn hoofd. Ik heb geen idee wat die necktie inhoudt, maar het kan nooit iets gezelligs zijn.

'Het is een methode waarbij de dader een snee net onder de kaaklijn van het slachtoffer maakt en de tong daardoorheen...'

'Hou maar op!' roep ik, en Snels breekt zijn zin goddank af. Het kan echter niet voorkomen dat het beeld van Vince met zijn tong door zijn onderkin gesjord op mijn netvlies verschijnt en gal zich vanuit mijn praktisch lege maag omhoogwerkt. Ik sla mijn handen voor mijn gezicht. Nu weet ik zeker dat ik niet degene wil zijn die hem identificeert.

'De schouwarts vermoedt dat het post mortem gedaan is, het uittrekken van zijn nagels echter niet.'

'Mijn god!'

'De schotwond heeft hem waarschijnlijk het leven gekost,' voegt

Snels toe, alsof dat het leed kan verzachten.

'Heeft dit iets te maken met mijn situatie?' vraag ik als het me eindelijk lukt weer een vraag te formuleren.

'Dat vermoeden is er wel.'

Ik kijk van Snels naar Parmetijn en focus me op mijn ademhaling om mijn razende hart in bedwang te houden.

'In Vince' auto, die ook in de loods geparkeerd stond, hebben we een aantal enveloppen gevonden met daarop het logo van je vaders galerie. Op die enveloppen stonden geldbedragen genoteerd. Grote geldbedragen.'

Ik word lichter in mijn hoofd, de woorden van Snels zweven door de kamer, waardoor het lijkt alsof het steeds langer duurt voor ze me bereiken en tot me doordringen. Onderwijl praat hij maar verder.

'We hebben de banktransacties van je vader opgevraagd. Hij heeft maandagavond een grote som geld opgenomen bij een pinautomaat en heeft zijn contactpersoon bij de bank gebeld om een afspraak te maken voor de volgende dag. We vermoeden dat hij misschien die avond is gebeld over het losgeld en dat hij probeerde om zo veel mogelijk...'

'De kluis!' roep ik. Ik zie mijn vader voor me, zittend achter zijn bureau als hij de opbrengst van een schilderij in bankbiljetten samenbond met een gekleurd elastiek en in een envelop stopte waarop hij keurig het bedrag noteerde.

'Op mijn vaders kantoor is een kluis, waar hij de contante betalingen in bewaart. Ik heb hem al zo vaak gezegd dat hij vaker moet storten bij de bank, hij laat het altijd veel te veel oplopen. Die enveloppen in Vince' auto, die moeten uit zijn kluis gekomen zijn!'

Een felle steek in mijn maag. Mijn ontvoerder had mijn vader dus toch benaderd en pap wilde er alles aan doen om me weer vrij te krijgen. Opnieuw besef ik dat hij is gestorven zonder dat hij weet dat ik nog leef en dat het goed met me gaat. Het voelt alsof de Buck 110 Folding Hunter in mijn hart gestoken wordt.

'Ik stuur een forensisch team naar de galerie van je vader. Heb jij de code van die kluis?' Snels kijkt me met opgetrokken wenkbrauwen aan.

'Ik... eh...' In mijn hoofd is het inmiddels één grote chaos. Een soep van feiten en vermoedens waarin vragen als te dik opgezwollen vermicellislierten doorheen drijven. Mijn ontvoerder vroeg mijn vader om losgeld: vermoeden. Mijn vader was druk bezig zo veel mogelijk geld te verzamelen: feit. Uit het niets stond Vince bij mijn vader op de stoep, grote vraag is: waarom. Vince had een hekel aan mijn vader – feit – en Vince had geld nodig om zijn schulden af te betalen – ook een feit. Heeft Vince mijn vader iets aangedaan en het geld gejat dat mijn vader voor mijn ontvoerder bij elkaar geschraapt had? Waarom was hij dan vervolgens vanochtend teruggekomen om mij op te zoeken?

Plotseling vind ik het idee dat Vince vermoord is niet meer zo misselijkmakend. Als het waar is dat hij mijn vader iets heeft aangedaan, dan heeft die gore klootzak wat hem overkomen is wat mij betreft meer dan verdiend! Dan zou ik hem persoonlijk zijn tong wel door zijn strot kunnen trekken, de vieze, vuile...

'Amelie, de code?'

Ik zie de ogen van Snels nu ongeduldig op me gericht.

'O, eh, ja... In mijn telefoon.' Ik buk voorover en gris mijn telefoon uit mijn tas. Met mijn handen die trillen door een mix van woede en verdriet ontgrendel ik het scherm en tik daarna in mijn waas per ongeluk het appje aan dat ik binnenkreeg voordat Snels en Parmetijn binnenkwamen. Als de tekst die in mijn scherm verschijnt tot me doordringt, laat ik van schrik mijn telefoon vallen, alsof ik mijn handen eraan brand.

21.

Het toestel ligt met het scherm naar beneden op de grond aan mijn voeten. Ik besef dat er nog steeds ogen op me gericht zijn en dat ik geacht word te antwoorden. Snel, te snel, buk ik om het toestel op te rapen. Duizelig open ik mijn notities en dreun als een robot de code van mijn vaders kluis op. Snels en Parmetijn overleggen, ik verberg mijn trillende handen onder de tafel en open nogmaals WhatsApp. Het staat er echt, net boven mijn gesprek met Lianne. Het bericht dat me is toegestuurd vanaf een onbekend nummer en dat ervoor zorgt dat ik het keihard uit wil schreeuwen.

'... dan zijn we zo weer bij je terug, Amelie.'

Ik heb geen idee wat Snels voorafgaand aan die woorden gezegd heeft, maar zowel hij als Parmetijn staat op en ze verlaten samen de kamer. Ik speur de ruimte achter het glas af, O-been zit keurig op zijn plaats te werken en heeft totaal geen aandacht voor mij, en ook de anderen in die grote ruimte zijn druk met van alles. Een blik de andere kant op door het glas schenkt me hetzelfde beeld. Niemand houdt mij in de gaten of staat met de telefoon in de hand te kijken hoe ik op dit bericht reageer. Ik richt me opnieuw op het scherm van mijn telefoon, mijn blik is wazig. *Focus, Amelie! Lees het nog eens! Staat het er echt of draai je nu compleet door?*

Even knijp ik mijn ogen dicht en kijk dan nogmaals. Ja! Het staat er écht!

Jolijn is eenzaam zonder jou, Amelie. Als je haar terug wilt zien, hou dan je bek tegen de politie over dit bericht!

Onbekend nummer, geen profielfoto, maar wel een bericht aan mij. Mijn ontvoerder heeft mijn nummer. Hij heeft me gevonden!

Mijn oren suizen en de kamer draait. Ik grijp me vast aan de stoelleuning en sluit mijn ogen. Was dit niet het moment waarvan ik wist dat het zou komen? Mijn moeder, de politie, ze mogen dan hun twijfels hebben of me zelfs niet geloven, maar dit is écht. Hij heeft me gevonden! Of in elk geval mijn telefoonnummer!

Ik blijf naar de woorden op mijn scherm staren. Hij heeft haar nog steeds. Jolijn leeft nog!

Mijn hart slaat een slag over zodra ik 'aan het typen' onder het telefoonnummer zie verschijnen. Mijn god!

Een kort pingeltje klinkt en nieuwe tekst plopt op.

Als je hier met de politie over praat, is Jolijn dood. Verlaat het bureau en ga naar huis als je wilt dat ze blijft leven. Ik neem later contact met je op.

Bijna laat ik weer de telefoon uit mijn handen vallen als tot me doordringt wat deze woorden betekenen. *Verlaat het bureau!* Hij heeft niet alleen mijn nummer, hij weet ook waar ik nu op dit moment ben! Hoe kan dat? Ik bijt op mijn lip. Wie weten dat ik hier ben? Ik heb Lianne geappt dat ik op het bureau was, Snels en Parmetijn weten het uiteraard, én Miguel. Ik had Miguel gebeld dat ik naar het bureau ging. Miguel met zijn bruine ogen. Miguel die ook weet hoe vermogend mijn vader is. Miguel die de camerabeelden van Vince 'per ongeluk' gewist had. Jezus, het zou toch niet dat híj...

Ik zit aan mijn stoel gekluisterd, voel me niet in staat om verder na te denken of om iets te doen. Snels en Parmetijn kunnen elk moment terugkomen. Ik moet een beslissing nemen.

Verlaat het bureau en ga naar huis als je wilt dat ze blijft leven, dreunt er weer door mijn hoofd. Niets tegen de politie zeggen, naar huis gaan en dan? Wachten op zijn instructies? Wachten tot hij weer de kans krijgt me iets aan te doen? Net zoals hij nu bij Jolijn...

Ik slik. Hoe erg ik het ook vind dat hij Jolijn nog altijd heeft, ik besef ook dat ik haar feitelijk niets verplicht ben. Alles wat ze me verteld heeft lijkt gelogen te zijn, en stel dat de politie en mijn moeder toch gelijk hebben? Misschien héb ik me haar wel ingebeeld om mezelf overeind te houden, net als toen met mijn denkbeeldige familie. Liet ik haar ondergaan in die kamer wat ik zelf onderging maar niet aankon? En is dit, zijn deze appjes, gewoon een ziek spelletje van de een of andere mafketel? Of ben ik zelfs zo ver heen dat ik berichtjes denk te zien die er niet zijn?

Mijn gedachten maken me doodsbang. Ik besef dat ik niet meer op mezelf durf te vertrouwen en niet langer weet wat waar is en wat niet.

Dan klinkt er een nieuwe pingel en een wazige foto verschijnt in het nog openstaande WhatsApp-scherm. Als het rondje ophoudt met draaien, zie ik de foto. Scherp en duidelijk. Het is Jolijn! Haar gezicht is gehavend, er is een stuk stof in haar mond gepropt en er staat pure doodsangst in haar ogen.

Ik ben niet gek! Ze is echt! Er zal vast een logische verklaring voor zijn dat er niets over haar en alles wat ze me verteld heeft terug te vinden is. Ik ben het aan haar verplicht om haar te helpen. Dit is mijn kans om goed te maken wat ik met Anouk verkeerd heb gedaan!

Dan neem ik een beslissing. Ik kijk om me heen en zie Snels en Parmetijn druk gebarend in gesprek met een collega aan de rechterzijde van de ruimte waarin ik zit. De uitgang is aan de linkerzijde.

Ik sta op, haast me de kamer uit en vlieg langs het bureau van O-been. 'Kun je alsjeblieft tegen Snels en Parmetijn zeggen dat ik met spoed weg moest?'

Voordat hij de kans krijgt iets te zeggen of te vragen, ren ik de gang in en haast me naar buiten; ik móét naar mijn auto toe. Mijn benen bewegen onder mijn lijf, maar ik vertrouw ze niet, heb het idee dat ik er elk moment doorheen kan zakken. Ik zie wat mensen bevreemd naar me kijken terwijl ik daar zo hol. Mijn ribben steken gemeen en ook de wond in mijn been trekt behoorlijk, maar ik ren door.

'Gaat het, mevrouw?' roept een wat oudere dame me na als ik haar passeer. Pas dan merk ik dat de tranen over mijn wangen rollen. Ik geef geen antwoord en ren op de verkeerslichten af van het drukke Hofplein, waar ik mijn auto in de garage heb gezet. Het verkeer raast over het drukke kruispunt, noodgedwongen houd ik stil en leun ik tegen de zwart-wit gestreepte paal van het voetgangerslicht dat op rood staat. Auto's komen voorbij, trams knerpen op de rails, stemmen van mensen gonzen om me heen, de fontein spuit zijn water, overal is geluid en bedrijvigheid. Ik veeg over mijn wangen en probeer grip op mezelf te krijgen, waarna ik om me heen kijk. Overal mensen, was hij een van hen? Bijna krijg ik de neiging het kruispunt over te rennen en het lot te laten bepalen hoe het afloopt, als deze angst maar zo snel mogelijk over is. Ik moet naar mijn auto, waar ik de deuren dicht en op slot kan doen. Waar ik niet meer zo kwetsbaar ben als hier.

Eindelijk gaat het licht op groen en storm ik naar de overkant. Niet veel later reken ik zo goed en zo kwaad als het gaat af bij de parkeerautomaat en zet ik koers naar mijn auto die – verdomme, waarom? – helemaal achter in de garage staat. Als ik op een derde ben, stapt er net een man in pak uit een auto die ik nader, en ik verstijf ter plekke. Pas als hij met zijn snufferd op zijn mobiel gericht doorloopt en me passeert zonder me een blik waardig te gunnen, ren ik naar mijn auto. Ik klik de portieren al van ver open en kijk nog even om. De man is in het trappenhuis verdwenen. Ik ben zo te zien alleen op deze verdieping, maar zo voelt het niet. Ik trek een sprintje, de laatste meters naar mijn auto, waarbij ik struikel door de onhandige hakken die ik draag. Een ruk aan mijn portier en dan volgt de klap op mijn achterhoofd die ik min of meer verwachtte. De laatste flits van een gedachte die ik heb is aan het mes in mijn laars en dat ik nog helemaal niet blij geworden ben van mijn Buck 110 Folding Hunter met zijn levenslange garantie.

DEEL 3

ONDER DE OPPERVLAKTE

Well, if you told me you were drowning
I would not lend a hand
I've seen your face before my friend
But I don't know if you know who I am

'In the air tonight'
Phil Collins

1.

Soms dienen kansen in het leven zich onverwachts aan.

Ik dacht dat ik je kwijt was, en de teleurstelling was groot. Ik had geïnvesteerd in jou, en ja, ik had me zelfs een beetje aan je gehecht. Het idee weer opnieuw te moeten beginnen, een nieuw meisje te moeten vinden, stond me tegen. Jij was perfect!

Maar toen bleek je nog te leven en viel alles op zijn plek.

Het was een slordige fout van mijn kant, om zomaar uit te gaan van wat leek, maar wat niet zo was. Had mijn vader me niet in zijn laatste momenten gezegd dat ik alleen op mezelf kon vertrouwen? Hij kreeg gelijk, maar ik had de kans om het op te lossen.

Geen ruimte meer voor slordigheden en losse eindjes, een tweede kans om het af te ronden op mijn manier, zoals ik dat wil. Alleen de allersluwsten, weet je nog?

Dat je me zo gemakkelijk in de schoot geworpen wordt, zie ik als een teken. Deze keer laat ik je niet meer gaan!

2. AMELIE

'Psssst, Amelie.'

Een kriebelend gevoel langs mijn wang. Die hond weer?

Nee, dat was eerder. Niet nu. Waar ben ik? Een parkeergarage? Ik was onderweg naar mijn auto, dat weet ik nog. Waar ging ik heen?

Een geur die me doet denken aan rotte eieren en schimmelende herfstbladeren dringt tot me door. Toch een bos, of...

Meteen schiet ik rechtovereind. 'Nee,' prevel ik als ik alleen donker om me heen zie. 'Nee, nee, nééééé!' Mijn ademhaling versnelt als ook mijn hartslag toeneemt en ik voel armen die stevig om me heen sluiten.

'Rustig, Amelie. Rustig.' Jolijn drukt me tegen zich aan en streelt met een hand nu mijn haar. Ik duw haar weg.

'Ik ben zo dom geweest,' krijs ik compleet over mijn toeren bij het besef dat ik terug ben in die ellendige kelder en de realiteit is dat dat mijn eigen stomme rotschuld is. 'Ik had de politie moeten inlichten. Ik had niet weg moeten gaan daar waar ik veilig was, ik had niet...' Mijn gekrijs gaat over in een vreemd naar adem happen en ik voel een scherpe pijn rondom mijn hartstreek. Benauwd. Geen lucht. Ik moet kalmeren, ik heb alleen geen flauw idee hoe. Ik ben gewoon regelrecht in de val gelopen! Ik heb het aan mezelf te wijten dat ik hier weer zit, en nu vermoordt hij ons allebei.

'Ik heb...' *Ghhhhhhh*, klinkt er uit mijn keel. 'Ik... had nooit...' *Ghhhhhh.*

'Hé!' Jolijn schudt me nu door elkaar en praat tegen me. Het lukt me niet op haar stem te focussen.

Pats!

De harde klap op mijn wang zorgt ervoor dat ik onmiddellijk stil ben en verdwaasd in het niets voor me uit staar. Ik zie Jolijns ogen even glimmen in het donker en besef dan pas dat zij degene is die me geslagen heeft. Tegelijkertijd worstelt zich iets in me naar boven, een déjà vu wordt opgeroepen door die klap en probeert zich een weg te banen door alles wat ik voel. Het komt niet door de chaos heen. Het krabt en schuurt aan mijn hersenpan, maar als Jolijn mijn beide armen beetgrijpt, glipt het weer bij me vandaan.

'Je hebt me geslagen,' zeg ik, en ik hoor zelf hoe schor en zwak mijn stem klinkt. 'Je hebt me geslagen!' zeg ik daarom nogmaals, krachtiger nu. Opnieuw komt er een flard van een herinnering boven en ik deins naar achteren.

'Blijf van me af!' gil ik.

'Rustig nou, Amelie! Je bent helemaal overstuur en je begon te hyperventileren. Ik probeerde je alleen maar uit je trance te krijgen. Kalmeer!'

In het donker schuifel ik bij haar vandaan tot ik de muur aan de andere kant van de ruimte voel. Ik druk mijn rug ertegenaan, laat mijn ademhaling wat bedaren en zak daarna op de grond, waar de stukjes van de puzzel nog altijd door mijn hoofd dwarrelen, maar niet het hele plaatje vormen.

Toen ik als tiener na die raveparty mijn aanval had gehad, had ik ook steeds flitsen gezien van die avond en het had even geduurd voor er geen nieuwe herinneringen meer naar boven kwamen. Op de een of andere manier heb ik nu niet het gevoel dat mijn herinneringen al compleet zijn. En in hoeverre kan ik überhaupt op die herinneringen vertrouwen?

Dan sla ik mijn handen om mijn knieën, rol me tot een balletje op de grond en huil, zachtjes, omdat ik niet wil dat Jolijn me hoort. Hoe heb ik zo stom kunnen zijn? Ik ben weer terug bij af en deze keer zal het toeval me niet redden. Geen beschermengel meer. Alles is voorbij.

'Bedankt dat je me niet in de steek hebt gelaten.' Jolijns stem klinkt breekbaar en klein. 'Er heeft nog nooit iemand zoiets voor me gedaan.'

Ik hoor dat ook zij gaat liggen, zich omdraait op het matras, en in stilte schreeuw ik het uit. Ik heb de verkeerde keuze gemaakt, iets waar ik patent op lijk te hebben sinds de dag dat Anouk overleed. Ik had Snels en Parmetijn moeten inlichten, zij hadden me kunnen helpen.

Dan besef ik dat ik ze niet eens meer verteld heb over de site waarop ik het masker, de handboeien en het mes gevonden had. Ze hebben nog steeds geen enkele aanwijzing om mijn ontvoerder te vinden en dat...

Het mes! schiet er door mijn hoofd. *Mijn Buck 110 Folding Hunter!* En ja, het is niet te geloven, maar ik voel een zweem van iets wat voor blijheid door kan gaan! Zachtjes rits ik mijn laars open en betast mijn been, maar mijn vingers vinden niet het ebbenhout van het mes. Vergis ik me? Ik rits mijn andere laars open en tast rondom. Ook niets!

De tranen beginnen als vanzelf weer te rollen als ik besef dat het weg is. Mijn laatste strohalm om hier weg te komen is vervlogen.

3.

Ik weet niet hoelang ik mezelf in mijn eigen gedachten onderdompel voordat mijn ribben zo'n pijn doen dat ik weer ga zitten. Met mijn rug tegen de muur wrijf ik over mijn stramme benen, en ik spits mijn oren. Ik luister aandachtig of ik Jolijn hoor. Alles is stiller dan stil. Slaapt ze?

Alsnog stel ik hardop de vraag die al een poosje zwijgend op mijn lippen brandt: 'Waarom heb je tegen me gelogen?' Mijn stem klinkt vreemd, alsof het niet de vertrouwde stem is die ik al tweeëndertig jaar heb, maar die van iemand die ik net pas heb leren kennen.

Geen antwoord.

'Waarom, Jolijn? Niets van wat je me vertelde, bleek waar te zijn. Ik heb met de politie over je gesproken. Ik heb ze alles verteld wat je mij had verteld. Er was niets terug te vinden over je ouders. Niet over je vriendje Vigo. Op de Erasmus Universiteit had niemand van je gehoord. Hoe zit dat?'

Weer die kloterige stilte. Het roert iets in me. Waarom geeft ze geen antwoord?

'Hé!' roep ik nu. 'Hoe zit dat?'

Als weer alles stil blijft, geef ik een gil. Ik werk mezelf op handen en knieën overeind, maar omdat mijn rechterbeen slaapt, kukel ik om. Ik gooi er een paar lelijke verwensingen uit die ik zeker niet op de knie van mijn moeder leerde en wrijf over mijn been, waarbij ik de hechtingen ontzie. Jolijn reageert nog altijd niet, en dat maakt me nog kwader! Door háár ben ik hier weer, en nu ik antwoorden wil negeert ze me? Als mijn been eindelijk weer begint te tintelen, richt ik me op en kruip in de richting van waar het bed staat. Alles gaat op gevoel, want ik ben compleet gedesoriënteerd in die donkere kloteruimte hier.

'Geef antwoord!' gil ik. 'Geef verdomme antwoord!' Als ik de deken voel, grijp ik hem beet en geef er een ruk aan. 'Hé!' roep ik weer. Geen enkele weerstand op de deken en met mijn handen tast ik het matras af. Leeg! Niemand!

'Neeeeeee!' krijs ik bij het besef dat er helemaal geen Jolijn is. Op slag heb ik het ijskoud. Hadden mijn moeder en de rechercheurs dan toch gelijk? Dat kan niet! Het kan écht niet! Mijn ontvoerder stuurde me dat bericht over Jolijn, en haar foto. Dat kan toch niet als...

Ik zet een keel op en krijs opnieuw, zo hard als ik kan, met alles wat ik in me heb. Kreten om mijn perfecte zus Anouk, om mijn perfecte en compleet liefdeloze moeder, om mijn vergevingsgezinde lieve vader die er niet meer is, om die zak van een bijna-ex Vince van wie het waarschijnlijk maar beter is dat hij er niet meer is, om Jolijn die niet bestaat, om alles! Om mijn hele fucking leven dat op dit moment in duigen lijkt te vallen schreeuw ik mijn longen tot een kookpunt. Met mijn vuisten ram ik op het bed.

'Wat is dat hier, verdomme?'

Ik draai me al zittend om als plotseling alles in het licht baadt. Ik had niet eens in de gaten gehad dat het licht was aangegaan en hij de deur geopend had. Mijn ontvoerder. De man in het zwart. Het laffe stuk vreten dat me hier voor de tweede keer heeft opgesloten, alsof ik van hem ben. Een seconde of drie ben ik perplex en lamgeslagen, en dan zet ik het opnieuw op een gillen. Het kan me niet meer schelen wat hij met me doet. Wat er met me gebeurt. Of ik het overleef of niet. Hij stormt de trap af, en ik vlieg tegelijkertijd op hém af. Alle pijn in mijn ribben en been is vergeten. Als hij bij de derde tree van boven is, werp ik me tegen hem aan als een bizon in volle galop en hij wankelt. Samen vallen we om en glijden we van de trap, en hij eindigt op mijn benen. Ik worstel en trap met alles wat ik in me heb en weet hem zelfs met een van mijn hakken in zijn gezicht te raken. Ik hoor hem schreeuwen en zie dat hij even uit het veld geslagen is. Meteen trap ik nog een keer, maar ik mis en hij grijpt mijn enkel. Hij werkt zich op zijn knieën en rukt me aan mijn been dichter naar zich toe. Ik gil het uit omdat ik voel dat mijn hechtingen openspringen. Het effect van mijn verrassingsaanval is uitgewerkt. Ik ga eraan.

'Ben jij helemaal gék geworden?' Hij grijpt me met twee handen in mijn haar en schudt me door elkaar als ik een flits vanuit mijn ooghoeken waarneem. Het gaat snel, bijna zo snel dat ik niet kan registreren wat er gebeurt. Dan besef ik dat het Jolijn is die van achter hem onder het bed vandaan opdoemt. Ze heft haar hand en laat hem razendsnel neerkomen. Zijn ogen opengesperd, nu schreeuwt híj het uit. Bloedspetters vliegen in de rondte als Jolijn haar hand blijft heffen en weer laat neerkomen op zijn rug. Hij draait zich naar haar om, probeert haar af te weren, maar zij blijft steken, in zijn borst nu. Met een zware plof valt hij neer, op zijn rug, en Jolijn werpt zich boven op hem. Als een bezetene blijft ze op hem insteken met mijn mes. Drie keer, vier keer, vijf keer. Het mes waar ik blij van moest worden doet eindelijk zijn werk. En ik bén niet gek. Jolijn is hier. Bij mij. En wij komen hier weg. Samen!

4.

'Stop!' roep ik als ze voor de zoveelste keer op hem insteekt.

Zijn lichaam ligt uitgestrekt op de betonnen vloer en golft alleen nog mee op de steekbewegingen die Jolijn blijft maken. Hijgend en kreunend haalt ze keer op keer uit, als een wild dier dat losgaat op zijn prooi. Het zompige *swwwwsh*-geluid als het mes door de stof van zijn kleding en door zijn huid klieft, klinkt afgrijselijk. Rode spetters vliegen op en een grote plas bloed heeft zich al rondom het lichaam gevormd. Jolijn zit nog altijd boven op hem. Ze ziet eruit als Carrie uit de gelijknamige boekverfilming wanneer het meisje op de avond van het schoolbal een emmer varkensbloed over zich heen krijgt. Ook de blik in haar ogen is vergelijkbaar met die van de actrice in de film vlak voordat ze met haar kwelgeesten afrekent: compleet bezeten!

'Stop!' schreeuw ik weer, en ik sla mijn handen voor mijn ogen. Ik kan het niet langer aanzien. 'Hou op, hou alsjeblieft op! Hou op!'

Het houdt niet op. Hoewel ik mijn ogen dicht heb, zie ik haar nog steeds voor me. *Swwwwsh, swwwwsh, swwwwsh.*

Ik vlieg overeind en ruk Jolijn aan haar schouders naar achteren. Ze kukelt achterover op haar kont. Het mes klettert door mijn onverwachte beweging uit haar hand en eindigt exact voor mijn voeten. Míjn mes. Het mes dat ik in een opwelling had besteld, dat de volgende ochtend werd geleverd en dat ik sinds vanochtend als een talisman in mijn laars bij me had gedragen. Dát mes heeft ons nu gered. Weer toeval? Of juiste tijd, juiste plaats?

Hij is dood. Wíj leven! Ik strek mijn arm, raap het mes op en omklem het natte heft met mijn vingers. Zijn bloed plakt aan mijn huid en kleurt mijn vingers helderrood.

'Jíj had het dus,' fluister ik. Jolijn kruipt iets naar achteren, verder bij het lichaam vandaan, en trekt een rood spoor over de vloer. De pyjama die ze draagt is doordrenkt van het bloed en ook haar gezicht en haar zijn rood van kleur. Weer denk ik aan die horrorfilm.

'Heb jij het uit mijn laars gehaald?'

Ze schudt haar hoofd. 'T-toen hij je hier binnen bracht, v-viel het op het bed. Hij z-zag het niet, maar ik w-wel. Ik h-heb het bij me gehouden, ik wist dat mijn kans zou k-komen.' Haar lip trilt en tranen rollen naar beneden, trekken vreemde witte stroompjes op haar bebloede wangen. 'Ik k-kon niet anders, ik moest hem wel doden. Dat snap je toch wel?'

Ze begint nu over haar hele lijf te trillen. 'Dat s-snap je toch wel, Amelie? Ik had geen keus, ik m-moest het doen!' Snikkend krimpt ze in elkaar. Ik loop op haar af en neem haar in mijn armen. De beelden van hoe ze op het lichaam in bleef steken duw ik weg. Ze was in shock. Ze wist niet wat ze deed, vertel ik mezelf, waarbij ik me afvraag hoe ik zelf zou reageren als ik degene was die het mes had gehad op het moment dat hij me aanviel. Ik had hem ook gestoken, dat weet ik wel zeker. Maar was ik net als Jolijn zó door het lint gegaan?

Met het mes nog altijd in mijn hand help ik Jolijn overeind en begeleid haar naar het bed. Als in trance gaat ze zitten, terwijl ze zachtjes huilt en nog altijd trilt. Ik sla de deken om haar heen en draai me dan om. Vanwege de grote plas bloed en het bizarre aantal keren dat Jolijn op hem heeft ingestoken, heb ik geen enkele twijfel of onze kwelgeest dood is of nog leeft, maar niemand weet beter dan ik dat alleen dood lijken niet genoeg is. Ik loop op hem af en zak door mijn hurken, net buiten de poel van bloed. Zijn gezicht ligt van me weggedraaid en ik rol de stof van het masker in zijn hals een stukje omhoog. Dan leg ik mijn vingers op de plek waar een hartslag voelbaar moet zijn bij iemand die niet net dertig keer is gestoken. Niets. Ik laat mijn blik omlaagglijden, over zijn lichaam en de zwarte hoody die compleet aan flarden is.

Weg! We moeten hier zo snel mogelijk weg! roept een stemmetje in mijn hoofd, begeleid door het gekerm van Jolijn op de achtergrond. Ik haal diep adem en schud dan mijn hoofd. Eerst moet ik het weten. Nog één keer voel ik in zijn hals om mezelf ervan te verzekeren dat hij dood is en dan leg ik het mes neer. Met twee handen pak ik zijn hoofd beet en draai het gezicht naar me toe, waardoor hij naar me lijkt te grijnzen dwars door het afschuwelijke masker heen. Zijn bruine ogen grijnzen niet, ze staren me doods aan.

'Vuile klootzak,' fluister ik. Dan plaats ik mijn vingers onder de stof van het masker. Ik rol het omhoog en val van schrik achterover als ik zijn gezicht zie.

5.

Als versteend zit ik op mijn achterste op de vloer en staar in de twee bruine ogen die ik al eerder gezien heb. Ik denk terug aan het ongemakkelijke gevoel dat ik had gehad in zijn bijzijn en hoe terecht dat nu bleek te zijn. Mijn brein probeert de losse stukjes aan elkaar te verbinden.

'Politieagent,' fluister ik, en ik kan mijn blik niet van zijn gezicht losmaken.

Beelden van O-been die me deze ochtend op het bureau ontving en naar de spreekkamer begeleidde flitsen voorbij. Híj was degene geweest die me ter plekke van achter zijn bureau de berichtjes had toegestuurd, die wist dat ik op Snels en Parmetijn zat te wachten. Bij hém had ik gemeld dat ik ervandoor moest en daarmee was ik regelrecht in zijn val gelopen! Deze celachtige kamer, de handboeien, het stroomstootwapen. Ineens valt alles op zijn plek.

'Hij is rechercheur, Jolijn. Ik heb hem vanochtend gezien én gesproken op het bureau,' mompel ik verdoofd. Pas na een poosje merk ik dat Jolijn is gestopt met huilen en hoe stil ze is. Ik draai me om. Ondanks al het bloed op haar gezicht, zie ik dat haar huid eronder krijtwit is en dat ze me met een vreemde blik in haar ogen aankijkt. Weer dringt die herinnering zich aan me op. *Wat heb je verdomme gedaan? Ze is dood! En nu?*

Dat had hij geroepen naar Jolijn nadat ik mijn aanval had gekregen, waarop ik nu helder voor me zie wat ik al eerder dacht gezien te hebben. Zíj had mij die tweede klap in mijn gezicht gegeven, niet hij. Ze hadden samen over me heen gebogen gestaan en hij had zijn masker afgenomen! Ze wist het!

Ik schiet naar voren en grijp het mes dat naast het hoofd van O-been ligt. Met een hand die ongecontroleerd trilt houd ik het voor me om de afstand tussen mij en Jolijn te bewaren.

'Je wist het, hè?' fluister ik dan. Ik ga staan. 'Jij wist al die tijd al wie hij was.'

Jolijn bijt op haar lip en tranen glimmen in haar ogen als ze naar me opkijkt.

'Het is niet wat je denkt, Amelie. Ik wist wie hij was, maar...' Ze staat op en zet een stap in mijn richting. Meteen duw ik het mes dreigend haar kant op. 'Daar blijven! Ga zitten.'

Ze doet wat ik zeg en achterwaarts schuifel ik naar de trap. Haar blik volgt me. 'Vanaf het eerste moment dat ik je zag, heb je tegen me gelogen.'

'Laat me het alsjeblieft uitleggen, het is niet zoals je denkt. Hij heeft me...'

'Hou je bek!' gil ik naar haar als mijn hielen het beton van de eerste traptrede raken. 'Ik hoef het niet te weten, ik moet hier weg!' Dan draai ik me om en ren met twee treden tegelijk de trap op. Bovenaan gooi ik de deur dicht en doe de drie schuifsloten die er aan de buitenkant op gemonteerd zitten dicht. Mijn hart gaat als een razende tekeer als ik de hal door vlieg en regelrecht op de buitendeur af ga. Verdomme! Op slot natuurlijk, zoals te verwachten was. Dan ga ik de keuken in, waar ik verstijf als ik besef wat ik daar zie. Het aanrecht staat vol met oranje jerrycans, wel een stuk of twintig. Ik til er een op en hoor de vloeistof klotsen. Als ik de dop losdraai en aan de inhoud ruik, waan ik me op een tankstation: benzine! Was hij van plan de hele boel in lichterlaaie te zetten? Met Jolijn en mij nog binnen? Nieuwe paniek slaat toe en ik ruk aan de keukendeur, die net als de voordeur op slot zit. Het lijkt erop dat er ooit een raam in heeft gezeten, op de plek waar nu een dikke houten plaat vastgespijkerd zit. Ik probeer het mes onder de plaat te wurmen, maar dat is onmogelijk, er zit geen millimeter speling tussen de plaat en de deur. Dan draai ik me weer om en scan de ruimte. Op tafel ligt het mes van O-been en zijn gele taserpistool. Blijkbaar was hij die laatste keer ongewapend naar de kelder gekomen. Ook psychopathische ontvoerders maken inschattingsfouten, en deze was hem duur komen te staan.

En er ligt een mapje papieren. Ik pak het op, sla het open en zie een lijst met namen. Daarachter staan bedragen vermeld en letters. Mijn ogen gaan over de tekst en ik lees het wel vier keer om te zien of ik het goed zie. *Steven Snels*, is een van de namen. Erachter een bedrag van duizend euro en de letters J&A. *What the hell?* Is dit een lijst met allemaal politiemensen erop? J&A? Plotseling kotsmisselijk laat ik het mapje vallen en kijk om me heen. In de hoek van de keuken, naast een ouderwetse en zwartgeblakerde open haard, ligt een stapel dekens. Ik loop erop af en kniel erbij neer, laat de ruwe stof van een van de verhuisdekens door mijn handen glijden en sluit mijn ogen. Weer die herinnering die naar boven probeert te komen. De deken op de grond, ik helemaal naakt, gezichten die boven me hangen en... Nee! Ik trek mijn hand terug alsof ik me aan de deken brand. Ineens komt het moment bij me terug. De geuren, de woorden... De exacte woorden!

Ik voel me verdoofd. Levendige herinneringen aan je dood zijn niet prettig, al helemaal niet wanneer ze alles op zijn kop zetten wat je tot dan toe dácht te weten.

Dan gaat mijn hand toch weer naar de dekens en mijn nieuwsgierigheid wordt gewekt als ik zie wat eronder ligt. Ik pak het op.

Gedurende de momenten die daarop volgen, ben ik alle besef van tijd en plaats even kwijt. Pas wanneer tot me doordringt wat dit is en wat het betekent, neem ik een besluit.

Ik tref mijn voorbereidingen en ren daarna terug in de richting van de kelderdeur. Met trillende handen maak ik de drie schuiven weer open. Ik moet terug voor de sleutels. En niet alleen dáárvoor!

6.

'Ik wil antwoorden!'

Als ik het plateau bovenaan de trap weer op stap, het mes stevig in mijn hand geklemd, zit Jolijn op de grond naast het lichaam. Ze heeft de bos met sleutels in haar hand en staart apathisch voor zich uit.

'Ik wil dat je me vertelt wat er is gebeurd.'

'Je zal me niet geloven,' fluistert ze.

Ik herinner mezelf eraan waarom ik terug hiernaartoe ben gegaan en loop langzaam de trap af met het mes voor me uit gestoken.

'Vind je dat gek? Je hebt me over alles voorgelogen!'

Ze laat haar hoofd zakken en begint te snikken. 'Ik moest wel, van hem.'

Ik houd stil als ik onderaan de trap ben. 'Gooi die sleutels mijn kant op!'

Jolijn blijft zitten en kijkt me peilend aan. Dan lijkt ze een beslissing genomen te hebben en werpt de sleutels voor mijn voeten. Ik buk en raap ze op.

'Gá dan,' zegt ze fel. 'Ik kan ook niet verwachten dat een meisje zoals jij me een kans geeft. Jij bent met een zilveren lepel in je mond geboren en ik heb heel mijn leven mijn eigen boontjes moeten doppen. Onze werelden liggen te ver uit elkaar. Ik ben wel gewend dat types zoals jij hun neus ophalen voor mensen zoals ik. Alsof ze in een stuk stront getrapt zijn dat ze zo snel mogelijk weer van hun schoen willen verwijderen. Ga maar gauw terug naar je fijne rijkeluisleventje.' Ze blijft me uitdagend aankijken en heel even overweeg ik haar een flinke veeg uit de pan te geven. Wie was zij dat ze dacht te weten hoe mijn leven in elkaar stak? Wie was zij om in te vullen dat het leven met geld automatisch een fijn leven was? Ik slik het weg, denkend aan mijn beslissing.

'Ik ga naar je luisteren, want ik wil antwoorden op mijn vragen. Maar wel op míjn voorwaarden. Niet hier. We praten boven, in de keuken, en als ik je niet vertrouw, aarzel ik niet hetzelfde bij jou te doen als wat jij bij hem gedaan hebt, snap je dat?' Gesterkt door de sleutels en het mes in mijn handen spreek ik deze woorden uit, maar vanbinnen tril ik als een rietje. Jolijn staat op en ik doe een stap opzij. 'Jij eerst,' zeg ik, waarna ik haar laat passeren en achter haar de trap op loop met het mes in de aanslag.

Ik wacht tot ze heeft plaatsgenomen op een van de houten stoelen aan de keukentafel en ga dan tegenover haar zitten. Ik zie haar ogen over het mapje schieten, dat nog altijd op tafel ligt. Ze sluit haar ogen en slikt een paar keer.

'Wat is dat?' vraag ik haar.

Ze draait haar hoofd weg.

'Dat zijn de namen van al zijn zieke vriendjes.'

Weer schiet mijn blik over de lijst en blijft rusten op de naam van Snels.

'Zijn vriendjes bij de politie?'

Ze knikt. 'Mannen die net zo ziek zijn als hij. Mannen die zelf hun handen niet willen branden aan ontvoering en verkrachting, maar die zichzelf graag aftrekken bij wat die goorlap allemaal uitspookt.'

'Wat bedoel je?'

'Wat dénk je dat ik bedoel?' Jolijn maakt een sarcastisch snuivend geluid. 'J en A? Dat zijn wij! Hij filmde alles wat er in die weirdokamer gebeurde en verkocht de video's door aan een select groepje perverselingen bij de politie.'

'Nee,' zeg ik, en ik schud mijn hoofd. 'Dat kan niet. Snels, dat is de rechercheur die op mijn zaak zit, die...' Ik herinner me hoe vreemd ik het had gevonden dat Snels aan mijn bed in het ziekenhuis verscheen, terwijl ik echt om een vrouwelijke rechercheur had gevraagd. En ook dat ik alleen zijn nummer had gekregen en niet dat van Parmetijn. Was dat bewust geweest, om me in de gaten te houden? Om het onderzoek te sturen?

'Geloof me, Amelie, als we hier weggaan, kunnen we niet naar de politie. We weten niet wie we wel en niet kunnen vertrouwen.'

Ik slik. 'Hou die adviezen maar voor je. Ik heb nog altijd niet gehoord waarom jíj tegen me hebt gelogen. Laten we daar eens mee beginnen.'

'Ik...' Ze sluit haar ogen, alsof ze voor zichzelf iets afweegt. Als ze ze weer opent, begint ze te praten. 'Niet alles wat ik je heb verteld was een leugen. Ik was écht een studente criminologie, voordat ik alles verpestte.' Ze haalt diep adem. 'Niet in Rotterdam, zoals ik je vertelde, maar ik studeerde in Leiden. Ik had, zoals zoveel studenten, een studieschuld en kon moeilijk rondkomen.' Ze vouwt haar handen samen in haar schoot en frunnikt met haar bebloede vingers aan de zoom van haar pyjama. 'Toen het café waar ik in de avond werkte onverhoopt zijn deuren moest sluiten, zat ik een poosje zonder baan en al snel zonder geld. Ik dreigde mijn kamer uit gezet te worden in verband met huurachterstand die opliep. Ik had een probleem, ik had niet zoals jij rijke ouders bij wie ik kon aankloppen en het lukte me niet om op tijd een ander baantje te vinden.' Ze kijkt even op met een meewarig glimlachje en ik denk aan mijn eigen studietijd. Mijn ouders – of tenminste, mijn vader – betaalde alles met het grootste gemak voor me zonder daar ooit iets voor terug te vragen. Ik had de typische studentenproblemen zoals geen kamer kunnen vinden of geen geld hebben niet gehad. Ik had nooit op vrijdag een zak noedels opengetrokken omdat het boodschappengeld op was, of een etentje of bioscoopje afgeslagen omdat ik even krap zat. Mijn geldproblemen waren pas begonnen toen ik Vince leerde kennen.

'Mijn kamergenootje Sasja introduceerde me bij een luxe escortservice waar zijzelf af en toe haar diensten verleende. De eerste keer was vreselijk. Het voelde als een enorme drempel om seks te hebben met een wildvreemde vent die daarvoor betaalde. Na die eerste avond zei ik tegen Sasja dat ik het nooit meer zou doen.' Ze sluit haar ogen even voor ze verdergaat.

'Sasja overtuigde me dat het vanzelf makkelijker werd na die eerste keer. Ze leerde me dat ik het werk vanuit een andere rol moest doen, dat ik het gewoon zakelijk moest benaderen. Als ik met een man was, was ik niet mezelf, niet de berooide studente met al haar problemen. Dan was ik een knap escortmeisje voor wie mannen een hoop geld neertelden. Dat knappe escortmeisje hielp het andere meisje uit de problemen en verder hadden ze allebei hun eigen leven.'

Nog altijd heb ik krampachtig het mes in mijn hand geklemd. Ik laat het wat zakken en zie iets van opluchting in Jolijns ogen verschijnen.

'Het hielp me om er zo naar te kijken. Al snel was de eerste ongemakkelijkheid ervanaf en ik verdiende meer geld dan ik ooit gedaan had. Met ieder weekend een paar boekingen en soms een wat langere *dinner date* of zelfs een weekendje weg verdiende ik makkelijk vierduizend euro netto per maand. Ik loste in no time mijn huurachterstand af én hield nog bakken met geld over ook. Het voelde goed om zorgeloos boodschappen te kunnen doen, uit te kunnen gaan, te gaan shoppen en te kopen wat ik wilde. Ik besloot het werk nog wat langer te blijven doen. De mannen die in de club kwamen, waren over het algemeen welgestelde, nette kerels die zichzelf goed verzorgden. Sommigen kwamen voor de seks, anderen wilden alleen gezelschap tijdens bijvoorbeeld een zakendiner of een weekend weg. Ik begon mijn tweede leven steeds leuker te vinden.'

'Heb je die klootzak via die escortservice leren kennen?'

Jolijn knikt. 'Meteen de eerste keer dat Rob bij mij kwam, zag ik dat hij ergens onder leed. Die donkere blik in zijn ogen. Iets achtervolgde hem, drukte zwaar op hem.'

Rob, denk ik bij mezelf. Ook monsters hebben een naam.

'Hij koos mij als zijn vaste meisje en kwam bijna elke week, ondanks de trouwring die ik om zijn vinger gespot had. Altijd met die getergde blik in zijn ogen. Ik vroeg hem weleens wat er scheelde, en dan zei hij dat hij een zware dag had gehad op het werk. Onze seks leek hem goed te doen, maar op een avond zag ik dat er tranen over zijn wangen liepen.'

Ik heb er moeite mee Rob het monster voor me te zien als een mens met emoties.

'Die keer, toen ik hem vroeg wat er was, begon hij ineens te praten. Hij vertelde me dat het de trouwdag was van hem en zijn overleden vrouw. Ze was lang ziek geweest, tot ze een paar maanden voor Rob voor het eerst bij mij kwam overleden was. Hij sprak zó lief over haar. Hoe ze al vanaf hun jeugd samen waren geweest en hoe hij haar nog altijd miste.'

Een sarcastisch gnuivend geluid ontsnapt aan mijn keel. Jolijn negeert me en gaat verder.

'Ik wist dat het niet verstandig was om zulke persoonlijke gesprekken met hem te hebben, maar al vanaf de eerste keer dat hij bij me kwam voelde ik die connectie met hem. Wilde ik er voor hem zijn en zijn pijn wegnemen. Dat werd nog meer versterkt toen ik zijn verhaal kende. Zonder dat ik er erg in had, kreeg ik gevoelens voor hem.'

'Hoe romantisch,' zeg ik, omdat het niet langer lukt me te bedwingen. 'Het escortmeisje en de psychoagent. Ik heb nog steeds helemaal níéts gehoord wat mijn gedachten over jou veranderd heeft.'

'Ik wil het je wel vertellen, maar het is erg,' zegt ze, waarna ze haar hoofd laat hangen. 'Heel erg.'

Ik wacht.

'Sasja...' zegt ze als ze weer opkijkt en dan slaat ze haar handen voor haar gezicht.

'Sasja is dood. En ík heb haar vermoord!'

7.

De haartjes op mijn armen staan overeind en ongemerkt heb ik mijn vingers weer wat steviger om het mes geklemd.

'Sasja? Je kamergenote bedoel je?'

Jolijn knikt en veegt langs haar gezicht, wat vreselijke rode strepen over haar wangen trekt.

'Rob dwong me bij haar net als bij jou dingen te doen die ik niet...' Haar ademhaling versnelt. 'Ik weet ook niet hoe ik zo blind heb kunnen zijn, hij was zo charmant, zo overtuigend, ik zag het niet.'

Dan stuif ik op, de stoelpoten schrapen piepend over het geblokte vinyl. 'Zo blind dat je je kamergenote hebt vermoord? Dat je míj bijna hebt vermoord?' Mijn stem slaat over. Ik zie weer voor me hoe ze op zijn lichaam instak, keer op keer, en besef wat voor risico's ik neem door hier te blijven.

'Nadat hij me die dag over zijn vrouw verteld had, vertelde hij nog veel vaker over haar. Dat hij hun bijzondere band miste en vooral het vertrouwen dat er tussen hen was tijdens hun nogal aparte manier van intimiteit.' Ze slikt. 'Ze deden aan breathplay in de tijd dat zij nog fysiek in orde was.'

'Breathplay?' papegaai ik.

'*Choking*. Wurgseks,' verduidelijkt Jolijn. 'Tot dan toe had ik altijd redelijk standaard seks met Rob gehad, hij vroeg nooit om iets bijzonders, hoewel ik wel merkte dat het hem extra opwond als hij mijn hals streelde. Eindelijk begreep ik waarom.'

'En hij wilde dat breathplay ook met jou doen?'

'Niet alléén met mij.' Ze slikt opnieuw, zichtbaar geëmotioneerd. 'Hij vertelde me dat het al jaren een grote fantasie van hem was om twee vrouwen met elkaar aan breathplay te zien doen. Omdat zijn vrouw zo ziek was, was het er nooit van gekomen. Voordat hij bij mij kwam, was hij ook een keer of twee bij Sasja geweest en hij wist dat zij mijn kamergenote was. Hij vroeg me of ik eens aan haar wilde voorstellen of ze ervoor openstond, alles uiteraard met goede afspraken en respect en vertrouwen voor elkaar, blablabla. Hij wilde er vet voor betalen, het salaris dat we normaal in een hele maand verdienden, voor ons beiden.'

Ik trek mijn wenkbrauwen op. Vreemd dat iemand bij de politie zo met geld kon smijten. De opbrengst van zijn illegale praktijken?

'Ik voelde er helemaal niets voor. Ik was eerlijk gezegd ontzettend teleurgesteld dat Rob me zo'n voorstel deed na alle tijd die we samen hadden doorgebracht. Blijkbaar was ik toch niet genoeg voor hem, ook al dacht ik eerst van wel.'

'Maar Sasja, je vroeg het haar toch?'

'Sasja was iets te veel gewend geraakt aan haar luxe levensstijl. Ze was allang gestopt met haar studie en inmiddels fulltime escort om haar dure vakanties, kleding en noem het allemaal maar op te kunnen bekostigen. Daarbij was ze bezig met het kopen van een huis en kon ze het geld goed gebruiken.'

Jolijn frunnikt met haar handen onder de tafel. Ik neem mijn blik geen seconde van haar af.

'Weer zei ze me dat ik het puur zakelijk moest bekijken. Gewoon een klus, een opdracht, *that's it*. En ik kende Rob al een poos, ik wist dat hij een geschikte en betrouwbare kerel was. Eentje met een rare seksuele voorkeur weliswaar, maar daar zijn er wel meer van. Gewoon het geld cashen, zei ze, en er daarna van genieten. Ik twijfelde nog, ik wees haar op de gevaren van dit soort spelletjes, hoe vaak het misging, enzovoorts.'

'En het gíng dus ook mis,' fluister ik.

'Rob nam ons mee naar deze plek op de avond dat het moest gaan gebeuren. Ik was nog nooit bij hem geweest en schrok nogal van deze afgelegen en verpauperde boerderij. Ik besefte ineens dat ik hem helemaal niet zo goed kende en buiten zijn verhalen bijna niks van hem afwist. Sasja leek nergens last van te hebben; zij was in gedachten het geld dat ze zou ontvangen al aan het uitgeven.' Ze schraapt haar keel. 'Zodra we hierbinnen waren, veranderde er iets in Robs blik. Ik vertrouwde het niet, ik probeerde Sasja duidelijk te maken dat we hier weg moesten, maar ze ving mijn signalen niet op. Rob bood ons wat te drinken aan, en het volgende dat ik me herinner is dat Sasja en ik in die rare kamer waren. Net als jij en ik, zij geboeid aan het bed, ik boven op haar.' Ze slaat haar trillende armen om zichzelf heen. 'Hij zei dat het allemaal bij het spel hoorde, liet me dingen doen bij Sasja terwijl hij van een afstandje toekeek. Ik voelde me heerlijk, licht, vrij. Het was...' Ze schraapt haar keel. 'Het was alsof ik mezelf niet was, alsof ik vanaf een afstandje op mezelf neerkeek in een soort van euforische roes.'

'Hij had iets in jullie drankjes gedaan?'

Ze knikt. 'Die perverseling keek van een afstandje toe en spoorde me aan steeds een stapje verder te gaan. Sasja leek alles oké te vinden, ervan te genieten zelfs, tot ze plotseling niet meer bijkwam. Pas later begreep ik dat onze ongeremdheid van de drugs moest komen. En toen bleek ook dat hij alles gefilmd had. Een snuffmovie die hij doorverkocht aan zijn foute vriendjes.'

Ik kijk nogmaals naar de lijst, waar wel twintig namen op staan, waaronder die van Snels. Zouden die anderen ook politiemensen zijn? Ik vind het moeilijk voor te stellen dat er zoveel psycho's bij de politie zitten. Jolijn leest het op mijn gezicht.

'Weet je wat ik tijdens mijn studie heb geleerd over mensen in autoritaire beroepen?'

Ik schud mijn hoofd.

'Het overgrote deel van hen kiest voor zo'n beroep omdat ze een groot plichtsbesef en rechtvaardigheidsgevoel hebben, iets willen bijdragen aan de maatschappij, de zogeheten wereldverbeteraars.' Ze trekt een cynisch gezicht. 'Een ander deel van hen kiest juist voor zo'n beroep omdat ze op de macht kicken die het hun geeft. Je ziet het bij militairen, docenten, politieagenten. Dat zijn degenen die zelf moeite hebben met autoriteit en die niet kunnen wachten tot ze hun eigen stem kunnen laten gelden, in een situatie waarbij ze iemand onder de duim hebben. Kunnen laten zien wie er de baas is. De rotte appels.'

Dat is zwak uitgedrukt. Appels vol maden en schimmel en met een zwarte kern. Ik trek mijn wenkbrauwen op.

'Ik móést het wel doen, Amelie. Hij dwong me. Hij zei dat hij met jou echt een vette vis aan de haak had geslagen. Een meisje met een steenrijke vader. Als ik hem hielp jou zo veel mogelijk informatie over je vader te ontfutselen, zou hij ons allebei laten gaan. Ik wist niet of hij het meende, maar ik móést het wel proberen. Ik móést doen alsof, om jouw vertrouwen te winnen, je te laten denken dat we in hetzelfde schuitje zaten om ervoor te zorgen dat je je over me zou ontfermen en me alles zou vertellen wat Rob wilde weten. Daarom stelde ik al die vragen en verzon ik verhalen die aansloten bij wat hij me al over jou verteld had.' Er ligt een pijnlijke grimas op haar gezicht.

Ik herinner me alle vragen die ze me inderdaad had gesteld over mijn vader, maar niet alleen over hem. Plots klopt mijn hart weer in mijn keel. 'Waarom wilde je zoveel over Vince weten, wat heeft hij hiermee te maken?'

Jolijn zucht. 'Het leek allemaal zo simpel... Rob liet jouw vader een flinke smak losgeld betalen en daarna zou hij naar het buitenland vertrekken en ons laten gaan. Hij had alleen niet voorzien dat jouw goklustige probleemgeval van een echtgenoot roet in het eten zou gooien.'

'Hoe bedoel je?'

'Je vader was druk bezig het losgeld te verzamelen. Hij zei dat hij al een flinke som geld had opgenomen en een nog groter bedrag in de kluis in zijn galerie had liggen. Hij had de volgende dag een afspraak bij de bank gemaakt om het restant op te nemen. Rob sprak met hem af op dinsdagavond de overdracht te doen, ergens op een industrieterrein.'

Ik slik mijn tranen weg. Mijn vader had me willen redden, ondanks alles wat er in het verleden gebeurd was.

'Wat er precies tussen je man en je vader is voorgevallen die avond, weet ik ook niet. Feit is wel dat je echtgenoot ervandoor ging met het geld van je vader, en dat je vader niet veel later dood bleek te zijn. Rob was woest.' Jolijn kijkt me met een blik vol medeleven aan en ik hap naar adem. Had Vince mijn vader dan toch vermoord om die ellendige schulden van hem?

'Rob was de rechercheur die ter plaatse kwam toen je collega Miguel je vader vond en de politie belde.'

Rob Maas, herinner ik me. Is dat niet de naam die Miguel genoemd had? Mijn god, O-been had het onderzoek natuurlijk van A tot Z gemanipuleerd. Niet Miguel had de camerabeelden gewist, Rob Maas had dat gedaan!

'Je man had dat geld gejat, zoveel was Rob wel duidelijk toen hij erachter kwam dat Vince die avond in de galerie was geweest en je vaders kluis helemaal leeg bleek te zijn. Het gooide alles in de war, want de dagen daarna was Vince onvindbaar.'

'Maar...' Mijn hersenen draaien overuren. 'Waarom is Vince dan niet gevlucht? Waarom is hij naar mij toe gekomen?'

Ik denk aan zijn gejaagde houding vanochtend. De aarzelingen en de haast die hij had gehad om weg te komen.

'Ik weet niet of je precies weet wat er met hem gebeurd is. Rob heeft hem... eh...' Ze bijt op haar lip.

'Hij heeft hem gemarteld, ja. De politie heeft me erover verteld.'

'Hij had een tas met zijn paspoort en al zijn spullen in zijn auto liggen. Waarschijnlijk wilde hij gisteren vluchten, maar die sukkel wilde per se eerst jou nog zien. Zo kwam Rob hem op het spoor.'

Ik laat haar woorden even op me inwerken voordat ik iets zeg. 'Hij wilde vluchten met het geld van mijn vader. Het losgeld dat mij hier weg moest krijgen?'

Jolijn knikt.

Ik ben hier omdat ik je moest zien. Je in de ogen wilde kijken.

Vince, de vuile huichelaar!

'Alleen weet niemand waar hij het geld gelaten heeft, want in zijn auto lagen alleen lege enveloppen en zelfs met al zijn martelpogingen heeft Rob het niet uit hem gekregen.'

Het beeld dat Snels had geschetst van hoe ze Vince hadden aangetroffen, verschijnt weer op mijn netvlies.

'Luister, Amelie, als ik had kunnen vermoeden dat je zou ontsnappen, dan had ik nooit tegen je gelogen. Dan had ik je verteld wie ik werkelijk ben en je niet van alles op de mouw gespeld om je informatie over je vader te ontfutselen. Dat moet je van me aannemen!' Nieuwe tranen lopen over haar wangen, de voorraad lijkt onuitputtelijk.

'Ik moet helemaal niks, begrijp dat vooral goed,' fluister ik terug. 'Wat jij moet is mij vanaf nu niets anders vertellen dan de hele waarheid. Vertel me om te beginnen maar eens hoe je echt heet.'

Ze slikt. 'Jill. Mijn echte naam is Jill.'

8.

'We moeten naar de politie,' zeg ik als we even in stilte bij elkaar hebben gezeten.

Onmiddellijk schudt Jolijn, of Jill, haar hoofd. 'Nee, dat kan echt niet. Ik heb Sasja vermoord. Ik heb hém vermoord. Heb je enig idee wat dat betekent?'

Ze kijkt op en ik zie afschuw in haar ogen. 'Het betekent dat ik een agent heb vermoord, Amelie. Ik heb een agent VERMOORD!'

Ik laat het mes zakken. 'Het was zelfverdediging. We kunnen aantonen wat hij ons hier heeft aangedaan, iedereen zal begrijpen dat...'

'Niemand begrijpt dat. Mensen hebben altijd vooroordelen: waar rook is, is vuur. Het betekent voor mij een eind aan een normaal leven. Hij heeft genoeg vrienden die ervoor kunnen zorgen dat het er allemaal heel anders uitziet. Die bewijs zullen manipuleren, laten verdwijnen.' Ze schudt haar hoofd weer, heftiger deze keer. 'We weten niet wie we wel en niet...' Haar ademhaling begint te raspen. 'We weten niet wie we k-kunnen...'

'Rustig,' maan ik haar.

Haar schouders beginnen te schokken.

'Je weet niet wat je zegt, het risico is te groot met wat we allemaal weten.' Ze wappert met de lijst. 'Ze zullen er alles aan doen om dit onder de pet te houden. Ze zullen het willen laten verdwijnen, ze zullen óns...' Ze slaat haar handen voor haar gezicht en ik besluit dat het tijd is. Ik sta op, loop om de tafel heen en sla een arm om haar schouder.

'Rustig, het komt echt wel goed. We gaan hier weg en het komt goed.' Ik trek haar tegen me aan en wacht tot het schokken van haar lijf wat afneemt.

Dan, als ze na een paar minuten naar me opkijkt, komen de woorden die ik al had verwacht.

'We moeten dit laten verdwijnen, Amelie. Hem, dit huis, alleen dan kunnen we echt opnieuw beginnen. Dit achter ons laten zonder dat het ons voor altijd blijft achtervolgen.' Ze werpt een blik op de jerrycans op het aanrecht. 'Wij moeten doen wat hij al van plan was te doen als het fout liep. Al het bewijsmateriaal moet verdwijnen!'

Ik voel de adrenaline stromen bij het besef dat het bijna zover is, en ook dat het mijn enige kans is om dit écht af te ronden. In een flits werp ik weer een blik op de dekens en herinner ik mezelf aan de beslissing die ik daar eerder had genomen.

'Oké, we doen het,' zeg ik, waarna ik diep inadem om mezelf te kalmeren. Ik zie de opluchting op het gezicht van Jolijn en ik voel hem zelf ook bijna. Bijna. 'We verdelen de benzine over het huis, steken het aan, en komen hier nooit meer terug!'

'Dank je, Amelie. Dank je! Je hebt geen idee wat dit voor me betekent!' Jolijn staat op en loopt naar het aanrecht. De euforie dat we het op haar manier zullen doen, druipt aan alle kanten van haar af en zorgt ervoor dat ze opgaat in het moment. Dat ze haar waakzaamheid even kwijt is. Ze houdt me voor de sukkel die ze denkt dat ik ben. Ik buk naar de stapel met dekens en sluit mijn hand om wat ik daar eerder onder verstopt heb. Ik richt en wacht tot Jolijns zoekende ogen de conclusie trekken dat hetgeen ze zoekt niet meer op het aanrecht ligt en ze zich met een ruk naar me omdraait. Dan schiet ik.

Tak!

9.

'Zocht je deze?' vraag ik als ze met een lodderige blik haar ogen weer opent. Meteen verdwijnt die blik als ze beseft dat ik het doosje lucifers in mijn handen houd, en het matras om haar heen is vergeven van de benzinelucht. Ze registreert de lege jerrycans die naast me liggen.

'Wat... Waarom...' Ze probeert overeind te komen en trekt aan de handboeien die zowel haar handen als voeten op hun plek houden. 'Ik... Wat...' brabbelt ze weer, duidelijk in een poging haar warrige gedachten op een rijtje te krijgen. Het besef dat ze weer in de kelder en aan het bed geboeid is, dringt langzaam tot haar door. Achteraf bezien is het een mazzeltje voor mij geweest dat ze zo'n klein en iel vrouwtje is.

'Amelie, wat is dit? Ik dacht dat we hier samen weg... Je zei dat...' Ze slikt een paar keer zichtbaar en knijpt haar ogen even dicht. Als ik eerlijk ben, vind ik de doordringende geur van de benzine zelf ook niet prettig, maar wat moet dat moet. Ik draai de stalen emmer om en ga erop zitten, naast het bed, zodat ik haar kan aankijken.

'Dacht je nu echt dat ik al die fantasieverhalen van je geloofde?' zeg ik uiterst rustig.

Grote ogen staren me aan. 'Wat bedoel je? Ik...'

'Bespaar je de moeite. Ik zag het aan je. Met iedere leugen die je me vertelde, dacht je de regie wat meer terug te krijgen. Jee, die goedgelovige Amelie trapt erin! Is het niet?'

Weer opent ze haar mond om iets te zeggen, maar voor ze de kans krijgt ga ik verder.

'Wat jíj echter niet wist, is dat ik jou je leugens líét vertellen. Dat ik hier en daar mijn twijfels uitte om het geloofwaardig te houden en ik jou stukje bij beetje steeds meer het gevoel gaf dat ik je geloofde en dat ik je wel zou helpen om je sporen uit te wissen.'

Plotseling rukt ze aan haar boeien. Tevergeefs. 'Míjn sporen? Ik heb je toch verteld dat hij me hier vasthield. Dat hij me...'

'Hou je bek, Jolijn!' Ik sla haar in het gezicht. De rollen zijn volledig omgekeerd en meteen ligt ze stil. 'Of moet ik Robin tegen je zeggen?' Ik haal de rugzak die ik onder de verhuisdekens had gevonden tevoorschijn en vis er wat dingen uit. Een cd met klassieke muziek van een of andere Franz Kotzwara, een cd van Britney Spears en een dagboek met een prachtige linnen omslag met zonnebloemen. 'Ik moet zeggen dat ik het best jammer vind dat ik nog niet de tijd heb gehad om ál je hersenspinsels te lezen, maar ik heb genoeg hierin gebladerd om te weten dat jij knettergek bent. Een echte pathologische leugenaar met een waar killerbrein, zoals je zelf al schreef.'

Jolijn, die niet zo blijkt te heten, en ook geen Jill, schudt haar hoofd.

'Nee, nee, nee, zo zit het niet! Híj was het brein achter alles! Het was Rob! Hij liet me die dingen doen, ik moest het van hem!'

'O ja, dus jij bent dit niet? En de agent op de foto is niet jouw vader?' Ik wapper met de foto die voor in het dagboek geplakt zat. Onmiskenbaar 'Jolijn', ware het niet dat er achter op de foto *Robin and papa forever* geschreven staat. 'Wat grappig dat je vader agent was, net als Rob. Vadercomplexje misschien, dat je juist hem hebt uitgekozen voor je zieke spelletjes? Je wilde je *twisted* jeugd hier herbeleven, in het huis waar je vroeger met je geliefde vader woonde. Ik ben erg benieuwd hoe je Rob voor je karretje hebt gespannen, of was de belofte van seks en geld alleen genoeg?'

Robin klemt haar lippen op elkaar en staart naar het plafond.

Ik schud met het doosje met lucifers. 'Drie minuten,' zeg ik dan. 'Dat is hoelang je hebt om jezelf te redden als er brand uitbreekt, wist je dat?' Ik schuif het doosje open en neem er een lucifer uit. 'Maar dat is als je om het leven komt door de rook en giftige stoffen die vrijkomen bij een brand. Geen idee hoelang het duurt als een matras waarop je ligt vlam vat, en je ook nog eens geen kant op kunt. Ik denk wel te weten dat het niet bijzonder prettig zal zijn.' Ik houd de lucifer omhoog en bekijk de rode kop aandachtig. 'Bijzonder, vind je niet? Dat zoiets kleins zoiets groots kan veroorzaken?'

'Je bent gek!' krijst Robin, gevolgd door: 'Niet doen, ik vertel je alles wat je wilt weten!'

Ik laat de lucifer langzaam zakken.

'Beloof je me dat je me niet in brand steekt, als ik je alles vertel?'

Ik knik, stop de lucifer terug in het doosje en gooi het in de tas.

Robin richt haar blik weer naar het plafond voordat ze begint te praten. De lafaard.

'Niet alles was gelogen. Ik was echt een escortmeisje, zo heb ik Rob leren kennen.'

'Rob en Robin,' smaal ik. '*Meant to be.*'

'Hij kwam bij me kort nadat mijn vader overleden was. Mijn vader en ik hadden nogal een aparte band, zoals je waarschijnlijk wel hebt gelezen.'

'Een nogal ziekelijke band, ja.' Ik denk aan de band tussen mij en míjn vader. Hetgeen er altijd tussen ons in hing, ook nu nog, na zijn dood. 'Jouw vader was een smeerlap en een moordenaar, en jij hebt het stokje van hem overgenomen. Hoeveel vrouwen hebben jullie vermoord?'

Robin schudt haar hoofd. 'Van mijn moeder weet ik niks af, ik was nog te klein. En Lou en Jill waren noodzakelijk, ze luisterden niet en wisten te veel.'

'Aha, ja, ik begrijp het, logisch dat je ze dan om het leven brengt,' zeg ik sarcastisch. 'Maar verder is er natuurlijk nooit iemand geweest, in al die tijd daartussen.'

'Mijn vader werd ziek, na Lou en Jill. Kanker. Hij is jaren ziek en zwak geweest.'

Op de een of andere manier denk ik dat Robin nu de waarheid spreekt. Een pathologische leugenaar kiest altijd het verhaal dat het dichtst bij de waarheid ligt, om het zo overtuigend mogelijk te kunnen brengen.

'Na zijn dood was ik er zelf ook slecht aan toe. Ik was nog jong toen hij stierf, had al die tijd voor hem gezorgd en bleef met een berg schulden zitten. Ik ben bij die escortservice gaan werken zodat ik de boerderij kon behouden.'

'Hoe past hij in dit plaatje hier?' Ik gebaar met mijn hoofd naar het levenloze lichaam van Rob op de grond.

'Hij was zoals ik al zei een van mijn klanten. We hadden een fijne klik, omdat hij net als ik een voorliefde had voor breathplay, iets wat vanuit de escortservice uitdrukkelijk verboden was.'

'Maar jullie deden het wél.'

'Rob zei dat als hij meer geld had, hij me daar weg zou halen. Daar had hij alles voor over, want hij hield van me. Hij wilde met mij door.'

Ik bijt op mijn tong en houd mijn gevoelens voor mezelf. Het liedje 'Pokerface' van Lady Gaga dendert als een stoomtrein door mijn hoofd. *Hou de wagons op de rails, Amelie!*

'Toen ik hem vertelde over mijn plan om een bak geld te kunnen verdienen, zodat we beiden konden stoppen met werken en samen ergens anders een leven konden opbouwen, hoefde ik niet eens heel overtuigend te zijn. Voor Rob was de gedachte aan een hoop geld en een leven met mij genoeg.'

'En het enige wat jij wilde, was je zieke jeugd herbeleven, maar dat wist híj natuurlijk niet.' Ik slik mijn opkomende misselijkheid weg. Dat zij knettergestoord was, was me na de paar fragmenten die ik uit haar dagboek had gelezen meteen al duidelijk. Alles wat die Rob mij had aangedaan, ging om een paar rottige centen. Om geld! De wereld was ziek. Zieker dan ziek!

'En jij rook natuurlijk een buitenkansje toen je dat mes in mijn laars ontdekte. De manier om losse eindjes af te wikkelen met

Rob en zelf uit te vogelen waar het verdwenen geld gebleven was. Wat jammer voor je dat ik roet in het eten gooide met mijn herinneringen aan de avond van mijn "dood".' Ik maak aanhalingstekens in de lucht bij dat laatste woord. 'De herinneringen die terugkwamen toen ik die verhuisdekens in de keuken zag liggen, waarbij ik de gezichten van jou en Rob samen boven me zag hangen. Waarin ik jullie met elkaar hoorde discussiëren over wat jullie nu met me moesten doen en hoe jullie dat geld gingen krijgen. Waarom hebben jullie mijn lichaam gedumpt en het niet net zoals de anderen laten verdwijnen?'

Robin bijt op haar lip. 'We hoopten dat als je lichaam gevonden werd, we daarmee Vince uit zijn schuilplaats konden roken. De politie kreeg zo ook een legitieme reden om naar hem op zoek te gaan, en misschien zou hij zelfs wel op je begrafenis verschijnen. Hij was de enige die wist waar het geld was.'

Plotseling borrelt er een gedachte in mijn hoofd op. Een herinnering van vlak voordat ik in het koude water van de Bergse Plas lag te spartelen en Vince over het hek klom. Een gedachte die niet geheel de kans krijgt zich vast te zetten in mijn binnenste, want Robin praat meteen verder.

'Maar je lichaam werd niet gevonden, of tenminste, niet dood.'

Ik kijk het afschuwelijke monster dat voor me op het bed ligt aan. 'Sorry dat ik je plan heb gedwarsboomd door te blijven leven.' Ik schraap mijn keel. 'Die lijst in de keuken,' zeg ik, waarna het stil blijft. Ze kijkt me met een uitdagende blik aan en ik breng mijn gezicht dichter bij haar. 'Ik mag dan wel gezegd hebben je niet in de fik te zetten, maar ik heb niets gezegd over mijn mes.' Voor ze het beseft, drukt het koude staal tegen haar wang.

'Die lijst is nep. Er zijn geen andere agenten bij betrokken. Dat was voor het geval ik je moest overtuigen om niet naar de politie te gaan.'

Langzaam neem ik het mes weer weg en ga wat meer rechtop zitten. 'Ik heb nóg een vraag voor je,' zeg ik, als ik besloten heb dat ik nog een belangrijk antwoord mis. 'Waarom ik? Waarom kozen jullie mij? Waarom was ik voor jou het perfecte meisje?'

Robin zucht gelukzalig. 'Blondines. Die heb je in alle soorten en maten, maar zelden hebben ze zulk perfect blond haar, precies zoals Jill had. Een paar maanden geleden zag ik een interview in de *Quote 500*, met een foto van jou en je vader, en het was werkelijk of ik háár zag.'

'Die foto,' fluister ik. De foto waar ik met papa samen op stond, voor de galerie. Mijn blonde haar dat ik zelf zo haatte was de reden voor mijn ontvoering?

'Alles viel op zijn plek. Jouw vader was schathemeltjerijk en jij bijna net zo mooi als Jill. Je was perféct.'

Ik denk terug aan het moment dat Rob de muts van mijn hoofd had getrokken, en blijkbaar gaat ook Robin terug naar dat moment.

'Die sukkel dacht eerst dat hij het verkeerde meisje had ontvoerd, voordat hij besefte dat je toevallig net je haar had geverfd. Omdat hij wist dat blond haar voor mij belangrijk is, dacht hij dat snel op te lossen met een beetje haarverf, die loser. Het leek niet eens meer op de kleur van Jill, maar dat maakte niet uit. Je was hier, en ik had je schoonheid gezien. Goede actie was dat trouwens van je, met die peroxide.' Ze lacht een waanzinnig lachje. 'Zeg eens eerlijk, Amelie... Jij mist je zus, net zoals ik mijn stiefzusje Jill nog altijd mis. Genoot jij niet net zoals ik van die momenten samen hier in deze kelder? De verbondenheid tussen ons tweeën?' Ze kijkt me met een bijna verliefde blik aan. 'We kunnen het fijn hebben, samen. Ik kan je alles leren.'

'Je weet níéts van mij en mijn zus.' Ik pak de rugzak van de grond en kom overeind. 'Het is tijd.' Ik gris de lucifers uit de tas en Robins ogen flitsen angstig tussen mij en het doosje heen en weer.

'Je gaat toch niet... Je zei...'

Ik schuif het kartonnetje open en rammel met de houten stokjes die allemaal keurig op een rijtje op hun beurt liggen te wachten. 'Ken je de leugenaarsparadox?' vraag ik.

Robin ligt doodstil, ze durft niet eens met haar ogen te knipperen. Het geeft me een goed gevoel. De rollen zijn volledig omgedraaid.

'Dan zal ik jou iets leren. Het was een van die dingen waar Vince graag over oreerde als hij weer een van zijn filosofische buien had.' Ik maak een drinkgebaar met mijn hand. 'Op zich ironisch dat juist Vince het over de leugenaarsparadox had, maar dat even terzijde voor ik afdwaal. Ik geloof dat het bedacht is door de een of andere Griekse filosoof. Het gaat zo: "Een man zegt dat hij liegt. Is wat hij zegt waar of onwaar?"'

Ik neem nu een lucifer uit het doosje, waarna ik het weer dichtschuif. 'Je snapt de contradictie in deze zin vast wel. Als de zin waar is, dan liegt de man. Tegelijkertijd kan de zin niet waar zijn als de man liegt, snap je? De zin spreekt zichzelf tegen.' Ik tik met mijn vinger tegen de zijkant van mijn hoofd. 'En aangezien jij zelf hebt geschreven een pathologische leugenaar te zijn, heb ik wat moeite met wat ik wel en niet moet geloven.'

'Nee, je zou het niet doen!' kermt Robin als ik het houtje naar het doosje breng.

'Alleen de allersluwsten, toch? Blijkbaar lieg ik beter dan jij.' Ik geef haar een knipoog en strijk de kop van de lucifer langs het doosje. Als Robin als een bezetene aan haar boeien begint te rukken, doe ik een stap naar achteren en laat de lucifer vallen. Een *whoessssj*-geluid klinkt, het vuur vlamt onmiddellijk op en het duurt niet lang voordat er ijselijk gekrijs klinkt.

Meteen draai ik me van haar af, ik hoef niet te zien hoe ze schreeuwend in vlammen opgaat, ik ben tenslotte geen monster zoals zij.

Dan doe ik hetzelfde bij het dode lichaam van Rob. Mijn trillende handen hebben moeite een nieuwe lucifer af te steken, omdat het gekrijs achter me door merg en been gaat en de geur van verbrande huid en haar me kotsmisselijk maakt. Maar ik moet opschieten, voordat de giftige dampen die vrijkomen mijn vijand worden.

Als het me eindelijk gelukt is de tweede lucifer af te steken, ren ik voor de laatste keer die betonnen trap op, zonder nog om te kijken, en ik haast me naar de keuken waar ik de deur al wagenwijd open heb gezet. Ook in de keuken steek ik nog een lucifer af, waarna ik het doosje in het vuur gooi, de deur achter me dichttrek en van het huis vandaan ren.

Aan de zijkant van het huis laat ik mijn trillende lijf bij de magnoliaboom zakken. Ik voel me leeg, op, gemangeld en niet in staat te vluchten. Ik druk mijn rug tegen de stam en kijk toe terwijl het vuur in no time om zich heen hapt en de vlammen het huis stukje bij beetje verzwelgen. Ik voel de verzengende hitte, en pas als mijn huid onaangenaam begint te gloeien sta ik op. Het gegil binnen is allang verstomd, en ik durf opgelucht adem te halen. Mijn demonen zijn in vlammen opgegaan.

Nu is alleen de demon in mijzelf nog aanwezig.

10.

Epiloog

Zoals zoveel verhalen eindigt ook het mijne op een begraafplaats. Misschien niet origineel, maar het is nu eenmaal de plek waar ik als laatste heen moet om het voor mezelf te kunnen afsluiten.

Hoewel ik mijn doel duidelijk voor ogen heb, kan ik het niet meteen opbrengen. Ik neem plaats op een bankje, leg het bosje witte rozen naast me neer en sluit even mijn ogen. De zon schijnt, de bomen fluisteren, en alles lijkt vredig en kalm. Binnen in mij raast nog altijd die storm waarvan ik weet dat hij nooit meer gaat liggen.

De afgelopen week was een opeenstapeling van gesprekken met Snels en Parmetijn, bezoekjes van vrienden en bekenden die wilden weten hoe het met me was, en vooral heb ik tussen de bedrijven door geprobeerd de dingen voor mezelf op een rijtje te krijgen.

Het was nu ruim een week geleden dat ik buiten had toegekeken terwijl het vuur het huis stukje bij beetje verzwolg. Ik wist dat ik ieder moment loeiende sirenes kon verwachten, maar gezien het feit dat ik was omgeven door weilanden en de dichtstbijzijnde boerderij een heel eind verderop lag, duurde het lang voor ze daadwerkelijk klonken. Pas toen de ramen al gesprongen waren, zwarte rookpluimen hoog opkringelden en de schade binnen immens moest zijn, was het zover. De eerste hulptroepen arriveerden en ik vertelde het verhaal dat ik sinds ik naar de vlammen zat te kijken had gerepeteerd. Tranen om alles wat er gebeurd was vloeiden rijkelijk. Ik huilde nog altijd toen Snels en Parmetijn arriveerden. Hortend en stotend vertelde ik dat het me gelukt was Maas van de trap te duwen nadat hij de boel in lichterlaaie had gezet en dat ik nog had geprobeerd Jolijn van haar boeien te bevrijden. Ik moest even stoppen met mijn verhaal toen ik bij het gedeelte kwam waar ik vertelde dat ik door de rook de kelder uit gedreven werd en haar had moeten achterlaten. Parmetijn omhelsde me en Snels haalde water voor me.

Het duurde uren voordat de brand onder controle was en pas tegen het eind van de avond gaf de brandweer het sein 'brand meester' en mocht ook de politie naar binnen.

Uit het forensische onderzoek in de dagen erna bleek dat de lichamen van Maas en Jolijn compleet verkoold waren. Het kwam op gebitsgegevens aan om ze te identificeren. Ook werden er resten gevonden van vier andere vrouwen en twee mannen, die vermoedelijk allemaal in de muren rondom de kelder verborgen waren geweest. Toen Snels en Parmetijn tijdens een van hun gesprekken met mij al hun kennis tot dan toe deelden, luisterde ik ademloos.

De boerderij stond op naam van Jack Stelt, die inmiddels zesenzestig jaar oud zou zijn geweest, zou hij nog leven. Hij was een van de mannen die in de boerderij was aangetroffen. Aan de degeneratie van zijn gebit was af te lezen dat hij al geruime tijd voor de brand overleden was en ernstig ziek moest zijn geweest. Robin had dus in elk geval de waarheid gesproken over haar vader. Waarschijnlijk had ze na zijn overlijden nergens melding hiervan gedaan, ze had immers van de meester zelf geleerd hoe ze een lichaam kon verbergen. Ze was alle vaste lasten blijven betalen en op papier was het huis nog altijd van Jack Stelt.

Uiteraard reageerde ik geschokt toen de rechercheurs me vertelden dat Jolijn geen Jolijn heette, en dat de vrouw die aan het bed geketend was volgens DNA-onderzoek de enige dochter van

Jack Stelt bleek: Robin Stelt. Ook bij de andere namen die ik te horen kreeg: Marie-Anne Stelt, Lou en Jill Grevers, Sasja de Wit, Arno Koleman – die laatste was waarschijnlijk de hooggeplaatste cokesnuivende ambtenaar over wie ik in het dagboek had gelezen – reageerde ik met grote vraagtekens op mijn gezicht. Nee, ik had deze namen nog nooit gehoord en geen flauw idee wie deze mensen waren.

De verslagenheid binnen het corps omdat een van hun eigen mensen een ontvoerder en misschien ook een moordenaar bleek, was enorm. Er zou een grootscheeps onderzoek volgen van de Rijksrecherche, en Snels en Parmetijn garandeerden me dat de onderste steen boven zou komen. Wat mij betreft mochten de stenen blijven liggen waar ze lagen: ik wist wat ik moest weten en wilde vanaf nu alleen maar vergeten en mijn leven weer op orde krijgen.

Eerder deze ochtend had ik daar een eerste stap in gezet en deed ik eindelijk wat ik al weken geleden had moeten doen. Omgeven door de ochtendmist die de wereld nog in een laagje nevel en mystiek hulde, was ik naar buiten gegaan en had ik eindelijk die fietspomp uit de tuinkast gehaald.

Elke keer dat ik de op mijn fietsband aangesloten pomp met twee handen naar beneden duwde en de tegendruk steeds groter werd, leek het alsof er een nijlpaard op mijn ribbenkast de salsa leerde dansen. Het deerde me niet. Pijn was goed. Pijn betekende dat ik leefde en pijn was afleiding van alles waar ik niet aan wilde denken. En dat was nogal veel. Als een bezetene pompte ik door.

Na mijn achterband besloot ik meteen door te pakken en ook mijn voorband op te pompen, waarna ik het zweet van mijn voorhoofd wiste. Ik was compleet uitgeput van deze eenvoudige handeling, die zoveel meer was dan alleen het oppompen van mijn banden. Raar hoe het brein werkt. Het voelde alsof ik op dat moment, toen ik eindelijk die klus geklaard had die ik al weken geleden had moeten klaren, een stuk van mijn schuld aan het universum had ingelost. Ik was teruggelopen naar de tuinkast om de fietspomp weer op te bergen en toen zag ik het. De gedachte die in de kelder heel even bij me naar boven was gekomen, en die weer opgegaan was in de rook van de hel die ik zelf gecreëerd had, was terug.

Ik bukte en zag dat het inderdaad een zwarte sporttas was, weggemoffeld tussen de zakken tuinaarde. De tas waarmee ik Vince die ochtend dat hij mij uit het water haalde had gezien. Had hij hem hier weggestopt met het plan hem later op te halen?

Ik ritste de tas open en mijn hart sloeg een paar slagen over. Mijn sleutelbos die Vince al die tijd had, mét de sleutel van de galerie eraan, boven op stapeltjes bankbiljetten met daaromheen de gekleurde elastieken. Heel veel stapeltjes bankbiljetten. Meer dan genoeg om Vince' problemen op te lossen, maar toch lag het geld nu hier, bij mij! Mijn aandacht werd getrokken door de envelop die aan de zijkant geschoven zat. Een envelop waar mijn naam op geschreven stond in het handschrift van de man van wie ik wilde scheiden, maar van wie ik daarvoor in de plaats de weduwe was geworden.

Nu, hier op het bankje op de stille begraafplaats, vouw ik voor de tweede keer vandaag het velletje papier uit de envelop open. Mijn ogen glijden nogmaals over de tekst.

Lieve Amelie,

Geloof me als ik zeg dat ik je vader niets heb aangedaan. Ik wilde alleen met hem praten die avond. Over jou. Over ons. Dit geld behoort jou toe. Het spijt me.

Vince

Ik verkreukel het papier tot een prop en gooi het in de prullenbak naast het bankje. Deze woorden veranderen niets, ik weet als geen ander hoe makkelijk leugens verteld worden. Ik zou nooit en te nimmer zeker weten wat Vince die avond bij mijn vader moest en of mijn vader een natuurlijke dood gestorven was. Dat was de keiharde waarheid.

Feit was wel dat het enige stukje moreel besef dat Vince blijkbaar bezat hém uiteindelijk de kop had gekost. Nadat hij eerst zo verwerpelijk het geld van mijn vader had gestolen – het geld dat mij vrij had moeten krijgen, maar waarvan Vince op dat moment niet wist dat het losgeld was – kreeg hij last van zijn geweten toen bleek dat ik nog leefde. Op de ochtend van mijn onvrijwillige zwempartij belde hij voordat hij naar mij toe kwam naar Rob Maas. Die nam niet op, en Vince liet een bericht achter op zijn voicemail. Toen ik onder de douche stond, belde Maas terug en was Vince overhaast vertrokken. Voor hem was Maas de rechercheur die de dood van mijn vader onderzocht en waarschijnlijk wilde hij zijn schuldgevoel inlossen door aan hem op te biechten dat hij het geld uit de galerie had meegenomen. Het bleef gissen hoe het precies gegaan was, maar misschien dat Vince toch al nattigheid voelde over Maas. Want waarom had hij anders het geld verstopt? Hoe het ook zij, die sukkel tekende met dat ene telefoontje naar Maas zijn doodvonnis. Die probeerde met zijn martelpraktijken uit Vince te krijgen waar hij het geld had gelaten. Blijkbaar was dat hem niet gelukt. Eindconclusie was dat er gedeelten van het verhaal bleven waarvan ik slechts kon raden hoe het precies zat, maar soms was dat nu eenmaal zo in het leven. Alleen in slechte misdaadverhalen worden op de laatste bladzijden altijd alle losse eindjes afgewikkeld.

Ik pak de bloemen en sta op. Het is tijd om te doen waarvoor ik hier kwam. Dat andere wat ik al weken uitstel.

11.

Met de bloemen onder mijn arm geklemd en mijn handen al even diep in mijn zakken gestoken als ik in gedachten verzonken ben, bewandel ik de grindpaden tussen de graven. Ik vraag me af hoeveel familiegeheimen hier verborgen liggen. Nooit vertelde verhalen, meegenomen in de dood, om daar voor altijd onontdekt te blijven.

Eerder had ik het nog niet kunnen opbrengen om naar deze plek toe te komen. Het was te vroeg om met het tastbare bewijs van mijn vaders dood geconfronteerd te worden, ik was nog volop aan het verwerken wat míj was overkomen. Pas nu ik weet hoe alles grotendeels in elkaar steekt en ik de wetenschap heb dat ik van Rob Maas en Robin nooit meer iets te vrezen heb, is er ruimte voor ander verdriet. Voor rouw.

Ik vermijd het deel van de begraafplaats waar ik vroeger met papa zo vaak kwam. Niet omdat ik dat zelf toen zo graag wilde, maar omdat het zo hoorde. Omdat hij vond dat ik dat aan Anouk verplicht was. Omdat hij steeds weer bevestiging zocht dat ik haar net zo miste als hij dat deed. Ik geloof niet dat ik er ooit in ben geslaagd hem daarvan te overtuigen.

Na een wandeling van een paar minuten arriveer ik op het juiste gedeelte van de begraafplaats. Onder een metershoge atlasceder vind ik de zwarte marmeren steen die mijn vaders laatste rustplaats markeert. Het geruis van wind, de kwetterende vogels: ieder geluid verstomt als ik de tekst onder zijn naam lees.

LIEFDEVOLLE VADER, WAAROM MOEST JE STERVEN IN ONWETENDHEID?

Woorden die op mij slaan, en die Lianne na overleg met mijn moeder heeft uitgekozen. Mijn vader had geen familie die over zijn steen kon beslissen, en hoewel mijn vader en moeder al jaren niets meer van elkaar zijn behalve exen, waren ze wel sámen mijn ouders en vond Lianne dat ze het met haar moest overleggen. De schat.

Ik kniel neer en laat mijn vingers over de tekst glijden. Ja, waarom moest hij sterven in onwetendheid? Waarom moest hij denken dat ik nooit meer thuis zou komen, dat ik misschien wel dood was en hij allebei zijn dochters was verloren? En nu is híj degene die dood is en zit ik hier aan zijn graf. En ik weet álles. In mijn eentje, nu hij er niet meer is.

Uit mijn tas haal ik het dagboek van Robin, en ik sla het open bij de passage die ik al tientallen keren gelezen heb sinds ik het in mijn bezit heb.

De mensheid wil in al haar naïviteit blijven geloven dat ieder kind dat geboren wordt puur en onbezoedeld is. Een onbeschreven bladzijde, met alle mogelijkheden en kansen om tot een vredelievend mens op te groeien.

Geen enkele ouder wil aan de wieg te horen krijgen dat zijn of haar kroost geboren is met een 'killerbrein' en gedoemd is anderen zonder enige vorm van empathie de vreselijkste dingen aan te doen, ondanks alle inspanningen hun hartenliefje het beste van het beste te geven.

Hadden mijn ouders het kunnen zien? Het kunnen voorkomen misschien? Als ze niet te druk waren geweest met de galerie en ruziemaken met elkaar? Anouk en ik waren weliswaar opgegroeid in een milieu waarin we materieel gezien niets tekortkwamen, maar waar papa vaak schitterde van afwezigheid en mijn moeder zelden onder stoelen of banken stak dat Anouk haar favoriet was.

Ik breng mijn hand naar mijn gezicht en veeg de tranen die over mijn wangen glijden weg. Ook ík heb geproefd van het gevoel dat alleen macht geeft. Heb ik dan ook een killerbrein? Ben ik een pathologische leugenaar, net als Robin?

Ik sluit mijn ogen en ga terug naar de herinnering die voor altijd in mijn geheugen gegrift staat.

'Kom op nou, Amelie. Doe niet zo stom! Laten we teruggaan, het is veel te gevaarlijk hier met die stroming!'

'O ja?' roep ik terug. Anouk crawlt achter me aan. Ik was weleens benieuwd wie van ons dit langer ging volhouden. Er moest toch iéts zijn waarin ik beter was dan zij? Nog een paar meter en dan was ik bij de boei. Daarna ging ik terug. Ik had iets te bewijzen. Aan mijn zus, aan Jesper, aan mezelf.

Ik concentreer me op de laatste slagen en grijp de boei vast. Een beetje dizzy klim ik erop en ik draai me met mijn gezicht naar het strand. De paarse parasol waarvan ik weet dat Jesper en de anderen er op ons wachten, is slechts een vaag stipje geworden.

'Amelie!'

Anouk nadert compleet buiten adem de boei en wil zich eraan vastgrijpen. In een opwelling verplaats ik mijn lichaamsgewicht en laat ik het ding schommelen, waardoor ze misgrijpt. Ze gaat kopje-onder.

Als ze weer bovenkomt, zit haar blonde haar voor haar gezicht geplakt en proest ze het uit. Het ziet er grappig uit en ik schiet in de lach.

'Doe normaal! Ik kan niet meer!'

'Geef je dan toe dat ik eindelijk ergens beter in ben dan jij?' vraag ik, en ik ben een beetje dronken van het gevoel dat ik háár eindelijk eens de baas ben én van het biertje dat ik stiekem van Jesper had aangenomen toen Anouk te druk was met haar vriendinnen.

Weer graait ze naar de boei en weer laat ik hem schommelen. Ze verdwijnt onder water en ik zie haar maaiende armen. Ik steek mijn arm naar haar uit en trek haar aan haar badpak omhoog.

'Ben je helemaal gek geworden?' zegt ze als ze eindelijk haar hand om de boei weet te klemmen en erop klautert. 'Echt hoor, dit is de laatste keer dat ik je ergens mee naartoe neem. Waarom ben je altijd zo verdomde irritant? Geen wonder dat mama je niet moet!'

Dát is de druppel. Het lichte, vrolijke gevoel in mijn hoofd slaat om in een razende woede zoals ik die nog nooit eerder gevoeld heb. Bijna veertien jaar aan frustratie, aan aanhoren wat ik steevast verkeerd doe, aan 'gedraag je eens wat meer als je zus' kolkt over mijn lippen als woedende lava. 'Mama moet me niet omdat jíj zo verdomde perfect bent, Anouk! Jij bent de perfecte dochter, het perfecte meisje. En ik, ik sta altijd in jouw schaduw. Ze zien me niet eens!' Met twee handen duw ik mijn zus van de schommelende boei af, grijp me vast en kijk toe terwijl ze weer kopje-onder gaat. Als ze bovenkomt, hapt ze weer naar lucht en proest ze mijn naam. Het doet me goed om te horen dat ze mij nu eens een keer nodig heeft. Dat ze me smeekt om haar te helpen. Ik moet erom lachen als ze bovenkomt met zeewier in haar haar, de tranen lopen zelfs over mijn wangen, tot ik besef dat ze al een poosje niet meer bovenkomt. Geen gespartel meer, slechts een donkere vlek op de plek waar ik haar net nog zag. Ik draai me om. Niets. Mijn hart slaat zes slagen over en ik verstijf.

'Anouk! Waar ben je?' Ik spring in het water en maai in wilde paniek om me heen. Van mijn zus is geen spoor meer te bekennen. Er is alleen nog water om me heen. Duister, zwart water.

DANKWOORD

Een boek ontstaat voor mij altijd uit een 'vonkje'. In het geval van *Het verkeerde meisje* waren het er twee: een indringende column van Claudia de Breij met de titel *Juiste plaats, juiste tijd* en een afschuwelijk nieuwsbericht over een Britse tiener die een hond van een klif gooide terwijl zijn vriend (eveneens een tiener) het lachend filmde.

De column raakte me tot op het bot en ik besefte dat het best raar is dat we het heel gewoon vinden om te zeggen dat een meisje 'op de verkeerde plaats, op de verkeerde tijd' is wanneer zij bijvoorbeeld verkracht wordt. Het maakte me bewust van het feit dat we met die woorden de indruk wekken dat het méísje iets verkeerd deed in plaats van de dáder; de verkrachter.

Het nieuwsbericht over de tieners raakte me eveneens diep en zorgde ervoor dat ik me afvroeg hoe je als kind tot zulke wreedheid in staat kunt zijn. En ook: als je als kind hier al toe in staat bent, waar kan dat dan toe uitgroeien?

Vanuit die beide vonkjes ontstonden er een dader en een slachtoffer. Een pathologische leugenaar met een waar killerbrein en een meisje op de juiste tijd op de juiste plaats, met wie het desondanks gruwelijk verkeerd ging.

En hoewel er heftige thema's in dit boek voorkomen, heb ik genoten van het schrijven ervan (lang leve fictie!) en zat ik soms op het puntje van mijn stoel als Amelie in steeds benardere situaties terechtkwam. Hopelijk heb jij als lezer dezelfde ervaring gehad!

Hierbij wil ik een aantal mensen bedanken voor hun bijdrage aan dit boek, hoe groot of hoe klein ook. Het zijn al die bouwsteentjes bij elkaar die het geheel vormen.

Allereerst Ilse Karman, wier uitgeverij De Crime Compagnie dit jaar alweer tien jaar bestaat. Een bedrijf dat met plezier en passie spannende boeken uitgeeft, en waar ook altijd aandacht is voor de persoon achter het boek. Van harte met het mooie jubileum en ik wens jullie nog heel veel mooie verhalen toe! En natuurlijk ook dank aan de rest van het misdadig leuke team: Manon, Willemijn, Famke en Petra. Proeflezers Moon Kager, Wendy Wenning, Petra Floors, Sietske Bierma, Nicky Bakker en Ellen Camps-Dries die deze keer mijn manuscript van feedback voorzagen: dank jullie wel. Coby Mesman, eveneens dank voor het proeflezen maar ook voor het geduldig en zorgvuldig beantwoorden van mijn medische vragen en het meedenken. Rechercheur Roos voor het checken van de politietechnische zaken. Mocht er ergens iets niet kloppen, dan is dat geheel te wijten aan mijn begripsvermogen en niet aan jullie inzet mij het een en ander bij te brengen. Ook nog dank aan grafisch ontwerper Margo Togni, die het prachtige omslag van dit boek ontwierp, en natuurlijk aan redacteur Saskia van Schip, die zoals ze het zelf zo mooi omschreef hielp met 'bijschaven en aflakken'. We hebben het samen mooi in de beits gezet!

Dan nog een aantal mensen in het bijzonder: collega Marijke Verhoeven, die inmiddels is uitgegroeid tot een onmisbare vriendin met wie ik altijd wel iets te kletsen heb, zelfs als het helemaal nergens over gaat. Bedankt dat je me het zetje gaf dat ik nodig had om *Het verkeerde meisje* tot het juiste eind te brengen.

En tot slot dank aan de belangrijkste drie mensen in mijn leven: Raymond, Nordin en Elena. Soms maken jullie het me werkelijk onmogelijk om te schrijven, maar zónder jullie zouden de pagina's van mijn eigen leven maar leeg en inhoudsloos zijn. En

Elena, speciale dank aan jou voor de muziek die dagelijks vanaf de zolder van ons huis mijn schrijfkamer bereikt. Soms word ik er knettergek van, en soms breng je me zonder dat je het weet op fijne muziekideetjes. De tekst van *No time to die* van Billie Eilish paste perfect in dit boek!

Over muziek gesproken: mocht je tot slot naar aanleiding van dit boek nog een leuk feitje tot je willen nemen, zoek dan eens op hoe componist Franz Kotzwara (die van die bombastische violen) aan zijn einde kwam. Bijna zo bizar dat je het in een boek zou willen stoppen…

Lieve groet,
Angelique

Lees ook van Angelique Haak

NOOIT MEER ALLEEN

Zes vrienden, verbonden door een groot geheim...
Wie kan Emma nog vertrouwen
als de waarheid alles kapot dreigt te maken?

Als Emma een overlijdensbericht onder ogen krijgt, is ze in shock. Gaat het bericht werkelijk over haar vroegere middelbareschoolvriendin Sara? En waarom eindigt het met die drie dikgedrukte letters die ze zo graag wilde vergeten? N.M.A.

Emma gaat op zoek naar de waarheid rond Sara's dood, maar daarbij komen zaken aan het licht die beter voor altijd verborgen hadden kunnen blijven...

EEN NIEUW BEGIN

Wanhopig probeert Jennifer
het verleden achter zich te laten…

Jennifer Brugman is een gedreven rechercheur met een pijnlijk verleden. Ze wil graag opnieuw beginnen en een baan in haar geboortestad Rotterdam biedt haar die kans. Samen met haar nieuwe collega's werkt ze aan een heftige moordzaak: het opsporen van een moordenaar die een voorliefde heeft voor Griekse mythologie en het afstraffen van overspelige vrouwen. Lukt het Jennifer geheim te houden wat haar overkomen is en echt opnieuw te beginnen, als het er steeds meer op gaat lijken dat de Mythologie-moordenaar het op haar gemunt heeft?

UITGESCHAKELD

Met jullie dochter is het begonnen,
maar met haar zal het niet eindigen…

Deze tekst ziet Dorine van Sevère, als ze nietsvermoedend haar post opent. Haar dochter Jorinde pleegde twee maanden eerder zelfmoord.

Rechercheur Jennifer Brugman en haar partner Ricardo de Graaf raken verstrikt in een bizar onderzoek en komen er al snel achter dat iemand bezig is een groep jonge vrouwen uit te roeien.

ZWARTE ZIEL

Een doodgewone zaterdag. Tot twee tieners een gruwelijke vondst in de Maas doen...

Het team van rechercheur Jennifer Brugman wordt geconfronteerd met een lugubere moord en de vermissing van een kind. Ze zetten alles op alles om snel het vermiste kind terug te vinden en schakelen de hulp in van paragnoste Evie Smit.

Vanaf de eerste ontmoeting is Jennifer geïntrigeerd door de roodharige paragnoste met haar ijsblauwe ogen, maar ze is ook sceptisch. Kan Evie waarmaken wat zij belooft of loopt zij hen alleen maar voor de voeten?

Genoten van dit boek? Dan vind je vast de andere boeken van De Crime Compagnie ook leuk! Onze boeken zijn te herkennen aan de kleine doodskopjes op de achterkant. Enkele van onze titels zijn:

Loes den Hollander – *Je bent aan de beurt*
Linda Jansma – *Verlos ons van het kwade*
Marijke Verhoeven – *Vervlogen*
Marelle Boersma –*Het Moezelmeisje*
Svea Ersson – *Zin in Zillertal*
Marion van de Coolwijk – *Mama liegt*
Chantal van Mierlo – *De verloren jongen*
Nadine Barosso – *Verraderlijk spel*
Saskia M.N. Oudshoorn – *Dieptepunt*

Kijk voor meer informatie ook op www.crimecompagnie.nl.